Elisa M. Baker · Das Leuchten der Hoffnung

Roman

Dante Lavall ist ein erfolgreicher Geschäftsmann, Besitzer eines angesagten Clubs und ein berüchtigter Schürzenjäger. Geld spielt für ihn keine Rolle, denn er hat mehr als genug davon.

Er kann alles haben, was er will. Und er ist gewohnt, es auch zu bekommen.

Als der junge Liam in sein Leben stolpert, ist er zunächst wenig begeistert von dem widerspenstigen Burschen mit dem silberblonden Haar und den grünen Augen, der kaum emotionale Regungen zu haben scheint.

Doch schon bald muss Dante feststellen, dass seine Faszination für den mysteriösen jungen Mann immer größer wird.

Dabei ahnt er nicht, dass Liam ein dunkles Geheimnis birgt und Dantes zunehmendes Interesse bringt beide in höchste Gefahr ...

Elisa M. Baker ist seit jeher vom Schreiben fasziniert und verfasste schon früh eigene Geschichten. Mit »Kirschsommerküsse« gab sie ihr Debüt. »Der Stachelbeersommer – Karma zum Verlieben« ist ihr zweiter Roman. »Das Funkeln des Glücks« und »Das Leuchten der Hoffnung« sind ihre ersten Boys Love Romane.

Elisa M. Baker
Das Leuchten der Hoffnung

Roman

© 2017
Herstellung und Verlag: BoD – Books on Demand, Norderstedt.
ISBN: 9783743187924

Copyright by ©2017 Elisa M. Baker
Coverdesign: by ©Cover Up by Bianca Holzmann
(www.cover-up-books.de) unter Verwendung der Bilder von
©Shutterstock (Pakorn Preechaphong; ivgroznii)

https://www.facebook.com/CoverUpBooks/

Elisa M. Baker
c/o Papyrus Autoren-Club
R.O.M. Logicware GmbH
Pettenkoferstr. 16-18
10247 Berlin
1. Auflage 2017

Alle Rechte, einschließlich das des vollständigen oder
auszugsweisen Nachdrucks in jeglicher Form, sind vorbehalten.
Dies gilt auch für die E-Book-Version.
Dieses Werk ist urheberrechtlich geschützt und darf ohne
Zustimmung des Autors weder vervielfältigt, noch kopiert oder
anderweitig verändert werden, weder im Ganzen noch als
Auszug. Verstöße gegen das Urheberrecht werden strafrechtlich
verfolgt.

Facebook: https://www.facebook.com/ElisaM.Baker.de

Elisa M. Baker

Das Leuchten der Hoffnung

Roman

Dieser Roman ist rein fiktiv. Ähnlichkeiten mit lebenden oder verstorbenen Personen sind rein zufällig und nicht beabsichtigt.

Für die Liebe in all ihren Formen und das Leuchten der Hoffnung, das niemals erlischt.

1

»Ist er das?«

Dante runzelte die Stirn und schob das Bild des ungewöhnlich aussehenden Burschen wieder von sich weg. Der Blick aus den intensiv grünen Augen schien widerspenstig und stur. Nicht sonderlich gute Eigenschaften, wenn man für Dante Lavall zu arbeiten gedachte.

Jack nickte und lächelte ihm charmant zu, während er sich einen Fussel von seinem maßgeschneiderten Anzug strich. Seine braunen Augen betrachteten Lavall eingehend. Sein Arbeitgeber war groß gewachsen, bestens in Form, doch dabei eher schlank. Keiner dieser ungehobelten Muskelprotze, die nichts anderes taten, als mit ihren Körpern anzugeben. Lavall hingegen kleidete sich in feinste italienische Maßanzüge und wirkte dennoch wie ein geschmeidiges Raubtier. Auch, ohne seinen zweifellos gut definierten Sixpack der Öffentlichkeit zu zeigen. Das dunkelbraune Haar war seidig und voll. Er trug es zurückgekämmt und strich es sich öfter mit einer Hand zurück, da es ihm nur allzu oft in die Stirn fiel. So wie jetzt gerade. Allerdings sah er dabei meist nicht so angespannt aus und die rauchgrauen Augen wirkten nicht so derart unzufrieden in seinem makellos gebräunten Gesicht mit den hohen Wangenknochen und dem glattrasierten Kinn. Die Brauen, die elegant geschwungen und ausdrucksstark waren, zogen sich auch normalerweise nicht so zusammen. Obwohl er erst neunundzwanzig war, schien er Jack ab und an viel älter. Ihn umgab eine Aura, die die meisten Männer erst in ihren Vierzigern entwickelten. Die Aura von Macht und Autorität.

»Nein.« Lavall sprach stets ruhig, meist mit einem sanften Spott in der dunklen Stimme. Er wurde so gut wie nie laut und hatte sich ausgezeichnet im Griff. Sowohl in Gesellschaft als auch im privateren Rahmen.

Jack überschlug die Beine in dem bequemen Ledersessel, der schon über hundert Jahre alt war. Ein antikes Stück, so wie so vieles im großzügigen Arbeitszimmer mit dem Schreibtisch aus Mahagoni oder den teuren Gemälden an den holzgetäfelten Wänden.

»Er wird keinen Ärger machen. Er ist ein guter Junge. Nur ein wenig ... ungewöhnlich.« Jack lächelte beflissentlich und versuchte, beruhigend auf seinen Arbeitgeber einzuwirken. »Er ist gehorsam und arbeitswillig.«

Dante Lavall stützte die Ellbogen auf die spiegelnd polierte Holzplatte auf. Die Fingerspitzen der kräftigen Hände berührten sich, während er Jack aus schmalen Augen musterte. »Wieso bist du so erpicht darauf, dass gerade dieser Bursche mein neuer persönlicher Assistent wird? Hast du mir etwas über ihn zu sagen, Jack?« Lavalls Stimme klang weich und beinahe sanft. Oh, er konnte durchaus wütend werden. Und dann war man lieber nicht in seiner Nähe. Jack schluckte und leckte sich knapp über die Lippen, ehe er seine Worte mit Bedacht wählte.

»Er ist etwas Besonderes. In vielerlei Hinsicht.« Jack zögerte kurz, während Lavall ihn nicht aus den Augen ließ. »Mit ein wenig Führung und Anleitung unter deiner Hand wird er der beste persönliche Assistent, den du je hattest. Und ich bürge persönlich für ihn, wenn du willst.«

Dante lächelte und entblößte kräftige weiße Zähne. »Du bürgst persönlich? Ich bezweifle, dass du als mein Anwalt so etwas jemals für irgendeinen anderen Mitarbeiter von mir getan hättest.«

»Die anderen sind ja auch nicht Liam.« Jack hielt Dantes forschenden Blicken stand mit denen er ihn dazu bringen wollte mehr preiszugeben, aber er war nicht umsonst so ein erfolgreicher Anwalt geworden. Schweigen war manchmal eben doch Gold.

»Wenn er mir nicht passt, feuere ich ihn, mir egal, was du sagst.« Dante runzelte die Stirn und zog das Bild des Burschen wieder zu sich heran. Er blickte ihm von dem Foto aus trotzig entgegen, einen mürrischen, rebellischen Zug um den Mund. Er war bleich und sein Haar so hell, dass es auf dem Foto beinahe weiß wirkte.

»Das ist dein gutes Recht. Aber ich bin sicher, dass du das nicht tun wirst.« Jack lächelte ihm strahlend zu und erhob sich, während er seinen Anzug glattstrich. Dante blieb in seinem Sessel, der eher wie ein Thron wirkte, sitzen. Es war ein kostbares, altes Stück mit handgeschnitzter Rückenlehne. Lavall funkelte ihn aus dunklen Augen warnend an. »Wenn der Kleine drogensüchtig ist oder kriminell oder irgendetwas anders von den Dingen, die ich hasse ...«, begann er dann leise, doch Jack schüttelte den Kopf.

»Er ist in Ordnung. Du wirst keinen Ärger mit ihm haben.«

Dante schnaubte. Er schob das Bild von sich und streckte dann die Hand aus, um Jacks Händedruck zu erwidern, ohne sich dabei zu erheben. Seine schmalen Augen fixierten den Anwalt länger als gewöhnlich, während sie sich die Hand gaben. Jack war kleiner als er, dabei schlank, beinahe schon hager. An den Schläfen wurde das Haar des fünfzigjährigen schon silbern, der Rest des makellosen Schopfes war noch immer dunkelbraun wie eh und je. Er trug eine Designerbrille mit schmalem Gestell, die nur noch mehr das ebenfalls schmale, kantige Gesicht betonte. Er sah für einen so gerissenen, berechnenden Mann meist viel zu nett und weich aus. Wie der freundliche Postbote oder ein etwas schusseliger Nachbar, der auf die Katze aufpasste oder die Pflanzen goss, wenn man in Urlaub fuhr. Dabei war er einer der besten Anwälte der ganzen Stadt.

»Du bist ein Anwalt, also ein professioneller Lügner. Ich glaube dir kein Wort.«

Jack lächelte begütigend und erwiderte den unangenehm festen Druck der kräftigen Hand. So misstrauisch war Dante normalerweise nicht. Nicht ihm gegenüber. »Du solltest mir in dieser Hinsicht aber ruhig vertrauen. Ich schicke ihn dir vorbei. Oder, wenn dir das lieber ist, kann ich auch ein zwangloses Treffen organisieren? Vielleicht in deinem Club?«

Dante schnaubte und nickte dazu nur knapp. »Heute Abend. Dann entscheide ich.«

Jack seufzte tonlos vor Erleichterung, als Lavall seine

Hand endlich freigab. Er zog sich mit einem knappen Nicken zurück.

»Ich veranlasse alles Notwendige.«

Die Tür schloss sich hinter seinem Anwalt und Dante blieb einen Moment reglos sitzen. Das Arbeitszimmer war wie fast alle Räume seines großzügigen Hauses gut gedämmt worden. Wenn er nicht gerade einen Tobsuchtsanfall hatte, drang kein Laut nach außen. Unzufrieden furchte er die Stirn, ehe er mit den Fingerspitzen über das glatt polierte Holz des schweren Mahagonitisches strich. Darauf fanden sich sorgfältig geordnete Unterlagen sowie seine Schreibutensilien. Er hasste es, wenn der Tisch zu voll wurde. Er mochte es überschaubar und ordentlich. Sein nachdenklicher Blick streifte die teuren Gemälde an den Wänden. Er glitt zu der Sitzecke in der Nähe des offenen Kamins, den er so liebte. Eine bequeme Couch sowie zwei Sessel standen dort neben einem antiken Beistelltisch. Die Haushälterin hatte ihm ein geschmacksvolles Blumenbouquet aus weißen Lilien und Callas arrangiert. In der Vase aus chinesischem Porzellan wirkte das Ganze beinahe wie aus einem Einrichtungskatalog für Superreiche.

Er strich sich das Haar aus der Stirn und starrte einen Moment auf die trotzigen grünen Augen des blassen Jungen, der ihm *keinen Ärger* machen würde. Dante schnaubte spöttisch aus, ehe er das Foto umdrehte, so dass er diesen mürrischen Bengel nicht mehr ansehen musste. Jack hatte ihm in all den Jahren gute Dienste geleistet und er zweifelte nicht an seiner Loyalität. Dazu gab es keinen Grund. Er erhob sich aus dem kostbaren Sessel und schritt zu dem Fenster, um hinaus in seinen Garten zu sehen.

Wobei er wohl eine etwas andere Definition von »Garten« hatte, als die meisten anderen Leute.

Auf einer Fläche, die in etwa sechs Fußballfelder fassen würde, befand sich ein riesiger Koiteich, ein japanischer Garten mit exquisiten und seltenen Pflanzenarten, sowie eine eigene Laufstrecke, die kreuz und quer durch das ganze Gebiet führte, ohne, dass es den Anblick störte, den der Garten bot. Die Bäume und Hecken, die angepflanzt wurden, boten exzellenten Sichtschutz und wurden zudem von meterhohen Zäunen umgeben, so dass sich niemand einfach so auf seinen Grund und Boden verirren konnte. Vom Arbeitszimmer aus blickte man auf die untengelegene Terrasse und den großzügigen Pool, der im Winter beheizt werden konnte. Das Haus, oder besser gesagt, das Anwesen, in dem er lebte und in dem er seinen Geschäften nachging, verfügte über mehrere elegant ausstaffierte Zimmer. Er benutzte die meisten davon kaum. Das Personal, das sich um all das kümmerte, bewohnte zeitweise den unteren Gebäudekomplex. Dazu gehörten unter anderem zwei Gärtner und eine Haushälterin. Zudem befand sich stets mindestens eine Person von seiner eigenen Security immer im Haus. Wenn er eine Feier ausrichtete, was in letzter Zeit nicht mehr so häufig geschah, war davon eine ganze Mannschaft anwesend.

Er starrte aus dem Fenster und überlegte, ob er noch einmal laufen gehen sollte. Eine seiner Angewohnheiten, wenn er unruhig war. Bewegung verschaffte ihm die nötige Ruhe, um sich wieder auf seine Aufgaben konzentrieren zu können.

So wie jetzt.

»Liam Devereux«, murmelte er seinem Spiegelbild zu,

das ihm aus schmalen Augen entgegen starrte.

Sogar der Name klang schon nach Ärger.

Das Klingeln des Telefons auf seinem Schreibtisch riss ihn aus seinen Überlegungen und er drehte sich mit einem leisen Murren um, ehe er hinüberging, um abzuheben.

Die Geschäfte mussten weiterlaufen. Sich um alles selbst zu kümmern, fraß bedauerlicherweise sehr viel Zeit, wie er sich eingestehen musste. Jack hatte ihn in einer schwachen Stunde zu fassen bekommen, denn er brauchte tatsächlich dringend einen neuen Assistenten. Gutes Personal war schwer zu finden und er arbeitete schlecht mit Leuten zusammen, die er für inkompetent hielt oder die er nicht mochte.

Er nahm das Gespräch an, während seine Finger das Foto wieder heranzogen. Skeptisch strich er über die bleiche Erscheinung.

2

»Nein.«

Jack leckte sich die Lippen und legte den Kopf schief. Ein penetranter Kopfschmerz beutelte ihn, seit er mit Lavall gesprochen hatte. Wieso waren heute nur alle so ablehnend? Das nervte.

Es war nicht allzu voll in dem kleinen Café, in dem sie saßen. Es war sauber und hell eingerichtet, mit freundlichen Bedienungen und einem reichhaltigen Angebot an Kuchen und Gebäck. Liam hatte seinen Eistee nicht ein einziges Mal angerührt, während Jack immer wieder nervös von seinem Latte macchiato trank.

Der bleiche Junge starrte ihn aus intensiv grünen Augen an, die Jack an feuchtes Moos erinnerten. Bei Sonnenlicht waren darin manchmal je nach Lichteinfall goldene Sprenkel zu entdecken, aber heute war der Himmel bezogen und grau. Das ungewöhnlich blasse Gesicht hatte einen misstrauischen, ablehnenden Ausdruck und das silberblonde Haar, das beinahe weiß wirkte, unterstrich nur Liams ungewöhnliches Erscheinungsbild. Die ausdrucksstarken Brauen waren zusammengezogen und ein angespannter Zug lag um den

Mund mit den fein geschwungenen Lippen. Die Augen, die Jack so feindselig musterten, waren von dichten, langen Wimpern umgeben und die hohen Wangenknochen sorgten, zusammen mit dem kantigen Kinn, für einen noch widerspenstigeren Ausdruck. Er war erst siebzehn, aber schon jetzt hatten seine Züge eine unbestreitbar männliche Nuance. Vielleicht würden sich eines Tages Modedesigner um dieses Gesicht reißen. Schon jetzt warfen ihm Frauen schmachtende Blicke zu, die er jedoch mit einer Kälte beantwortete, die jede Neugier im Keim erstickte.

»Du hast gesagt, du willst arbeiten. Das ist ein perfekter Job. Anspruchsvoll vielleicht, aber etwas so gut bezahltes findest du sonst nicht. Und es ist sicher.« Jack zwang sich zu einem Lächeln. »Und du kannst dabei sicher jede Menge lernen.« Er räusperte sich, ehe er anfügte: »Und du kannst davon schneller dein Studium finanzieren und sogar noch Geld sparen. Du willst doch auf die Kunstschule, oder?«

Liam presste die Lippen zusammen. »Ich hatte dich gebeten nach etwas Normalem zu suchen, und nicht um einen Job bei einem superreichen arroganten Arschloch, dem ich die Schuhe lecken soll.« Liams Stimme klang vollkommen ruhig, obwohl man sehen konnte, wie seine Kiefermuskulatur arbeitete.

Jack hätte ihn am liebsten geohrfeigt. »Das ist eine einmalige Chance. Ich kann dich auch wieder zurück zu deiner Tante schicken, wenn dir das lieber ist.« Er hasste es, diese Karte auszuspielen, aber es war das Einzige, was Liam zur Vernunft brachte. Zumindest funktionierte es noch. »Du weißt genau, dass es keine bessere Chance für dich geben wird. Der Job ist sauber, in einem sicheren

Umfeld für dich und gut bezahlt. Du musst es ja nicht ewig machen.«

Liams Gesicht blieb ablehnend, aber der Ausdruck in seinen Augen milderte sich leicht ab. »Okay.«

Jack atmete innerlich erleichtert auf. »Okay.«
Für Liam war die Vorstellung, zurück zu seiner Tante zu müssen, der pure Horror. Und Jack konnte es ihm nicht verübeln. Er hasste es, ihm damit zu drohen, aber zu seinem eigenen Schutz war es leider notwendig. War er erst einmal unter Dantes Obhut, änderte er sich vielleicht.

»Ich verspreche, du musst ihm nicht die Schuhe lecken. Das musste sein letzter Assistent ja auch nicht.«

Liam zögerte kurz, ehe er nur knapp nickte. Er strich sich mit einer beiläufig wirkenden Geste das Haar aus dem Gesicht. Es fiel ihm widerspenstig immer wieder über die linke Gesichtshälfte. Allein, dass er sich überhaupt die Haare schneiden lassen hatte, grenzte schon an ein Wunder. Der Friseur hatte sich wirklich alle Mühe gegeben, aus der schulterlangen Mähne, die völlig verwahrlost wirkte, einen vernünftigen, modernen Haarschnitt zu zaubern. Am Hinterkopf kürzer, oben und vorn länger. Dabei wurde er nicht müde zu betonen, wie schön Liams Haare waren und wie sehr er ihn um dieses natürliche, ungewöhnliche Blond beneidete.

Er konnte froh sein, dass der Bursche brav stillgehalten hatte, obwohl er Jack durch den Spiegel feindselige Blicke zuwarf. Er hasste es, angefasst zu werden. Das musste Jack schon bei ihrem ersten Treffen erleben. Gänsehaut breitete sich auf seinem Rücken aus, als er daran dachte, wie panisch er reagiert hatte. Er kannte nicht alle Details, wusste nicht alles, was Jane ihm angetan hatte, aber das, was er wusste, genügte vollauf.

»Was ist mit seinem letzten Assistenten passiert? Ist er gefeuert worden?« Liam musterte Jacks Gesicht eingehend und seine Worte rissen ihn aus seinen düsteren Gedanken. Manchmal war der Ausdruck in seinen Augen regelrecht bohrend. Er wusste, dass es unhöflich war, Leute auf diese Art anzustarren, aber man konnte es ihm nicht abgewöhnen. Jack seufzte. Diese Augen machten ihn nervös. So wie der ganze Rest an Liam. In seiner Nähe zu sein bereitete ihm einfach Unbehagen, weil man nie wusste, wie er reagieren würde. Von neutral und kühl bis feindselig und verstockt war alles dabei.

»Er ist in Rente gegangen. Stephen war ein treuer Begleiter von Lavalls Vater und von ihm selbst. Aber mit achtzig hatte es ihm dann doch irgendwann gereicht. Oder eher gesagt: Dante hatte entschieden, dass der alte Mann endlich ein bisschen Zeit für sich haben sollte. Er hat ihm und seiner Frau eine Weltreise zum Abschied geschenkt.« Jack schmunzelte bei der Erinnerung daran. »Er schickt uns ständig verwackelte Fotos und genießt seinen Ruhestand mit seiner alten Annie in vollen Zügen.«

Liam hörte ihm schweigend zu und sagte nichts. Das hatte Jack auch nicht erwartet. Überhaupt war der Kleine heute ungemein redselig.

»Und wann treffe ich ihn?«

»Dante? Heute Abend. Wir müssen noch ein paar Klamotten für dich organisieren.« Er sah, dass Liam widersprechen wollte, aber dann klappte er den Mund doch wieder zu.

»Okay.«

Jack lächelte ihm aufmunternd zu. »Es wird nicht so schlimm, wie du denkst. Er ist in Ordnung.«

Liam betrachtete ihn argwöhnisch und zuckte nur wortlos die Achseln, als spielte das keine Rolle.

»Okay.« Er starrte aus dem Fenster und schwieg. Nicht ein Wort drang ihm über die Lippen, während Jack ihm Anekdoten und Geschichten über seine Arbeit als Anwalt erzählte und dabei versuchte, dem blassen Jungen irgendeine Reaktion zu entlocken. Er hörte ihm genau genommen kaum zu, obwohl ein Teil von ihm eine Art von Anerkennung für Jacks Bemühungen empfand. Seine Blicke ruhten stattdessen wie gebannt auf den Menschen, die am Café vorbeikamen und die alle irgendein Ziel hatten. Lachende, vorbeihuschende Gestalten. Manche davon telefonierten, andere schoben Kinderwagen vorbei, manche gingen Hand in Hand. Er sah eine junge Frau, die anscheinend mit ihrer Mutter stritt. Dabei wehte ihr der Wind immer wieder eine Strähne ihres haselnussbraunen Haares vor die Augen und sie wischte sie stets ungeduldig weg. Er hatte bemerkt, dass Jack ihn schweigend beobachtete. Der Anwalt hatte begriffen, dass seine Worte ihn nicht interessierten.

Die junge Frau fluchte. Er sah es daran, wie sie gestikulierte und wie empört ihre Mutter aussah. Sie stiegen in ein rotes Auto und fuhren nach einem Moment weg, in dem Liam jedoch sehen konnte, dass sie ihren Streit auch im Auto fortführten.

»Wir sollten uns langsam auf den Weg machen. Ich muss noch mal zur Arbeit, ein paar Dinge erledigen.« Jack erhob sich und Liam tat es ihm gleich. Der Eistee stand immer noch unangetastet auf dem Tisch.

»Mach dir keine Sorgen. Alles wird gut, du wirst sehen.« Liam glaubte ihm kein Wort. Aber er nickte trotzdem. »Okay.«

• • •

Jack starrte seufzend in seine Kaffeetasse, während er den prüfenden Blick seines Anwaltsgehilfen auf sich spürte.

»Alles in Ordnung mit dir? Du siehst irgendwie niedergeschlagen aus.« Alex Claire war zweiundzwanzig, sehr auf sein Äußeres bedacht und dabei so jungenhaft charmant, dass man dabei leicht vergessen konnte, dass er in Gerissenheit und Cleverness den alten Hasen schon bald das Wasser reichen konnte. Er war mittlerweile ein recht guter Freund für Jack geworden, obwohl er berufliches und privates lieber trennte, wenn es ging.

Jack brummte missmutig und schob die Unterlagen, die er eigentlich dringend durcharbeiten sollte, von sich. »Der Junge geht mir auf den Geist. Ich hatte gedacht, es wäre einfacher, mit ihm klarzukommen, aber ich hätte es wohl einfach besserwissen sollen.«

»Du meinst diesen Liam?« Alex schrägte fragend den Kopf. »Was ist denn mit ihm?«

Jack lächelte matt. »Nun ja. Vielleicht fragst du lieber andersrum. Was nicht mit ihm ist, wäre viel kürzer und schneller zu beantworten.« Er rieb sich das Gesicht und spürte dabei die Müdigkeit nur umso mehr. »Er ist eher wie ein Hund als ein Mensch. Wie einer, der die ganze Zeit nur an der Kette gelebt hat und ständig verprügelt wurde. Seine Sozialkompetenzen sind nicht gerade gut ausgeprägt und er ist misstrauischer als eine streunende Katze.«

Alex pfiff leise durch die Zähne. »Klingt nach einem

Charmebolzen. Und wieso willst du den Kleinen dann unbedingt bei Lavall unterbringen? Glaubst du, das ist wirklich so eine gute Idee? Wenn das schief geht, verlierst du, also die Kanzlei, also wir«, führte er dann mit einem schiefen Lächeln aus, »einen wirklich guten, wirklich sehr reichen, wirklich sehr angesehenen Klienten.«

Jack nickte langsam. Er trank einen Schluck von dem inzwischen kalten Kaffee und verzog angewidert das Gesicht. »Ich weiß. Ich setze meine Hoffnung auf eine einzige Karte.«

Alex betrachtete ihn forschend, ehe er ihm einige Papiere zu den anderen auf den Tisch legte. »Und welche Karte ist das?«

Jack schmunzelte und reichte ihm im Gegenzug die Kaffeetasse. »Ein guter Anwalt gibt seine Absichten nie preis, ehe es nicht Zeit ist. Mein Blatt wartet erst noch darauf, ausgespielt zu werden. Und dann sehe ich, wessen Hand besser ist.«

»Eine risikoreiche Strategie, wenn du dir nicht absolut sicher bist, dass du die besseren Karten hast.« Alex nahm ihm die Tasse ab und Jack brummte, ehe er sich den Papieren widmete.

»Ich wäre nicht so ein erfolgreicher Anwalt geworden, wenn ich nicht so eine ausgezeichnete Menschenkenntnis hätte.«

»Und was sagt dir deine Menschenkenntnis über deinen Neffen?« Sein Gehilfe zog süffisant eine Braue hoch und schenkte ihm ein schiefes Lächeln. »Du bezeichnest ihn als eher hundeähnlich, also hoffe ich, dass du ein bombastisches Blatt auf der Hand hast.«

Jack scheuchte ihn mit einer Handbewegung aus seinem Büro.

»Das hoffe ich auch«, murmelte er dumpf, ehe er sich seinen Unterlagen zuwandte und sich auf seine Arbeit konzentrierte. Zumindest versuchte er das.

Dante wusste nicht, dass Liam sein Neffe war. Und es wäre auch besser, wenn er das vorerst nicht erfahren würde.

So wie die anderen Dinge, die er ihm und auch sonst niemandem erzählt hatte.

• • •

Der Himmel hatte sich erbarmt und der bislang trübe, geradezu melancholisch graue Tag hatte sich gewandelt. Die schweren, tristen Farbtöne waren einem strahlenden Blau gewichen und die Temperaturen waren gestiegen. Es war beinahe schon wieder zu heiß. Offensichtlich hatte der Sommer lediglich eine kurze Pause eingelegt.

Dante Lavall strich seinen Anzug von Brioni glatt und lächelte höflich. Sein Arbeitstag war beinahe rum und er hatte heute wieder einen Kunden ausnehmend glücklich gemacht. Da war das Geschäftsessen lediglich eine Routinemaßnahme. Beinahe schon eine Art unumgängliche Tradition, die zur Etikette gehörte. Natürlich auf seine Rechnung.

Aber wer mit Kunstwerken in dieser Preisklasse handelte, der durfte nicht zimperlich sein. Die Zufriedenheit der Kunden hatte oberste Priorität.

»Es ist wie immer eine Freude gewesen, Mister Lavall. Mein Vater wird sehr zufrieden sein. Wie immer.« Catrina lächelte ihm zu, während sie den Wein in ihrem Glas leicht schwenkte. Ihre blauen Augen fixierten ihn und er wusste genau, an was sie dachte.

Ihr goldblondes Haar fiel in seidigen, langen Strähnen um ihre schlanke Statur und umschmeichelte das enge, teure Designerkleid, das in einem kräftigen Rot eindeutige Signale sandte. Er ignorierte den leichten Schwindel, der von ihrem teuren und zu stark aufgetragenen Parfüm herrührte. Sie versuchte schon seit Jahren, ihn für sich zu gewinnen. Ihr Vater war Spanier und einer der großzügigsten Klienten, die er je gehabt hatte. Er schickte seine Tochter nicht ohne Grund immer vor. Schon lange wünschte er sich, aus Dante einen prestigeträchtigen Schwiegersohn zu machen.

Das konnte er vergessen.

»Die Freude war ganz auf meiner Seite, Catrina. Ich hoffe, wir kommen bald wieder ins Geschäft.« Er lächelte unverbindlich und leerte sein Glas. Im Gegensatz zu seinen Klienten trank er niemals Alkohol. »Allerdings habe ich heute noch einen weiteren Geschäftstermin. So leid es mir tut, meine Liebe, aber ich muss mich verabschieden.«

Catrina wickelte eine seidige Haarsträhne um ihren schlanken Finger. Die manikürten Nägel glänzten in ebenso feurigem Rot wie ihre Lippen, die sich zu einem Lächeln verzogen. »Ich verstehe. Das Geschäft hat eben immer Priorität, nicht wahr?« Sie schürzte den Mund und trank dann ihrerseits den Wein aus.

Er ließ sich zu einem sachten Lächeln verleiten, als er sich galant verneigte und ihre Hand ergriff, um einen zarten Kuss darauf zu hauchen. Sein Blick senkte sich in ihren. »Es war mir eine besondere Freude. Mein Fahrer bringt dich in dein Hotel.«

Sie zog eine Braue hoch. »Die Chancen, dass du mich dort eines Tages besuchen kommst, stehen wohl immer noch schlecht, nicht wahr, Dante?« Sie seufzte bedauernd und er richtete sich wieder auf.

»Geschäft ist Geschäft und privat ist privat, wie du weißt.« Er zwinkerte ihr zu. »Ich bin sicher, du findest eine passendere Partie als einen langweiligen Kunsthändler.«

Sie verzog ihr Gesicht, während sie ihre Clutch an sich nahm und das lange Haar über eine Schulter strich. Auf den hohen Absätzen war sie fast so groß wie er. Aber nur fast. An seine über einen Meter und neunzig reichte sie dennoch nicht heran.

»Ich finde sicherlich irgendeinen Mann, der mich nicht nur mit Nettigkeiten und Antiquitäten abspeist, da hast du recht.« Sie lächelte ihm kühl zu, ehe sie an ihm vorbeirauschte. »Aber eine Frau wie mich findest du nie wieder, Dante.«

Das wollte er auch nicht hoffen.

Catrina Salazar war unter der hübschen Fassade, dem charmanten Lächeln und den Designerkleidern nämlich ein psychopathisches Biest. Zumindest hatte er von anderen genug Geschichten zugetragen bekommen, die das bekräftigten. Und so gern er sie auch ansah und so sehr er auch das Vermögen ihres reichen Vaters schätzte – aber noch mehr schätzte er seine Freiheit. Und die gedachte er für niemanden aufzugeben.

Er warf einen kurzen Blick auf seine Uhr, ehe er sich dann selbst auf den Weg machte.

Eine weitere Verabredung wartete auf ihn und sein Instinkt warnte ihn, dass es vermutlich erheblich unangenehmer werden könnte, als ein Geschäftsessen mit einer verärgerten Catrina.

Andererseits: Wenn dieser blasse Kerl ihm nicht passte, konnten auch Jacks gute Worte ihn nicht retten. Er hatte also im Grunde nichts zu verlieren. Und wie es bei allen Dingen im Leben meist so war: Ein Blick schadete ja nicht und vielleicht täuschte ihn sein Instinkt ja sogar. Eigentlich konnte er es nur hoffen, denn sein Handy klingelte schon wieder und er hatte sich erneut um Belangloses zu kümmern. Dinge, für die er eigentlich keine Zeit hatte. Er lächelte höflich, während er zu seinem Wagen ging.

3

Die Nacht hatte ihren ganz eigenen Duft.
Dante sog ihn ein wie ein kostbares Elixier. Schwarz, samtig und voller Verheißungen. Es war der Duft nach verbotenen Dingen, Abenteuern und der Jagd nach Spaß in allen möglichen Formen.

Sein Vater würde sich vermutlich im Grabe umdrehen, wenn er wüsste, was sein Sohn, noch dazu adoptiert, aus seinem Imperium machte. Obwohl sich Dante die meiste Zeit recht sicher war, dass er es genau so getan hätte, wäre er an seiner Stelle. Vermutlich hätte sein Vater sich sogar mit Catrina eingelassen, nur, damit sie Ruhe gab.

Aber sein Vater war nun einmal tot und er lebte.

Und wie er das tat.

Der Club war voll, so wie immer. Die Musik dröhnte in seinem Brustkorb und brachte das Blut in seinen Adern zum Vibrieren. Er hatte solche Orte schon immer gemocht. Orte, an denen er vergessen konnte, wer und was er war. Es gab nur diese wogende Masse aus Körpern, die sich aneinanderschmiegten und tanzten, um zu vergessen und den Moment zu leben.

Aus dem VIP-Bereich heraus, in dem heute niemand

außer ihm war, konnte er das Publikum beobachten. Seine Lippen verzogen sich zu einem spöttischen Grinsen, als er die hilflosen Annäherungsversuche eines dieser reichen Gören sah, das sich an Tascha an der Bar ranschmeißen wollte. Er trug einen Anzug der so billig und unpassend war, dass es ihm in den Augen wehtat. In seinem Ohrläppchen saß ein überkandidelter Brillantstecker, der vermutlich so teuer und protzig war, wie dieser Knabe unreif.

Er lächelte, als seine Barfrau sich zu dem Halbwüchsigen rüber beugte, ihm einen tiefen Einblick in ihr üppiges Dekolleté gewährte, und ihm vermutlich freundlich zuflüsterte, dass er und seine reichen Freunde sich ins Knie ficken konnten.

Dieser Club war exklusiv. Ohne Einladung kam man nicht rein. Er würde dem Vater dieses Bengels später eine kurze Nachricht zukommen lassen. Sein Sprössling war ihm nicht unbekannt, aber da er ihn bereits das zweite Mal erwischte, war die Gnadenfrist für den Welpen vorbei.

Er hob das Glas an die Lippen und nahm einen Schluck von seinem Ginger Ale. Vielleicht nicht sonderlich luxuriös, aber er hatte Durst und für ihn war es, was Alkohol anbelangte, noch etwas zu früh.

Sein Blick schweifte ziellos und entspannt über die Masse, als er plötzlich innehielt. Mitten drin, zwischen all den tanzenden Körpern, zwischen den teuren Halsketten und den funkelnden Armbändern, den exquisiten Anzügen und den dramatisch geschminkten Gesichtern der weiblichen Gäste in ihren Louis Vuitton Schuhen, sah er ihn.

Er bewegte sich wie ein Geist zwischen den Tanzenden.

Der weiße, maßgeschneiderte Anzug war nicht das billigste Modell, aber auch nicht das teuerste. Sein silberblondes Haar fiel ihm widerspenstig in das bleiche Gesicht, wurde von einer ebenso hellen Hand zurückgestrichen. Der Kleine bewegte sich wie durch ein Meer aus Gras, wobei er den anderen Leuten, so gut es ging, auswich, als ekelte es ihn, sie zu berühren. Er wirkte deplatziert und trotzig. Jack ging hinter ihm und sorgte wohl dafür, dass der Kleine nicht abhaute.

Dante setzte zu einem Lächeln an, das sofort auf seinen Lippen erstarrte, als der Kleine auf und zu ihm hochschaute. Als hätte sein Instinkt ihm gesagt, dass er beobachtet wurde.

Dante Lavall war nicht auf diesen Blick gefasst. Sogar über diese Entfernung ging er ihm durch Mark und Bein und sein Herz begann schneller zu schlagen.

Er ließ das Glas mit dem Ginger Ale sinken und starrte zu dem bleichen Jungen runter, der zu ihm hochsah. Wer weiß, wie lange er noch so verharrt wäre, hätte Jack ihn nicht vorausgeschoben, auf den Eingang zur VIP-Lounge zu, in der Dante auf sie beide wartete.

In seinem Magen breitete sich ein merkwürdiges, unangenehmes Kribbeln aus. Nervöse Anspannung, die bewirkte, dass sich sein ganzer Körper verspannte. Er konnte fühlen, wie sich Ablehnung in ihm aufbaute. Dabei hatte er den Burschen noch gar nicht aus der Nähe gesehen. Plötzlich war er neugieriger, als er je zugeben würde. Gleichermaßen war er aber auch auf der Hut.

Die VIP-Lounge war in zwei Bereiche unterteilt. Der eine war für die Gäste, der andere für ihn. Der Raum, den er beanspruchte, war mit rotem Samt ausgekleidet. Burgunderfarben bedeckte er die weichen Sessel und gab dem Teppich seine Farbe. Sogar die Wände und die Decke waren damit überzogen, was zusätzlich zu den schalldichten Wänden des Raumes die Stimmen dämpfte. Man hörte weder die Musik von draußen, noch hörte man draußen, was drinnen vor sich ging. Eine Panoramafensterscheibe ermöglichte einen perfekten Blick von oben auf das Geschehen des Clubs. Sie war so verarbeitet, dass man von außen nicht hineinsehen konnte.

Als die Tür aufgedrückt wurde, drang das Dröhnen der Musik in die Lounge. Ein Securitymitarbeiter geleitete die beiden Gäste hinein und nickte Dante knapp zu, ehe er die Tür wieder schloss und die Stille zurückkehrte.

Jack stand vor ihm und lächelte. Er wirkte nervöser als üblich. Dante konnte sehen, dass er seinen besten Anzug ausgepackt hatte, als wäre er ein wichtiges Date, das er beeindrucken wollte. »Wir sind etwas zu spät, entschuldige. Der Verkehr war die Hölle und es gab unterwegs noch einen kleinen Unfall, dem wir ausweichen mussten ...«

Er erwiderte Jacks nervöses Lächeln nicht und er interessierte sich auch nicht für seine Ausreden. Stattdessen schüttelte er ihm schweigend die Hand, während sein Blick hinter den Anwalt zu gleiten versuchte. Liam drückte sich hinter Jack herum und schenkte Dante keinen Blick. Er musterte stattdessen argwöhnisch den Innenraum.

»Liam Devereux.« Dante sprach seinen Namen aus und der Blick aus den ungewöhnlichen grünen Augen fixierte sich auf ihn. Der Kleine sah in dem weißen Anzug, mit der milchweißen Haut wie aus Porzellan und den silberblonden Haaren aus wie eine Schneeflocke, die in eine Pfütze aus Blut gefallen war, nahm man das burgunderrot des Innenraums zum Vergleich. Dante konnte nicht sagen, wieso, aber wie er ihn anstarrte, machte ihn unruhig. Er war noch jung, ein Gesicht wie ein Model. Seine Haut schien makellos, was ungewöhnlich in dem Alter war. Seine Mimik wirkte so abweisend und freundlich wie eine Gletscherwand in Norwegen und er sagte nicht einen Ton. Die Züge waren kantig, ohne grob zu wirken. Trotzig und rebellisch und dennoch hatte er erstaunlich volle Lippen. Dante konnte die Ader an seinem Hals pochen sehen, aber er rührte sich nicht, stand einfach nur in seinem Anzug da und starrte ihn an.

Jack wurde unruhig, aber ehe er etwas sagen konnte, hatte Dante ihn schon mit einer herrischen Geste Schweigen geboten.

Rauchgraue, streng blickende Augen nahmen den Jungen ins Visier, als er sprach: »Mir ist egal, woher du kommst oder wer du bist. Jack hier«, erklärte er mit Fingerzeig auf den Anwalt, »hält dich für einen guten neuen Mitarbeiter für mich. Wenn du mein persönlicher Assistent werden willst, erwarte ich Pünktlichkeit, absoluten Gehorsam, Respekt, Loyalität mir und meinen Leuten gegenüber und Verschwiegenheit in allen Dingen, die du für mich tun wirst.« Er ließ das kurz wirken, während Liam ihn unverwandt anstarrte und reglos stehenblieb. »Und solltest du mich je anlügen, kriminelle Dinge machen oder Drogen nehmen, werde ich dich eigenhändig verprügeln, ehe ich dich ebenso eigenhändig der Polizei übergebe. Außerdem wirst du in meinem Haus keinen Alkohol anrühren und keine Weiber anschleppen. Das Gleiche gilt auch für Haustiere.« Dante schwieg und beobachtete die Reaktion des Kleinen. Er erwartete, dass er die Ohren anlegen und kleinlaut werden würde. Er hatte strenger und herrischer geklungen, als er gewollt hatte, doch der Bursche stand unbeeindruckt da. Er blinzelte nicht einmal.

»Okay.«

Dante bekam Gänsehaut. Seine Stimme klang unerwartet samtig und angenehm. Weder zu hell noch zu dunkel.

Jack fuhr mit einem nervösen Lachen dazwischen, ehe Dante die lapidare Antwort kommentieren konnte.

»Du meine Güte, was für eine Anspannung, mh? Der Anzug ist doch ganz nett, oder? Natürlich nicht wie einer von deinen, aber immerhin. Ich habe ihn fast nicht aus seinen abgewetzten Jeans rausbekommen.« Er lächelte zwischen den beiden hin und her, aber Dante knurrte nur etwas, ehe er sich setzte und den beiden ebenfalls einen Platz in den beiden gegenüber liegenden Sesseln anbot.

»Also dann. Ich nehme an, du hast den Arbeitsvertrag dabei?« Dante Lavall schlug die Beine locker übereinander und stützte das Kinn auf die Knöchel der geballten Hand, den Ellbogen auf der Sessellehne aufgestützt. Der bleiche Bursche setzte sich ihm gegenüber, das Gesicht so ausdruckslos wie der Mond und in fast der gleichen Farbe. Er fühlte, wie er ihn musterte. So aus der Nähe und bei dem Licht schien die Farbe seiner Augen noch intensiver.

Jack nickte eifrig. »Natürlich. Erst einmal befristet auf sechs Monate, ich denke, das ist in deinem Sinne?« Der Anwalt leckte sich nervös die Lippen, als er sah, wie die beiden sich anstarrten. Wie zwei Wölfe, die jede Sekunde an die Kehle des anderen springen würden. Es fehlte nicht viel, und Dante würde noch die Zähne fletschen. Er konnte die Abneigung und die Spannung in der Luft förmlich greifen.

Dante brummte zustimmend, ehe er den bohrenden Blick vom Gesicht des Burschen losriss und seinen Anwalt fast mit der gleichen Intensität fixierte.

»Du wirst für jeden Schaden aufkommen, den der Junge in meinem Haus anrichtet. Ich hoffe, das steht auch in deinem Vertrag.«

Jack lachte und es klang etwas gekünstelt. »Dante, das ist nur Liam, ein ganz normaler Junge, nicht einer von der Bloodhound Gang, der das Hotelzimmer verwüstet und danach anzündet oder so.«

Lavall zog eine Braue hoch, während Liam unbeeindruckt den Blick durch den Raum schweifen ließ.

»Sicher ist sicher. Vielleicht verwandelt er sich bei Vollmond ja in eine Fee und fängt an, meine Bettwäsche mit Glitzerstaub vollzukotzen.«

Liams Aufmerksamkeit kehrte zusammen mit einem irritierten Stirnrunzeln zu Dante zurück, ehe er Jack anstarrte. »Was soll das heißen? Ziehe ich etwa bei ihm ein?«

Jacks schuldbewusste Miene sagte alles, und entlockte Dante ein genervtes Seufzen.

»Das hast du ihm nicht gesagt?«

»Hatte ich vor.« Jack warf Liam einen entschuldigenden Blick zu. »Der persönliche Assistent der Lavalls wohnt immer auch im Haus. Du hast dein eigenes Zimmer, dein eigenes Bad und kannst dich völlig frei bewegen.«

Liams Augen wurden schmal und das sowieso schon abweisende Gesicht verschloss sich noch mehr. Er bedachte Dante mit einem flüchtigen, abschätzigen Blick. »Kann ich die Tür abschließen?«

Dante bemühte sich, ruhig zu bleiben. So freundlich wie möglich erklärte er: »Ich bin kein Kinderschänder. Ich fasse keine kleinen Jungs an, klar? Und vor allem nicht, wenn sie so dermaßen bleich sind, dass man sie beim nächsten Ski-Urlaub in einer Schneewehe verlieren könnte, weil ihr Camouflage so perfekt ist.«

Liam maß ihn mit Blicken und schien im ersten Moment widersprechen oder etwas sagen zu wollen, aber dann zuckte er nur die Achseln und hüllte sich in Schweigen. Seine Augen fixierten sich auf den Teppichboden zu Dantes Füßen.

»Natürlich kannst du die Tür abschließen. Was immer du willst«, beantwortete schließlich Jack seine Frage. Er räusperte sich und Dante konnte die Schweißperlen sehen, die sich auf der Stirn seines Anwalts sammelten. Er fuhr ungeachtet dessen mit seinen Forderungen fort:

»Er wird fünf Tage die Woche arbeiten. So lange, wie es nötig ist. Wenn er Urlaub braucht, wird er ihn beantragen. Ich werde natürlich darauf achten, dass ich ihm nicht zu viel aufbürde.« Er wartete kurz, ehe er hinzufügte: »Schließlich ist er noch ein Kind.« Er bemerkte, wie Liam den Blick hob und seine Wangen wurden von Röte überzogen. Er tat, als bemerkte er es nicht. Ein sachtes Lächeln stahl sich dennoch auf seine Lippen.

Dieser Bursche tat so cool und dann brachte ihn etwas so dämliches aus der Fassung. Vielleicht würde alles doch nicht ganz so unangenehm werden. Vielleicht war es sogar gar nicht schlecht, wenn er jemanden um sich hatte, der eher in seinem Alter war. Oder anders gesagt: Etwas näher an seinem Alter. Die meisten seiner Kunden waren weit über fünfzig. Ein bisschen Abwechslung wäre nicht das Schlechteste. Zumindest war der Bengel keine

Plaudertasche. Jack nickte eifrig und schob ihm dann die Verträge in doppelter Ausführung zu.

»Wo soll ich unterschreiben?« Dante lächelte süffisant, als er den Stift entgegennahm. Sein Blick ruhte dabei ganz auf Liams Gesicht, der ihn misstrauisch beäugte. Er sah alles andere als begeistert aus, aber er widersprach auch nicht, obwohl er das jederzeit gekonnt hätte.

4

Die Lichter der Stadt wirkten auf seltsame Art schön, obwohl er gar nicht so viele davon sah. Die Wohnung lag ja nur im sechsten Stock und andere Wohnhäuser versperrten die Sicht. Dennoch konnten sie einen freien, klaren Sternenhimmel nicht ersetzen. Sie schienen mit dem echten Firmament konkurrieren zu wollen, dabei war das Original immer besser als eine Kopie.

Liam Stütze das Kinn auf die angezogenen Knie und starrte schweigend vor sich hin. Er hatte sich nach dem Abendessen, das er allein gegessen hatte, und das aus chinesischem Fastfood bestand, in sein Zimmer zurückgezogen. Zumindest bezeichnete es Jack so. Oder eher: Das hatte er bislang, denn ab morgen wäre es wieder sein Gästezimmer. Er war erst einen Monat hier und schon wollte sein Onkel ihn loswerden.

Er konnte es ihm nicht verübeln.

Wenn er es genau bedachte, musste er eigentlich froh und dankbar sein, dass er ihn so lange ertragen hatte. Und jetzt hatte dieser reiche Typ ihn sozusagen gekauft. Sein Onkel hatte einen Vertrag mit diesem Lavall abgeschlossen und Liam an ihn verkauft wie einen Hund.

Er würde für ihn arbeiten und vermutlich alle möglichen abartigen Dinge für ihn tun müssen. Sein Vorname war Dante, aber Jack hatte ihm eingebläut, ihn immer nur mit Mister Lavall anzureden. Den Vornamen durften nur Leute benutzen, die ihn schon lange kannten und denen er das selbst erlaubt hatte.

Jack hielt viel von diesem Lavall. Er fand, sie würden sicher gut zusammen auskommen.

Liam zog die Brauen zusammen und seufzte leise. Im Zimmer war es kalt, aber das störte ihn nicht so sehr wie schon wieder woanders hin verpflanzt zu werden. Jack hatte gedroht, ihn wieder zurück zu Jane, seiner Tante, zu schicken, wenn er sich nicht gut benahm.

Er bekam Gänsehaut, die jedoch nicht durch die Kälte verursacht wurde. Er dachte wieder an die Narben, die seine Haut bedeckten und die er niemals jemandem gezeigt hatte. Jane konnte wütend werden, wenn sie getrunken hatte.

Und sie trank immer. Und wenn sie nicht trank, dann nahm sie irgendetwas.

Aber noch schlimmer war es, wenn ihr das Geld

ausging und sie weder trinken noch irgendetwas einwerfen konnte. Dann wurde sie nicht mehr nur wütend, sondern ganz ruhig und sprach leise und sanft und dann wusste er, dass sie ihm ganz besonders wehtun würde. Oder sie sperrte ihn dann wieder in den Keller.

Liam wusste genau, dass er anders als andere Leute war. Er musste sich nicht im Spiegel ansehen, um die Unterschiede zu bemerken. Es war schon die Art, wie es sich anfühlte, wenn andere Leute miteinander sprachen oder wenn sie mit ihm sprachen.

Es war immer, als wäre er auf einer anderen Wellenlänge als der Rest der Welt. Er hatte meist gar keine Lust, überhaupt mit irgendwem zu sprechen. Aber er hörte gern zu. Meistens jedenfalls. Zumindest wenn die Leute versuchten, nett zu ihm zu sein. Er tat den Leuten entweder leid, oder sie hielten ihn für eine abartige Missgeburt, die nicht draußen rumlaufen sollte.

Es kam vor, dass Leute ihn anspuckten oder nach ihm schlugen, wenn sie dachten, das wäre okay. Dabei war es ja nicht so, als ob er sich diese Haarfarbe oder diese Hautfarbe ausgesucht hätte.

Er hätte sich, wenn er sich hätte selbst zusammenstellen können, nie so herausstechend gemacht. Aber es war, wie es war.

Dante Lavall, *Mister Lavall*, verbesserte er sich in Gedanken, war hingegen das totale Gegenteil von ihm. Er war schwarz. Sein Anzug war schwarz gewesen, sein Haar war schwarz und sein Herz war es vermutlich auch. Seine Haut hatte diesen beneidenswerten Teint, den man nur bekommt, wenn man viel draußen und in der Sonne ist. Wahrscheinlich lag der Kerl den ganzen Tag am Pool und faulenzte. Er hatte für einen Kerl ziemlich lange

Haare, die ihm bis in den Nacken fielen und die er sich dauernd aus den Augen strich.

Liam runzelte die Stirn und biss sich auf die Lippen. Seine Augen waren dunkel gewesen. Dunkelgrau, wenn er das in dem Licht richtig gesehen hatte. Eine komische Farbe. Sah irgendwie kalt aus. Ungemütlich.

Wahrscheinlich war der ganze Typ ungemütlich. Seine Hände hatten ziemlich kräftig ausgesehen. Gar nicht so sehr wie diese weichen Babyhände, die er sich bei reichen Kerlen vorstellte, sondern grober. Er hatte die Schwielen an seinen Handflächen gesehen. Woher er die wohl hatte?

Vielleicht vermöbelte er seine Angestellten und Jack hatte ihm Scheiße erzählt. Vielleicht war der letzte Assistent gar nicht in Ruhestand gegangen, sondern dieser Mister Lavall hatte ihn verprügelt.

Er streckte sich und glitt etwas steif vom Fensterbrett, auf dem er gesessen hatte. Morgen würde er erfahren, was dieser Lavall für ein Kerl war, und wenn es zu schlimm wurde, konnte er ja nach einem Monat abhauen, wenn er sein erstes Geld bekommen hatte.

Zumindest das hatte er seinem Onkel abringen können. Statt auf ein Konto, dass Jack für ihn führte, hatte er ein eigenes bekommen. Jedoch natürlich noch mit der Vollmacht seines Onkels.

Er wäre ohnehin in gut acht Monaten volljährig und dann könnte ihn sowieso die ganze Welt am Arsch lecken, wie man so sagte.

Vielleicht war dieser Lavall ja gar nicht so übel, wie er nach der ganzen Starrerei und den giftigen Blicken von ihm dachte.

Die grauen, harten Augen kamen ihm wieder in den Sinn, die ihn, zusammen mit den markanten

Gesichtszügen, wie eine griechische Gottheit wirken ließen. Unnahbar und gefährlich, auf eine komische, unangenehme Art. Er fühlte sich unter diesen Blicken überhaupt nicht wohl. Er glaubte nicht, dass er Lavall sehr mögen würde.

Er glaubte auch nicht, dass das jemals auf Gegenseitigkeit beruhen würde.

Aber in einer Welt wie dieser, kam es darauf nicht an.

Er brauchte das Geld und er wollte nicht zurück zu Jane.

Liam kroch unter die Decke, die ihn kaum wärmte, während er die Augen schloss, und versuchte, einzuschlafen.

Draußen fiel Regen von einem grauen Himmel, der kein Sternenlicht hindurch ließ.

...

Die Flammen im Kamin warfen flackernden Lichtschein auf Dantes Gesicht und das Glas in seiner Hand. Er genoss die Wärme, die von dem knisternden Feuer ausging, zusammen mit der, die dank des Alkohols durch seine Adern rann und ihn entspannte. Mit ausgestreckten Beinen saß er in seinem breiten Lieblingssessel und schwenkte den Cognac in seinem Glas dabei sacht. Sein Blick ruhte auf dem brennenden Holzscheit und der roten Glut.

Der Tag war alles in allem recht erfolgreich gewesen. Ein abgeschlossener Deal, eine halbwegs zufriedene

Kundin, ein neuer Angestellter, der morgen in sein Anwesen ziehen würde.

Und dennoch war Dante nicht so zufrieden, wie er hätte sein sollen. Draußen hatte es zu regnen begonnen. Morgen früh würden die Pfade, auf denen er noch vor Sonnenaufgang lief, matschig und rutschig sein. Die Tropfen trommelten leise gegen die Fensterscheiben, erzeugten ihre ganz eigene Melodie.

Aber er saß hier und hatte es warm. Er hatte Geld. Er sah gut aus. Er führte ein erfolgreiches Unternehmen, einen gut gehenden Club, besaß mehr, als die meisten Leute sich jemals auch nur erträumen konnten.

Und doch war er nicht zufrieden.

Er furchte nachdenklich die Stirn und rückte sich bequemer im Sessel zurecht.

Diese intensiven, grünen Augen mit dem stechenden, misstrauischen Blick ließen ihn nicht los. Was war dem Burschen nur zugestoßen, dass er derart abweisend und misstrauisch war? Und gleichzeitig schien er dennoch, unter all der Rebellion und dem Trotz, eine gewisse Gleichgültigkeit zu besitzen. Wo hatte Jack den Kerl nur her? Und wieso zum Teufel war er nur so höllisch weiß?

Er sollte ihn mal an den Strand mitnehmen, damit er wenigstens etwas Farbe bekam. Er erschreckte sonst noch die Kunden, wenn welche für die Besichtigung von Gegenständen aus seiner Privatsammlung vorbeikamen.

Er nippte von seinem Cognac. Es war nicht genug in dem einen Glas, um ihn betrunken zu machen, aber das war auch nicht seine Absicht. Dann hätte er etwas anderes genommen. Die Art und Weise, wie dieser Liam ihn angesehen hatte, erinnerte ihn an jemanden. Er kam nur nicht darauf, an wen.

Oder vielleicht wollte er es sich auch nur nicht eingestehen. Eigentlich konnte es ihm egal sein, ob der Bursche ihn mochte oder nicht. Er bezahlte ihn ja eigentlich nicht dafür. Aber Sympathie machte vieles leichter. Den alten Stephen hatte er unheimlich gern gehabt. Er hätte sein Großvater sein können. Im Moment reiste er wohl durch Ägypten und kaufte seiner Frau hübschen Schmuck aus Lapislazuli. Danach ging es auf Safari, so viel er wusste. Er hatte ihm den Ruhestand aufdrängen müssen, damit er sich endlich einmal selbst etwas gönnte. Melancholie stieg in ihm auf und er lächelte wehmütig. »Deine Gesellschaft fehlt mir, alter Knacker. Ich hoffe, du genießt deine zweiten Flitterwochen mit deiner Herzdame.« Er seufzte schwer und streckte sich, ehe er das Glas mit sich nach unten in die Küche nahm.

Er sollte zufrieden und dankbar sein, für das Leben, was er geschenkt bekommen hatte.

Aber als er durch das viel zu große, viel zu leere Haus ging, fühlte er nichts davon.

Das Glas stellte er in die Spüle, nachdem er den restlichen Cognac in kleinen Schlucken getrunken hatte. Die Stufen, die hinauf in sein Zimmer führten, erklomm er mit ungewohnt schwermütigen Schritten, ehe er die Schultern straffte und sich gedanklich selbst ohrfeigte. Er war eigentlich kein sonderlich sentimentaler Mann. Die Dinge waren, wie sie waren.

Sein Schlafzimmer war ebenso geräumig wie der Rest seines Hauses. Die Wände waren bis auf wenige Gemälde vollkommen kahl und in schlichtem Weiß gehalten. Das Bett war groß genug, um vier Personen Platz zu bieten. Er hatte das schon ausprobiert. Das Bettgestell war aus Holz. Schwer und massiv, handgeschnitzt. Es war eine Plage, das ganze Ding die elenden Treppen hochzukriegen, als er hier eingezogen war. Dante entkleidete sich langsam, ehe er unter die Decke schlüpfte. Sie war weich und roch nach Lavendel. Eine Angewohnheit, die er hatte. Er konnte nicht schlafen, wenn man sein Bettzeug mit dem falschen Waschmittel wusch.

Obwohl es schon spät war und er sich erschöpft fühlte, lag er noch eine ganze Weile im Dunkeln und fragte sich, ob er heute die richtige Entscheidung getroffen hatte. Das Bild dieses Jungen schien ihn zu verfolgen.

Er mochte Jack. Aber Jack war ein Anwalt. Er wurde dafür bezahlt, es mit der Wahrheit nicht immer sehr genau zu nehmen. Dante hatte ihn noch nie von sich selbst als Privatperson reden hören, abgesehen von sehr oberflächlichen Dingen wie einem neuen Haarschnitt, einem Auto, was er sich gekauft hatte oder wie unverschämt die Benzinpreise inzwischen waren. Nicht, dass ihn das was anging, aber von Familie oder einer Frau hatte er noch nie gehört. Er erzählte nicht einmal etwas über einen Hund oder nervige Nachbarn.

Der Kleine sah ihm allerdings auch überhaupt nicht ähnlich, wenn Dante ehrlich war. Es war also wohl kein unehelicher Sohn, den er ihm unterschieben wollte.

Murrend wälzte sich Dante herum und zog die weiche, duftende Bettdecke bis zum Kinn. Wahrscheinlich dachte er nur über diese Sache nach, weil sich dieses Balg so untypisch benahm. Er war doch ein Teenager, oder? Pöbelte man da nicht die ganze Zeit, war chronisch unzufrieden und hasste die ganze Welt? Außerdem galten diese pubertierenden Kids doch als aufmüpfige, faule Landplagen, oder? Er wusste noch, wie er als Teenager war. Er hätte sein früheres Ich nicht sonderlich gemocht.

Von einer Anstellung ganz zu schweigen.

Er schlief irgendwann über seine Grübeleien ein, während der Regen seine Melodien spielte.

Als der Wecker in aller Frühe klingelte, fühlte er sich gerädert und mürrisch. Am liebsten hätte er seine Termine für heute abgesagt, aber das war unmöglich.

In dem, was er tat, war er gut. Und seine Arbeit lief nicht von allein. Nicht einmal einen Tag. Entgegen der Meinung der einfachen Leute brauchte man nicht einfach nur einen Haufen Läden aus dem Boden zu stampfen und das Geld floss in Strömen wie von selbst – die Verantwortung blieb. Und wenn man wollte, dass etwas richtig gemacht wurde, musste man es selbst tun.

Außerdem kam später sein neuer Assistent vorbei, für den er noch das Zimmer herrichten lassen und den er einweisen musste, damit er auch hilfreich war und nicht im Weg stand.

Widerwillig schwang er die Beine aus dem Bett und streifte seine Trainingskleidung über, ehe er die benutzten Sachen von gestern bereitlegte, damit sie in die Reinigung gebracht werden konnten. Er hasste es, wenn Dinge auf dem Boden herumlagen oder man anderen Leuten zusätzliche Arbeiten aufbürdete, nur, weil man faul war und sich wie etwas besseres vorkam. Er war jung und konnte sich, im Gegensatz zu Melly, seiner zauberhaften Haushälterin, noch mehr als genug bücken, um Sachen aufzuheben. Es war unnötig, dass sie es für ihn tat. Er legte die Kleidungsstücke sorgfältig über den Stuhl neben der Tür, ehe er sich seine Laufschuhe anzog. Heute würde er sie unten wieder ausziehen müssen, wenn er den ganzen Matsch von seiner Laufstrecke nicht ins Haus bringen wollte.

Er seufzte und streckte sich, ehe er sich auf den Weg machte. Draußen war die Sonne noch nicht einmal aufgegangen.

»Muss ich wirklich da wohnen?« Liams Stimme klang leise. Jack konnte die Unsicherheit und den leichten Widerwillen heraushören. Eigentlich hatte er geglaubt, das Thema sei vom Tisch, aber sein Neffe, der ihn den ganzen Morgen nur angeschwiegen hatte, fing jetzt erneut damit an.

»Ja.« Er verdrehte innerlich die Augen, während er ihm knapp und eindeutig antwortete. Der Tag war grau in grau und es war erstaunlich kühl. Wenn er sich nicht völlig täuschte, müsste Dante mit seinem morgendlichen Training bald fertig sein. Das Auto bog in die Einfahrt ein und er parkte auf seinem Stammplatz, nachdem er das Tor passiert und sich angekündigt hatte. Dabei vermied er es, den Jungen neben sich auf dem Beifahrersitz anzusehen. Der Junge würde sich schon eingewöhnen, da war er sich sicher. Und außerdem war das hier der beste Ort, an dem er ihn unterbringen könnte. Ein Blick auf die meterhohen Zäune und die dicken Mauern, die das ganze Anwesen samt Grundstück umgaben, bestätigte ihm das nur.

Es war schwer reinzukommen und jeder, der zu Dante Lavall wollte, wurde sorgfältig überprüft. Ohne Termin ging ohnehin gar nichts.

Liam betrachtete das Haus schweigend durch die Fensterscheibe des Autos, an der Regentropfen hinab rannen, während Jack den Motor ausstellte. Es sah viel größer aus, als er angenommen hatte. Dass es vollständig umzäunt war und eigene Security besaß, hatte ihm sein Onkel ebenfalls verschwiegen. Da kam man vermutlich nicht so einfach raus, wenn man abhauen wollte. Wenn er plötzlich flüchten musste, würde er es nicht gerade leicht haben. Die Zäune und Mauern waren hoch und gut gesichert. Nichts, was sich im Handumdrehen überwinden ließ. Er konnte spüren, wie sich sein Magen nervös zusammenzog.

Und wenn dieser Kerl doch ein Sadist oder sowas war, der ihn zum Spaß folterte? Er saß in der Falle. Plötzlich bereute er, dass er zugestimmt hatte. Der Rucksack auf seinem Schoß enthielt so ziemlich alles, was er besaß. Vielleicht sollte er lieber gleich flüchten. Im Rückspiegel sah er jedoch, wie das Tor der Einfahrt sich wieder schloss.

Auch das noch.

»Hey, ist alles okay mit dir? Du siehst nervös aus.« Jack stupste ihn an der Schulter an und Liam zuckte reflexartig zurück. Er starrte seinen Onkel einen Augenblick an, ehe er sich wieder fasste und die Schultern zuckte. Jetzt war er nun einmal hier und er musste sich möglichst bald nach einem Fluchtweg umsehen. Irgendwie musste man hier ja wieder rauskommen.

Jack räusperte sich betreten. »Tut mir leid. Ich weiß, du magst das nicht. Mister Lavall wartet sicher schon.« Er lächelte ihm noch einmal schmal zu, ehe er die Autotür öffnete und ausstieg. Das Geräusch, als die Tür zufiel, erschien Liam endgültig.

Hier war er nun. Das neue, persönliche Spielzeug eines reichen Typen, der ihn vermutlich hasste. Er hatte den Vertrag zwar gelesen und verstanden, aber eigentlich war ihm immer noch nicht klar, was genau er als persönlicher Assistent eigentlich alles zu tun hatte.

Jack öffnete die Beifahrertür und lächelte ihm aufmunternd zu. »Na komm schon. Er beißt nicht.«

Na klar. Wahrscheinlich hatte dieser Dante sogar Leute dafür, die ihm sogar noch das abnahmen.

Der Kies unter seinen Füßen knirschte, als er aus dem Auto stieg. Die Luft roch nach feuchter Erde und frischem Gras. Er konnte den Duft der Blumen wahrnehmen, die in den gepflegten Beeten standen. Die meisten davon hatte er noch nie gesehen. Der Kiesweg führte noch ein Stück auf das Haus zu, ehe er in sauberen, hellen Platten mündete. Das Anwesen selbst erhob sich groß und majestätisch vor ihnen. Es wirkte alt aber sehr gepflegt, mit hohen Fenstern und von Efeu bewachsen. Eine breite Treppe führte zum Haupteingang, wie er annahm. Die große Doppeltür war mit handgeschnitzten Darstellungen von Blumen und Symbolen bedeckt, die mindestens ebenso edel und protzig wirkten, wie der ganze Rest des Hauses.

Es war schon eher ein Palast. Er zählte insgesamt drei Stockwerke und sie sahen bislang nur die Front des Hauses. Jack hatte ihm erzählt, dass Dante in einem großen Haus wohnte und arbeitete und dass er einen Garten hatte. Wenn das, was sich links und rechts vom Haus aus erstreckte, sein »Garten« war, dann hatte Jack maßlos untertrieben. Es war ein Park, an dem ein ganzer Wald zu beiden Seiten angrenzte. Ein umzäunter Wald.

Er war am Arsch.

»Hübsch, was? Lass uns reingehen und dann siehst du dir erst einmal dein neues Zimmer an, ja?«

»Okay.« Liam trottete gehorsam hinter Jack her,

während er überlegte, ob man an den dicken Efeuranken wohl runterklettern könnte. Nur zur Sicherheit, falls er aus einem der oberen Stockwerke flüchten musste.

Er rannte fast gegen seinen Onkel, als dieser kurz vor der Treppe stehenblieb und hochsah.

Dante Lavall stand in der Tür.

Seine Mimik war für Liam nicht zu deuten, aber er kam offensichtlich gerade erst vom Training. Das Haar hing ihm wirr in die Stirn und feine Schweißperlen rannen ihm über die Schläfen und den nackten Oberkörper. Er rieb sich den Nacken soeben mit einem Handtuch, während er seine Gäste aus grauen Augen eingehend musterte.

Liams Magen begann seltsam zu kribbeln und er starrte fasziniert auf die Tattoos, die sich über die linke Schulter und den kompletten linken Arm zogen. Das Hautbild erstreckte sich bis auf die Brust und schien noch weiter an der Taille zu verlaufen, jedoch verschwand es im Bund der Trainingshose. Er musste schlucken und sein Mund wurde trocken. Lavall rieb sich mit einem schiefen Lächeln das Handtuch über die nassen Haare und bedeutete ihnen, hochzukommen. Er war eindeutig sehr gut in Form. Die Muskeln an Armen, Brust und Bauch waren gut definiert und kräftig, nur noch hervorgehoben von dem leichten Schweißfilm, der seine Haut zum Glänzen brachte.

Liam schlug die Augen nieder und konzentrierte sich darauf, die Treppenstufen einzeln zu nehmen, während er seinen Rucksack umklammerte. Jack redete bereits angeregt mit Lavall und plapperte irgendeinen Unsinn, doch der reiche Kerl schien sich nicht sehr dafür zu interessieren. Liam begegnete seinem Blick, als er ihn über die Schulter ansah. Einen Herzschlag lang starrten ihn rauchgraue, eindringliche Augen prüfend an, ehe Dante den Blick wieder abwandte und sich Liam mit klopfendem Herzen und blinzelnd fragte, was genau ihn an diesem Mann nur nervös machte.

»Er wird sich bestimmt erst einmal das Zimmer ansehen wollen.« Jack warf Liam ein flüchtiges Lächeln zu, das er ignorierte, so wie immer.

Sie standen in einer Art Empfangshalle. Heller Marmor diente als Bodenbelag und war so glatt und glänzend poliert, dass man sich darin spiegeln konnte. Überall waren hölzerne Standfüße aufgestellt, auf denen Büsten oder andere kleinere Skulpturen standen. Es schien Liam eher, dass er sich in einem Museum befand, und nicht in dem Zuhause von irgendwem.

Zwei Treppen führten links und rechts in den oberen Stock. Er folgte Jack und Dante wie in Trance, die vorausgingen. Etwas, das einem Wohnzimmer entfernt ähnelte, tat sich hinter einer Flügeltür auf, die mit Blattgold verzierte Elemente aufwies. Der Teppich war unglaublich weich und so sauber, als würde man ihn nie benutzen. Helle, geschmackvolle Möbelstücke standen in der Nähe eines offenen Karmins, der jedoch erkaltet war. Durch eine große Glasfront fiel Tageslicht in den Raum und bot Blick auf eine Terrasse und einen Pool, der jedoch wenig einladend bei diesem Wetter wirkte. Liam sah sich ein wenig hilflos um. Zur Rechten gab es eine Wand, an der einige unterschiedlich große Gemälde verschiedenster Stilrichtungen hingen. Unter diesen fanden sich opulent verzierte Vitrinen, in denen Sammlungen von teuer aussehenden Porzellantassen, Figuren und allerhand anderer Dinge bewundert werden konnten. Sie wurden dezent beleuchtet, als wären dies Ausstellungsstücke.

Auch die Gemälde hatten eine eigene Lichtinstallation, die einen guten Blick auf die Darstellungen ermöglichte.

»Hübsch, was?« Jack lächelte ihm zu und riss Liam aus seinen Gedanken, der jedoch lediglich die Stirn runzelte.

»Ist okay, denke ich«, wich er zögernd aus. Er spähte nach seinem neuen Arbeitgeber, aber dieser schien verschwunden.

»Mister Lavall geht sich eben frisch machen und führt dich dann herum. Ich denke, du wirst deine Entscheidung nicht bereuen.«

Liam blinzelte, als sein Onkel ihm etwas zerknirscht zulächelte. »Du gehst?«

Jack nickte. »Ich muss arbeiten. Hab einiges nachzuholen.«

Er sagte nicht, dass das Liams Schuld war, aber das war auch nicht nötig. Das wusste er auch so. Er hatte ihn schon mehr als genug Zeit gekostet und darum hinkte er hinterher. Liam nickte stumm. »Okay.« Dass sein Onkel ihn hier alleinlassen musste, war ihm klar gewesen. Aber da hatte er auch noch nicht geahnt, was für Ausmaße das Haus hatte und wie gut es gesichert war. Unruhe breitete sich in seinem Magen aus, aber Jack nickte ihm nur freundlich zu.

»Tja, falls es Probleme gibt, dann ruf mich an. Meine Nummer hast du ja.« Er zögerte kurz. »Aber ich gehe mal davon aus, dass alles gut laufen wird.« Der Blick, den er ihm schenkte, war eindeutig. Er bedeutete so viel wie »mach bloß keinen Ärger und reiß dich zusammen.«

Liam starrte ihn ausdruckslos an. »Okay.«

Jacks eilige Schritte verklangen schnell und Liam hörte, wie die große Eingangstür ins Schloss fiel. Sein Onkel hatte nicht gerade viele Bedenken, ihn hier zu lassen. Und er konnte es gar nicht erwarten, wieder von ihm wegzukommen. Seltsamerweise schmerzte ihn diese Erkenntnis mehr, als er je zugeben würde. Aber alleinzusein war er gewohnt. Er würde sich also nicht lange damit aufhalten, darüber nachzudenken.

Er bemerkte Dante aus dem Augenwinkel, als er eines der Gemälde betrachtete. Er beobachtete ihn schweigend aus der Ferne. Liam erwog zuerst, ihn anzusehen, aber dann tat er lieber so, als würde ihn das Gemälde zu sehr interessieren.

Es zeigte ein schön arrangiertes Blumenbouquet, von einer roten Schleife umwunden und in einer bunt bemalten Vase. Im Hintergrund war die Silhouette einer Frau zu erkennen, die an einem offenen Fenster zu stehen schien. Ihr langes Haar wehte sacht im Wind und man konnte ein Stück blauen Himmels ausmachen.

»Magst du Kunst?« Lavalls Stimme klang merkwürdig in Liams Ohren. Sie war sanft und auch wieder nicht. Dunkel und rau. So wie der ganze Mann. Sie ließ sein Rückgrat kribbeln und er wurde nervös davon, obwohl es eine einfache Frage gewesen war.

»Manchmal schon.« Liam betrachtete die filigran ausgeführten Pinselstriche und den Übergang der Farben. Die Blüten waren erstaunlich naturgetreu ausgearbeitet, während der Hintergrund des Bildes eher wie ein Aquarell wirkte. Alles schien zu fließen, nur das Bouquet erschien scharf und farbenprächtig.

Lavall trat neben ihn und legte sein Augenmerk ebenfalls auf das Kunstwerk. »Und dieses Bild? Was denkst du darüber?«

Er wurde nie nach seiner Meinung gefragt. Sein Blick glitt unsicher und zweifelnd nach rechts, aber dort stand sein Arbeitgeber, gekleidet in einen perfekt sitzenden, grauen Anzug und mit noch feuchtem Haar, das er sich zurückgekämmt hatte, und wartete geduldig auf seine Antwort. Der Duft seines Parfüms stieg Liam in die Nase und er fand es erstaunlicherweise angenehm. Der Mann hatte nicht spöttisch geklungen oder gelangweilt, sondern ehrlich interessiert. So nah und im Licht der Lampen wirkte seine Erscheinung selbst ein wenig wie ein Kunstwerk. Liam musterte den feinen Stoff, den er trug, und der die Tattoos sorgsam verborgen hielt. Seine Haut war makellos gebräunt und der Lampenschein ließ sie schimmern, während die dunklen Brauen nachdenklich zusammengezogen waren. So nah neben ihm zu stehen, machte ihm nur allzu deutlich, dass Dante Lavall ihn überragte. In jeglicher Hinsicht. Seine Größe, seine Statur, sein Status. Liam fragte sich, was er hier eigentlich verloren hatte. Er war ein Niemand.

Er löste den Blick von ihm und betrachtete wieder das Bild. »Das Augenmerk liegt auf den Blumen und der Vase, ebenso auf der Schleife. Der Hintergrund des Bildes ist unscharf, beinahe verschwommen, als wäre das Drumherum unwichtig. Vielleicht stehen die Blumen mit der Schleife für das Geschenk des Lebens oder der Natur. Oder das Bild soll den Moment hervorheben, den es zu genießen gilt. Blumen blühen ja nicht ewig. Ihre Schönheit ist nur von kurzer Dauer, ehe sie welken und sterben. Ihre Farbenpracht ist vergänglich, so wie das Leben selbst. Es verströmt ... eine gewisse Hoffnung.«

Er spürte Lavalls Blick auf sich, während er sprach. Er wagte nicht, ihn anzusehen. Seine Worte kamen ihm dumm vor, aber nun waren sie bereits gesagt.

»Mh. Nicht schlecht.« Lavall neigte anerkennend den

Kopf und als Liam zu ihm aufsah, lächelte er ihm zu. »Ich habe dich vielleicht unterschätzt.« Liam hatte keine Zeit, um sich zu wundern, denn Lavall schritt bereits voraus, die Händen in den Hosentaschen seines Designeranzugs. Er stieg die Treppe hinauf und in den oberen Stock. »Ich zeige dir dein Zimmer und danach fangen wir mit der Arbeit an.«

»Okay.«

Liam eilte mit seinem schweren Rucksack auf der Schulter hinter ihm her und musterte dabei verstohlen die geschmeidigen, selbstbewussten Bewegungen. Seine Tante Jane hatte immer abfällig über Männer, die Anzüge trugen, geredet. Für sie waren das reiche Schnösel, die herum protzten und nichts zustande brachten, außer die Leben von anderen Leuten zu ruinieren. Blasierte Affen, die keinen Schimmer von der Realität der einfachen Leute hatten. Das war ihre Meinung und er hatte dazu eigentlich nie eine gehabt. Diese Leute waren ihm, so wie die meisten anderen Dinge, ziemlich egal.

Lavall führte ihn an einem Raum vorbei, in dem er im Vorbeigehen eine große, offene Küche und ein gemütliches Wohnzimmer sehen konnte. Die Ausmaße waren etwas kleiner als bei dem Raum unten, in dem Gäste und Kunden empfangen wurden, wie Lavall ihm erklärt hatte. Daneben lag das Schlafzimmer seines Arbeitgebers, das er nicht zu betreten hatte, wie er ihm bestimmt aber nicht unfreundlich sagte. Und dann blieb er stehen und öffnete die Tür des Raumes daneben.

Liam starrte schweigend auf das Innere. Er hatte eine Art Abstellkammer mit einer Matratze darin erwartet, aber er wurde überrascht.

Das Bett sah teuer aus und war frisch bezogen. Es war

offensichtlich für zwei Personen ausgelegt. Lavendelduft schlug ihm entgegen. Nicht aufdringlich, aber deutlich wahrnehmbar. Die Bettwäsche war dunkelviolett und schimmerte ein wenig, was er komisch fand. Links und rechts befanden sich zwei kleine Nachtschränke, auf denen einige Bücher lagen. Bücher fanden sich auch in den Regalen gegenüber dem Bett. Romane, Literatur über Kunst, Bildbände über Gemälde und Skulpturen und anderes. Es gab einen Fernseher und er konnte etwas sehen, dass er für eine Spielekonsole hielt. Er hatte noch nie eine besessen, nur davon gehört. Seine Tante hatte nicht viel auf die Interessen gegeben, die er vielleicht hätte haben können, und er hatte schon seit Jahren nicht mehr nach irgendetwas gefragt.

Ein großer Kleiderschrank in der Ecke und eine weitere Kommode waren dazu gedacht, seine Sachen unterzubringen. Der ganze Raum war mit weichem Teppichboden ausgelegt und blitzsauber. Auf dem geräumigen Schreibtisch fand sich ein hübsches Blumenbouquet aus weißen Lilien und roten Tulpen. Mappen und Unterlagen waren sauber gestapelt und offensichtlich hatte sich jemand große Mühe gegeben, alles für ihn vorzubereiten. Sogar die Fensterscheibe, die vom Boden bis zur Decke ging, und den Blick auf das, was dieser Kerl »Garten« nannte, freigab, war geputzt worden.

»Ich hoffe, es ist genug Platz?« Lavall zog eine Braue hoch, während er darauf wartete, dass Liam reagierte. Der Kleine blinzelte zu ihm hoch und Dante konnte sehen, wie der Bursche die Brauen zusammenzog. Er leckte sich die Lippen und in seinem bleichen Gesicht wirkten die grünen Augen wie Smaragde, als er ihn ansah. »Ich denke schon.« Der Tonfall verriet, dass er wohl ein kleines Bisschen überfordert war, jedoch erschloss sich Lavall nicht, wovon.

»Gefällt dir die Farbe der Bettwäsche nicht? Ich habe noch andere ...«, bot er dann irritiert an. Er selbst hielt die Farbgebung für ertragbar, aber was wusste er schon von den Bedürfnissen von pubertierenden Jugendlichen?

»Sie ist hübsch. Denke ich.« Liam zog die Brauen noch etwas mehr zusammen. »Ich habe nur etwas Höhenangst.«

»Höhenangst?« Lavall blinzelte verständnislos, ehe er begriff. Das Fenster setzte ansatzlos am Boden an und ging bis zur Decke. Außerdem befanden sie sich im obersten Stock des Hauses, wo der Privatbereich lag. Für jemanden mit Höhenangst war die Aussicht vielleicht nicht optimal.

»Keine Sorge. Die Fenster sind alle extrem stabil. Du könntest dagegen springen und es würde nichts passieren.« Er schritt in den Raum und deutete auf die Vorhänge. »Wenn es dir unangenehm ist, kannst du die davor ziehen.«

Liam betrachtete ihn unschlüssig, ehe er ihm zögernd folgte. Sein Magen kribbelte unruhig, als er sich dem Fenster näherte. Draußen hatte es wieder zu regnen begonnen und der Blick auf das Gelände war durch den feinen Dunst, der in der Luft lag, behindert. Trotzdem war der Anblick phänomenal.

Der japanisch angehauchte Garten und der künstlich angelegte See mit den kleinen Brücken und den vielen verschiedenen Bäumen und Blumen war vor allem in dieser leicht nebulösen Szenerie einen Blick wert. Liam schob sich mutig noch einen Schritt vor, direkt neben

Dante, um einen unsicheren Blick nach unten zu riskieren. Sein Magen wurde flau, als er den Pool unter sich sah. Wenn man das Fenster öffnen würde, könnte er vermutlich von hier oben reinspringen. Jedoch gab es, wie er feststellen musste, eine Sicherung. Man konnte sie nur kippen, nicht vollständig öffnen.

»Das Wasser dampft ja«, murmelte er überrascht.

Dante schmunzelte. »Der Pool ist beheizbar und hat außerdem, wie du siehst, nicht nur eine Bahn zum Schwimmen, sondern noch zwei kleinere, angrenzende Bereiche, in denen es Düsen zur Massage gibt. Ich bin manchmal recht verspannt.«

Liam spähte noch einmal hinab, ehe er vorsichtig vom Fenster wegtrat. »Okay.«

Lavall seufzte innerlich. Der Kleine war anscheinend nicht sonderlich leicht zu beeindrucken. Er hatte noch nie erlebt, dass ein Kunde oder ein Gast derart gelassen und emotionslos reagierte.

»Tja, dann nehme ich an, du bist zufrieden?« Er drehte sich zu Liam um, der ihn unverwandt ansah. Seine Mimik schien ausdruckslos, aber seine Augen verrieten gelindes Staunen.

»Ist das wichtig?«

»Mir schon.« Dante zog eine Braue hoch und fuhr sich mit einer Hand durch das Haar. Der Kleine irritierte ihn. »Zufriedene Mitarbeiter machen bessere Arbeit und außerdem kann ich auch besser schlafen, wenn ich weiß, dass sie sich wohlfühlen.«

Liam schrägte den Kopf und runzelte die Stirn. »Ich ...«, er zögerte, ehe er dann entschlossen zu Lavall aufsah. »Es ist okay.«

Dante erwiderte den beinahe schon aufmüpfig

wirkenden Blick einen Moment verwundert, ehe er grinsen musste. »Okay.« Er wusste nicht warum, aber die Schlichtheit des Jungen war irgendwie niedlich.

Liam starrte ihn schweigend an, ehe er sich umdrehte, um sein Zeug auszupacken. Dante betrachtete einen Moment seinen neuen Mitarbeiter, ehe er kopfschüttelnd hinausging und ihn allein ließ. Er schien klug zu sein. Ein Umstand, den man leicht übersehen konnte, weil seine Antworten so schlicht und knapp ausfielen. Oder hatte er ein emotionales Problem? War er vielleicht autistisch oder so? Oder mochte er ihn einfach nicht? Das wäre kein großes Problem, würde aber vieles erschweren.

Dante seufzte. Er verschwendete zu viel Zeit damit, über den Burschen nachzudenken. Das Klingeln seines Handys ließ ihn aufstöhnen. Er hob ab und schwor sich, dass er seinen neuen Assistenten sehr bald dazu bringen musste, ihm zumindest die Anrufe abzunehmen.

5

»Wo ist er?«

Der Schlag traf sie erneut, härter diesmal, während der Mann sie beinahe nett genau das Gleiche fragte, wie schon die vielen Male zuvor. Sie sah kaum noch etwas. Nicht nur, weil ihre Augen von den Schlägen so zugeschwollen waren, sondern auch, weil sie unablässig heulte. Sie war seit drei Tagen auf Entzug und nervlich am Ende. Der Turkey hatte eingesetzt und ihr unkontrolliertes Zittern machte das Sprechen schwer. Es tat so weh ... Wenn sie nur ein paar Pillen hätte, oder eine Flasche Alk wäre alles besser. Alles wäre wieder gut. Aber niemand half ihr, keiner gab ihr etwas. Ihre Rippen taten weh und sie spürte salziges, warmes Blut über ihr Kinn laufen.

»N-n-nicht ...«, setzte sie an. Sie wand sich, als die beiden Männer sie auf die Füße zerrten. In der Wohnung stank es nach Müll, vergammelten Essensresten und ungewaschenen Körpern. Und nach Blut und Erbrochenem. Ihrem.

Die Klinge glitzerte im kalten Lichtschein der nackten

Glühbirne, die von der Decke baumelte. Janes Augen wurden groß und angstvoll und sie starrte auf die Waffe wie hypnotisiert.

»Jane, Jane ....«, flüsterte der Mann mit einem sanften Lächeln. »Du willst doch nicht für dieses undankbare Gör sterben, oder? Für den kleinen Stricher mit der blassen Haut und den weißen Haaren, der nie lächelt und einen immer so seltsam ansieht? Du willst doch nicht für diese gestörte Missgeburt sterben, oder?«

Jane schüttelte den Kopf. Abgehakt und zu schnell. Bittere Galle stieg ihr in die Kehle und sie schluckte mehrmals.

Der Mann lächelte sacht. »Du bist ein kluges Mädchen, Jane. Du weißt, dass ich immer bekomme, was ich will. Du hast mir das Geld versprochen, Janie.« Er sprach die Worte langsam und deutlich. Sie sickerten wie kaltes Blei in ihr Blut, als er die Klinge an ihren Bauch drückte.

Vor Angst schien ihr Verstand auszusetzen. »I-i-ich w-weiß, D-Don!« Sie versuchte sich an einem Lächeln, was jedoch nur ihre abgebrochenen, dunklen Zähne zeigte und dem Mann ein leises, bedrohliches Zischen entlockte. Sie klappte den Mund schnell wieder zu.

»Ich sage dir alles, Don!« Sie wimmerte, als er ihr Kleid mit der Klinge durchtrennte. Das Geräusch ließ ihr das Blut in den Adern gefrieren und sie begann zu schreien, während sich nacktes Entsetzen durch ihr Herz fraß und es zum Rasen brachte. »Ich sage alles!!«

Don lächelte kalt. »Ich bin ganz Ohr.«

Und dann begann er zu schneiden.

•••

Liams Kopf dröhnte und sein ganzer Körper fühlte sich schmerzhaft und erschöpft an. Vor allem die Beine und sein Rücken. Dass Mister Lavall ihn über zwölf Stunden lang einweisen würde hatte er nicht erwartet.

Auch nicht erwartet hatte er, dass das Anwesen mehr als zwanzig verschiedene Zimmer hatte. Das komplette Erdgeschoss diente Gästen und Kunden als Empfangsbereich. Es gab dort eine eigene Küche, verschiedene komplett eingerichtete Gästezimmer, Quartiere für die Security und das Hauspersonal, das heute jedoch frei hatte, und mehrere Räume, die lediglich als Ausstellungsräume für verschiedene Kunstwerke dienten. Dort hingen Gemälde verschiedenster Stilrichtungen und Künstler, waren Skulpturen und andere Dinge in Vitrinen und gut gesichert zu bewundern. Mister Lavall hatte ihm erklärt, dass er dort zumeist die Stücke hinbringen ließ, die zum Verkauf standen oder die bereits verkauft waren, damit die Kunden sie sich noch einmal ansehen konnten, ehe sie verschickt wurden.

Es gab eine lange Liste an Stammkunden, die persönlich vorbeikamen, um die erworbenen Dinge abzuholen.

Liam seufzte und streckte sich auf dem Bett aus. Es war erstaunlich weich und sehr bequem. Er fand es zwar für sich allein zu groß, aber das war schon in Ordnung.

Der zweite Stock war eigentlich überhaupt nicht bewohnt. Es gab hier wieder einige Zimmer, unter anderem ein großzügiges Badezimmer, das jedoch Mister Lavall vorbehalten war, und einen Saunabereich. Außerdem fand sich ein Trainingsraum, der allerdings kaum benutzt wurde. In den übrigen Zimmern befanden sich Kunstwerke und Stücke, die für Auktionen vorbereitet wurden oder deren Wert erst noch geschätzt werden musste. Mister Lavall hatte ihm erklärt, dass er einige Einkäufer beschäftigte, die sich auf der ganzen Welt nach besonderen Dingen für ihn umsahen. Manchmal fand man Schönheit an den ungewöhnlichsten Orten, hatte er gesagt.

Liam hatte ihm schweigend zugehört und sich Notizen gemacht. Er hatte ihm dann noch einmal den letzten Bereich gezeigt, das oberste Stockwerk, in dem sich auch sein Zimmer befand.

Lavalls Arbeitszimmer war so groß wie das ganze Haus, das Tante Jane besessen hatte. Mindestens. Er mochte es allerdings. Es gefiel ihm, wie sein neuer Arbeitgeber es eingerichtet hatte. Schlicht, beinahe karg, und dennoch mit besonderem Reiz, der vielleicht von den handgeschnitzten Möbeln ausging. Vom Schreibtisch aus hatte man durch die große Fensterfront, die wieder von Boden bis Decke einen Panoramablick freigab, einen perfekten Blick auf den »Garten«, zu dessen Besichtigung sie heute nicht mehr gekommen waren. Allerdings würde morgen sein Tag bereits um halb fünf beginnen.

Liam hatte mit einigem Erstaunen festgestellt, dass Mister Lavall ihn zu seinem morgendlichen Training mitzunehmen gedachte. Er konnte sich kaum vorstellen, dass sein letzter persönlicher Assistent, der ja schon steinalt gewesen war, das tun musste. Es störte ihn allerdings auch nicht sonderlich. Er konnte es sogar kaum erwarten. Der Garten im Morgengrauen war sicher wunderschön und außerdem vermisste er die Bewegung. Bei Onkel Jack hatte er nur zuhause sitzen dürfen. Er hatte ihn nie allein weggehen lassen. Vermutlich dachte er, sein Neffe würde sich verlaufen. Dabei hatte Liam einen ziemlich guten Orientierungssinn.

Er starrte nachdenklich auf den provisorischen Anzug, der sorgfältig an der Tür in einem Kleidersack hing. Onkel Jacks Abschiedsgeschenk. Er hatte ihn ein paar hundert Dollar gekostet, hatte er gesagt. Liam zog leicht die Brauen zusammen. Er würde ihn wohl tragen müssen. Zumindest hatte er ihm auch halbwegs vernünftige Laufschuhe und Trainingskleidung gegeben. Wohl hatte er geahnt, dass Lavall ihn nicht nur zum Teeservieren benötigte.

Genaugenommen lautete seine inoffizielle Berufsbezeichnung wohl »Der Typ, der alles macht«. Ein Mädchen für alles, sozusagen. Er hatte die Aufgabe Mister Lavalls Terminkalender zu verwalten, ihn an bevorstehende Termine zu erinnern und neue einzutragen, sich die Namen der Kunden zu merken und sie im Haus herumzuführen, wenn Lavall dies wünschte. Ebenso war er dafür zuständig, dass er die anderen Angestellten über Lavalls Wünsche informierte. Bezüglich des Essens, Veranstaltungen, die ausgerichtet werden mussten, Gästelisten und dergleichen mehr. Zudem war Liam ab sofort auch dafür verantwortlich, seine Anzüge reinigen zu lassen, Karten für Veranstaltungen von außerhalb zu buchen, Flüge zu organisieren ... Kurz gesagt: Er tat alles, was Lavall irgendwie Zeit sparte und ihm half.

Aber das war nicht alles. Er hatte das Gefühl, dass er vor allem einfach da sein sollte. Lavall schien ihm nicht jemand zu sein, der davon überfordert war, sich selbst einen Flug nach Dubai zu buchen. Aber er mochte wohl, wenn ihm das jemand abnahm, mit dem er auch reden konnte.

Und den er wohl bestrafen würde, wenn er einen Fehler machte. Liam drehte sich auf die Seite und zog sich das Kopfkissen näher. Der Lavendelduft war angenehm und er fühlte sich schläfrig. Er würde ganz schön viel zu tun haben.

Lavall betätigte sich nicht nur als Kunstsammler-und Händler, sondern führte auch noch eine Firma, die Immobilien kaufte und verkaufte. Dabei ging es allerdings um Preisklassen und Qualitätsstufen, die nichts mit einem einfachen Singleappartement zu tun hatten, in dem beispielsweise sein Onkel wohnte. Es handelte sich dabei vornehmlich um Luxusobjekte. Villen in allen Größen und Ausführungen. Etwas anderen hätte Liam wohl auch nicht erwartet. Der Club fiel ebenfalls unter seinen Besitz. Allerdings kümmerte sich Lavall erstaunlicherweise vornehmlich selbst darum. Es schien so etwas wie sein Hobby zu sein.

Liam schloss die Augen und atmete tief durch. Lavall hatte sich heute nicht eine einzige Pause gegönnt. Und auch Liam nicht. Aber er verbuchte das nicht als Schikane, sondern als Gewohnheit. Lavall schien nicht sonderlich auf Faulenzen aus zu sein. Er hatte ständig etwas zu tun. Während er Liam eingewiesen und ihm alles gezeigt hatte, vergingen keine zehn Minuten, ohne dass sein Handy klingelte und irgendeiner seiner Geschäftspartner, Kunden oder Mitarbeiter etwas von ihm wollte. Was Liam allerdings erstaunt hatte, war die Tatsache, dass er stets freundlich und respektvoll blieb. Natürlich war er nicht gerade herzlich, aber er behandelte jeden fair. Sogar als eine recht junge Dame am Telefon war, die fürchterlich weinte, weil sie eine sehr teure

Flasche Wein hatte fallenlassen, die eigentlich ein Kundengeschenk hatte sein sollen, blieb Lavall ruhig. Er tröstete sie nicht direkt, aber er wies sie mit ruhiger, sanfter Stimme an, einen anderen Wein auszuwählen, der einen ähnlichen Qualitätsgrad hatte.

Als Liam hörte, dass eine einzige Flasche davon tausend Dollar kosten sollte, blieb ihm für einen Moment die Spucke weg.

»Wird sie gefeuert?« Er hatte Lavall mit fragenden Augen angesehen, als dieser aufgelegt hatte. Er drehte sich mit einem leichten, irritierten Stirnrunzeln zu ihm um. »Wer? Das Mädchen von eben?« Er lächelte schief. »Doch nicht wegen tausend Dollar, die ihr aus der Hand gerutscht sind.« Er schüttelte den Kopf. »Sie hat es ja nicht absichtlich gemacht, sondern aus Versehen. Das passiert. Ich habe selbst mal eine Flasche fallenlassen. Die war allerdings ein wenig teurer.«

Lavall hatte das Thema damit anscheinend für beendet angesehen, denn er hatte in aller Seelenruhe die Führung fortgesetzt, während Liam ihm skeptische Blicke zukommen ließ, die jedoch an den breiten Schultern abprallten.

»Werden Sie nie wütend?«

Lavall hatte leise auf diese Frage hin gelacht. Ein angenehmer, melodischer Klang, der Liams Magen kribbeln ließ. Sie standen gerade im untersten Stockwerk des Hauses, was für Liam im Prinzip der Keller war, sich jedoch als Tiefgarage entpuppte. Hier standen die Autos, die Lavall für Dienstfahrten benutzte. Oder zum Spaß.

»Natürlich werde ich wütend. Ich bin sogar ziemlich ... berüchtigt für meine Wutausbrüche. Aber das passiert nicht oft und nicht bei Lappalien. Dinge gehen eben kaputt oder verloren, das ist nicht schlimm. Schlimmer ist es, wenn jemand absichtlich Schaden anrichtet, oder lügt.«

Liam hatte bei diesen Worten wieder daran denken müssen, was Onkel Jack ihm gesagt hatte: Dass nämlich Lavall nicht erfahren durfte, dass er sein Onkel war. Er hatte Lavall schweigend angeblinzelt und plötzlich kam es ihm nicht richtig vor, diesen eigentlich gar nicht so üblen Mann anzulügen. Andererseits war Onkel Jack eben Onkel Jack und die einzige Familie, die er überhaupt noch hatte.

Lavall hatte ihm zugezwinkert und ihm dann lang und breit einiges über die Autos erklärt, für die sich Liam im Grunde nicht sehr interessierte. Er erkannte zwar, dass es ziemlich hübsche Autos waren, und sicher auch sehr teuer, aber das war für ihn nicht wichtig. Es war doch die Hauptsache, dass man damit von einem Ort zum anderen kam, oder?

Als er Lavall das sagte, blinzelte dieser verdutzt, ehe er ihn angrinste. »Du bist wirklich nicht leicht zu beeindrucken, oder?«

Liam hatte nachgedacht und dann die Schultern gezuckt. »Ich weiß nicht. Müsste ich denn eigentlich beeindruckt sein?« Er fragte das in vollem Ernst. Er wusste es nicht.

Lavall hatte den Kopf schief gelegt und mit den Fingerkuppen nachdenklich über sein Kinn gerieben. »Vielleicht ist es gut, wenn du es nicht bist. Die meisten Leute wären es wohl.« Er hatte ihn seltsam angesehen und Liam spürte, wie er innerlich seltsam unruhig wurde. »Ich bin aber nicht die meisten Leute.«

»Ich weiß.« Lavall hatte gelächelt und dann waren sie

wieder nach oben gegangen, wo der Hausherr ihm eine Auswahl an verschiedenen Weinen zeigte und ihm die Unterschiede zwischen den verschiedenen Sorten erklärte. Außerdem wies er ihn knapp darin ein, zu welchem Essen man welchen Wein wählte und wieso und was der Unterschied zwischen Weißwein, Rotwein und Dessertwein war.

»Ich hoffe sehr, du trinkst nicht. Falls doch sollte man sich niemals mit Fusel zufriedengeben, sondern es richtig machen« Lavall hatte ihn mit einem langen, eindringlichen Blick bedacht, nachdem er ihm den Preis der Flaschen aus seinem Privatbereich erklärt hatte.

Liam hatte ihm einen ebenso langen Blick zugeworfen, wobei sich Lavalls Gesicht zu verdunkeln schien.

»Ich trinke nie.«

»Du bist siebzehn, soweit ich weiß. Da hat doch jeder schonmal irgendwas probiert.« Lavalls graue Augen hatten sein Gesicht forschend betrachtet, als glaubte er ihm nicht und suche nach irgendeinem Anzeichen von Lüge, aber Liams Mimik blieb ausdruckslos. Er konnte ja nicht wissen, dass seine Tante Jane ein Paradebeispiel war, wieso man seine Finger von Alkohol lassen sollte.

»Ich trinke nicht«, wiederholte er lediglich stur.

»Und Drogen?« Der schiefergraue Blick ließ ihn nicht aus dem Fokus und Lavall lehnte sich zu ihm, mit schief gelegtem Kopf. Es machte Liam nervös, dass er ihm plötzlich so nahe kam, aber er blieb, wo er war, seitlich an die Theke der offenen Küche gelehnt, die blitzblank geputzt war und aussah, als würde man sie nur zu Dekorationszwecken eingebaut haben. Verschiedene Sojasoßen und andere exotische Würzmittel waren säuberlich aufgereiht und Liam fragte sich, ob dieser Typ überhaupt je aß, oder ob er in Wahrheit eine Art Cyborg war. Oder ein Alien. Nichts deutete darauf hin, dass er kochen würde oder auch nur kochen ließ. Und irgendwie war es absurd sich vorzustellen, dass er sich von Lieferservices ernährte.

»Ich nehme auch keine Drogen, Mister Lavall.«
Der Unglaube auf dem Gesicht seines Arbeitgebers mischte sich mit gelindem Misstrauen, ehe er es dabei zu belassen schien. »Falls du je irgendwas nehmen solltest, dann tu es, wenn du frei hast und ein paar Tage nicht hier bist. Ich dulde keine Drogen in meinem Haus und keine zugedröhnten Mitarbeiter.« Seine Stimme hatte hart geklungen, als er das verkündete, mit dem Rücken zu ihm.

Liam hatte nur verwirrt geblinzelt. »Ein paar Tage nicht hier ...? Aber wo soll ich denn hin?« Er hatte den Kopf gesenkt und plötzlich fühlte er sich ziemlich dumm. Wollte er ihn etwa schon wieder loswerden? Aber er hatte ja keinen Ort mehr, wohin er sonst konnte.

»Ich meinte, wenn du dir Urlaub nimmst.« Lavall hatte sich wieder zu ihm umgedreht, die Hände in den Taschen seiner Hose. Er sah irritiert aus. Mindestens so sehr, wie Liam sich fühlte.

Er hob den Blick. »Urlaub? Aber wer hilft Ihnen denn dann, wenn ich weg bin?«

Lavall hatte ihn verdutzt angesehen und wollte gerade etwas sagen, als sein Handy klingelte. Danach hatte er das Thema anscheinend vergessen, denn er kam nicht noch einmal darauf zu sprechen und Liam hakte nicht nach.

Sein Magen knurrte und er verzog das Gesicht. Seit dem Frühstück war schon eine sehr lange Zeit vergangen und irgendwie hatte er völlig vergessen sich bei Mister Lavall danach zu erkundigen, wie es mit Essen aussah. Er hatte kein Geld, um sich etwas zu bestellen, und hätte auch gar nicht gewusst, was oder wo. Obwohl er eigentlich todmüde war, trieb ihn das beharrliche Knurren seines Bauches wieder aus dem bequemen Bett. Nur auf Socken schlich er sich aus dem Zimmer. Draußen war es schon längst dunkel und die Gänge des Hauses waren von sanft gedimmten Lampen erhellt.

Den Weg in die Küche fand er ohne Probleme. Sie lag nur wenige Räume entfernt von Lavalls Arbeitszimmer. Er fand es zwar komisch, dass es gleich zwei Küchen gab, eine unten, vermutlich für die Mitarbeiter, und eine im Privatbereich, aber so war der Weg umso kürzer.

Bei Tante Jane hatte es auch nicht immer etwas zu essen gegeben. Genaugenommen sogar ziemlich selten. Sie war meist zu betrunken oder zu stoned um an Essen zu denken, also hatte Liam schon früh lernen müssen, selbst etwas zuzubereiten.

Er fand im Kühlschrank eine erstaunliche Fülle an frischen Lebensmitteln. In den Schränken gab es außerdem allerlei Gebäck, Kekse, Chips und Süßwaren, die er jedoch nicht anrührte. Anscheinend musste Lavall doch essen.

Er fand sogar einige Konserven, die ihn jedoch nicht sonderlich interessierten. Er wusste, dass dieses Zeug nicht lange satt machte und außerdem schmeckte es ihm einfach nicht.

Liam hob einen ziemlich unbenutzt aussehenden Wok vom Haken über dem Küchentresen und stellte ihn auf den Herd. Aus dem Kühlschrank beförderte er ein kleines Päckchen mit Hühnchenbrust und verschiedenes

Gemüse. Im Messerblock steckten ziemlich teuer aussehende, sehr scharfe Messer. Nicht diese stumpfen Dinger, die er von Onkel Jack kannte. Die Klinge zerteilte mühelos Fleisch und Gemüse und er schnitt alles sorgfältig klein, ehe er etwas Öl in den heißen Wok gab und die Zutaten darin schwenkte. Sein Magen knurrte erwartungsfroh und er sah sich etwas unschlüssig bei den Gewürzen um. Er kannte nicht alles, was dort auf dem Tresen stand. Schließlich entschied er sich für Sojasoße und ein paar Gewürze wie Koriander, Knoblauch und ein wenig Chili. Das Ganze duftete bereits ziemlich gut und er war vollkommen darauf konzentriert, alles umzurühren, so dass er Lavall gar nicht kommen hörte.

»Ich wusste gar nicht, dass du kochen kannst«, erklang es halb amüsiert halb überrascht von der Seite. Liam zuckte erschrocken zusammen und nickte dann zögernd. Lavall lehnte am Kühlschrank und beobachtete ihn. Den teuren Anzug hatte er abgelegt, stattdessen trug er ein einfaches T-Shirt und eine abgewetzt aussehende Jeans. Der Anblick war so ungewöhnlich, dass Liam einen Moment brauchte, um sich daran zu gewöhnen.

»Entschuldige. Ich hatte total vergessen dir das mit der Küche zu zeigen. Wenn der Rest des Personals frei hat, esse ich normalerweise auswärts.«

Liam zuckte die Achseln und rührte das dampfende Essen um. Hühnchen mit Gemüse in Sojasoße. Nicht gerade etwas, was ein Millionär so essen würde, nahm er an.

»Krieg ich auch was?« Lavall war näher getreten und spähte neugierig in den Wok. »Das sieht ziemlich gut aus. Du scheinst öfter zu kochen, was?«

Liam schaltete den Herd aus und nickte nur

schweigend, ehe er sich ein: »Manchmal«, abrang. Lavalls Parfüm stieg ihm in die Nase und seine Nähe ließ sein Herz schneller schlagen. Was war das nur? Allein der Klang seiner Stimme machte ihn nervös. Schon den ganzen Tag hatte er sich immer wieder dabei ertappt, dass er sie gern hörte. Er sog jedes seiner Worte auf, als wäre er ein Schwamm. Dabei waren es nur Arbeitsanweisungen.

Lavall stellte zwei saubere Teller auf die Anrichte und legte Besteck daneben. »Ich habe schon ewig nicht mehr gekocht. Ich bin auch ziemlich nutzlos darin. Ich kann nicht einmal eine Kartoffel schälen, ohne mich zu schneiden.« Er seufzte schwer. »Melly hat mich schon mehr als einmal aus der Küche gescheucht, wenn ich ihr helfen wollte.«

Also hatte er doch eine Freundin. Liam runzelte die Stirn, während er die Teller befüllte. Es war merkwürdig. Nicht, dass Lavall, der ja nun wirklich nicht hässlich war, liiert war, sondern dass Liam sich eingestehen musste, dass der Gedanke ihn störte. Dabei sollte es völlig egal sein. Er wusste nicht, was er dazu sagen sollte, also sagte er gar nichts.

»Wir könnten uns an den Tisch setzen, was meinst du?« Lavall lächelte ihm zu und deutete rüber, zu einem massiven Esstisch aus unbehandeltem Holz. Zumindest sah er so aus. An den Beinen befanden sich hübsche Muster, die in das Holz geschnitzt wurden. Die Stühle waren dazu passend gemacht.

»Okay.«

Das Essen war nichts besonderes und irgendwie kam es Liam plötzlich unzureichend vor. Vielleicht hätte er doch Reis dazu kochen sollen?

Lavall hingegen schien es überhaupt nicht zu stören, im Gegenteil. Er wartete, bis Liam sich ihm gegenüber gesetzt hatte, wünschte mit einem jungenhaften Grinsen einen guten Appetit, und haute rein.

Liam beobachtete ihn dabei, wie er sich gabelweise Gemüse und Hühnchen in den Mund schaufelte. Er schien ziemlich hungrig zu sein, dem Tempo nach, mit dem er sich den Teller voll Essen einverleibte. In Jeans und T-Shirt wirkte Lavall plötzlich wie ein ganz normaler Typ und nicht wie jemand, der haufenweise Geld hatte.

Liam senkte den Blick auf seinen Teller. Es war gut geworden und es war nicht zu scharf gewürzt, obwohl er befürchtet hatte, es mit dem Chili übertrieben zu haben. Er musste nicht aufschauen, um zu wissen, dass Lavall ihn beobachtete. Er wusste es. Er bekam dann dieses nervöse Kribbeln in der Magengegend.

Er sah trotzdem hoch und stellte fest, dass er schon fertig war und ihn ansah. Liam kaute zu Ende und schluckte.

»Wissen deine Eltern eigentlich, dass du hier arbeitest? Ich habe noch gar nicht nach deiner Familie gefragt.« Lavall hatte den Kopf in eine Hand gestützt und betrachtete ihn ruhig.

»Sie sind tot.« Liam zögerte kurz, ehe er den leeren Teller von sich schob. »Aber mein ... Vormund weiß es, ja.« Das war ja nicht direkt gelogen. Jack war jetzt seine Familie, und er hatte ihn ja hergebracht.

Bedauern und Anteilnahme waren von Lavalls Zügen abzulesen. »Das tut mir leid. Ich wusste nicht, dass sie verschieden sind.«

»Es ist schon lange her.« Liam zuckte die Achseln und seine Finger strichen sacht über das glatt geschliffene

Holz. Es war vollkommen eben und fühlte sich beinahe seidig an. »Das ist ein schöner Tisch«, meinte er dann gedankenvoll. Er schaute fragend zu Lavall hoch, der ihn aus irgendeinem Grund breit anlächelte und sein Herz klopfte schneller.

»Danke.«

»Ist er auch teuer?« Liam betrachtete die hübsche Maserung des Holzes. Es hatte eine angenehme Farbe. So wie Sand vielleicht. Nicht zu hell, nicht zu dunkel.

Lavall schmunzelte und seine Augen schienen zu funkeln. »Unbezahlbar und vollkommen unverkäuflich. So wie viele Dinge in meinem Haus, die aus Holz sind.«

Liam zog fragend eine Braue hoch. »Sind sie so alt oder selten?«

Lavall betrachtete die Tischplatte und strich mit den Händen nachdenklich darüber. »Nein, alt nicht. Und Walnussholz ist auch nicht sonderlich selten. Aber ich habe viele dieser Möbelstücke selbst gemacht.«

Liam starrte ihn an und Lavall lächelte schief. »Das hättest du nicht gedacht, was? Tja ...« Er strich sich mit einer Hand das schwarze Haar zurück und zwinkerte ihm zu, während er ihn angrinste. »Jeder braucht ein Hobby. Und ich habe tatsächlich einmal einen anständigen, bodenständigen Beruf gelernt. Ich wurde ja nicht reich geboren.«

»Nicht?« Liam fuhr mit dem Finger eine besonders schöne Maserung nach, während er Lavalls Gesicht betrachtete.

»Nein. Ich hatte nur viel Glück.« Er stellte die Teller zusammen und erhob sich, ehe er sie zur Spüle brachte. Liam sah ihm einen Moment nach und beobachtete seinen Rücken und die präzisen, zielgerichteten Bewegungen. Er konnte dank des T-Shirts ein wenig von dem Tattoo sehen, das sich auf seiner linken Körperhälfte ausbreitete und bis zum Handgelenk ging.

Er starrte darauf, während er sich abwesend ein Geschirrtuch nahm und Lavall die Teller spülte, obwohl es eine Spülmaschine gab.

Kirschblüten, verschlungene Muster von Wasser und Lilien umwanden den Arm. Er erkannte außerdem das Gesicht eines Buddhas, von Ranken und Pflanzen halb bedeckt. Eine sehr detaillierte Arbeit.

»Hübsch, was?« Lavalls Stimme riss ihn aus seinen Gedanken und er sah blinzelnd hoch.

»Ja. Es ist hübsch.« Er bekam rote Ohren und rieb den Teller mit dem Tuch trocken, den Lavall ihm hinhielt.

»Hat es eine Bedeutung, oder ist es nur so?«

»Jedes gute Tattoo sollte eine Bedeutung haben.« Lavall betrachtete ihn aus dem Augenwinkel, ehe er den letzten Teller abspülte und das Wasser herausließ. Er wusch sich die Hände. »Meine haben viele Bedeutungen. Sie stehen für Dinge, die ich erreicht habe, Träume und Ziele. Für meine Vergangenheit und wer ich bin.« Er überlegte. »Für den Weg, den ich gegangen bin und den, den ich noch gehen werde. Und außerdem sieht es ziemlich cool aus.«

Liam hörte ihm aufmerksam zu, während er das Geschirr fertig abtrocknete und zur Seite stellte. »Gefällt Ihrer Freundin sicher auch.« Er hängte das Geschirrtuch zum Trocknen auf und tat, als sortierte er die Flaschen und Gewürze auf der Anrichte neu.

Lavalls irritiertes Starren entging ihm dadurch. »Freundin?«, fragte er schließlich, während er den schmalen Burschen eingehend musterte. In der hellen Leinenhose und dem schlichten Hemd sah er noch filigraner aus. Dabei hatte er sich heute ziemlich gut geschlagen. Er war viel zäher als gedacht und hatte sich nicht ein einziges Mal beschwert oder auch nur erkennen lassen, dass ihm etwas missfiel, als Lavall ihn durch das Anwesen geführt und ihm alles erklärt hatte. Dabei hatte er sich extra viel Zeit gelassen und war mehr Umwege und Treppen gegangen, als nötig gewesen wären. Er hatte ihn testen wollen und Liam hatte bestanden. Mehr noch: Er hatte ihm Anerkennung abgenötigt. Jetzt stand er in seiner Küche und hatte auch noch für ihn gekocht. Er musterte gedankenverloren das ungewöhnliche Haar und den schmalen Nacken. Er war wirklich unglaublich blass. Ob das genetisch war?

»Sie erwähnten doch eine Melly«, erklang es dumpf nach einer ganzen Weile, als sich Lavall schon fragte, ob der Kleine ihn nicht gehört hatte.

Melly? Lavall prustete los und musste bei dem Gedanken an die alte Dame so sehr lachen, dass er sich vornüber krümmte. Liam drehte sich mit einem undeutbaren Blick zu ihm und starrte ihn fragend und auch etwas vorwurfsvoll an, was es nur schlimmer machte.

»Das ist meine Haushälterin. Sie ist schon über sechzig. Wenn ich ihr das erzähle, kriegt sie einen Herzanfall.« Er grinste und wischte sich über die Augen, während Liams Ohren deutlich rot gefärbt waren und er den Boden zu bewundern schien. »Sie war die Erste, die mich wegen den Tattoos angeschrien hat. Am liebsten würde sie mich heute noch dafür übers Knie legen. Dabei ist das wirklich eine meisterhafte Arbeit und noch dazu von einem guten Freund meines Vaters gestochen.« Er hatte den Burschen noch nie verlegen gesehen, doch nun glühte das bleiche

Gesicht förmlich. Schade, dass er nach unten sah und nicht zu ihm. Er hätte zu gern gewusst, wieso ihm das so peinlich war.

»Wie du siehst, gibt es also keine Freundin«, stellte er dann noch einmal klar. Er unterdrückte den Impuls, dem Kleinen durch das hübsche, silberblonde Haar zu zausen. Stattdessen schob er beide Hände in die Hosentaschen.

Liam nickte nur und murmelte etwas, was er nicht verstand, ehe er sich von ihm weg und zum Tresen drehte. Wie süß er sich schämte. Lavall konnte nicht widerstehen. Er trat einen Schritt hinter ihn und beugte sich vor, ehe er ihm ins Ohr flüsterte: »Danke für das Abendessen.« Er verharrte einen Moment und genoss den Duft nach frischer Wäsche und einem angenehm unaufdringlichen Duschgel, der von Liam ausging, ehe er anfügte: »Ich hoffe, du kochst öfter für mich.«

Er zog sich wieder zurück, aber noch während er das tat, konnte er die Gänsehaut auf Liams Nacken sehen. Sein Herz schlug merkwürdig schnell und er fühlte sich eigenartig nervös. Wortlos und mit nachdenklicher Miene schritt er aus der Küche. Er hatte das Gefühl, es wäre keine gute Idee, noch viel länger in der Nähe dieses rätselhaften Burschen zu bleiben. Er fürchtete sich davor, in diese grünen Augen zu sehen, und was er möglicherweise in ihnen lesen könnte. Oder eher: Was es in ihm auslösen würde.

Liam stand da wie erstarrt. Erst, als er hörte, wie Lavall die Tür zu seinem Schlafzimmer schloss, rührte er sich wieder. Seine Knie zitterten wie Wackelpudding und sein Magen spielte verrückt.

Lavalls Atem an seinem Ohr und sein Duft hätten schon gereicht, aber wieso hatte er ihm mit dieser eigenartigen

Stimme Sachen zuflüstern müssen?

Ich hoffe, du kochst öfter für mich. Warum klang das so, als ob er nicht das Essen gemeint hatte?

Ihm war heiß, er fühlte sich schwach und als Teil eines Spiels, das er nicht verstand.

6

Was zum Teufel hatte er sich da nur gedacht?
Dante lag auf dem Bett, vollständig bekleidet, die Hände hinter dem Kopf verschränkt. Er sah Liam vor sich, der peinlich berührt mit dem Rücken zu ihm stand und sich schämte, und er benahm sich wie ein Drecksack und quälte ihn auch noch. Liam war erst siebzehn und noch ein Kind in seinen Augen. Das hatte er mit Sicherheit nicht verdient und er sollte lieber die Sache geradebiegen, ehe er es in den falschen Hals bekam. Er knirschte leise mit den Zähnen und war nun selbst an der Reihe, peinlich berührt zu sein. Ja, er schämte sich. Er konnte sich nicht daran erinnern, dass er dieses Gefühl in den letzten paar Jahren verspürt hatte, aber nun war es da und am liebsten wollte er die Zeit zurückspulen. Dann hätte er den Kleinen erstens nicht in Verlegenheit gebracht und sich zweitens den letzten Satz verkniffen.

Ich hoffe, du kochst öfter für mich. Er fuhr sich mit beiden Händen über das Gesicht und stöhnte gequält auf. »Scheiße«, murmelte er leise. Wahrscheinlich hielt der Junge ihn jetzt für irgendeinen Perversen, der ihm auf den Arsch guckte, sobald er sich umdrehte und ihn nachts in seinem Zimmer besuchen kam, um Schweinereien mit ihm zu machen.

Dante rollte sich vom Bett und strich sich das dunkle Haar zurück. Das sollte er lieber klarstellen, ehe Liam auf falsche Ideen kam und es komisch zwischen ihnen wurde. Obwohl Dante persönlich ja der Meinung war, dass Liam an sich schon ziemlich komisch war und als Kombination waren sie beide einfach nur superkomisch. Er wusste nur noch nicht, ob ihm das gefiel oder nicht. Alles in allem hatte er an dem Burschen nichts auszusetzen, aber seine permanente Teilnahmslosigkeit war einfach schwierig. Jack hatte ihm leider nicht sonderlich viel über Liam verraten und da der Kleine nur sprach, wenn er etwas gefragt wurde oder etwas wissen wollte, was selten genug vorkam, gestaltete sich ein intensiveres Kennenlernen schwierig.

Er sah auf die Uhr auf seinem Nachtschrank. Es war schon ziemlich spät, aber er sollte diese Sache sofort klären, damit sie beide ruhig schlafen konnten.

• • •

Das Badezimmer war blitzsauber und die Handtücher blütenweiß und unglaublich weich. Liam betrachtete sich nachdenklich im Spiegel. Es gab jede Menge Schränke, Regale und Grünpflanzen im Bad, alles schien nur darauf zu warten, mit seinen persönlichen Gegenständen gefüllt zu werden. Er zog zweifelnd die Brauen zusammen, als er seine Zahnbürste in einen Porzellanbecher steckte und die Tube mit Zahncreme daneben stellte. Ganz schön trostlos.

Er seufzte und betrachtete sein bleiches Gesicht und das helle Haar. Das Licht, das um den Spiegel herum angebracht war, zauberte Farb- und Lichtreflexe in seine Augen, die er noch nie gesehen hatte. Bei Jack war er meist schon froh gewesen, wenn die alte Glühbirne im Bad nicht die ganze Zeit flackerte und bei Tante Jane ...

Er zog sich aus und tappte auf nackten Sohlen zu dem, was er für die Dusche hielt. So viele Düsen und Schalter hatte er noch nie gesehen und es beunruhigte ihn irgendwie. Zwei verschiedene Sorten Shampoo und Duschgel standen bereit, so wie es auch in Hotels gehandhabt wurde.

Er schnupperte prüfend an der Auswahl, ehe er sich für das entschied, was ihm besser gefiel. Bis er herausgefunden hatte, wie man die verschiedenen Schalter und Düsen benutzte, war er pitschnass und zitterte am ganzen Körper, weil es eine Weile dauerte, bis er die richtige Temperatur endlich eingestellt hatte. Eine normale Dusche, in der das Wasser einfach nur von oben und nicht von jeder erdenklichen Seite kam, wie in einer Autowaschanlage, wäre ihm lieber gewesen.

Endlich unter einem angenehm heißen Wasserstrahl entspannte er sich endlich wieder halbwegs. Sein eigenes Bad zu haben war ganz schön, wie er feststellte. Vor allem, weil es direkt an sein Zimmer angrenzte. So störte er auch niemanden. Die Tür hatte er allerdings trotzdem abgeschlossen. Man wusste ja nie.

Er wusch sich gründlich und duftete anschließend ein

bisschen nach Sandelholz und anderen Sachen, die er nicht kannte, aber es war nicht schlecht. Vermutlich kostete eine Flasche Shampoo oder Duschgel so viel wie eine Monatsmiete in dem Wohnhaus von Jack aber was solls. Das war jetzt wohl sein Leben.

Er hatte sich gerade in ein Handtuch gewickelt, das erstaunlich groß war und eher als Mantel für ihn zählte, als er es ziemlich energisch klopfen hörte.

Das konnte nur Lavall sein. Er warf seinem erschrockenen Selbst im Badezimmerspiegel einen fragenden Blick zu, ehe er sich vollständig in das Handtuch hüllte. Nur sein Kopf und seine Füße schauten noch raus, als er erst das Badezimmer aufschloss und danach unsicher vor seiner Zimmertür stehenblieb.

»Ja?« Vielleicht ließ es sich vermeiden, dass er öffnen musste. Es war schon ziemlich spät. Zu spät, um noch Besuch zu kriegen.

Auf der anderen Seite der Tür herrschte kurz Schweigen, ehe Dantes Stimme zu ihm drang: »Kann ich kurz mit dir reden? Es geht auch ganz schnell. Ich unterhalte mich nicht so gern durch eine Tür, weißt du?«

Er klang beinahe ein wenig verlegen. Nicht unbedingt wie jemand, der über ihn herfallen würde. Liam öffnete die Tür zögernd und stand einem zerknirscht aussehenden Lavall gegenüber, der ihm schief zulächelte. »Oh, hi. Entschuldige die Störung.« Er biss sich auf die Lippen, als er Liams tropfnasse, in ein Handtuch gewickelte Gestalt betrachtete. Er bemerkte sehr wohl, wie sich die Wangen des Burschen unter seinem Blick rot färbten. »Ach, ich wollte mich jedenfalls entschuldigen, wegen vorhin. Ich war unhöflich, glaube ich.« Er blinzelte verwirrt. Liams Augen waren große grüne Teiche, in denen man ertrinken konnte, wenn man nicht aufpasste. Das nasse Haar hing ihm wirr in die Stirn und Dante schob reflexartig die Hände in die Taschen, während er sich sagenhaft dumm vorkam.

»Okay?« Liam schenkte ihm einen verwirrten Blick und sah zu ihm hoch. Er leckte sich die Lippen, während er ihn fragend ansah. Weich aussehende Lippen, die Dante länger in Augenschein nahm, als er sollte. Er schüttelte sich leicht.

»Äh, ja. Jedenfalls ... Tut mir leid, wenn du dich unwohl gefühlt hast. Oder so.« Was redete er bloß. Das war ein Teenager und keine Frau, die er um den Finger wickeln wollte. Er fuhr sich frustriert mit einer Hand durch die Haare, während Liam einfach nur da stand und zu ihm hochsah.

»Es ... macht nichts. Es war nicht so, dass ich mich ... unwohl gefühlt habe«, erklärte Liam dann zögernd. Er legte leicht den Kopf schief, während Wassertropfen aus seinem Haar fielen und ihm an Hals und Kiefer hinab rannen. Dante verfolgte ihre glitzernde Spur bis zum Handtuch, in dem sie verschwanden. Er biss sich selbst leicht auf die Zunge.

»Gut, dann eine gute Nacht. Morgen früh in aller Frische, okay?«

Liam nickte ihm ernst zu. »Okay.«

Dante wandte sich schon zum Gehen, als ihm etwas einfiel. »Ach ja ...«

Liam neigte fragend den Kopf. »Ja?« Einen Moment lang betrachteten sie sich schweigend und Dante passten die Gedanken, die ihn überkamen, überhaupt nicht. Er biss sich auf die Lippen, ehe er sich ein schiefes Lächeln abrang. »Ach, nichts. Gute Nacht.« Er ging hastig davon und Liam wartete, bis er hörte, wie er die Tür zu seinem Schlafzimmer zumachte, ehe er auch seine schloss und den Schlüssel mehrfach umdrehte.

Sein Herz klopfte wie verrückt und er zitterte. Dante Lavall war ein gefährlicher Mann. In vielerlei Hinsicht, aber die Art, wie er ihn ansah, erschreckte ihn am meisten. Oder war das nur Einbildung? Was auch immer es war, was dieses nervöse Zittern in Liam auslöste, wann immer er Dante Lavall betrachtete, es verunsicherte ihn. So etwas passierte ihm sonst niemals. Diese neuartigen Gefühle waren nicht direkt etwas, das er gut hätte beschreiben können. Er wurde nervös, ja. Unsicher, auch das. Aber es war anders. Er hatte nicht direkt Angst vor ihm. Eher das Gegenteil, und vielleicht war es genau das.

Er blinzelte, als ihm ein Gedanke kam. Vielleicht begann er tatsächlich noch, diesen Kerl zu mögen und ihm zu vertrauen. Sein Magen zog sich zusammen. Das war das Schlimmste, was ihm passieren konnte. Er musste aufpassen. Vertrauen war eine gefährliche Sache und er wusste genau, dass dabei am Ende nie etwas Gutes herauskam.

Liam lehnte die Stirn gegen das kühle Holz der Tür und fragte sich, wieso Jack ihn gerade an diesen hatte vermitteln müssen. Und er fragte sich, was er zu ihm hatte sagen wollen, was er dann doch nicht herausbekommen hatte. Er war ein gestandener Mann und noch dazu steinreich. Was konnte es wohl geben, dass er nicht einfach sagen konnte?

Liam ging noch einmal sicher, dass die Tür auch wirklich abgeschlossen war, ehe er sich endlich vollständig abtrocknete und das Handtuch im Bad aufhing, ehe er unter die Decke kroch.

Der Duft von Lavendel hüllte ihn ein, aber er konnte nicht dazu beitragen, dass er angenehme Träume hatte.

Dichter Nebel hing über der Gegend und hüllte alles in einen weichen, milchigen Schleier. Der Boden war durch den Regen in der Nacht vollkommen aufgeweicht und rutschig. Wassertropfen perlten von den Blättern der Bäume und tropften gen Erdboden oder in Liams Nacken.

Er verzog das Gesicht, als das kalte Wasser seine Haut berührte und zog sich die Kapuze seines Pullis über den Kopf. Dante Lavall war schon längst vorausgelaufen und er hinkte hinterher wie eine lahme Kröte.

Das nervte.

Einen Monat lang nur Pizza und chinesisches Essen vom Lieferdienst bei Onkel Jack hatten seine Kondition total geschwächt und er fühlte sich schlapp. Aber sein Onkel beharrte ja darauf, dass er nicht hatte kochen sollen, weil Jack dann hätte einkaufen müssen. Und er war ziemlich faul. Jetzt trottete Liam müde und ziemlich verstimmt über den matschigen Pfad, hindurch zwischen Baumarten, die er noch nie gesehen hatte, und vorbei an blühenden Büschen, deren Blüten feuerrot oder zart rosa waren.

Allerdings konnten seine Müdigkeit und die damit einhergehende Verstimmung auch daran liegen, dass er schlecht geschlafen hatte. Er war ungefähr fünfmal die Nacht wach geworden und zur Tür geschlichen, um zu prüfen, ob sie wirklich abgeschlossen war.

Egal wie viel ein Bett kostete und wie gut es roch oder wie weich die Bettwäsche war – wenn man sich nicht sicher darin fühlte, schlief man trotzdem beschissen. Er hatte schon unter Büschen und hinter verfallenen Holzhütten geschlafen, und war danach besser erholt aufgewacht als hier.

Mister Lavall hatte ihm heute Morgen kaum Aufmerksamkeit geschenkt, was irgendwie gut war und gleichzeitig auch nicht. Liam hatte seine Trainingskleidung schon angehabt und an der Terrassentür gewartet, als sein Arbeitgeber erst die Treppe herunter trottete und etwas murrte, was ein »Guten Morgen« oder so hätte sein können. Er sah ziemlich fertig aus, mit dunklen Schatten unter den Augen und unrasiert. Das, und der Hinweis, dass der Pfad immer geradeaus ging, war alles, was er zu ihm sagte.

Liam schnaubte und seine Atemluft dampfte vor ihm her, während er lief und dabei aufpasste, nicht auszurutschen. Ah ja, und der Hinweis natürlich, dass Dante weg sein würde, wenn Liam die ganze Strecke nicht in höchstens fünfundfünfzig Minuten gelaufen haben würde. Schließlich musste er noch duschen, sich anziehen und herrichten. Dann hatte er nämlich sein erstes Meeting im Anwesen. Ein Stammkunde würde vorbeikommen und Liam hatte die Anweisung, diesen zu begrüßen. Außerdem würde er heute auch sein eigenes Handy erhalten, um Anrufe und so weiter entgegennehmen zu können, was für die Terminplanung wichtig war.

Was für ein Stammkunde war das, der morgens um sieben schon irgendwo auftauchte? Liam atmete schwer und bahnte sich seinen Weg durch erstaunlich dichte Vegetation. Man konnte denken, es sei wirklich die

Wildnis und nicht ein umzäuntes, verflucht großes Grundstück. Er sah sogar ein paar Kaninchen, die ihn jedoch nicht weiter beachteten.

Als er gerade um einen ausufernden Busch mit handgroßen, weißen Blüten bog, die angenehm süß dufteten, tat sich ein nahezu magischer Anblick vor ihm auf: Nebelfetzen zogen über den See und über die kleine, japanisch anmutende Holzbrücke, die auf eine inselartige Erhebung auf der Mitte des Sees führte. Kirschbäume waren dort gepflanzt, die, wenn sie blühten, sicher ein bemerkenswertes Schauspiel boten. Eine Art kleiner Schrein befand sich überdacht auf der kleinen Insel. Er konnte sogar von hier das Räucherwerk riechen, das jemand angezündet haben musste. Die Klänge eines kleinen Windspiels drangen an sein Ohr und er trat langsam und zögernd näher. Die Holzbrücke knarrte leise unter seinen Schritten und er befühlte vorsichtig das Geländer, das rot lackiert und abgegriffen war. Es sah alt aus und ein wenig verwittert, aber trotzdem gut in Schuss. Er dachte wieder an Dante und die Möbel, die er gefertigt hatte. Ob er wohl auch die Brücke und den Schrein geschaffen hatte? Waren seine Hände deswegen so rau und schwielig?

Er trat näher und bemerkte, dass die Insel eine weitere Brücke auf der anderen Seite aufwies, über die der Pfad weiterführte. Man kam also zwangsläufig hier vorbei.

Das Räucherwerk war noch nicht ganz heruntergebrannt und der würzige Duft stieg ihm in die Nase, als er sich dem Schrein näherte. Das Bild eines Mannes war dort aufgestellt worden. Ein freundlich aussehender, rundlicher Herr mit dichtem Bart und Brille, der dem Betrachter zulächelte. Das Foto war schwarz-weiß gehalten und eine schwarze Schleife zierte den Rahmen in der oberen Ecke.

Liam musterte den Verstorbenen eingehend, konnte aber keinerlei Ähnlichkeit zu Lavall feststellen. Er fand eine Packung Streichhölzer vor und zögerte kurz, ehe er eines davon herausnahm. Wer immer er war, Lavall schien ihn sehr zu schätzen, wenn er extra für diesen Mann einen Schrein baute. Das Windspiel klingelte sacht und melodisch, als Liam das Räucherstäbchen entzündete, was neben vielen anderen steckte. Er hatte keine Eltern mehr. An seinen Vater erinnerte er sich nicht und seine Mutter war nur noch ein bleicher, verzerrter Schemen. Er wusste noch, wie sie roch, aber das war alles, was er von ihr hatte. Das und ihre Augen, zumindest angeblich, wenn er seiner verstorbenen Ziehmutter glauben durfte.

Er betrachtete die kleine Rauchfahne kurz, die sich gen Himmel schraubte und vom Wind verweht wurde, ehe er weiterlief.

An seine Ziehmutter hatte er schon lange nicht mehr gedacht, was aber nichts daran änderte, dass sie ihm wichtig war und er oft in Situationen kam, in denen er ihren Rat gebraucht hätte. Tante Jane war einfach kein guter Ersatz gewesen, aber so war sein Leben eben verlaufen.

Nicht gut.

Er lief schneller, obwohl seine Lunge brannte und seine Muskeln schmerzten. Der Nebel erschwerte ihm die Sicht auf den Pfad, aber das war beinahe nebensächlich. Es begann wieder zu regnen und die dicken, schweren Tropfen durchweichten seinen Kapuzenpulli und seine Hose, während er sich bemühte, noch rechtzeitig anzukommen. Bei jedem Schritt rann Wasser aus seinen Schuhen und die quietschenden, nassen Geräusche entlockten ihm ein Seufzen. Es würde Stunden dauern, bis sie wieder trocken waren und der ganze Matsch hatte sich total festgesetzt.

Das Anwesen wiederzusehen war beinahe eine Erleichterung, wenn sein Gewissen nicht so schwer gewesen wäre. Er hatte unterwegs zu viel Zeit vergeudet und war zudem noch nass bis auf die Knochen und voller Schlammspritzer.

Lavall war nicht zu sehen, aber drinnen brannte Licht. Es war auch nötig, da der Himmel bleischwer und dunkelgrau war.

Liam tappte zerknirscht zur Terrassentür. Die Laufschuhe seines Chefs standen, matschverkrustet und feucht, jedoch nicht so nass wie seine, bereits dort. Er war lange wieder hier gewesen, ehe es wieder zu regnen begonnen hatte. Liam gab es nicht gern zu, aber es ärgerte ihn. Eilig zog er seine eigenen Schuhe aus, während er versuchte, das Wasser aus dem Kapuzenpulli zu drücken. Auf keinen Fall konnte er drinnen alles volltropfen.

Er zuckte zusammen, gerade, als er sich den Pulli über den Kopf gezogen hatte, als ein ziemlich verstimmt aussehender Lavall die Terrassentür öffnete. Er musterte ihn eingehend, ehe er ihm wortlos ein Handtuch entgegen streckte. Liam fühlte Hitze in sein Gesicht schießen, obwohl er zitterte wie Espenlaub und vor Kälte die Zähne kaum auseinanderbekam. Er senkte nur schuldbewusst den Kopf und verbarg sein Gesicht im trockenen Stoff.

»Geh erstmal duschen und zieh dich um, ehe du dich erkältest. Und dann komm frühstücken.«

Er sah irritiert hoch. Lavall hatte gar nicht wütend

geklungen. Verdutzt starrte er ihn an und auf Lavalls Gesicht breitete sich ein schiefes Lächeln aus. »Na los. Ich warte auf dich.« Er ließ die Tür offen stehen, ehe er sich ohne weitere Worte umdrehte. Liam presste seine Sachen an sich und eilte auf gefährlich nassen, rutschigen Socken zu seinem Zimmer und ins Bad.

Es wäre ihm lieber gewesen, er hätte ihn angeschrien.

...

Der Stammkunde, den Liam hätte betreuen sollen, entpuppte sich als ein älterer Herr mit silbergrauem, gepflegtem Bart, der ihn aus klaren blauen Augen neugierig betrachtete, als er sich so leise wie möglich und mit unbeteiligt wirkender Miene in das Arbeitszimmer von Lavall drückte. Sein Notizbuch klemmte unter seinem Arm und er stellte sich abwartend hin, während die beiden Männer am Tisch kurz zu ihm sahen. Lavall lächelte nicht, aber er spürte seinen wohlwollenden Blick, ehe er sich wieder seinem Kunden zuwandte.

»Die Lieferung für das Gemälde erfolgt sofort. Ich veranlasse noch heute alles Nötige dafür.« Lavalls Stimme klang ruhig und ernsthaft, während er sein Gegenüber ansah.

»Wie schön. Catrina wird sich sehr darüber freuen. Es wird ihr Geburtstagsgeschenk sein.« Der ältere Herr lächelte und Liam musterte den eleganten Anzug, den er trug. Er glich beinahe dem, den Lavall selbst anhatte. Dunkelgrau, perfekt in Maß und Schnitt. Nur trug der Herr dazu ein Tuch in der Brusttasche. Das kräftige Blau unterstrich die kühle Grazie, die er ausstrahlte. Das silbergraue Haar trug er zurückgekämmt und es legte sich in weichen Wellen um das Haupt des Mannes. Liam konnte sein Parfüm bis zur Tür riechen. Für ihn zu aufdringlich und zu stark.

Gerüche waren für ihn schon immer eng mit Emotionen und Erinnerungen verbunden. Sie waren etwas Besonderes, Kostbares. Aber zu viel eines Parfüms oder eines anderen Geruchs konnte unangenehm werden.

Er hörte schweigend zu und beobachtete, wie Lavall sich dem Fremden gegenüber verhielt. Als der Name der Frau fiel, flackerte ein kurzes Gefühl über sein Gesicht, wie ein Schatten, der vorbeihuschte. Er lächelte höflich. »Ich denke, das Werk wird ihre Zustimmung finden.« Sein Blick streifte kurz Liam, ehe er dem Herrn ein kurzes Nicken schenkte. »Mein neuer Assistent hat eine interessante Interpretation dazu gehabt. Hätte Catrina sicher gefallen.« Sein Lächeln blieb höflich, aber kühl. Es erreichte seine Augen nicht und Liam begriff, dass er diese Catrina wohl kennen musste. Offensichtlich keine angenehme Begegnung, seiner Reaktion zufolge.

Der Fremde lächelte und seine Finger klopften bedächtig einen Takt auf das Holz des Schreibtisches. »Sie spricht eine Einladung für ihre Geburtstagsfeier an dich aus, Dante. Es wäre schön, wenn du kommst.« Er erhob sich und reichte Lavall die Hand, der es ihm gleichtat. »Und bring den Kleinen ruhig mit. Sophie würde ihn sicher auch gern kennenlernen. Sie scheinen im gleichen Alter zu sein.«

Liam schwieg höflich und tat, als wäre er gar nicht anwesend, während Lavall dem Herrn sacht zunickte. »Wenn die Arbeit es zulässt, komme ich auf einen Sprung nach Asturien vorbei.«

Der Grauhaarige lachte auf und schüttelte sachte den Kopf. »Das sagst du immer. Und immer hast du mehr Arbeit, als du schaffen kannst. Ich sage Catrina, du kommst vielleicht, ja?«

»Ich gebe mir alle Mühe, Salazar.« Dante rang sich ein halbwegs freundliches Lächeln ab, ehe der Mann zur Tür schritt. Er blieb kurz neben Liam stehen, der ihn ausdruckslos betrachtete, ehe er sich leicht vor ihm verbeugte.

»Hm! Gut erzogen. Wenn er das Sprechen gelernt hat, wird er bei den Kunden sicher fast so beliebt wie du!« Salazar zwinkerte Liam zu, ehe er die Tür öffnete und pfeifend hinaustrat. Er ließ sie einfach offenstehen. Es scherte ihn nicht sonderlich, ob das unhöflich war oder nicht, wie es schien. Liam erwiderte den Blick seines Arbeitgebers unverwandt, während die Schritte des Mannes namens Salazar verklungen. Er wollte wegsehen, aber er konnte nicht. Die sturmgrauen Augen hielten ihn in ihrem Bann.

»Hast du Lust, Sophie kennenzulernen?« Dante betrachtete ihn eingehend, einen nahezu lauernden Ausdruck in den Augen. Ein Holzscheit im Kamin knackte und das Prasseln des Feuers drang laut an Liams Ohr. Er verzog keine Miene.

»Nein.«

Dante seufzte und strich sich mit einer Hand durch das schwarze Haar. Sein Augenmerk wanderte zu einigen Papieren vor sich auf dem Schreibtisch. »Gut. Sie ist nämlich ebenso ein verschlagenes Biest wie ihre große Schwester. Ich kann nicht zulassen, dass sie dich verdirbt.«

Liam zog eine Braue hoch. »Mich verdirbt?« Er ahnte, was Lavall meinte, aber der überging seine Frage. Er winkte ihn heran, ohne aufzusehen.

»Ich brauche einen Tisch für drei Personen heute Abend gegen acht im »Sakura«. Auf Dante Lavall. Sie wissen schon, welchen Platz ich haben will.«

Liam notierte sich den Namen des Etablissements, das er für ein Restaurant hielt. »Sehr wohl, Mister Lavall.« Seine Stimme klang sogar in seinen Ohren monoton und leblos. Er zwang sich, unbeteiligt auszusehen und sich nicht auf die Lippe zu beißen, während er den Blick wieder zu ihm hob.

Dante lächelte ihm schief zu. »Salazar hat recht.« Er seufzte und machte sich einige Notizen, ehe er zum Telefon griff. »Ich muss allerdings dafür sorgen, dass du bis heute Abend auch vernünftig aussiehst.«

Ehe Liam noch widersprechen oder fragen konnte, mit was dieser Salazar recht hatte, sprach Lavall bereits mit einer widerspenstig klingenden Dame am anderen Ende der Leitung. Er lächelte, während er sie dazu überredete, sofort vorbeizukommen. Es wäre ein absoluter Notfall.

Liam runzelte fragend die Stirn und schaute an sich herunter. Ein Faden hing aus dem Ärmel seines Anzugs, der ziemlich locker saß. Er hatte das beim Anziehen gar nicht bemerkt. Lavall zwinkerte ihm zu, als er sich mit einem breiten Lächeln von der Frau, die ihm Verwünschungen und wilde Drohungen aus dem Hörer entgegen schrie, verabschiedete. Seine weißen, kräftigen Zähne blitzten im Licht und erinnerten Liam an einen Wolf.

»Und du wirst auf keinen Fall diese Schuhe zu einem Anzug tragen, egal wie billig er ist.« Lavall deutete auf

Liams Füße und die daran befindlichen Turnschuhe, die Onkel Jack ihm gekauft hatte. Er seufzte. »Aber ich habe keine anderen, ich habe nur noch die Laufsch-«

Dante schnitt ihm mit einer Geste das Wort ab und Liam klappte augenblicklich den Mund wieder zu.

»Ich kümmere mich darum. Du wirst an meiner Seite jedenfalls nicht in dieser Farce auftreten. Ein Anzug drückt deine Persönlichkeit aus. Er steht für Stil, Eleganz und Selbstsicherheit. Es muss zwar kein Brioni sein, obwohl das die beste Wahl wäre, meiner Meinung nach, aber wir werden sehen.« Lavall lehnte sich in dem kostbar verzierten Lehnstuhl zurück und musterte Liams Erscheinung von oben bis unten. Unter seinen Blicken konnte Liam fühlen, wie Röte in seine Wangen schoss, ohne dass er es verhindern konnte. Wieso war er in seiner Gegenwart nur so furchtbar schnell in Verlegenheit zu bringen? Und was zum Geier war ein Brioni? Er presste die Kiefer zusammen und bemühte sich um Fassung, während Lavall ihn schweigend betrachtete. Liam fühlte sich, als könnte er durch den billigen Stoff des Anzugs durch schauen und direkt in sein Herz blicken. Allein der Gedanke ließ ihn erschauern.

»Ich gebe dir eine Liste der Termine für die nächsten zwei Monate, die bereits feststehen.« Dante riss den Blick von Liams Erscheinung los und zog eines der Papiere aus dem Stapel.

Die Handschrift war sehr klein und sehr ordentlich. Offensichtlich hatte Lavall es selbst angefertigt. Liam nahm das Schreiben entgegen und musterte die akkuraten Buchstaben staunend. Seine eigene konnte er zumeist nicht einmal selbst entziffern. Sein Onkel nannte das »Sauklaue«. Die Liste schien endlos und war noch dazu von beiden Seiten beschrieben. Er seufzte tonlos.

»Zu den festgelegten Terminen kommen natürlich noch die variablen, die du zusätzlich erfassen und mir weiterleiten wirst.« Er schob ihm ein Handy zu. Die neueste Generation von Technik, die man bekommen konnte, wie er ihm erklärte.

»Die wichtigsten Nummern sind eingespeichert und du kannst damit eigentlich alles organisieren, das Internet benutzen, Termine einfügen, weiterleiten ...« Lavall lächelte ihm knapp zu, als Liam das Gerät mit zweifelnder Miene betrachtete.

»Ist das wirklich notwendig?« Er betrachtete das funkelnde Ding in glänzendem Schwarz. Es sah teuer und hochwertig aus.

»Ja.« Dante klang entschieden und fest. Widerspruch zwecklos. »Du nützt mir nichts, wenn ich Nachrichten erst per Brieftaube bekomme. So geht alles schneller und präziser. Allerdings muss ich dich ja wohl nicht darauf hinweisen, dass es ausschließlich für die Arbeit zu benutzen ist, oder?«

Liam schaute unsicher hoch. »Für was sollte ich es sonst benutzen?«

Dante zog eine Braue hoch und betrachtete Liams ehrliches und unschuldig wirkendes Gesicht. Er war entweder ein sehr guter Schauspieler, oder er hatte noch nie etwas von Youtube oder Pornoseiten gehört. Und Lavall war gewiss nicht gewillt, ihm weder das eine noch das andere zu zeigen. Er räusperte sich stattdessen. »Ich sehe, wir verstehen uns.«

Liam schob das Handy zögernd in seine Tasche. »Jawohl, Mister Lavall.«

»Ach ja ... Das nächste Mal, wenn du durch den Regen

läufst, will ich nicht noch mal erleben, dass du dich draußen in der Kälte ausziehst.« Er warf ihm einen scharfen Blick zu. »Es ist unnötig, dass du krank wirst.«

»Es tut mir leid. Ich habe am Schrein zu viel Zeit verloren.« Liam erwiderte seinen Blick, ehe er ihn niederschlug. »Ich dachte, es wäre nicht richtig, einfach weiterzulaufen, ohne kurz zu beten und ein Räucherstäbchen anzuzünden.«

Eine ganze Weile war nichts weiter zu hören, als das Prasseln des Feuers im Kamin. Liam starrte ergeben vor sich auf den Boden. Er konnte nicht einschätzen, ob er Lavall wütend gemacht hatte oder warum er sonst schwieg, aber es schien ihm ratsam, nicht hochzusehen. Vielleicht hätte er es ihm nicht sagen sollen?

Lavall starrte den Jungen vor sich sprachlos an und es dauerte eine Weile, bis er seine Stimme wiederfand. Er hatte mit Vielem gerechnet, aber nicht damit. Sein Magen zog sich zusammen und er fühlte sich wie der größte Drecksack aller Zeiten. Was war nur mit diesem Jungen los? Welcher Siebzehnjährige hielt schon an irgendeinem Schrein an, um zu beten? In dem Alter hatte er selbst einen Dreck auf solche Dinge gegeben. Aber Liam war eben anders als andere. Er musste sich daran gewöhnen, dass der Kleine wohl reifer und sensibler war, als man hinter dem verschlossenen Gesicht vermuten würde.

»Ich möchte trotzdem nicht, dass du krank wirst. Aber es freut mich«, lenkte er dann ein, »dass du respektvoll mit dem Schrein umgehst.« Er leckte sich die trockenen Lippen und starrte auf die Papiere auf dem Schreibtisch.

Liam hob zögernd den Blick. Lavall wirkte betreten und seine Brauen waren zusammengezogen, während er ins Leere zu starren schien.

»Es tut mir leid, wenn ich mich falsch verhalten habe. Es kommt nicht wieder vor.«

Lavall wollte etwas sagen, doch da klingelte bereits das Telefon. Er nahm ab, während er Liam einen eigenartigen Blick zukommen ließ.

»Gut. Schickt sie hoch. Danke.« Er lächelte matt. »Dann nehmen wir uns mal dem Notfall an«, verkündete er seufzend.

Noch ehe Liam fragen konnte, schallte eine äußerst ungehaltene, weibliche Stimme durch die Flure. Und sie fluchte lautstark auf italienisch, während eine zweite, männliche Stimme sie zu beruhigen versuchte. Zumindest klang es in Liams Ohren so.

Er zuckte erschrocken zusammen, als eine sehr kleine, sehr dünne Frau mit strengem, schon ergrautem Haarknoten und spitzem Gesicht in das Arbeitszimmer und durch die offenstehende Tür rauschte. Sie trug schwarz. Schwarzer, enger Rock, schwarze Strumpfhose, schwarze Bluse mit langen Ärmeln und hochgeschlossen. Die Absätze ihrer Stiefel waren sehr hoch und dennoch war sie beträchtlich kleiner als er. Ihre Finger waren lang und schlank und erinnerten eher an Klauen, was durch die schwarzen Nägel noch betont wurde. Ihr stechender Blick aus schwarz umrandeten Augen fiel auf ihn und entlockte ihr ein Schnalzen mit der Zunge, während sie misstrauisch das Gesicht verzog und die Nase rümpfte.

»Was zum Teufel hat er da bloß an? Ist das ein Seesack?« Ihre Stimme klang kratzig und heiser. Der Geruch von Zigaretten und Parfüm haftete an ihr und Liam verzog seinerseits das Gesicht.

Lavall hatte sich erhoben und lehnte lässig am Schreibtisch neben Liam, die Hände in den Hosentaschen.

Er grinste von einem Ohr zum anderen.

»Dies ist die bezaubernde Viola. Sie wird mit ihren unübertrefflichen Schneiderkünsten einen Anzug für dich fertigen, der auch passt. Und der keine Beulen und Falten wirft.«

»Und aus dem keine losen Fäden hängen«, murrte die Dame mit Blick auf eben diesen. Sie schnippte mit den Fingern und der junge Mann, der schweigend neben ihr stand und Liam neugierig betrachtet hatte, reichte ihr ein Maßband. Sein Haar war dunkelbraun und lockig. Er trug es zurückgegelt und sah ein bisschen wie ein Mafiosi damit aus. Vermutlich lag dies aber auch an dem dunklen Teint und den braunen Augen, in denen stets ein gewisser Spott zu liegen schien. Die vollen Lippen waren zu einem abfälligen Lächeln verzogen, als er Liams Blick bemerkte. Er war ebenfalls vollkommen in Schwarz gekleidet und hätte Liam nicht gewusst, dass sie Schneider waren, hätte er sie wohl für Bestatter oder Gangster gehalten.

Er wich zurück, als die Dame mit dem Maßband forsch auf ihn zutrat. »Moment, was ...?«

Viola zog eine schmale, sorgfältig nachgezogene Braue hoch, was ihre Stirnfalten hervortreten ließ. »Ich nehme Maß. Was denkst du denn? Wenn ich dich erwürgen will, nehm ich eine Garrotte und kein Maßband!«

Lavall verbarg sein Lächeln hinter vorgehaltener Hand.

»Viola, sei etwas freundlicher. Er ist noch jung und unerfahren.«

Die Schneiderin schnaubte und deutete Liam mit einer Geste, die Arme seitlich auszustrecken, was er unwillig tat. Er warf Lavall einen mürrischen Blick zu und spürte, wie ihm vor Nervosität flau im Magen wurde. Hoffentlich musste er sich nicht ausziehen. Er verfolgte jede

Bewegung der Frau mit großen, angstvollen Augen, als sie ihn zu vermessen begann und mit herrischer Stimme die Zahlen an ihren Gehilfen verkündete, der nur süffisant grinste. Sein Blick lag auf Liam und er fühlte sich unwohl auf die Art, mit der er ihn ansah. Er fühlte sich sogar vollständig angezogen nackt und schutzlos.

Er zuckte zusammen, als ihre Hand seine Schulter streifte und konnte sich gerade so davon abhalten, nicht zurückzuweichen. Sein Blick glitt zur Decke, wo er sich auf einen Punkt fixierte. Viola arbeitete schnell und gründlich, doch jede Berührung ließ ihn zusammenzucken, was ihr wohl nicht komplett entging.

»Ganz schön steif, der Kleine. Aber nicht auf die gute Art. Mach dich mal etwas locker, ich reiße dir diesen Lumpen sicher nicht vom Leib, obwohl er genau das und eine Feuerbestattung verdient hätte. Elende Discountware, genäht von linkshändigen Krüppeln mit Fischblick.« Sie warf ihm einen schrägen Blick zu, als sie sich vor ihn kniete und ihn an einer Stelle vermaß, die ihm das Blut in die Wangen schießen ließ.

»Dabei bist du ein wirklich hübscher Bursche. Aber was soll man von Dante auch erwarten. Er trägt Brioni und hat trotzdem noch den Schneid, nach mir zu rufen. Pah!« Sie knurrte etwas, ehe sie sich wieder aufrichtete und Liams feuerrotes Gesicht begutachtete.

Lavall lachte leise. »Ich trage Brioni, aber du bist trotzdem die Beste.«

»Ah, lass deine widerlichen Schmeicheleien bloß stecken, Dante!« Sie hob drohend die Faust, die sie in seine Richtung schüttelte. »Ich weiß, dass ich die Beste bin! Ich mache ja nicht umsonst die Anzüge für deine Leute, mh? Wenn ich dich nicht schon kennen würde, seit du ein Dreikäsehoch warst, könntest du mich am Arsch lecken, Freundchen! Du und dein Brioni!« Sie schnaubte wütend und steckte sich ungeniert eine Zigarette an, während sie ihm einen provokanten Blick zuwarf. Sie nahm einen tiefen Zug, während Dante ihr seelenruhig dabei zusah. »Bis wann?«, fragte sie dann murrend.

»Bis um sechs.« Sein Lächeln wurde eine Spur breiter.

»Was?!« Viola entfuhr ein ungläubiges Schnauben, samt einer erstaunlichen Wolke aus Qualm. Sie sah aus wie ein sehr alter, sehr dünner und sehr wütender Drache. »Unmöglich! Ein guter Anzug braucht mehr Zeit als das!«

Lavalls Augen funkelten verschlagen. »Mhhh ...«, begann er geduldig. »Du sagtest, du bist die Beste.« Der Gehilfe im Hintergrund schlug lächelnd die Augen nieder. Offensichtlich kannte er das Spielchen schon.

Viola schwieg einen langen Augenblick, in dem sie heftig an ihrer Zigarette zog. »Du bist ein Bastard, Dante. Mich bei meiner Ehre zu packen. Aber ich bin die Beste. Und ich berechne dir das Doppelte.«

»Also so wie immer.« Lavalls wölfisches Grinsen ließ Liams Magen unangenehm kribbeln. Eine Haarsträhne war ihm in die Stirn gefallen, als er den Kopf senkte und Viola einen langen, tiefen Blick schenkte, der jeder Frau die Röte in die Wangen getrieben hätte. Sein Magen flatterte und er sah mit klopfendem Herzen weg. Plötzlich kam er sich schäbig und unzureichend in seinem billigen Anzug und den Turnschuhen vor.

»Ach ja. Und er braucht Schuhe. Ein Hemd und eine vernünftige Krawatte.«

»Ich bin nicht der gottverdammte Weihnachtsmann!« Viola fauchte, ehe sie den Kopf in den Nacken legte und die Schultern straffte. Sie drehte sich dennoch halb zu

Liam um und beäugte seine Schuhe aus schmalen Augen.

»Nur, weil der Kleine wirklich niedlich ist und ich heute einen guten Tag habe.« Sie nickte ihrem Gehilfen knapp zu, der Liam einen langen Blick zuwarf, ehe sie ohne weitere Worte aus dem Zimmer rauschte. Zigarettenrauch zog sich wie ein feiner Nebelschleier hinter ihr her und ihre kratzige Stimme hallte durch das Anwesen. Erst, als man sie nicht mehr hören konnte, wagte Liam einen Seitenblick zu Lavall. »Was ist nun eigentlich ein Brioni?«

Lavall schmunzelte ihm zu, während das Telefon klingelte. »Brioni fertigt die besten Anzüge der Welt. Es ist eine italienische Marke. Wenn man Qualität will und das nötige Geld hat, fliegt man nach Rom, lässt Maß nehmen und bekommt dafür das, was ich am liebsten trage.« Er nahm das Gespräch entgegen und Liam blinzelte fassungslos. Lavall unternahm extra eine Reise nach Italien, um einen Anzug anfertigen zu lassen? Er wagte gar nicht, zu fragen, was das Stück gekostet haben mochte, was er da trug. Der Anzug saß perfekt und er sah sehr gut darin aus, aber extra wegen so etwas eine Reise zu machen? Liam seufzte tonlos und betrachtete ihn, während er sprach. Wenn alle Schneider solche Furien waren, wie diese Viola, trug er lieber weiterhin Jeans und T-Shirt. Das Maßnehmenlassen hatte zwar nicht wehgetan, aber es war ihm unangenehm gewesen. Er zupfte nachdenklich am losen Faden. Dass ihm Lavall das niemals erlauben würde, lag jedoch auf der Hand.

Dante legte auf und deutete Liam, ihm zu folgen. »Komm. Wir haben zu tun. Das Frühstück holen wir uns unterwegs.«

»Unterwegs? Wohin?« Liam packte seine Sachen

zusammen und tastete nervös nach dem Handy in seiner Hosentasche.

Lavall lächelte ihm über die Schulter zu. »Wir machen einen kleinen Ausflug.«

7

Der kleine Ausflug entpuppte sich als zweistündige Autofahrt in die nächstgrößere Stadt, wo Lavall vor einem unscheinbaren Gebäude hielt.

Allein die Tatsache, dass er seinen Rolls-Royce Black Badge selbst fuhr, war für Liam schon unbegreiflich. In Filmen sah man immer nur, dass sich die reichen Kerle alle von einem Chauffeur herum kutschieren ließen, dem sie lässig Anweisungen gaben, während sie auf dem Rücksitz die Zeitung lasen oder dergleichen.

»Wieso fahren Sie denn selbst?« Liam hatte einfach fragen müssen. Lavall hatte ihm einen knappen Seitenblick zugeworfen, während sie durch die Stadt fuhren und diese dann hinter sich ließen. Häuser, Gärten und schließlich eine offene Landschaft mit hügeligen Feldern und streckenweise Wäldern zog am Fenster vorbei, ehe sie sich wieder ihrem Ziel genähert hatten und die deutlichen Zeichen der Zivilisation sie einholten.

Die Sonne brannte und es war schon fast Mittag. Liams Magen knurrte, aber das Radio, aus dem zeitweise sogar ganz gute Musik erklang, übertönte das Geräusch.

Das Gebäude, vor dem sie gehalten hatten, glich einem Museum. Hinter breiten Flügeltüren aus Glas verkündeten angebrachte Plakate die baldige Eröffnung einer Galerie, die lokale Künstler ausstellen sollte. Zumindest war es das, was Liam lesen konnte. Lavall stieg bereits aus und er tat es ihm hastig gleich, wobei er darauf achtete, das Handy nicht zu verlieren und die Tür des vermutlich fast unbezahlbaren Wagens nicht zu stark zuzuschlagen, so wie er das bei Onkel Jacks Karre tun musste, damit sie sich überhaupt richtig schloss.

Die Luft roch anders. Salzig und frisch, eindeutig nach Meer und Küste. Liam genoss den kräftigen Wind, der ihm entgegen wehte. Am blauen Himmel zogen nur vereinzelte Wolkenfetzen und der gleißende Sonnenschein versprach einen perfekten Tag. Er musste die Augen gegen die Helligkeit zusammenkneifen.

»Wo genau sind wir?« Er schirmte seine Augen mit einer Hand ab, während er sich zu Lavall drehte, der ihn beobachtete. Im Sonnenlicht wirkten die sturmgrauen Augen heller, beinahe silbern.

»Die Stadt hier nennt sich Caine. Liegt direkt am Meer, hat eine hübsche Küstenlandschaft und einen recht netten Strand. Viel Fischfang, viel Tourismus.« Lavalls Miene wirkte ernst, während er erklärte, als lese er einen Steckbrief vor. »Ich unterstütze gern Projekte, die in der Nähe des Ortes sind, an dem ich wohne. Krankenhäuser, Stiftungen, Tierheime, was auch immer. Aber das hier ist etwas Besonderes.« Er deutete auf die Galerie, die sich offensichtlich noch im Aufbau befand.

Die Lage schien Liam günstig zu sein. Unweit befand sich ein Café, er sah ein paar Geschäfte und ein Schild in der Ferne wies auf ein Museum hin, dass sich ebenfalls in der Nähe befinden musste. Hinter ihm konnte er Möwen kreischen hören, also gab es dort sicher eine Strandpromenade und noch mehr Geschäfte, Restaurants und andere Dinge, die Touristen anziehen würden. Wer hier auf einen Imbiss vorbeischaute, kam zwangsläufig an der Galerie vorbei. Vielleicht kein Garant für Erfolg, aber zumindest eine bessere Chance. Er nickte verstehend, während er und Lavall die wenigen Stufen emporstiegen. Sein Chef öffnete die Tür und ließ ihn eintreten, ehe er weiterredete.

»Ich bin Kunsthändler. Diese Galerie bietet nicht nur mir eine Plattform, um Werke zu verkaufen, sie soll auch lokalen, unbekannten Künstlern dies ermöglichen. Ich habe lange nach einer guten Immobilie gesucht und diese hier ist es schlussendlich geworden. Schlicht und auf das Wesentliche begrenzt.«

Die Wände waren weiß gestrichen und noch fehlte ein Teil der Deckenbeleuchtung, hingen lose Kabel herab, doch man konnte schon das Potenzial erkennen. Die Räume, oder besser der einzelne Raum, der Liam eher wie ein Saal schien, besaß die höchsten Decken, die er jemals gesehen hatte. Es war schon eher eine Halle. Im Inneren war das Gebäude erstaunlich großzügig geschnitten und es gab offenbar mehr als eine Etage, denn mehrere Treppen führten in das, was sich wohl der zweite Stock nannte, den Dimensionen der Räume nach aber wohl eher einem vierten oder fünften gleichkam. Liam schaute sich neugierig um, während er den Handwerkern, die herumliefen und ihre Arbeit erledigten, knapp zunickte. Sie ernteten teilweise respektvolle, teilweise ungläubige Blicke. Lavall schien das gar nicht zu bemerken. Manche grüßten und er grüßte zurück, informierte sich bei dem einen oder anderen über den Stand der Dinge und die Fortschritte, während er Liam in den oberen Stock mitnahm.

Hier sah vieles bereits fertiger aus, obwohl alles noch unter Abdeckplanen lag. Der Boden war komplett damit verhüllt, damit er nicht schmutzig oder beschädigt wurde.

»Ich wollte unbedingt diese Immobilie haben, weil es im zweiten Stock einfach den besten Ausblick gibt.« Lavall deutete nach rechts. Die komplette Seitenwand des Gebäudes war in diesem Stockwerk von einer einzigen Fensterfront veredelt, die einen Panoramablick auf die Strandpromenade ermöglichte. Es gab keine großen Häuser, die im Weg standen. Stattdessen blickte man auf mehrere kleine Geschäfte und Gassen hinab. Dahinter war ein leuchtend heller Strand zu erkennen und noch weiter hinter diesem glitzerte das Meer und ein kleiner Teil des Hafens war sichtbar.

Liam trat staunend näher und obwohl er große Höhen nicht mochte, konnte er nicht abstreiten, dass es atemberaubend war. Er wusste, dass Lavall ihn beobachtete, und trat so nah an die Scheibe heran, wie er sich zutraute. Dante trat neben ihn und ließ den Blick schweifen. Liam musterte verstohlen sein Profil und die stolze Haltung, in der er da stand und herunterblickte.

»Ich kann es kaum erwarten, diese Galerie zu eröffnen und all die jungen, unbekannten Künstler und ihre Werke zu sehen. Ich habe schon viele von ihnen getroffen. Wir werden Gemälde und Skulpturen haben, handgefertigten Schmuck und Töpferarbeiten. Es wird einfach großartig. Ein Ort der Schönheit, der nicht nur in dieser Stadt bekannt sein wird, sondern über die Grenzen hinaus.

»Sie hoffen, dass viele auch wegen dem Ausblick

kommen werden, oder?«

Lavalls Lippen verzogen sich zu einem anerkennenden Lächeln, jedoch betrachtete er das Glitzern des Meeres, ohne den Blick davon zu lösen. »Manchmal muss man einem Menschen eine andere Perspektive zeigen, damit er nach Höherem streben kann. Wer niemals den Himmel gesehen hat, träumt auch nicht vom Fliegen.«

Liam betrachtete seine Züge stumm. Er hatte sich heute nicht rasiert und dunkle Schatten bedeckten seine Wangen, gaben ihm den Anflug von etwas Rauem, Wildem.

Liam grübelte über die Worte nach. »Aber egal wie sehr man fliegen möchte, ist es doch eigentlich nicht möglich. Einem wachsen ja nicht plötzlich Flügel. Ist es denn gut, Träume zu haben, die sich niemals erfüllen können?« Seine Stimme war immer leise geworden und die letzten Worte flüsterte er beinahe nur noch.

Lavall wandte ihm das Gesicht zu und betrachtete ihn einen Moment. Liams grüne Augen schienen intensiver zu leuchten, als Sonnenlicht durch die Scheibe fiel. Sein ernstes Gesicht wirkte makellos und seine helle Haut glich Porzellan. Eine eigenartige Traurigkeit schien in seinem Blick zu liegen und Lavall spürte den dringenden Wunsch in sich aufsteigen, ihn zum Lächeln zu bringen. Er schien tatsächlich niemals so etwas wie Freude oder Leichtigkeit zu empfinden.

»Wenn man kein Gefieder hat, muss man sich Flügel bauen. Es gibt keine Ausrede dafür, sein Leben zu vergeuden, indem man seinen Träumen nicht nachjagt. Selbst, wenn man nicht mit den Falken im Wind mithalten kann, sollte man dennoch alles versuchen. Unsere Träume sind das, was uns zu Dingen befähigt, die größer sind als wir.«

Lavalls Worte trafen den Kleinen mitten ins Herz. Er sah es daran, wie seine Augen sich weiteten und sich Erstaunen auf seinen Zügen ausbreitete. Sie schwiegen eine ganze Weile, ehe sich Liam zögernd über die Lippen leckte. Dantes Magen begann zu kribbeln und er löste den Blick von seinem Gesicht.

»Und was-«, setzte Liam zu einer Frage an, die jedoch vom Klingeln des Handys in seiner Tasche unterbrochen wurde. Er blinzelte irritiert und zog es aus der Tasche, ehe er zögernd das Gespräch entgegennahm. Lavall sah aus dem Fenster, als hätte er nichts gehört und Liam räusperte sich verlegen.

»Hallo? Äh, Sie sprechen mit Devereux, dem persönlichen Assistenten von Mister Lavall.« Er verdrehte innerlich die Augen und kam sich dumm vor. Das ging sicher besser und viel kürzer. Lavall beachtete ihn gar nicht und setzte sich stattdessen in Bewegung, wieder die Treppen hinunter und hinaus, während Liam ihm zu folgen und gleichzeitig dem Gespräch Aufmerksamkeit zu schenken versuchte.

»Es ist eine Christie dran, die fragt, ob sie diese Woche weiße oder rote Lilien bevorzugen?« Liam wollte ihm schon das Handy hinhalten, aber Lavall wehrte ab.

»Suchst du aus. Du hast jetzt die Verantwortung und triffst Entscheidungen.«

Ach du Scheiße. »Äh ... nehmen sie eine schöne Mischung aus beiden«, antwortete er dann etwas überfordert der Dame am Telefon, die leise lachte und sagte, sie werde seinen Wünschen entsprechen. Seinen Wünschen? Er hatte keine Ahnung, was Lavall für Blumen mochte. Und er hatte den Verdacht, dass er das als sein persönlicher Assistent wissen müsste.

Lavall stieg ins Auto und ließ bereits den Motor an, während sich Liam hastig auf den Beifahrersitz drängte. »Ich hoffe, sie mögen Lilien?«, fragte er vorsichtig mit einem Seitenblick auf seinen Chef, der ihm ein schiefes Lächeln schenkte. »Schon. Aber nach drei Monaten könnte ich sicher ein paar andere vertragen. Immer das Gleiche sehen zu müssen ist irgendwie ... langweilig.«

Liam seufzte und notierte sich mit glühenden Ohren, dass er ein paar kreativere Kombinationen finden musste, um die Zimmer im Anwesen zu dekorieren.

»Gut. Was ist der nächste fixe Termin auf der Liste?« Lavall sah nicht rüber, aber er hörte das eifrige Umblättern von Papieren, als Liam seine Notizen durchging. »Ähm, da steht, Sie haben einen Zahnarzttermin ... Oh, nein. Das ist nächste Woche.« Liam seufzte und suchte nach dem richtigen, den er nach hektischem Herumblättern fand. »Treffen mit G«, las er vor, wobei er die Stirn runzelte.

Lavall seufzte tief. Anscheinend fast so unerfreulich wie der Zahnarztbesuch. »Tja, dann. Aber vorher gehen wir endlich frühstücken. Ich kenne den perfekten Ort dafür.«

Liam widersprach nicht, obwohl es bereits mittags war. Seine Augen betrachteten den Himmel, während Lavalls teures Auto über die Straße jagte. Was er über Träume gesagt hatte, ging ihm nicht mehr aus dem Kopf.

• • •

Lavall nahm einen kleinen Umweg. Es war durch den strahlenden Sonnenschein warm im Auto, was Liam seit geraumer Zeit immer wieder zum Einnicken brachte. Lavall hatte das bemerkt und das Radio leise gestellt, damit er schlafen konnte, falls er wollte.

Sie durchquerten kleine, malerische Dörfer und Kleinstädte, fuhren vorbei an Weinbergen und schimmernden Seen, auf denen kleine Boote trieben.

Als Lavall nun nach einigen Minuten wieder zur Seite blickte, war der Kleine doch tatsächlich eingeschlafen. Sein Gesicht wirkte zum ersten Mal, seit er ihn getroffen hatte, friedlich. Die permanente Skepsis und Angespanntheit, die nervösen Blicke und der Trotz waren verschwunden. Zurück blieb nur ein schönes Gesicht mit markanten Zügen, weichen Lippen und fein geschwungenen Brauen. Wie er wohl aussah, wenn er lächelte? Viola hatte recht gehabt. Er war ein hübscher Bursche. Und durch seine helle Haut und das silberblonde Haar fiel er den Leuten auf. Dabei schien es nicht so, als ob ihm das wirklich klar war. Die Erinnerung an das, was er über den Schrein gesagt hatte, überkam ihn wieder und Dante zog die Brauen zusammen, als er sein Gesicht und den niedergeschlagenen Blick vor Augen hatte.

Er riss den Blick vom Schlafenden los. Er würde diese kleine Pause gut gebrauchen können, denn der Tag war noch lang und sie hatten noch einiges vor. Er hatte Jack versprochen, ihn nicht zu überfordern, und Liam musste sich erst an den neuen Tagesablauf anpassen, ehe er mit ihm mithalten konnte.

Schon lange war er nicht mehr hier gewesen, aber als er das Auto auf die buckelige Einfahrt steuerte, fühlte er sich sofort besser. Alles sah noch genau so aus wie damals.

Liam schlief wie ein Stein, mit dem Kopf gegen die Scheibe gelehnt. Anscheinend hatte ihn der morgendliche Lauf mehr erschöpft, als er sich hatte anmerken lassen. Lavall musste unwillkürlich lächeln und parkte vor dem alten Haus, das im viktorianischen Stil gehalten war. Sogar die alte Pferdekutsche, beladen mit bepflanzten Körben, in denen bunte Blumen blühten, gab es noch.

Er drehte sich zu Liam und betrachtete ihn einen Moment ausgiebig. Der Puls an seinem Hals pochte regelmäßig unter der weichen Haut und auf seinen Wangen lag ein zarter Hauch von Röte. Vielleicht träumte er gerade etwas Schönes.

Lavall seufzte innerlich. Nicht einmal im Schlaf lächelte er. Stattdessen hatten sich seine Brauen wieder leicht zusammengezogen und seine Lider flatterten, ehe er blinzelnd die Augen öffnete und sich verwirrt umsah. Als ihm klar wurde, dass Lavall ihn seit einiger Zeit angestarrt hatte, lief er dunkelrot an.

»Entschuldigung. Ich bin wohl eingeknickt.« Er strich sich verlegen das Haar aus der Stirn und warf Lavall einen zerknirschten Blick zu. Er wollte lächeln, aber er biss sich nur leicht auf die Lippen und unterdrückte den Impuls.

Wieso nur hatte er das Bedürfnis, so sanft mit dem Kleinen umzuspringen? Nicht, dass er jeden anderen Angestellten angebrüllt hätte, aber er war normalerweise erheblich strenger und distanzierter.

Vielleicht sollte er sich ein wenig mehr zusammenreißen. Schließlich war Liam nur sein Assistent. Er deutete wortlos auf das Haus, ehe er ausstieg und die frische Luft in seine Lungen sog. Eine merkwürdige Unruhe hatte ihn erfasst. Er versuchte sie zu verdrängen, und hörte, wie Liam die Autotür zuschlug und neben ihn trat. Er konnte seine betretenen Blicke spüren. Sie bohrten sich wie Dolche in seinen Rücken. Jedenfalls fühlte es sich so an. Insgeheim wünschte er sich, der Kleine wäre weniger fügsam und etwas rebellischer, damit er ihn anschreien konnte. Dann hätte er wenigstens einen Grund, so betreten und verlegen zu sein, wie er es war.

»Das ist eines der besten Restaurants, in denen ich je gegessen habe«, erklärte er stattdessen, während er die zweistufige Treppe hinaufschritt.

Liam biss sich leicht auf die Lippen, als er den scharfen, beinahe kühlen Unterton hörte, mit dem Lavall sprach. Er war anscheinend sauer auf ihn, weil er eingeknickt war. Was hatte er alles verpasst? Ein schlafender Assistent war keine Hilfe. Am Ende feuerte er ihn noch, weil er unzufrieden war.

Das hübsche Haus aus rotem Backstein entpuppte sich im Inneren als ungewöhnlich verspielt eingerichtetes Restaurant. Es war sehr gut besucht, wie sie beim Betreten des hellen Gastraumes feststellten. Auf den Tischen befanden sich kleine, handbemalte Blumenvasen, in denen regionale Gewächse standen. Zudem fanden sich überall alte Arbeitsgerätschaften wie Harken, Sensen und andere Dinge, die auf einem Bauernhof gebraucht wurden, was dem Ganzen einen rustikalen Charme verlieh.

Liams Magen knurrte heftig, als er den Duft von Essen wahrnahm, der sich im ganzen Raum ausbreitete. Er linste zu Lavall, der es jedoch nicht gehört zu haben schien. Das Klappern von Geschirr und angeregte, freundliche Gespräche erfüllten die Luft, zusammen mit laut tratschenden, lachenden Kellnern, die offensichtlich mit ihren Stammkunden scherzten. Die Atmosphäre war äußerst gelöst und familiär. Als wäre man auf der Geburtstagsfeier eines Lieblingsonkels und nicht in einem Restaurant. Vor allem nicht in einem, in der kein einziger Mensch außer Lavall und Liam einen Anzug trug.

Eine ältere Dame in einem blau-weißen Kleid eilte herbei, als sie Lavall und Liam dort stehen sah.

»Na, wenn das nicht Dante ist? Mein Gott, bist du groß geworden!« Das Namensschild wies die Dame als Annie aus und als die Besitzerin. Lavall schenkte ihr ein strahlendes Lächeln und erwiderte den kräftigen Händedruck. »Wie schön, dich wiederzusehen, Annie. Wie ich sehe, läuft dein Laden so gut wie eh und je.«

Sie lachte und nickte dann zustimmend, während ihre neugierigen Blicke Liam streiften, ehe sie ihm die Hand hinhielt.

Er spürte, wie sich sein ganzer Körper versteifte.
Die Haut zwischen seinen Schulterblättern wurde feucht und er atmete flach. Es dauerte einen Moment, bis Lavall seine Lage verstanden hatte, denn er ergriff Annies Hand und hielt sie zwischen seinen beiden. »Oh, Annie! Ich habe deine Apfeltorte so vermisst! Gibst du mir dieses Mal das Rezept, ja?« Er zwinkerte ihr zu, während Liam vor Erleichterung und Scham beinahe an Ort und Stelle zusammenklappte. Er folgte den beiden mit ausdrucksloser Miene, während er sich zu beruhigen versuchte. Lavall bugsierte die überraschte Dame zu einem der freien Tische, wo er sich setzte wie selbstverständlich und wortlos aber mit eindringlichem Blick Liam deutete, ihm gegenüber Platz zu nehmen.

»Oh, ach, das Rezept? Das kann ich dir doch nicht geben! Das ist ein Familienerbstück.« Annie lachte munter und war offensichtlich von Lavalls Ablenkungsmanöver und seinem charmanten Lächeln so eingenommen, dass sie Liam gar nicht weiter beachtete. »Was darf`s denn sein?«

Liam rückte umständlich auf seinem Stuhl herum, während Lavall ihn keines Blickes würdigte. Sein Chef bestellte, noch ehe er überhaupt eine Karte gesehen hatte. »Die Entenbrust für uns beide und zwei Wasser.«

Annie nickte und eilte bereits von dannen. Lavall sah ihr einen Moment nach, ehe er sich betont langsam seinem Assistenten zuwandte.

»Was war denn das gerade?«

Liam wünschte sich, der Boden täte sich auf. Er hatte nicht damit gerechnet, dass irgendwelche Leute ihm die Hand geben wollten. Das war ihm noch nie passiert. Er klammerte sich mit beiden Händen an sein Notizbuch und starrte darauf, als stünde dort die Antwort geschrieben. Er wurde normalerweise gemieden und kaum beachtet und wenn überhaupt hagelte es Spott und Häme. »Es tut mir leid«, brachte er leise hervor. Er hatte Lavall blamiert und er war zu recht wütend. Zuerst war er eingeschlafen und jetzt auch noch das.

»Dass es dir leidtut, sehe ich.« Lavall musterte das Gesicht des Burschen, der angestrengt auf sein Notizbuch starrte und derart elend aussah, dass er ihn am liebsten getröstet hätte. Aber er hatte das Gefühl, die Art von Trost, die er im Sinn hatte, würde alles nur schlimmer machen. »Aber das ist keine Erklärung.«

Liam sah unglücklich zu ihm auf und da war es, endlich: Widerspenstigkeit in seinem Blick. Lavall spürte, wie sich sein Puls beschleunigte. Sein Herz schlug schneller, als die grünen Augen ihn fixierten.

»Ich mag es einfach nicht, angefasst zu werden. Ich war nicht darauf vorbereitet, dass das zu meinem Job gehört«, erklang es leise aber deutlich pampig.

Offensichtlich galt für Liam, dass Angriff die beste Verteidigung war.

Lavalls Augen wurden schmal und er beugte sich zu ihm rüber, so weit der Tisch es zu ließ, die Ellbogen auf der hübschen weißen Spitzentischdecke aufgestützt. »Aber jetzt bist du mittendrin. Ich tue auch Dinge, die ich nicht mag. Ich wünsche nicht, dass du einen Kunden, einen Gast oder einen Geschäftspartner oder irgendjemand anderen noch einmal so vor den Kopf stößt.«

Es klang herrisch und endgültig. Lavalls rauchgraue Augen hielten Liams Blick fest, und sein Herz schien ihm aus der Brust springen zu wollen. Ihm wurde heiß und sein Magen begann zu flattern. Es war ein verwirrendes Gefühl. »Das kann ich nicht«, protestierte er leise. Er hasste es, wie seine Stimme zitterte.

Lavalls Augen schimmerten dunkel und ein eigenartiger Ausdruck lag in seinem Blick. »Was soll das heißen, du kannst nicht?«, raunte er ihm leise zu.

Liam biss sich auf die Lippen und schluckte. Wie sollte er ihm das erklären, so dass er es verstand?

»Ich kann es einfach nicht. Ich kann es nicht. Es geht nicht.« Liams Blick glitt nervös durch den Gastraum. Manche der Anwesenden warfen ihnen skeptische, andere neugierige Blicke zu. Annie kam mit einem strahlenden Lächeln und zwei Tellern zu ihnen, auf denen sich jeweils eine duftende Entenbrust befand, die

Hautseite kross geröstet. Eine zweite Kellnerin brachte eine Karaffe mit Wasser sowie zwei Gläser, die mit Eis gefüllt waren.

Lavall lächelte beiden zu und bedankte sich, doch allein sein Blick schlug sie in die Flucht. Er beachtete das Essen nicht, sondern widmete seine Aufmerksamkeit wieder Liam, der mit dem Gedanken spielte, aufzuspringen und wegzulaufen.

»Versuch`s nur.« Lavall lächelte ihm bedächtig zu, auf diese provokante, herausfordernde Art.

Liams Herz pochte schnell und schwer in seiner Brust. »Ich weiß nicht, was Sie meinen.« Er log, und er wusste, dass Lavall es wusste.

»Du siehst aus, als wäre ich der böse Wolf und du ein kleines Lamm, das sich gerade überlegt, ob es wohl entkommen kann.« Er fixierte ihn mit seinem Blick, was ungefähr so gut war, als hätte er ihn einfach an den Stuhl genagelt. Selbst, wenn Liams zitternde Beine ihn getragen hätten, würde er es nicht aus dem Restaurant schaffen. Lavall war schneller und besser trainiert als er. Sein Wolfs-Lamm-Vergleich war leider ziemlich treffend.

Er blinzelte und atmete konzentriert ein und aus, um sich zu beruhigen.

»Ich habe eine Phobie vor Berührungen. Ich kann es nicht ertragen, wenn jemand mich anfasst.« Er würgte die Worte regelrecht hervor, angewidert von sich selbst und seinem Makel. Er schloss erschöpft die Augen und wartete auf Lavalls Urteil.

»Okay.«

Liam blinzelte irritiert und beobachtete, wie Lavall in aller Ruhe zu essen begann. »Was?« Er zog skeptisch eine Braue hoch. »Sind Sie ... sicher?«

»Womit?«

»Dass es okay ist, dass ich total gestört bin und noch dazu absolut unfähig und einfach eingeschlafen bin und Sie blamiert habe.« Liams grüne Augen blitzten zornig und Lavall beobachtete fasziniert das Farbenspiel, das sich ihm bot. Liams Gesicht glühte regelrecht. Er kaute gründlich, ehe er genüsslich seufzte und einen Schluck von seinem Eiswasser trank. »Du solltest essen. Die Ente ist ausgezeichnet. Sie züchten sie selbst, lassen sie frei herumlaufen und füttern sie nur mit Wildkräutern und anderen Sachen, die es in der Gegend gibt.«

Liam starrte ihn fassungslos an, ehe er wie mechanisch nach seiner Gabel griff.

»Und wenn du dich noch einmal für irgendetwas entschuldigst was und wie du bist, versohle ich dir den Hintern«, verkündete Lavall beiläufig. »Ich wette, ich finde einen Ingenieur, der mir dafür sogar eine Maschine baut.«

Liam biss sich auf die Lippen, ehe er sich ein Stück von der Entenbrust abschnitt und sie kostete. Er blinzelte die aufsteigenden Tränen fort, während er aß.

»Sie haben recht, Mister Lavall. Die Ente ist wirklich gut.«

8

Das Zittern hörte einfach nicht auf.

Liam drückte sein Gesicht in das weiche Kissen, während er versuchte, die Geschehenisse des Tages zu verdrängen. Oder eher gesagt: Sein Versagen. Er fühlte sich absolut grauenhaft und obwohl er lange und heiß geduscht hatte, konnte die Hitze nicht die Kälte in seinem Inneren vertreiben.

Lavall hatte den Rest des Tages mehr oder minder am Telefon verbracht und nur wenige Anrufe Liam übergeben. Hauptsächlich waren das unwichtige Sachen wie Terminbestätigungen und dergleichen. Es kam ihm so vor, als traute er ihm nicht mehr zu als das und obwohl er das nach all den Patzern, die er sich geleistet hatte, sicherlich verdient hatte, schmerzte es auf eigenartige Weise.

Er wollte mehr für Lavall sein, als ein Anhängsel, das ab und an Blumendekorationen aussuchte oder Termine plante. Er konnte viel mehr als das tun. Er hatte schließlich die Aufgabe, nützlich für ihn zu sein aber momentan war er mehr eine Belastung als eine Hilfe.

Der Termin bei »G.« entpuppte sich als Treffen mit dem Bauleiter der Galerie. Liam saß schweigend daneben, während Lavall einige Details mit dem Herrn, der eigentlich Gavalere hieß, beredete. Es war ein kurzer Termin gewesen und danach war Lavall, nachdem er Liam in seinem Anwesen abgesetzt hatte, allein weitergefahren. Er hatte ihm lediglich die Anweisung gegeben, den Termin im »Sakura« nicht zu vergessen und rechtzeitig fertig zu sein.

Vermutlich konnte er seinen Anblick einfach nicht länger ertragen. Es war nicht so, dass er wütend auf ihn war oder ihm Vorwürfe machte, das nicht. Aber er sah ihn kaum an, nachdem sie das Restaurant verlassen hatten, und er sprach auch nicht sehr viel mit ihm. Seine Miene wirkte ernst und verschlossen, was für Liam ein Zeichen dafür war, dass er ihn verstimmt hatte.

Eigentlich könnte es ihm doch egal sein, oder? Jeder machte schließlich Fehler.

Aber es war ihm nicht egal.

Unglücklich wälzte er sich auf dem Bett herum. Seit der Entenbrust hatte er nichts mehr gegessen. Er hatte das Gefühl, es nicht verdient zu haben, aber sein Magen knurrte trotzdem. Er hatte eine eigene Meinung, die er lautstark kundtat.

Draußen war es schon lange dunkel und im Haus war es still. Er hatte vom Fenster aus ein paar Gärtner gesehen, die die Hecken stutzten und die Beete pflegten, und im Haus selbst war er auf ein paar Angestellte gestoßen. Hauptsächlich zwei Zimmermädchen, die gerade saubermachten und die Haushälterin, die sich als Melly vorgestellt hatte. Eine freundlich aussehende, ältere Dame um die sechzig, mit knallroten Haaren, die sie zu einem strengen Knoten trug.

Sie hatte Liam angeboten, etwas für ihn zu kochen, nachdem sie sich einander vorgestellt hatten. Sie fand, er sei zu blass und zu dünn. Dass er so bleich war, lag allerdings ja nicht daran, dass er nie raus kam, sondern an seinen Genen.

Melly schien das nicht zu kümmern. Sie hatte sich auch nicht daran gestört, dass er kaum redete oder lächelte. Sie schwatzte fröhlich vor sich hin und war ganz begeistert, dass »endlich mal wieder ein wenig junges Blut« im Haus herumlief, nachdem Lavall sich ja weigerte, endlich zu heiraten. Und das, obwohl er laut Melly wohl nicht gerade wenige Angebote hatte.

Der Gedanke, dass Lavall plötzlich heiraten könnte, gefiel ihm nicht. Es versetzte ihm auf seltsame Art einen Stich. Dabei wusste Melly von ziemlich wilden Parties zu berichten, die sie allerdings missbilligte. Von so etwas hielt sie gar nichts. Liam schwirrte der Kopf von all den Informationen. Zumindest hatte die alte Dame auch ein paar sehr nützliche Informationen für ihn gehabt. Er wusste jetzt, was Lavall gerne aß und kannte seine Lieblingsblumen. Auch, dass er eine Schwäche für Lavendelduft hatte, verriet sie ihm. Und er musste nicht einmal danach fragen.

Er hätte ihr gern erzählt, was heute vorgefallen war, aber er kannte sie noch nicht gut genug und sie schien ihm eine ziemliche Klatschbase zu sein. Er wollte nicht, dass Lavall auch noch dachte, dass er sich bei seinem Personal einschleimte oder sich bei der alten Melly ausheulte.

Das, was heute passiert war, musste er alleine ausbaden.

Sofern Lavall ihn nicht einfach feuerte, hieß das.

Er zuckte zusammen, als das Handy auf dem Bett neben ihm klingelte und vibrierte. Nach dem Duschen hatte er sich nur ein einfaches T-Shirt angezogen und seine Boxershorts. Sein Blick glitt zu dem dunkelblauen, beinahe schon eher grauen Anzug und der dazu passenden, silbrigen Krawatte sowie den nagelneuen schwarzen Schuhen aus mattschwarzem Leder. Solche hatte er noch nie getragen. Es waren Halbschuhe mit Schnürung. Viola hatte ihr Versprechen also gehalten und alles noch zeitlich geschafft. Er hatte bislang nicht einmal gewagt, den teuren, leicht schimmernden Stoff zu berühren. Das passende Hemd in einem kühlen, hellen Blau hing ebenfalls daneben.

»Devereux?« Sein Herz klopfte vor Nervosität.

»Liam? Ich hoffe, du bist fertig. Ich warte unten.« Lavall klang entspannt und seine Stimme ließ keinen Schluss darauf zu, dass er sauer war. Er legte auf und Liam spürte den nervösen Knoten, der sich in seinem Magen bildete.

Er hatte wohl keine Wahl.

• • •

Es dauerte ewig.

Lavall sah immer wieder auf seine schlichte Armbanduhr, während er am Auto lehnte und erwartungsvoll Richtung Anwesen blickte. Die Abendluft war angenehm warm und erfüllt von den Düften des Gartens. Endlich öffnete sich die Tür und Liam lief auf ihn zu. Sogar im Zwielicht konnte Lavall die nervöse Anspannung auf seinem Gesicht sehen. Er hielt etwas in der Hand und schlug beschämt die Augen nieder, als er endlich vor ihm stand.

Der Duft des Parfüms, das Viola für den Kleinen ausgesucht hatte, stieg ihm in die Nase. Man konnte sagen, was man wollte, aber sie verstand ihr Handwerk. Das Parfüm war angenehm unaufdringlich, mit einer leichten Frische und dennoch einer eleganten Tiefe. Er erkannte warme Gewürze und edle Hölzer ebenso wie einen Hauch Bergamotte und rosa Pfeffer. Raffiniert und männlich, ohne zu streng oder zu gewollt zu wirken. Es passte gut zu ihm.

Der Anzug saß perfekt und die Farbe, die kühl genug und nicht zu kräftig war, stand Liam ausgezeichnet. Das leichte Schimmern des Stoffes harmonierte mit dem Glanz seines hellen Schopfes und unterstrich einmal mehr sein gutes Aussehen. Dante musste unwillkürlich lächeln. Sogar an die Schuhe hatte sie gedacht.

»Ich weiß nicht, wie man das macht ...« Liam hielt eine Krawatte in den Händen und hielt sie ihm verlegen hin.

»Soll ich sie dir binden?« Lavall wartete, bis Liam zu ihm hochsah und knapp nickte, ehe er den teuren Stoff von ihm nahm. Er achtete darauf, ihn nicht zu berühren, und bemerkte, wie sich Liams Wangen rot färbten, als er ihm die Krawatte zu binden begann. Aber er sah nicht weg, was ihn überraschte. Stattdessen lag der Blick aus grünen Augen auf ihm. Sein Gesicht wirkte verschlossen und ernst.

Dante stand so dicht vor ihm ... Er konnte sein Parfüm riechen und die Wärme seiner schlanken, kräftigen Finger spüren, während er den Stoff um seinen Hals band und sacht zurechtrückte. Er hätte sicher wegsehen müssen, aber er konnte nicht. Er wollte sich bei ihm entschuldigen und ihm sagen, wie leid ihm alles tat, aber das hatte er ihm ja verboten. Am schlimmsten war, dass er offensichtlich nicht den Wunsch hatte, ihn für sein Fehlverhalten zu bestrafen. Stattdessen war er nett und sanft, als ob das alles heute nie passiert wäre. Genaugenommen war das für Liam sogar schlimmer, als wenn er ihn geohrfeigt und angeschrien hätte. Nicht, dass er darauf stand oder sich das wünschte, aber es verwirrte ihn. Wie sollte er damit umgehen?

Lavall betrachtete sein Werk zufrieden und nickte bedächtig, während sein Blick zu Liams Augen glitt. »Fertig. Du siehst gut aus.« Seine Stimme klang samtig und weich und Liams Magen begann zu flattern. Er hatte sich noch gar nicht selbst im Spiegel angesehen, dazu war keine Zeit gewesen. »Danke für den Anzug und die anderen Sachen. Und für die Hilfe mit der Krawatte.«

Lavall zuckte die Schultern und öffnete die Autotür. »Keine Ursache. Wie ich sehe, hat es sich ja gelohnt.« Er stieg ein und wartete, bis Liam es ihm gleichtat, ehe er den Motor startete.

»Ich hoffe, du magst japanisches Essen?«

»Habe ich noch nie probiert.« Liam sah zweifelnd zu seinem Chef rüber, der lediglich schief grinste.

»Dann wird es aber Zeit.«

Er hielt es nicht aus. Er wollte die Worte zurückhalten, aber er konnte nicht. Er musste fragen. »Sind Sie nicht sauer auf mich, nach allem, was ich heute falsch gemacht habe?« Er sah zu ihm rüber, während das Auto das Haupttor passierte und auf die Straße bog. Es schloss sich hinter ihnen wieder.

Lavall warf ihm einen kurzen Blick zu, ehe er sich wieder auf das Fahren konzentrierte. »Ich dachte, das hätten wir geklärt?« Er seufzte leise. »Ich weiß nicht genau, was ich dazu sagen soll. Ich weiß nicht einmal, welche Fehler du überhaupt meinst? Du warst erschöpft, also hast du im Auto geschlafen. Du hast eine Aversion gegen die Berührungen anderer Menschen, also hast du der Frau nicht die Hand gegeben.« Er dachte kurz nach, während Liam ihn unverwandt anstarrte. »Wenn ich gewusst hätte, dass du nicht berührt werden willst, dann hätte ich dich nicht dafür angeschnauzt, dass du dich verhalten hast, wie du dich eben verhalten hast. Im Prinzip bin ich nur enttäuscht darüber, dass du mir davon nicht vorher erzählt hast. Aber ich kann nicht sauer auf dich sein oder dir Vorwürfe machen. Wir beide kennen uns noch nicht gut genug, als das ich ernsthaft wütend auf dich werden könnte.«

Liam hörte ihm schweigend zu und blinzelte nur ab und an. »Sie sind seltsam.«

Lavall musste lachen und seine weißen Zähne blitzten auf. »Da sind wir schon zwei.«

»Und was soll ich tun, wenn mir noch einmal jemand die Hand geben will?« Liam strich nervös über den weichen Stoff seiner Hose.

»Wir könnten dir Handschuhe besorgen. Dann hast du keinen direkten Körperkontakt. Oder du verbeugst dich einfach stattdessen. Dir fällt sicher etwas ein. Wenn die Kunden dich erst einmal kennen, gewöhnen sie sich irgendwann daran. Und wenn nicht, können sie sich bei mir beschweren.«

Liam zog zweifelnd die Brauen zusammen. Handschuhe machten das Problem vielleicht etwas besser, aber sie lösten es nicht. Und andere Menschen mit einer Verbeugung abzuspeisen war auf Dauer vielleicht auch nicht das Wahre. Andererseits würde er ja nicht für immer bei Lavall bleiben. Sein Vertrag war auf sechs Monate befristet und auch diese musste er erst einmal überstehen. Sich so viele Gedanken um eine Zukunft zu machen, die vielleicht niemals eintrat, war dumm. Es war ja nicht so, als ob er vorhatte, für immer bei ihm zu bleiben, oder als ob Lavall ihn je bei sich behalten würde.

Es war nur ein Job. Er war nur ein Angestellter, der einen teuren Anzug und ein edles Parfüm trug, Krawatte und neue Schuhe. Das änderte aber nichts daran, was und wie er war. Es war nur eine hübschere Hülle für einen verdorbenen Kern.

Er starrte nach vorn auf die Straße. Die bunten Lichter der Stadt rauschten an ihnen vorbei wie Sternschnuppen und er spürte eine eigenartige Unruhe in sich aufsteigen.

Der Wagen hielt in einer unscheinbaren Seitenstraße und Lavall blieb schweigend sitzen, als er den Motor ausgeschaltet hatte. Liam konnte fühlen, dass er ihn ansah, aber er tat so, als würde er aus dem Fenster sehen, obwohl hier keine Lampen brannten und er eigentlich nichts erkannte außer Schemen.

»Ich hoffe, du wirst eines Tages erkennen, dass ich nicht das Monster bin, für das du mich zu halten scheinst. Du brauchst keine Angst vor mir zu haben, Liam.«

»Habe ich nicht.« Seine Stimme klang leise und unsicher. Er riskierte es, zu ihm hinzusehen, und bemerkte, dass Lavall sich ihm zugewandt hatte. Sein ernster Blick lag auf seinem Gesicht und er war in diesem Moment dankbar dafür, dass es in der Seitenstraße ziemlich dunkel war und man nicht viel erkennen konnte.

Es stimmte. Er hatte keine Angst vor ihm, zumindest nicht diese Art von Angst, bei der man weglaufen und flüchten wollte, oder das Bedürfnis verspürte, sich zu bewaffnen, damit man sich wehren konnte.

Die Art von Angst, die er empfand, war viel schlimmer als das, weil er sie nicht kannte. Und er hatte schon ziemlich oft in seinem Leben das zweifelhafte Vergnügen gehabt, sie zu fühlen und zu erleben. Aber das, was er fühlte, wenn Lavall ihn so ansah, war etwas vollkommen Unbekanntes.

Dante starrte ihn einen langen Moment forschend an, ehe er sich schließlich seufzend abwandte, als klar wurde, dass Liam nichts weiter dazu sagen würde. »Gehen wir. Wir sind schon spät dran.« Er wartete nicht auf seine Antwort, sondern stieg aus. Dankbar dafür, dass die Nachtluft sein nervöses Gemüt kühlte und seine Gedanken in neue, weniger gefährliche Richtungen lenkte.

Liam stieg aus und strich den Stoff des Sakkos glatt, ehe er Lavall folgte, der gemächlich vorausging. Er führte ihn zu einem winzigen, unscheinbaren Restaurant, an dem Liam vorbeigelaufen wäre, wenn er allein hier gewesen wäre.

Von außen deutete, abgesehen vom schlichten, beleuchteten Holzschild über der Eingangstür, nichts auf ein Restaurant hin.

Allerdings wurde Liam eines Besseren belehrt, als Lavall die Tür aufdrückte und sie eintraten.

Der Laden war brechend voll. Sämtliche Tische waren besetzt, doch im Gegensatz zu den üblichen Lokalen, in denen er bislang gewesen war, herrschte eine viel ruhigere Atmosphäre vor. Es schien, als seien die Gäste darauf bedacht, einander nicht zu stören. Dennoch herrschten angeregte Gespräche und leises, verhaltenes Gelächter.

Es war warm und roch nach brutzelndem Fleisch und exotischen Gewürzen. Überall waren japanische Lampions aus Papier aufgehangen, deren dezente Beleuchtung eine angenehme Stimmung erzeugte. Die Möbel waren einheitlich hell und schlicht gehalten. Verschiedene Bilder in traditionellem Stil zierten die Wände und insgesamt war es nicht übermäßig dekoriert.

Die Sitzplätze am Tresen waren belegt und ein paar junge Studenten unterhielten sich bei Bier und Sake, während sie dampfende Suppe aus vor ihnen stehenden Schalen aßen.

Liams Magen knurrte, aber er ignorierte es und hoffte, Lavall hätte es nicht gehört. Dem Schulterblick zufolge, den er ihm zuwarf, traf das aber diesmal nicht zu. »Hungrig?«

Liam seufzte verlegen und nickte dann. »Ja. Ich habe seit dem Essen im Restaurant nichts gehabt.«

Lavalls Miene schien ausdruckslos. Er sagte nichts dazu, sondern ging voraus. Den Köchen hinter dem Tresen nickte er grüßend zu, ehe er von einem jung aussehenden Herrn in weißer Kleidung abgefangen wurde, der sie zum hinteren Teil des Restaurants führte.

Lavall redete kurz und leise mit ihm, ehe er nickte und eine sogenannte Shoji-Schiebewand für sie öffnete. Dahinter befanden sich weitere, abgetrennte Nischen, in denen Tische auf hungrige Gäste warteten, die Wert auf etwas mehr Privatsphäre legten.

»Zieh deine Schuhe aus.« Lavall warf Liam einen knappen Blick zu, ehe er seine abstreifte und sie ordentlich aufstellte, ehe er dem jungen Mann folgte. Liam schlüpfte eilig aus seinen neuen Schuhen, obwohl er sich darüber wunderte. Er stellte sie sorgsam neben die von Lavall, ehe er ihm auf Socken folgte.

Sie wurden in eine der hinteren Nischen geführt, in denen ein niedriger, dunkler Holztisch auf sie wartete. Einige Lampen erhellten die Ecken des Raumes und tauchten ihn in angenehmes Licht. Auch hier war alles sehr stilvoll und schlicht gehalten und auf weitere Dekorationen war verzichtet worden.

Lavall bedankte sich, ehe er sich kniend am Tisch niederließ.

»Sieht aus, als wären wir die Ersten.« Er deutete Liam, sich einen Platz auszusuchen.

»Wen erwarten Sie denn?« Er nahm rechts von ihm Platz, da er annahm, dass sein Gast sich ihm gegenüber setzen wollte. Sich hinzuknien, anstatt auf einem Stuhl zu sitzen war komisch, aber offensichtlich gebot das der Brauch. Er hoffte, seine neuen Kleidungsstücke würden nicht unter dieser seltsamen Art zu sitzen leiden, aber da Lavall nicht beunruhigt wirkte und der Teppich blitzsauber aussah, entspannte er sich langsam.

»Einen Geschäftspartner«, erwiderte Lavall ausweichend. Er warf Liam einen kurzen Blick zu, ehe er sich die Karte vom Tisch nahm. »Du warst also noch nie japanisch essen?«

»Nein.« Er verfolgte neugierig Lavalls Bewegungen, während dieser durch die Karte blätterte. Seine Finger waren schlank, schön geformt und kräftig, die Nägel sauber und akkurat geschnitten. Er betrachtete den Anzug, den er trug, und musste wieder daran denken, dass seine linke Körperhälfte tätowiert war. Niemand würde auf die Idee kommen, wenn er ihn so sah. Er wirkte vollkommen nüchtern und seriös.

Über den Rand der Karte hinweg musterten Liam graue

Augen, ohne dass er es bemerkte. Lavall war froh, etwas zu tun zu haben. Und wenn es nur bedeutete, sein Gesicht hinter einer Speisekarte zu verstecken. Er brauchte nicht hineinsehen, da er wusste, was für Gerichte hier angeboten wurden. Es war nicht umsonst eines seiner Lieblingsrestaurants.

Aber die eindringlichen Blicke des Kleinen und sein Starren machten ihn nervös. Er schien nicht zu bemerken, dass er selbst beobachtet wurde und das wiederum amüsierte Lavall. Er musste für den Kleinen ja ziemlich interessant sein, so intensiv, wie er ihn ansah. Es war ihm schon länger aufgefallen, dass der Bursche ihn anstarrte, wenn er meinte, er würde es nicht bemerken. Aber jetzt gerade wurde es beinahe ein wenig zu viel des Guten. Er ließ die Karte sinken.

»Ist etwas nicht in Ordnung? Ich fühle mich ein wenig unbehaglich, wenn du mich so ansiehst.«

Die sturmgrauen Augen fixierten sich auf Liams Gesicht, der seinen Blick erwiderte. Er biss sich ertappt auf die Lippen. »Entschuldigung.« Er zögerte kurz, ehe er anfügte: »Ich dachte nur gerade ...« Er stockte und wandte den Blick ab.

Lavall zog neugierig eine Braue hoch. »Ja? Sprich nur weiter.«

Liam zögerte und richtete den Blick auf den Tisch. »Melly sagte, Sie würden bald heiraten.« Ganz so hatte die alte Dame das zwar nicht gesagt, aber es kam dem nahe.

Lavall legte blinzelnd den Kopf schief. »Wie bitte?« Er hatte wohl mit vielem gerechnet, aber das war abstrus.

Liam zog die Brauen zusammen und richtete den Blick wieder auf ihn. »Sie sagte, Sie könnten sich vor

Verehrerinnen kaum retten und wünschte sich, dass Sie bald heiraten.«

Lavall presste die Lippen zusammen und einen Moment starrten sie sich schweigend an. Liam sah verstimmt aus, während Lavall sich in einem Teil seines Verstandes fragte, warum ihn das wohl ärgern sollte. Er legte sich seine Worte sorgfältig zurecht, während er die Speisekarte zu Liam schob. Es ärgerte ihn, dass Melly diesen Unsinn verbreitete. Er hatte mit ihr schon oft genug darüber gestritten und dass sie es ihm jetzt, ausgerechnet heute, schon wieder indirekt unter die Nase rieb, verstimmte ihn.

»Die gute Melly ist eine zauberhafte Dame und eine gute Freundin«, begann er dann reichlich unterkühlt, »aber wann oder wen ich heirate, hat nicht sie zu entscheiden, egal wie sehr sie sich ein paar Kinder zum Hüten und Bespaßen wünscht.« Er pausierte kurz und das Grün in Liams Augen schien zu flackern, während er ihm zuhörte. Am liebsten hätte er den Burschen gepackt und geschüttelt, damit er der alten Hexe so einen Scheiß nicht noch mal abkaufte.

Dass er eine Berührungsphobie hatte, war allerdings tragisch und hielt ihn von diesem Impuls ab.

»Ich mache was, wann und mit wem ich es will und mir ist egal, wie viele Frauen scharf auf mein Geld oder mich sind.« Er schnaubte genervt und fuhr sich mit einer Hand durch die Haare. »Und außerdem geht dich das nichts an.«

Liam schlug die Augen nieder. »Jawohl, Mister Lavall.« Seine Stimme klang gehorsam und weich und ließ Dantes Herz schneller klopfen. Liam presste die Lippen zusammen und tastete mit schlanken, hellen Fingern nach der Speisekarte. Dante starrte ihn aus schmalen Augen an, während der Bursche in aller Seelenruhe die Liste der Gerichte studierte. Er sah seltsam zufrieden aus und am Liebsten hätte Lavall ihn mit der Krawatte erwürgt, die er ihm noch kurz vorher umgebunden hatte. Dieses kleine Biest. Vielleicht hatte er ihn unterschätzt? Statt einer Krawatte sollte er ihm vielleicht lieber ein Halsband und eine Leine besorgen, damit er ihn überallhin mitnehmen konnte, fernab von Mellys verrücktem Einfluss. Wer wusste schon, was sie ihm vielleicht noch alles erzählt hatte? Er musste dringend mit ihr reden und sie daran erinnern, seinem neuen Assistenten keine Flöhe ins Ohr zu setzen.

Dantes Überlegungen wurden vom leisen Geräusch der Schiebetür unterbrochen, als sein Gast endlich den Raum betrat. Da er mit dem Rücken zu ihm saß, war Liam der Erste, der ihn sah und die Überraschung auf seinem Gesicht sprach Bände.

»Sorry für`s Zuspätkommen.«, erklang es mit einem lockeren, nicht im mindesten schuldbewussten Unterton in Dantes Rücken. Die Stimme war noch immer so süffisant und selbstverliebt, wie er sie in Erinnerung hatte. Sie troff vor Selbstbewusstsein. Abgetragene Jeans rückten in sein Sichtfeld, gefolgt von einem ausgeleierten T-Shirt, das auf einer Seite in den Hosenbund gestopft worden war. Das Kleidungsstück war lockere zwei Nummern zu groß und der großzügige Ausschnitt entblößte eine gebräunte Schulter.

Zumindest hatte er die Schuhe ausgezogen.

»Liam, das ist mein Halbbruder Nick Lavall, seines Zeichens Künstler. Nick, das ist Liam Devereux, mein neuer Assistent.« Er betrachtete die unverschämt attraktive Gestalt seines Halbbruders, in dessen Ohren sich haufenweise glitzernde Piercings und Ringe fanden. Die rot gefärbte Mähne fiel ihm fast bis auf die Schultern und seine dunkelblauen Augen glitten forschend zwischen beiden hin und her.

»Wow, bist du blass, man. Hält Dante dich im Keller oder was?« Er grinste und streckte Liam die Hand entgegen, die er jedoch nur mit einem seltsamen Blick quittierte. Nick schien das nicht zu stören. Er zwinkerte ihm lässig zu und zuckte nur die Schultern. »Schüchtern, was? Na, das treibt Dante dir schon noch aus. Wie lange kennt ihr euch denn schon?«

Liam zog beide Brauen hoch und musterte die Tattoos, die sich auf beiden Armen hochwanden und offenbar von den Handgelenken bis zu den Schultern gingen. Der Stil entsprach dem, was Dantes linke Körperseite zierte. Sein Kleidungsstil war, verglichen mit Dante, ein ziemlicher Gegensatz. Die Knie der Jeans hatten Löcher und waren fleckig und durchgescheuert. Aber unbestreitbar war die Tatsache, dass beide sehr gut aussahen, wobei Nick definitiv rebellischer wirkte. Nicht nur in seinem Verhalten, sondern auch im Aussehen und in der Art, wie er Leute ansah. Er starrte Liam unverhohlen an und scherte sich nicht darum, ob ihm dabei wohl war oder nicht.

Liam schob ihm mit leicht zusammengezogenen Brauen die Speisekarte zu. »Das ist meine normale Haar-und Hautfarbe«, erwiderte er ruhig. »Ist genetisch.« Er schwieg kurz, während Nick ihn musterte, ehe er anfügte: »Obwohl es für Außenstehende wohl so aussehen muss, als ob ich die Sonne nicht vertrage. Das ist jedoch nicht der Fall. Mister Lavall hält mich also keinesfalls im

Keller.«

Nick grinste spöttisch und rückte näher zu Liam, was Dante mit einem leisen Knurren strafte. Noch schwieg er jedoch.

»Du bist ja ein interessanter kleiner Kerl, was? Zumindest nicht auf den Mund gefallen. Mister Lavall ist also nett zu dir? Das ist cool.« Nick beugte sich mit schmalen Augen zu ihm. Liam ließ ihn gewähren, doch sein Puls begann zu rasen. Er konnte spüren, wie Nick den Duft seines Parfüms einsog. »Wenn du mal keine Lust auf meinen nervigen, spießigen Bruder hast, kannst du ja mal für mich den Butler spielen, wie wär`s? Ich bring dir noch das ein oder andere bei.«

Liam erwiderte den Blick, den Nick ihm zukommen ließ. Seine Augen funkelten gefährlich und einen Moment hatte er die Befürchtung, dieser Typ würde noch versuchen ihn zu küssen. Er sah, wie er auf seine Lippen starrte.

»Nein, danke. Ich bin zufrieden mit meinem derzeitigen Arbeitsplatz und ich denke nicht, dass sich das in naher Zukunft ändern wird.«

Nick grinste wölfisch und sein Blick wanderte zu Dante, ohne dabei körperlich von Liam abzurücken. »Wo findet man so niedliche kleine Kratzbürsten wie den? Du musst es mir unbedingt verraten. Ich hätte sicher viel Spaß mit ihm.«

»Ich bin nicht zum Spaß hier, sondern für`s Geschäft.« Dantes Stimme klang kalt und seine Körperhaltung versprühte eine unterschwellige Aggression.

Ein Kellner trat ein, gefolgt von einem zweiten und dritten. Eine Flasche Sake sowie drei Becher wurden auf dem Tisch abgestellt, dazu eine Nudelsuppe, garniert mit dünnen Scheiben Rinderbraten, frischem Gemüse und einem halben Ei für jeden.

Kunstvoll angerichtetes Sushi auf einer großen Platte wurde ebenso gereicht, wie knusprig gebackene Tempura-Delikatessen wie Garnelen und verschiedene Gemüsesorten in kleinen Schalen mit verschiedenen Soßen zum Dippen. Zusätzlich zu dem Sake wurde eine weitere Flasche auf dem Tisch abgestellt, deren Inhalt ein japanischer Likör war. Die Kellner zogen sich schweigend wieder zurück.

Offensichtlich hatte Lavall schon im Vorfeld bestellt.

Nick seufzte. »Wie ich sagte: Spießer.« Er rückte wieder von Liam weg und zog die Beine in den Schneidersitz, während Lavall Sake, einen angenehm milden Reiswein, in seinen Becher goss. Er blickte kurz zu Liam, der schweigend da saß, ehe er ihm ebenfalls einschenkte. Sich selbst ließ er aus.

»Also? Wie weit bist du mit deinen Projekten? Die Galerie öffnet bald und ich wäre enttäuscht zu hören, wenn du bei der Eröffnung fehlen würdest.«

Nick verzog das Gesicht, ehe er nach seinem Becher griff und ihn leerte, ohne abzuwarten. Dantes Miene ließ keinen Schluss auf seine Gedanken zu. Verstohlen roch Liam an seinem Becher, ehe er zaghaft nippte.

»Du jemine, hat der Kleine noch nie Alk getrunken?« Nick betrachtete Liam seufzend und schüttelte ungläubig den Kopf. »Meine Projekte laufen gut. Ich werde rechtzeitig fertig. Die Gemälde hast du dir ja schon angesehen und für die Reihe bin ich letzte Woche mit dem vorletzten fertig geworden. Die Fotografien sind noch im Werden ...«, gab er dann mit geschürzten Lippen zu. »Mir ist ein Modell abgehauen.«

Dante musterte Liam kurz. »Trink nicht zu schnell«, riet er ihm, ehe er sich wieder an seinen Halbbruder wandte.

Nick schnaubte abfällig. »Wer bist du, seine Mama? Trink ruhig, Kleiner. Von einem Becher ist noch keiner besoffen geworden.« Er lächelte ihm vermeintlich freundlich zu, ehe er anfügte: »Nicht einmal so ein halbes Hemd wie du.«

Liam verzog keine Miene und leerte den Rest in einem Zug. Den leeren Becher stellte er auf den Tisch zurück. Er warf Nick einen langen, ausdruckslosen Blick zu, der jedoch nur grinste und seinem Bruder zuzwinkerte. »Ganz schön aufmüpfig, was?«

»Dir ist also ein Modell abgehauen? Wie kam das und noch wichtiger: Hast du schon Ersatz?« Dante überging die Frage seines Halbbruders, während er sich eine Schale mit Tempura heranzog. Er suchte sich mit den Essstäbchen geschickt einige der kleinen frittierten Leckereien heraus und legte sie auf seinem Teller ab, ehe er sich ein paar der kunstvoll angerichteten Delikatessen von der Sushiplatte auflegte.

Nick tat es ihm gleich. Beide benutzten die Essstäbchen, als hätten sie nie etwas anderes in den schlanken, hübschen Fingern gehabt. Liam bemerkte, dass Nicks Hände mit Kratzern und Schnitten übersät waren. Manche schienen frisch, andere waren nur noch blasse Erinnerungen auf seiner Haut.

Der Sake in seinem leeren Magen schoss ihm direkt von dort durch den ganzen Körper und ein eigenartiges Kribbeln rann durch seine Adern. Alkohol war eigentlich etwas, dass er mied, aber dieser schmeckte angenehm mild und die geringe Menge konnte ja nicht schaden, oder?

Nick schenkte ihm wie beiläufig nach, die Blicke ignorierend, die Dante ihm zukommen ließ.

»Entspann dich mal, das wird ihm nicht wehtun. Außerdem ist das hier kein offizieller Termin und danach hast du sowieso Feierabend. Da kann man schonmal einen heben. Nicht wahr, Liam?« Er prostete ihm zu und Liam zögerte kurz, ehe er sein »Kampai« etwas verhaltener erwiderte. Er nippte diesmal nur von seinem Sake und griff nach den Essstäbchen, während er hungrig in seine Nudelsuppe spähte. Er beobachtete, wie Lavall und Nick die Stäbchen hielten und ahmte es nach, so gut es eben ging, obwohl es viel schwieriger war, als er gedacht hatte.

»Schau mir zu.« Dante beugte sich zu ihm hin und sein Duft hüllte Liam ein, als er ihm ein kleines Stück entgegenkam. Er roch so gut ... Wieso war ihm nur plötzlich so heiß? Er fühlte sich merkwürdig locker und entspannt. Liam biss sich auf die Lippen und lenkte seine Aufmerksamkeit auf Lavalls Hand, die die Essstäbchen hielt. Es sah so einfach aus. Er probierte es bei sich selbst und hatte es, nach einem Moment der umständlichen Fummelei, halbwegs raus.

Dantes sorgenvoller Blick glitt von Liams geröteten Wangen, weniger sorgenvoll, dafür voller Vorwürfe, zu Nick, der nur breit grinste. »Niedlich. Ich glaube, der Kleine hat überhaupt noch nie getrunken.« Er lachte leise, während er sich eine Garnele in den Mund schob. »Du wirst heute Nacht noch viel Spaß mit ihm haben.«

Dante schwieg verbissen und begann seinerseits, seine Suppenschale zu leeren.

Liam beobachtete ihn einen Moment dabei und guckte sich seine Bewegungen ab, ehe er es ihm gleichtat. Die

Nudeln waren geschmacklich anders als die, die er sonst kannte, aber sie waren köstlich. Die Brühe war kräftig und dunkel und das Gemüse noch knackig. Erst jetzt spürte er, wie hungrig er wirklich war, aber er bemühte sich, langsam und gesittet zu essen. Dennoch konnte er sich ein leises, zufriedenes Seufzen nicht verkneifen.

Nick bedachte Liam mit einem merkwürdigen Blick. »Wirklich niedlich. Hey, kann ich ihn mir vielleicht als Modell ausborgen? Ich verspreche auch, ich tue nichts Schmutziges mit ihm?« Er sah erwartungsvoll zu Dante, dessen Miene so finster wie die Nacht schwarz war.

»Nein.«

»Was? Komm schon, er ist nur dein Assistent, nicht deine Verlobte oder so. Er hat so ein reines, unschuldiges Gesicht, in schwarz-weiß wird das auf Fotos bombastisch!«

Dante knurrte und trank die Brühe aus, nachdem er den Inhalt der Schüssel gegessen hatte. Er murrte ungehalten. »Du kennst doch haufenweise Models, die sich breitwillig für dich ausziehen würden.«

Nick lachte leise. »Ich will den Kleinen doch nicht nackt, was du wieder denkst. An der Hühnerbrust ist ja nix dran. Ich meine: Sieh ihn dir an! Er sieht aus, wie ein süßer, hübscher kleiner Business-Typ oder ein junges Model für Anzüge und den Krempel. Quasi ein Nachwuchs-Gentleman. Sowas zieht bei den Ladies. Und bei den ganzen hippen jungen Typen, denen nur T-Shirt und Jeans nicht reicht. Er hat Stil.« Nick seufzte. »Und auch, wenn ich Leute kenne, die einspringen würden, wäre das schneller und unkomplizierter. Die Zeit drängt. Ich könnte eine neue Strecke mit ihm aufbauen, dafür muss er nicht einmal viel machen. So wie er guckt, braucht er ja nicht einmal ein Model-Coaching!«

Dante warf einen zweifelnden Blick zu Liam, der jedoch zu beschäftigt damit war, seinen Sake zu leeren und sein Essen zu verschlingen. Ein Wunder, dass er sich noch nicht bekleckert hatte. Seine Wangen wurden von einem gesunden Rotton geziert, der vom Alkohol herrührte. Insgesamt wirkte er jedoch völlig vom Essen vereinnahmt und erstaunlich ... entspannt? Er leckte sich nachdenklich die Lippen, während er überlegte. »Du solltest ihn das selbst entscheiden lassen. Ich kann ihm das nicht vorschreiben. Wenn er ja dazu sagt, dann mach es. Hauptsache, du wirst rechtzeitig fertig. Und keine anzüglichen Aufnahmen, keine Aktfotos oder sonst was! Er ist erst siebzehn.«

Nick grinste und schenkte Liam einen weiteren Becher Sake ein, ehe Dante es verhindern konnte.

»Cool! Also, Knirps? Wie siehts aus, willst du dich fotografieren lassen und damit Dante und mich glücklich machen? Es dauert nicht lange, ist nicht anstrengend und tut auch gar nicht weh!«

Liam blinzelte, den Mund voll mit köstlichem Sushi. Er hatte offensichtlich einen Großteil des Gesprächs nicht ganz mitbekommen. Das neuartige Essen und der Alkohol hatten seine volle Aufmerksamkeit beansprucht. Sein Blick glitt fragend zu Dante, der jedoch nur eine Braue hochzog.

Er sah zu Nick, der erwartungsvoll und erfreut aussah. Eine Mischung, die Liam nicht zwingend gefiel. Aber da Dante nichts dagegen zu haben schien, zuckte er schließlich die Schultern.

»Okay.«

• • •

Dante war nicht verärgert, er war stocksauer.

Vorrangig auf seinen verblödeten, egozentrischen Bruder. Aber vor allem auf sich selbst. Er hätte gar nicht erst Sake bestellen sollen, aber er hatte ja auch nicht erwartet, dass Nick, der das Zeug normalerweise alleine trank, es so großzügig mit Liam teilte. Und noch dazu hatte er nicht gedacht, dass Liam derart schnell betrunken wurde. Er seufzte tief, während er den Wagen auf das Grundstück steuerte.

Eigentlich war es ein angenehmer Abend gewesen, insgesamt gesehen. Nick war erstaunlich entspannt, Liam war völlig hingerissen vom Essen und dem Sake und er selbst hatte sich ebenfalls recht gut amüsiert.

Aber schon, als sie das Restaurant verließen, hatte er Liam mehrfach davon abhalten müssen, wie ein gefällter Baum auf die Straße zu stürzen, weil er sein Gleichgewicht nicht mehr so ganz im Griff hatte.

Ihn ins Auto zu kriegen und anzuschnallen, war ein Akt gewesen, weil er immer im Hinterkopf hatte, dass er den Kleinen nicht berühren durfte. Er konnte nur von Glück reden, dass Liam zu dem Zeitpunkt schon halbwegs schlief und kaum noch mitbekam, was passierte. Nun ja, es war auch ein sehr langer Tag gewesen.

Er parkte und schaltete den Motor aus, während sich Liam neben ihm rührte. Er rieb sich die Augen und blinzelte ihn betrunken an.

Hoffentlich fühlte er sich morgen nicht wieder schlecht, weil er dachte, er hätte einen Fehler gemacht. Dante lächelte ihm zu, so gut er konnte, obwohl er eigentlich gar nicht in der Stimmung dazu war. Nick würde ein paar Takte zu hören kriegen, wenn er seinen Kater ausgeschlafen hatte. Er stieg aus und öffnete die Beifahrertür, während Liam erfolglos versuchte, sich vom Gurt zu befreien.

»Lass mich das machen.« Dante sprach betont ruhig, als er sich vorbeugte. Liams Atem kitzelte ihn am Hals, als er den Gurt löste und einen Moment war er versucht, seine Berührungsphobie auf die Probe zu stellen.

Er verdrängte den Gedanken energisch.

»Es tut mir leid«, wisperte Liams Stimme leise an seinem Ohr und er blieb, wo er war, drehte lediglich den Kopf, um den bleichen Jungen ansehen zu können, der den Kopf in den Nacken gelegt hatte. Seine Lippen waren leicht geöffnet und seine Miene wirkte gelöst, dennoch sah er die Schuld in seinen Augen und es versetzte ihm einen Stich. Nicht er sollte sich schlecht fühlen. »Was tut dir leid?«

Liam seufzte betreten. »Dass ich betrunken bin. Das wollte ich nicht. Heute ist nicht mein Tag, glaube ich«, nuschelte er leise.

Dante schmunzelte und seine Hand zuckte. Beinahe hätte er ihm über das Haar gestrichen. Verdammt.

»Ich habe die meiste Zeit, die ich betrunken war, nie bereut. Nur den Kater danach. Es ist nicht schlimm und du hast mich nicht enttäuscht, falls du das denkst.« Er zog sich langsam zurück, so dass Liam aussteigen könnte.

»Komm, lass uns schlafen gehen. Es ist spät.«

Liam presste die Lippen zusammen und schwang umständlich die Beine aus dem Auto, ehe er sich schwankend aufrichtete und einen Schritt beiseitetrat, so dass Dante die Tür schließen konnte.

»Ich weiß nicht genau, ob ich das schaffe. Da sind so viele Treppen ...« Er hielt sich am Wagen fest, während er sich mit dem Rücken dagegen lehnte. »Ich kann auch hier schlafen. Der Rasen ist bestimmt weich ...«

Dante lachte leise. »Du schläfst nicht in deinem neuen Anzug auf meinem Rasen, egal wie weich er ist.«

»Das ist schön.« Liam starrte ernst zu ihm hoch und schwankte erneut, so dass Lavall reflexartig nach seinem Sakko griff, um ihn am Stürzen zu hindern. Er blinzelte. »Was?«

»Wenn Du ... Sie«, verbesserte er sich nuscheln, »lachen, das ist schön.«

Und das von einem Jungen, der nicht einmal gelächelt hatte, seit er ihn kannte.

Liam, der von Dante am Sakko festgehalten wurde, quittierte das mit einem Stirnrunzeln, während er die Hände ausstreckte und sich beinahe gegen Lavall lehnte, der vor Schreck nicht wusste, was er tun sollte.

»Ich bin wirklich ganz schön betrunken, Mister Lavall ...« Er lächelte scheu zu ihm hoch. Dantes Herzschlag setzte einen Moment aus, als sich das Lächeln auf Liams weichen Lippen ausbreitete und sein ganzes Gesicht zu erhellen schien. Seine Hände lagen flach und vertrauensvoll an seiner Brust, während er zu ihm hochsah.

»Ich hasse es, wenn andere mich anfassen. Aber ...«, er leckte sich die Lippen, » ... ehe ich wieder nüchtern bin, will ich, dass Sie wissen, dass Sie der Einzige wären, der mich berühren dürfte.«

Dante starrte erstaunt auf ihn herunter, während sein eigener Herzschlag in seinen Ohren dröhnte. Im Gegensatz zu Liam, der eine Entschuldigung für sein Verhalten vorweisen konnte, hatte er keine einzige dafür, dass er den dringenden Wunsch hatte, ihn zu küssen.

Aber Liam war minderjährig und er war ein erwachsener Mann. Und außerdem war Liam betrunken und er war es nicht. Es war falsch. Und unmoralisch. Und außerdem wusste er, dass sein Sicherheitsdienst in diesem Moment zusah und sich sicherlich fragte, was ihr Chef da trieb. Obwohl es egal sein sollte, schließlich bezahlte er sie, aber trotzdem.

Er lächelte ihm gequält zu. »Das ist gut zu wissen, weil ich dich nämlich die Treppen hochtragen werde und es wäre für uns beide gut, wenn du nicht zappelst und versuchst, mich zu beißen.«

Liam sah ernst zu ihm hoch. »Okay.«

Dante zögerte einen Moment, ehe sich vorbeugte und ihn auf seine Arme hob. Er wog erstaunlich wenig und barg das Gesicht an seinem Hals, eine Hand an seinem Nacken. Dante konnte seinen warmen Atem an seiner Haut spüren.

Der Weg zum Haus kam ihm unendlich lang vor. Er war froh, die dezente Beleuchtung am Weg angebracht zu haben, so dass er wenigstens sah, wohin er trat.

Irgendwie gelang es ihm, Liam ins Haus zu bugsieren und dabei nicht zu stürzen. Obwohl der Kleine sich nicht bewegte und nichts sagte, spürte er das leichte Unwohlsein, das er haben musste. Dante drückte die Tür zu Liams Zimmer mit der Schulter auf. Er wollte sichergehen, dass er nicht in seinem Anzug schlafen würde. Im Raum war es dunkel und nur der Lichtschein, der vom Flur ins Zimmer fiel, spendete etwas Helligkeit.

Dante stellte Liam vorsichtig auf die Füße, der sofort schwankte. »Danke. Ich glaube nicht, dass ich das geschafft hätte«, murmelte er leise.

»Mach dir keine Sorgen. Aber ich möchte, dass du die

Sachen ausziehst, okay? Sie werden völlig zerknittert sein, wenn du darin schläfst.« Er versuchte, es nicht wie eine billige Ausrede klingen zu lassen, nur um einen Blick auf Liams Körper zu erhaschen. Er kam sich vor wie ein perverser Lüstling, dabei hatte er nur die besten Absichten. Gut, dass es dunkel war und niemand sah, dass Dante Lavall vor einem Jungen stand und sich mit roten Wangen schämte.

»Okay.« Liam zupfte umständlich an den Knöpfen seines Sakkos, die er jedoch nicht aufbekam.

»Warte. Ich mache das.« Dante biss sich auf die Lippen, während er an den Knöpfen nestelte. Liam seufzte leise. »Ich bin nutzlos«, wisperte er düster.

»Bist du nicht.« Dante streifte ihm behutsam das Sakko ab und hängte es ordentlich über den Stuhl neben sich. Liam hielt sich an ihm fest, während er die Schuhe auszog.

»Ich trinke nie wieder«, nuschelte Liam beschämt an seiner Brust und Dante musste lächeln. »Das sagen alle.«

»Aber ich meine es so!« Die grünen Augen richteten sich ernsthaft auf ihn.

»Okay.« Dante biss sich auf die Lippen und guckte weg, als Liam seine Hose öffnete. Es dauerte einen Moment, ehe er sie linkisch abgestreift hatte. Er trug noch sein Hemd und ehe er ins Bett krabbelte, löste Dante mit flinken Fingern die Krawatte. Nicht, dass er sich noch irgendwo verfing und sich erdrosselte.

Er hob die Sachen vom Boden auf, hängte sie zum Sakko über den Stuhl und trat dann noch einmal zu Liam ans Bett. »Brauchst du noch etwas? Wasser?« Er ging neben ihm in die Hocke, um seine Züge im Halbdunkel besser sehen zu können.

Er schüttelte den Kopf und sah ihn nur mit großen, dunkel wirkenden Augen an. »Nein. Danke.«

Er konnte nicht widerstehen. Seine Finger fuhren zärtlich durch das silberblonde Haar, zausten es sanft. Liams Augen wurden noch eine Spur größer. Die weichen, seidigen Strähnen fühlten sich gut an und er genoss das Gefühl einen Moment länger als nötig, ehe er die Hand zurückzog. Liam blinzelte ihn an, die Decke bis zum Kinn hochgezogen.

»Das war gar nicht schlimm«, murmelte er leise, als hätte er etwas anderes erwartet.

Dante fragte sich, was dieser Junge wohl durchgemacht hatte, dass er glaubte, Berührungen taten generell weh. Sein Herz schmerzte, als er sich langsam erhob.

»Ich würde nie etwas machen, dass dir wehtun würde.« Liam antwortete nicht. Er drehte sich mit einem leisen Seufzen um und Dante schlich aus dem Zimmer, nicht ohne noch einmal einen Blick zu dem Bett zurückzuwerfen.

Er musste dringend mit Jack reden.

9

Die Dunkelheit spendete ihm keinen Frieden, obwohl er sich nach nichts anderem sehnte. Das süße, scheue Lächeln ging ihm nicht aus dem Kopf. Es hatte sich in sein Hirn gebrannt und in sein Herz. Ob er das noch einmal zu Gesicht bekommen würde? Oder war es Liam nur so »rausgerutscht«, weil er betrunken war? War das, was er gesehen hatte, ein Aufblitzen des wahren Charakters des Kleinen, den er nur sorgfältig unter einer Maske aus kühler Teilnahmslosigkeit versteckte? Und wenn ja, wieso?

Dante wälzte sich brummend auf die Seite, während er den Mond anstarrte, der ins Zimmer schien. Er bedachte den strahlenden Himmelskörper mit einem Stirnrunzeln.

Liam Devereux beschäftigte ihn mehr, als für sie beide gut war. Aber leider konnte er nicht das Geringste dagegen tun. Er hatte kommen sehen, dass dieser hübsche, bleiche Kerl ein Problem werden würde, aber er hatte nicht die Art und Weise erwartet, mit der dies geschah.

Er mochte ihn. Mehr, als er sich selbst eingestehen wollte. Und er machte sich Sorgen darüber.

Wie er sich von ihm hatte tragen lassen ... So fügsam und still. Er konnte noch immer die Hand an seinem Nacken spüren und den warmen Atem an seinem Hals.

Dante biss sich auf die Lippen.

»Ich hasse es, wenn andere mich anfassen. Aber ... ehe ich wieder nüchtern bin, will ich, dass Sie wissen, dass Sie der Einzige wären, der mich berühren dürfte.« Die Worte wiederholten sich in seinem Kopf wieder und wieder, formten ein unendliches Echo. Das Problem war: Ein Teil von ihm fand dieses indirekte Angebot wirklich verlockend und der ganze Rest von ihm brüllte diesen Teil an, was für ein Vollidiot er war, dass er auch nur irgendetwas in die Richtung in Erwägung zog. Es war nicht so, dass er keine Erfahrungen mit männlichen Liebhabern hatte, aber Liam war zu jung. Und außerdem sein Angestellter. Berufliches und Privates wurde strikt getrennt. Eine Vermischung führte nur zu Chaos und Problemen.

Er drehte sich unruhig wieder auf den Rücken und blinzelte zur Tür. Die bleiche Silhouette im Türrahmen erschreckte ihn halb zu Tode und er fuhr zusammen.

»Liam! Was tust du denn da?« Sein Herz raste und er hatte einen Moment schon geglaubt, einen Geist zu sehen. Verdammte alte Melly mit ihren blöden Spukgeschichten. Die hatte er schon immer gehasst. Sie wurde nicht müde zu behaupten, eine weiße Frau schliche nachts durch die Gänge und Zimmer des Anwesens. Angeblich hatte in dem alten Haus mal eine junge Frau Selbstmord begangen, weil der Mann, den sie liebte, sie verschmähte. Zumindest behauptete die alte Haushälterin das mit einer Dramatik und Beharrlichkeit, als wäre sie selbst dabei gewesen.

Liam tappte auf unsicheren Beinen näher, nur mit einem ausgeleierten Shirt und seiner Boxershorts bekleidet. Er kaute nervös auf seiner Unterlippe, als er vor dem Bett stand. »Kann ich hier schlafen?«

Dante wollte ablehnen, aber irgendetwas an Liams Gesicht hielt ihn davon ab. Seine Augen wirkten groß und dunkel und irgendetwas sagte ihm, dass er geweint hatte.

»Hast du schlecht geschlafen?« Er schlug die Bettdecke zur Seite und rückte ein Stück in die Mitte, damit Liam genug Platz hatte. Der Kleine schlüpfte eilig unter die Decke und zog sie sich sofort bis zum Kinn, Dante zugewandt. Er nickte auf seine Frage nur zögernd. Sein ganzer Körper zitterte und schien sich schubartig zusammenzukrampfen, als hätte er Schüttelfrost.

»Geht es dir nicht gut?« Dante rückte besorgt näher zu ihm und befühlte mit sanften Fingern und ohne zu hastige Bewegungen seine Stirn. Sie glühte regelrecht.

»Mir ist nur kalt und ich fühle mich nicht gut.« Liams Stimme klang unsicher und leise, als er ein Stück näher an Dante rückte. »Ich habe schlecht geträumt.«

Der Kleine hatte Fieber und das nicht zu knapp. Dante seufzte tief, als er seinen Arm um Liams zitternden Körper legte und ihn sacht an sich drückte. Er konnte fühlen, wie sich Liam verkrampfte und stocksteif verharrte, ehe er sich langsam entspannte und endlich lockerließ. Seine Handflächen legten sich vertrauensvoll an Dantes Brust, direkt über seinem heftig pochenden Herzen.

»Es ist schon gut. Du bist hier sicher und niemand wird dir wehtun, okay? Versuch ein bisschen zu schlafen. Ich passe auf dich auf.«

Liam schwieg einen Moment, ehe er leise an seiner

Brust etwas murmelte, was Dante nicht verstand. Es klang wie »Ich weiß«, aber er war sich nicht sicher.

Einige Herzschläge später verrieten ihm die ruhigen, tiefen Atemzüge, dass Liam eingeschlafen war, während er im Dunkeln lag und sich fragte, was zur Hölle er bloß mit dem Kleinen anfangen sollte.

Er zog ihn enger an sich und stopfte die Decke fester um sie beide, während die Fieberschübe und das Zittern langsam abklangen.

•••

Sein Handy klingelte. Er tastete noch im Halbschlaf danach und brummte ungehalten. Er fegte es mit einer unbedachten Bewegung beinahe vom Nachtschrank, bekam es jedoch noch zu fassen und nahm das Gespräch an. Seine Stimme klang erschreckend rau und sein wirrer Blick glitt über das Bett. Von Liam keine Spur.

Hatte er nur geträumt?

»Ja?«, knurrte er verstimmt.

Nicks Stimme klang widerlich freundlich und gut gelaunt. »Ah, der Herr Langschläfer ist auch schon wach, wie schön. Ich habe schon bei Melly angerufen, aber die meinte, du seist noch nicht aufgestanden. Unnötig zu erwähnen, dass sich die alte Schachtel Sorgen macht. Nun, wie dem auch sei.« Er lachte leise und im Hintergrund schrien Möwen. Offensichtlich saß er irgendwo am Hafen, vermutlich in seinem Lieblingscafé bei einem Latte macchiato und einem Stück Kirschkuchen und faulenzte. »Ich hatte mich gefragt, ob du Liam später vorbeibringen könntest? Ich würde ihn ja abholen, aber ich muss noch das Set vorbereiten.«

Dante lauschte den Ausführungen seines Halbbruders, während sein Blick verwirrt zur Uhr glitt. Es war beinahe Mittag. Verflucht noch mal.

»Heute? Der Kl- äh... Ich weiß nicht, ob er überhaupt schon wach ist. Heute ist doch Samstag, oder nicht?«

»Geht es dir gut? Du klingst grauenhaft.« Auch, ohne ihn zu sehen, konnte Dante Nicks skeptischen Blick spüren. Das war auch gerechtfertigt. Er wäre um die Zeit nämlich sogar am Wochenende längst auf den Beinen.

»Mir schon, aber deine Sake-Orgie hat Liam ganz schön mitgenommen. Ich weiß nicht, ob er heute überhaupt für eine Fotosession taugt«, entgegnete Dante so kühl wie möglich. Er strich sich einige wirre Haarsträhnen aus dem Gesicht, ehe sein Augenmerk auf ein silberblondes Haar auf seinem Laken fiel. Also doch keine Einbildung.

Dunkles, sinnliches Lachen war die Antwort. Offensichtlich hatte Nick entweder keinen Kater oder er hatte ihn schon erfolgreich in die Flucht geschlagen. Dante bewunderte ihn insgeheim ein wenig für seine Trinkfestigkeit. Er selbst war nicht mit diesem völlig nutzlosen Talent gesegnet.

»Ach Brüderchen, ein bisschen Reiswein hat noch keinem geschadet! Und wenn man schon japanisch essen geht, gehört das einfach dazu. Sieh es als kulturelle Erfahrung für deinen Schützling an, zu der ich einen wichtigen Teil beigetragen habe!« Nick lachte wieder und sprach daraufhin mit vollem Mund. Wahrscheinlich stopfte er sich wirklich grade Kuchen rein. »Oh, übrigens: Er ist wirklich süß. Ich habe mich gefragt, ob er wohl schon an jemanden vergeben ist? Obwohl das natürlich kein Hindernis wäre, aber ich habe es einfach lieber, wenn ich der einzige Star bei so einer Show bin. Du verstehst?«

Dante umfasste das Handy fester, als nötig wäre. Er konnte die kleine Zornesader spüren, die sich auf seiner Stirn bildete. »Er ist zu jung und außerdem arbeitet er für mich.«

Nick schwieg einen Augenblick. Dante konnte das Grinsen in seiner Stimme hören. »Er ist alt genug für ein paar ungezogene erste Erfahrungen. Du willst mir doch nicht erzählen, dass er dafür zu jung wäre? Wir waren viel jünger als er, als diese süße Kellnerin uns-«

Dante unterbrach ihn harsch. »Ich sagte: Nein!« Er atmete mühsam beherrscht durch. Sein Halbbruder liebte es, ihn zu reizen und leider fand er immer die notwendigen Worte. Der Gedanke, dass Liam diesem Verführer ins Netz ging, passte ihm überhaupt nicht. Nick war schon immer der Unbesonnene von beiden gewesen. Er gab nicht viel auf Konventionen und tat stattdessen, was er wollte. Und mit wem.

Während Dante sich in der Schule anstrengte und später studierte, traf sich Nick lieber mit Freunden und verführte scharenweise Mädchen, die dann heulend und enttäuscht bei Dante anriefen und wissen wollten, wieso Nick so ein Arschloch war. Damals fand Nick es wahnsinnig praktisch, den Mädchen einfach Dantes Nummer zu geben, nachdem er sie für ein einmaliges Abenteuer gewonnen hatte.

Ja, wieso bist du nur so ein Arschloch? Dante stieg aus dem Bett und zog sich an, während er Nicks Worten lauschte.

»Ich habe den Verdacht, du willst ihn für dich selbst? Mir ist gestern schon aufgefallen, wie du ihn ansiehst. Bist du am Ende noch verknallt in den kleinen Schönling?«

Dante presste die Zähne zusammen. »Er ist nicht zu haben, klar? Such dir was anderes.«

»Hey, warte mal, ich-«

Er legte auf, ehe sein Bruder noch weitere abstruse Theorien erfinden konnte. Während er in seine Jeans und ein sauberes, schlichtes T-Shirt schlüpfte, beunruhigte ihn der Gedanke, dass sein Bruder der Wahrheit ziemlich nahe gekommen war.

Aus dem unteren Stockwerk drang leise Musik, deren Ursprung das Radio in der Küche sein musste. Das wiederum bedeutete, dass Melly da war. Dantes leerer Magen begann hungrig zu knurren, als er den Duft von frisch gebackenem Kuchen und Haferkeksen einatmete.

»Guten Mor-äh ...« Er seufzte. »Melly. Schön, dich zu sehen«, korrigierte er sich, nach einem flüchtigen Blick auf die Küchenuhr. Die alte Dame mit dem feuerroten Haarknoten und den ausladenden Hüften drehte sich mit einem breiten Lächeln zu ihm um, während sie ein Blech frisch gebackener und noch heißer Kekse aus dem Ofen holte.

»Dante, Schätzchen! Du hast aber lange geschlafen, ich habe mir schon Sorgen um dich gemacht! Bist du krank?«

Sie schlug lachend mit einem Topflappen nach ihm, als er sich einen der Kekse vom Blech stibitzte. »Ich werde doch nie krank, Melly. Nein, ich war nur etwas geschafft von der Woche.« Er biss sich lieber die Zunge ab als zu gestehen, dass Liam in seinem Bett geschlafen- und er deswegen den Großteil der Nacht damit verbracht hatte, den selig schlummernden Jungen in seinen Armen anzustarren, sein silberblondes Haar zu streicheln und sich Sorgen zu machen.

Das süße Gebäck hob seine Stimmung sofort und er kaute genüsslich, stahl sich noch einen Keks und zwinkerte Melly zu, als sie ihn dafür schalt. »Hey! Die sind noch zu heiß zum Essen!«

»Sind sie nicht, wie du siehst! Wieso backst du überhaupt? Hat jemand Geburtstag?«

Melly bedachte ihn mit einem langen Blick. »Hast du dir Liam mal genau angesehen, deinen neuen kleinen Welpen?«

Dante erstickte bei diesen Worten beinahe am Haferkeks und hustete, während er Melly entsetzte Blicke zuwarf. »Was?!«, würgte er erschrocken hervor. »Welpe?«

Melly zog nur abfällig eine Braue hoch. »Natürlich! Der ist so dünn, Dante! Du kannst ihn nicht ständig nur ackern lassen! Und er ist noch so jung und süß«, fuhr sie mit einem verträumten Lächeln fort. »Ein unschuldiger kleiner Schatz! Nicht so ein verdorbener Satansbraten wie du oder Nick«, fügte sie nach einem eindringlichen Blick auf ihren Chef hinzu.

Dante rang sich ein Lächeln ab. »Ich bin doch kein Satansbraten. Ich bin vorbildlich und ... nett.«

Die Haushälterin warf beide Hände in die Luft und schnaubte empört aus. »Und wie, du tätowierter Rüpel! Der Kleine ist sicher wegen deiner Nettigkeiten so verschlossen wie eine Auster und redet kaum, wie? Wer weiß, wie du ihn eingeschüchtert hast, während ich nicht da war«, ereiferte sie sich weiter. Ihre Blicke lagen forschend und tadelnd auf Dante, der kaum fassen konnte, in welcher misslichen Lage er sich befand. So, wie sich »der Kleine« an ihn geschmiegt und ihn umarmt hatte, konnte von derartigen Vorwürfen keine Rede sein.

Er hatte die Nacht damit verbracht, Dante in einer Art Klammergriff zu halten, so dass er sich nicht einmal umdrehen konnte.

Nicht, dass ihn das gestört hätte, aber ...

»Ich habe nichts dergleichen getan.« Er mopste sich noch eine handvoll Kekse, streckte Melly die Zunge raus und brachte sicherheitshalber die Kücheninsel zwischen sie beide, in deren Mitte ein großer Topf auf einem Kochfeld vor sich hin blubberte.

»Dante!«, fauchte Melly drohend. »Die sind für Liam, friss nicht alle auf! Ich werde ihn ordentlich damit füttern, damit er etwas Fleisch auf die dürren Rippen kriegt!«

Er musste lachen und hatte einen Moment alle Mühe, währenddessen keine Krümel einzuatmen. »Wo steckt er denn überhaupt? Oder hast du ihn schon ins Essenskoma gebacken und gekocht? Ist das da etwa dein berühmter selbst gemachter Eintopf, der da auf dem Herd köchelt?«

Melly reckte sich stolz. »Nein, ich habe ihn heute noch nicht gesehen. Und: Natürlich! Mit Hackfleisch, Paprika, Kartoff- hey, wo willst du denn hin?« Sie starrte Dante entgeistert nach, der bereits wieder aus der Küche entschwand.

»Ich such den Kleinen mal, der muss dein Essen unbedingt probieren!«

Melly sah ihm kopfschüttelnd nach. »Der Bursche wird nie erwachsen«, murmelte sie lächelnd. »Aber schön ihn so entspannt zu sehen.« Sie schwieg und rührte den Eintopf um, während sie leise seufzte. Wann hatte sie Dante das letzte Mal lachen hören? Es musste Jahre her sein. Er lächelte viel, vor allem, wenn Kunden da waren, oder er mit dem Personal sprach, was er eher wie Familie behandelte, aber wirklich glücklich? Nein, das war er lange nicht gewesen. Sie konnte nur hoffen, dass dieser Zustand eine Weile anhielte.

Liam schien ein netter, wenn auch ziemlich schüchterner und verschlossener junger Mann zu sein. Er erinnerte sie fast ein wenig an die Lavall-Brüder, als sie noch klein gewesen waren.

...

Das sachte Rauschen der Bäume und Sträucher, das leise Plätschern des Sees und das Zwitschern der Vögel umfingen ihn. Es roch nach feuchtem Gras und dem schlammigen Seeufer, blühenden Blumen und dem Geruch des Sommers im Wind. Es versprach ein warmer Tag zu werden. Die Sonne schien bereits seit Stunden und vertrieb den dunstigen Schleier, der noch früh am morgen über dem See gelegen hatte wie feine Spinnweben.

Liam war aus Dantes Zimmer geschlichen, als er ihn endlich losgelassen hatte. Da war die Sonne kaum aufgegangen, gerade erst eine Vorahnung in Rot und Gold, die sich am Horizont ankündigte.

Er war so warm und stark gewesen. Harte Muskeln unter dem weichen Shirt, das er zum Schlafen angehabt hatte. Sein ganzer Körper hatte sich an ihn geschmiegt, ihn umfangen wie ein schützender Kokon. Liam hatte mit den Fingerspitzen zart die Motive auf seinem linken Arm nachgemalt, sacht und langsam, da er ihn nicht wecken wollte. Er hatte noch nie so gut geschlafen wie in seinen Armen und noch nie hatte er sich beim Aufwachen so schuldig gefühlt.

Er musste eine Last für ihn sein.

Sich in sein Schlafzimmer zu schleichen, nur weil er wieder diese Träume gehabt hatte und noch betrunken vom Sake war ... Er wusste sogar in seinem Zustand, dass er das nicht tun sollte, aber er konnte nicht anders. Die Einsamkeit erdrückte ihn und er wollte einfach bei ihm sein. Seine Wangen brannten, als er sich daran erinnerte, was er zu ihm gesagt hatte, nachts, draußen beim Auto.

Es war die Wahrheit. Er war der Einzige, der ihn je berühren dürfte. Aber er hätte das lieber für sich behalten sollen. Es gab Worte, die man nur bereute, wenn man sie aussprach und seine Gefühle anderen zu vermitteln war ihm noch nie gut vergolten worden.

Er dachte daran, was Onkel Jack ihm gesagt hatte, während er die Arme um seine Knie schlang.

»Du musst lernen, auf eigenen Füßen zu stehen. Ich habe dich von Tante Jane weggeholt, aber das bedeutet nicht, dass ich die Verantwortung für dich übernehmen werde. Ich besorge dir einen Job und du sorgst dafür, dass ich es nicht bereue, dich da rausgeholt zu haben, klar? Streng dich an und bau keinen Mist. Lavall duldet keine Fehler.«

Vom Lauf durch den Wald und über den Pfad waren seine Laufschuhe schlammig und seine Hose schmutzig. Der Holzsteg, auf dem er unweit des Schreins und seiner Insel saß, fühlte sich kühl an aber die Sonne wärmte seine Haut. Der Wind trug noch den Duft der Räucherstäbchen mit sich, die er angezündet hatte, und Dantes Duft haftete an seiner Haut. Er hätte duschen sollen, aber er wollte nur noch eine kleine Weile länger von dem Gefühl, beschützt zu werden, zehren und es verwahren. Warum nur hatte er ihn in sein Bett gelassen? Er hätte ihn wegschicken sollen, so wie er es erwartet und gefürchtet hatte, stattdessen hatte er kaum gezögert. Was sah er in ihm? War er mehr als ein Mitarbeiter? Hätte er das für jeden anderen getan? Oder war er nur derart von Mitleid mit ihm erfüllt, dass er nicht Nein sagen konnte?

Der Gedanke, dass er es nur aus Mitleid getan hatte, schmerzte.

Sonnenlicht schimmerte auf der Oberfläche des Sees und er beobachtete die tanzenden, glitzernden Flecken, die Lichtpunkte auf seine Arme warfen.

Sein Magen knurrte und seine Muskeln schmerzten vom Laufen. Er brauchte dringend etwas zu essen und eine Dusche, aber er hatte das Gefühl, er hatte es nicht verdient, zum Anwesen zurückkehren zu dürfen. Trotzdem erhob er sich.

Mit viel Glück würde Lavall ihm seine gestrigen Eskapaden und seinen nächtlichen Schwächeanfall nachsehen.

»Hier steckst du.«

Es war nicht Dantes Stimme. Sie klang anders, aber sie war seiner ähnlich. Liam blickte über die Schulter und hoch zu Nick, der breit auf ihn herab grinste. Seine Jeans waren an den Knien kaputt und abgewetzt, das schwarze Shirt war ihm zu groß und er hatte es lässig in den Hosenbund gestopft. Mehrere Ketten mit verschiedenen Anhängern glitzerten an seinem Hals und gingen ihm bis auf die Brust. Im Sonnenlicht wirkte das lange rote Haar wie flüssiges Feuer, funkelte und schimmerte in unterschiedlichen Nuancen, als sei es lebendig. Liam blinzelte ihn fragend an. Er sah Dante sehr ähnlich. Beinahe wie Zwillinge. Doch er war nicht Dante. Liam konnte sein Parfüm wahrnehmen. Es roch völlig anders. Ihm wurde plötzlich bewusst, dass Nick für ihn hergekommen war und Unruhe breitete sich in ihm aus. Er hatte es ihm versprochen und Dante hatte es erlaubt.

»Bereit für einen kleinen Ausflug?«

Das Bett war ordentlich gemacht worden, Anzug, Hose und Hemd hingen akkurat und gerade auf einem Bügel hinter der Tür. Die wenigen Habseligkeiten, die er besaß, standen oder lagen sorgfältig im Zimmer. Vorrangig Kleidungsstücke. Sogar die neuen Schuhe standen, blank geputzt, an ihrem Platz. Aber von ihm selbst keine Spur. In seinem Badezimmer waren die Handtücher trocken, er hatte also nicht geduscht.

Wo steckte er nur?

Er war nicht in seinem Zimmer, nicht in den übrigen Räumen des Anwesens und auch sonst nirgendwo zu finden. Niemand hatte ihn gesehen.

Sorge bereitete sich in Dantes Herz aus. Er hatte sich doch nichts angetan oder? Dafür gab es ja auch keinen Grund. Versteckte er sich irgendwo, weil er sich schämte? Aber wo? Vielleicht spazierte er im Park herum. Das Wetter war gut und es war warm. Trotzdem würde er sich besser fühlen, wenn er genau wüsste, wo der Junge steckte.

Dante seufzte und zog das Handy aus seiner Tasche. Heute hatte er nicht viel zu tun, nur ein wenig Büroarbeit und ein paar Geschäftsbriefe zum Aufsetzen. Er wählte die Nummer und wartete auf das Klingeln. Es dauerte einen Moment, ehe abgehoben wurde und leise Musik spielte im Hintergrund. Es klang nach einem Autoradio, sofern er das am leichten Rauschen einschätzen konnte, was durch ein offenes Fenster und entgegenkommende Autos verursacht werden mochte.

»Devereux?«

»Liam? Wo steckst du denn? Ich habe schon überall nach dir gesucht.«

»Ich bin bei Nick. Er hat mich abgeholt. Er will heute die Fotos machen. Das ist doch für Sie in Ordnung oder, Mister Lavall?«

Dante war erleichtert seine Stimme zu hören, aber gleichzeitig klang sie merkwürdig kühl und emotionslos. Ging es ihm nicht gut? »Doch, doch. Mach nur ...« Er fuhr sich durch das schwarze Haar und bemerkte, dass es ihn störte, dass er mit Nick allein war. Aber jetzt war es schon zu spät. »Soll ich dich später abholen?«

Er wartete unruhig auf Liams Antwort, während dieser kurz mit Nick sprach.

»Das wird nicht nötig sein. Nick sagt, er bringt mich zurück.«

Verdammt. Das hieß, es würde länger dauern. »Na schön. Wenn du irgendetwas brauchst, ruf mich an, okay?«

Liam schwieg einen Moment. Es klang zögernd, als er erwiderte: »Okay.«

Er legte auf und Dante stand noch einen Augenblick nutzlos herum, während er aus dem Fenster starrte, das Telefon noch in der Hand.

Er musterte sein Spiegelbild, während er Jacks Nummer wählte. Es war Zeit, ein paar Fragen zu stellen und er hoffte, dass sein Schlitzohr von Anwalt die richtigen Antworten gab.

Nick klemmte sich eine Kippe in den Mundwinkel, während er fuhr. Er entzündete sie mit einem Streichholz, warf es in den Aschenbecher und warf Liam einen knappen Blick zu, während er vor sich hin grinste.

»Na, ist er sauer?«

Liam zuckte die Achseln und beobachtete die Gegend durch das Fenster. Autos, Bäume, kleine Gärten mit spielenden Kindern und hübschen Häusern flogen an ihnen vorbei und machten abgewirtschaftet aussehenden Läden und verlassenen Geländen platz, die mit »Zu Verkaufen« Schildern gepflastert schienen.

»Es hat ihn nicht sonderlich interessiert, glaube ich.« Liam sah kurz zu Nick rüber, der sein Fenster heruntergekurbelt hatte. Sein Wagen war schon älter und roch nach dem Duftbaum der Richtung »Zitrus«, Nicks Parfüm und kaltem Zigarettenrauch. Die Sitze waren mit hellgrauem Stoff bedeckt, auf dem mehr als einmal Getränke verschüttet worden waren. Der, auf dem Liam saß, wies sogar eine große Anzahl an Brandlöchern auf. Vermutlich von Zigarettenkippen, die jemand nicht treffsicher genug in den Aschenbecher hatte befördern wollen.

Nick verzog leicht die Mundwinkel. »Kleiner, Dante Lavall interessiert sich für alles, was sich in seinem Besitz befindet, glaub mir. Und du bist von all den Dingen, die er besitzt, eines der interessantesten.« Er zwinkerte ihm zu und Liam wurde flau im Magen. Er bereute plötzlich, mitgegangen zu sein.

»Ich gehöre ihm nicht. Ich bin kein Bild oder so«, entgegnete er schwach.

Nick lachte leise, ein mitfühlendes Lächeln auf dem Gesicht. »Kleiner ... Du arbeitest für ihn. Also gehörst du ihm. Er ist ein ziemlicher Kontrollfreak, so viel ist sicher. Würde mich nicht wundern, wenn er plötzlich auftaucht, nur um zu sehen, was wir treiben.« Er nahm einen tiefen Zug von seiner Zigarette und bog in eine Auffahrt ein. Der Rasen vor dem Gebäude, dessen Scheiben eingeworfen waren und das offensichtlich leer stand, war braun und vertrocknet. Ein Schild darauf besagte, dass dies eine ehemalige Lagerhalle war und zu einer Schiffswerft gehörte, deren verrostete Überreste in der Ferne erkennbar waren. Die ganze Gegend schien verlassen und verrottet zu sein, von den Menschen, die sie ein belebt hatten, zum Sterben zurückgelassen. Selbst das Wasser, das Liam zwischen den einzelnen verfallenen Bauten glitzern sehen konnte, und das sich wie ein breiter Kanal zwischen diesem und dem gegenüberliegenden Ufer erstreckte, schien grau und abweisend.

Das Gebäude vor ihnen war sehr groß und sah beinahe, im Vergleich zu anderen, die sich an diesem und am anderen Ufer aufreihten, freundlich und einladend aus, obwohl dies nur der erste Eindruck war, der sich jedoch schnell wieder auflöste, sah man nur etwas genauer hin.

Die Halle war ein langgezogener Klotz mit undichtem Dach und überall herumliegendem Müll. Zerbrochene Ziegelsteine, halb verwitterte Überreste alter Zaunpfähle und Abdeckplanen, die zerfetzt und den Elementen ausgesetzt spröde und verblichen darauf zu warten schienen, dass man sie endlich von diesem Ort wegbrachte. Kein angenehmer oder freundlich aussehender Ort. Ein Überbleibsel aus einer Zeit, in der er belebt und genutzt wurde, jetzt jedoch war es nur noch eine Ruine, deren Verfall schon weit fortgeschritten war, wie bei einem faulenden Zahn. Graffiti verunzierten das

Mauerwerk an der Außenseite und Kletterpflanzen hatten sich tief in den Stein gegraben, sprengten ihn von innen heraus. Manche Triebe wuchsen bereits durch die eingeworfenen Fensterscheiben. Es schien fast, als wollte die Natur diesen Ort mit unendlicher Geduld und Beharrlichkeit unter sich begraben, ihn infiltrieren und zu etwas natürlichem machen, um neues Leben zu schaffen und die Wunden aus Beton und Glas zu verbergen. Es schien ihr auch zu gelingen. Die Überreste von Schwalbennestern unter dem Dach an der Hauswand bezeugten zumindest, dass hier ein paar gefiederte Bewohner ein neues Heim gefunden hatten.

Liam bedachte seinen Fahrer mit einem unsicheren Blick. »Ich dachte, du willst Fotos machen?«

»Vertraust du mir etwa nicht?« Nick parkte und lächelte ihm zu. »Ich fotografiere meine Models nie in irgendwelchen Studios. Ich nutze lieber die Umgebung, um einzigartige Aufnahmen zu erzielen.« Er rauchte die Kippe auf und schnippte sie in den Aschenbecher, ehe er ausstieg und die Tür zuklappen ließ. »Keine Angst, Kleiner. Ich fresse dich schon nicht.«

Liam seufzte und kämpfte die Unruhe nieder, die sich in seinem Magen ausgebreitet hatte, während er die Autotür öffnete und Nick folgte.

Das trockene, verdorrte Gras unter seinen Füßen knisterte leise, als er ausstieg.

Die Luft roch nach dem Kanal, abgestanden und modrig, und nach dem Meer, salzig und frisch. Sie roch nach rostigem Eisen und feuchtem Beton, abgeblätterter Farbe und trockener Erde unter seinen Füßen, als er durch die breite Öffnung in der Mauer der Halle trat, wo irgendwann einmal ein großes Tor gewesen sein musste, um die Waren ein-und auszulagern.

Licht fiel von oben durch das Dach, wo Stürme, Regen und Rost am Material genagt und es beseitigt hatten. Winzige Staubpartikel tanzten in den goldenen Lichtsäulen wie bizarre Feen und Nick lächelte ihm zu, bewaffnet mit einer modernen Fotoausrüstung, die er hier schon im Vorfeld platziert haben musste. Stützpfeiler hielten das Gebäude zusammen, bedeckt von abgeblätterter Farbe und Schmutz. Der Boden war bedeckt mit einer dünnen Schicht aus Dreck und Dingen, die im Laufe der Zeit von der Decke gerieselt waren.

»Na los, ehe das Licht nicht mehr so gut ist! Ich habe dir sogar einen Anzug besorgt. Nicht so fein wie der von Dante, aber immerhin.« Er beachtete ihn kaum, deutete lediglich auf eine durchsichtige Kleiderhülle und einen schwarzen Anzug darin, dazu eine burgunderfarbene Krawatte und sogar Schuhe.

Liam atmete tief durch und trat zu ihm. Es gab vermutlich keinen Grund, so nervös zu sein. Und er hatte es versprochen, nicht wahr?

Trotzdem kam er nicht umhin zu denken, dass dieses Schwarz des Sakkos ihn an eine Beerdigung erinnerte und die blutrote Krawatte machte es nicht besser.

• • •

»Du bist spät.« Dante warf Jack einen langen, kühlen Blick zu, der seinem Anwalt einen unangenehmen Schauer über den Rücken jagte. Er zwang sich zu einem beschwichtigenden Lächeln, ehe er sich auf dem Stuhl gegenüber seinem Gastgeber niederließ. Draußen im warmen Sonnenschein war es zwar freundlicher als in Lavalls Arbeitszimmer, aber seiner Miene nach zu urteilen war er alles andere als wohlwollend gestimmt. Zwei Gedecke aus weißem Porzellan standen auf dem Tisch, ebenso wie eine Kaffeekanne, Milch und Zuckerdose und eine Platte mit Mellys selbst gebackenem Zitronenkuchen, den Dante mochte. Er wunderte sich ein wenig darüber, da sie sonst nie einfach so backte. Oder war seine Laune noch mieser, als er vermutete? Hatte Liam etwas ausgefressen?

»Ich stand im Stau. Samstage sind genau so furchtbar wie alle anderen Tage. Da wollen die Leute immer auf's Land fahren oder Verwandte besuchen. Grauenhaft.« Er zwang sich dazu, einen möglichst normalen Eindruck zu machen, obwohl er die Unruhe in seinem Magen nicht verleugnen konnte. Er hatte schon seit Tagen ein schlechtes Gefühl. Die Zweifel, ob seine Entscheidungen richtig gewesen waren oder nicht, plagten ihn und ließen ihn kaum noch schlafen.

Dante überging seine Ausflüchte. »Wer ist Liam Devereux?« Der Kaffee, den Dante seinem Anwalt einschenkte, schien überlaut in seinen Ohren zu plätschern. Jack beobachtete die schwarze, sich kräuselnde Flüssigkeit, die in seine Tasse floss, als berge sie die Antwort. Dantes sturmgraue Augen wirkten kalt und lauernd, als er ihren Blick erwiderte.

»Ich weiß nicht, wie ich diese Frage verstehen soll?« Jack bemühte sich um einen gelassenen Gesichtsausdruck.

»So wie ich sie gestellt habe, Jack. Wer ist er? Woher kommt er? Ich will alles wissen, was du über ihn weißt und wenn du es wagst, mich anzulügen, haben wir die längste Zeit Geschäfte miteinander gemacht.«

Er sprach ruhig und dennoch ... Jack war die Drohung nicht entgangen. Verfluchter Mist aber auch. Er hätte es kommen sehen müssen. »Hat er etwas angestellt? War er frech? Ich biege das wieder hi-«

»Nein.« Lavall schnitt ihm das Wort ab. Er lehnte sich in dem geflochtenen Korbstuhl zurück und schlug locker ein Bein über das andere. Jack hasste ihn dafür, wie männlich und gut er dabei aussah. Eine Hand ruhte lässig auf der Lehne, die andere stützte das Kinn. In der schwarzen Hose und dem weißen Hemd hätte er ebenso gut ein Piratenkönig sein können. Schurke und Held gleichermaßen. Jack legte leicht die Stirn in Falten. Er hatte sich nicht rasiert. Das war eigenartig.

»Nun gut ... Aber es wäre schön, wenn du dich nicht übermäßig aufregen würdest, ja? Es ist vielleicht ein wenig kompliziert.« Jack leckte sich nervös die Lippen, während Lavall ihn mit seinen Blicken durchbohrte.

»Oh, ich bin sicher, Jack«, meinte Lavall mit einem kühlen Lächeln, »du kannst es so erklären, dass ich es verstehe. Aber du solltest dich etwas damit beeilen. Ich habe nicht ewig Zeit.«

• • •

Nick leckte sich die Lippen, während er Liam durch den Sucher der Kamera betrachtete. Sie hatten Aufnahmen in der Halle gemacht, von denen Nick bereits jetzt begeistert war. Der Kleine war ein

Naturtalent, wenn es darum ging, möglichst ernst auszusehen. Genau, was er sich vorgestellt hatte. Man sollte meinen, sein Gesichtsausdruck wäre immer gleich, aber mitnichten.

Er entdeckte mit jedem Bild neue Facetten an ihm, die ihm so schlicht entgangen wären. Die Fotostrecke war für ihn bereits jetzt ein todsicherer Erfolg.

Jetzt gerade nutzten sie das letzte Tageslicht draußen aus, das über- und zwischen den gegenüberliegenden Gebäuden hindurch fiel, die sich auf der anderen Seite des Kanals befanden. Außenaufnahmen hatte er zwar nicht geplant, aber es bot sich einfach an. Seitlich hinter der Lagerhalle befand sich auf etwas mehr als der vollen Länge eine Anlegestelle für Boote, die jedoch nutzlos geworden war.

Eine frische Brise war aufgekommen und zerzauste Liams Haare, wehte sie ihm in die Stirn. Er lehnte mit dem Rücken an einem Stück Geländer, dessen weiße Farbe abblätterte, lässig eine Kippe im Mundwinkel, die Nick ihm gegeben hatte. Jedoch zog er nicht wirklich an ihr, paffte nur und achtete nur darauf, dass die Asche nicht auf das tiefschwarze Sakko fiel.

Das Sonnenlicht der Abenddämmerung fing sich in Liams Haar, als er den Kopf in den Nacken legte und eine schmale Rauchwolke gen Himmel ausblies. Nick drückte mehrfach auf den Auslöser, völlig gefangen vom Licht, dem Ambiente und diesem unglaublichen Modell, das ihm den Kopf zuwandte. Der Blick aus seinen grünen Augen schien beinahe traurig und Nicks Magen zog sich zusammen, als er ihn direkt durch die Kamera ansah.

»Du lächelst wohl nie, was?« Er schmunzelte. »Ich denke, Dante hätte gern eins, auf dem du für ihn lächelst.«

Liam sah überrascht aus und Nick schoss noch ein paar Fotos, ehe dieser Ausdruck auf seinem Gesicht schwand. »Das glaube ich nicht.« Liam nahm die Kippe aus dem Mundwinkel und blickte zu Boden. Nachdenklich, schwermütig beinahe.

Das Licht war beinahe komplett weg. Sie erwischten gerade die letzten, rötlich goldenen Strahlen und Nick fühlte, wie ihm die Zeit ausging. Verflixt, wieso war der Kleine auch so ernst? Nur noch dieses eine Bild ...

»Na schön.« Nick seufzte tief. »Dieses eine noch und dann bring ich dich zu Dante nach Hause, okay?«

Nach Hause. Zu Dante nach Hause. Die Worte klangen in Liam nach, sickerten in sein Herz und strömten von dort durch seinen ganzen Körper. Nach Hause. Er hatte nie so etwas wie ein richtiges Zuhause gehabt. Er hatte nie einen Ort gehabt, an den er immer zurückkehren konnte und es auch gern tat. Einen Ort, an dem man in Sicherheit schlafen konnte und wo man nicht befürchten musste, geschlagen oder angeschrien zu werden. Wenn andere Leute von »Zuhause« sprachen, war das für ihn immer ein wundersamer Ort gewesen, so wie ein geheimes Zauberland, in das nur Auserwählte kamen. Er hatte schon vor langer Zeit aufgehört, an einen solchen Ort zu glauben oder ihn sich auch nur zu erhoffen. Solche Dinge passierten nur anderen, aber nicht einem Liam Devereux.

Nick sagte das so leicht dahin, als ob er wirklich ein Teil von so etwas wäre und als ob Dante auf ihn warten würde. Er wusste nicht, was ihm mehr Angst machte; dass diese Hoffnung dumm war und zerbrechen würde wie ein fallengelassenes Glas, oder dass sie sich tatsächlich erfüllen könnte?

Der Gedanke, dass Dante auf ihn Zuhause warten könnte, klang absurd. Am Ende kochte er sogar noch für ihn.

Es war eine hübsche, grausame Illusion einer heilen Welt, die niemals wahr werden würde, aber trotzdem war sie schön. Es war wie in diesen Geschichten, die immer ein Happy-Ending hatten, in denen der Mann sein Mädchen bekam oder der Held die ganze Menschheit rettete, und die ihm jedes mal das Herz brachen. Die Realität hatte keine glücklichen Ausgänge, keine Helden, die einen retten kamen.

Liams eigenes Herz schlug schneller und schwerer in seiner Brust, als er an Dantes Gesicht dachte. An den Ausdruck auf seinen Zügen, als er geschlafen hatte und an seine Augen, wenn er ihn mit diesem Blick ansah, der seinen Magen flattern ließ.

Und für einen winzigen Augenblick musste er lächeln.
Er hörte das leise Geräusch der Kamera, während der letzte Sonnenstrahl erstarb, aber es kümmerte ihn nicht. Dieser eine, winzige Moment gehörte nur ihm.

Es war längst dunkel, aber er konnte einfach nicht aufstehen. Jack war schon lange gegangen. Er wusste, dass Melly ihm durch die Scheibe besorgte Blicke zuwarf, aber sie ließ ihn in Ruhe. Es war gut, wenn manche Menschen einen so gut kannten, dass sie wussten, wann man in Ruhe gelassen werden wollte, anstatt einen mit Fragen zu löchern, auf die man keine Antwort geben wollte oder konnte.

Jacks Worte wiederholten sich in seinem Kopf, während die Nacht sich kühl auf seine Haut legte und durch den dünnen Stoff seiner Kleidung drang. Er fröstelte äußerlich und innerlich.

»Er ist der Adoptivsohn meiner Schwester, von dem ich erst vor zwei Monaten erfahren habe.« Jack war es offensichtlich schwergefallen, darüber zu reden, aber er hatte weitergemacht, während der Kaffee in seiner Tasse kalt wurde.

»Ich habe Amanda, meine Schwester, nicht mehr gesehen, seit wir uns auf der Beerdigung unseres Vaters gestritten haben. Sie, ich und Jane, meine andere Schwester. Das ist schon zwanzig Jahre her.« Er stockte, als er die Zahl nannte und blinzelte eine Weile gedankenverloren vor sich hin, während Dante geduldig wartete. »Wir hatten danach keinen Kontakt mehr. Sie und Jane telefonierten wohl sporadisch, aber ihre Beziehung war nicht sehr eng. Ich wusste nicht, dass sie Krebs hatte. Ich wusste auch nicht, dass sie ein Kind adoptiert hatte. Liam war noch ein Baby, als sie ihn zu sich holte. Sie bekam ihre Diagnose, da war er zwei und ein Jahr später war sie tot.«

Dante starrte in die Dunkelheit, während das Gespräch in seinem Kopf erneut ablief. Wie eine Endlosaufnahme.

»Sie hatte Jane angebettelt, sich um ihn zu kümmern, wenn sie sterben sollte. Amanda hatte ein bisschen Geld gespart, das Jane zusammen mit dem Jungen bekam, um für ihn zu sorgen. Damals war sie noch nicht süchtig. Sie trank ab und an, aber es war noch im Rahmen.« Jack war blass geworden, als er fortfuhr: »Ich wusste ja nichts von Liam oder Janes Zustand. Ich hätte wohl gar nichts von allem gewusst, wenn nicht ein Nachbar, der das alles nicht mehr mit ansehen konnte, mich kontaktiert hätte. Jane hatte mich nie angerufen, aber meine Nummer hatte sie am Kühlschrank. Es ist ein Wunder, dass Liam noch lebt.«

Dante beugte sich vor und stützte das Gesicht in seine Hände. Seine eigene Kindheit war nicht gut gewesen, aber das hier war etwas völlig anderes. Im Haus gingen die Lichter an und warfen matten Schein auf die Terrasse. Mellys Gestalt huschte hinter der Fensterfront vorbei, aber sie kam nicht heraus. Es war besser so. Sein Zustand würde die alte Dame nur erschrecken.

»Liam kam zu ihr, als er drei war und ich holte ihn vor zwei Monaten da raus. Ich ...« Er rieb sich das Gesicht und seine Stimme zitterte leicht. »Ich komme nicht mit ihm klar. Ich habe es nur einen Monat mit ihm ausgehalten, verstehst du? Es ist nicht, dass er ein schlechter Junge ist, das nicht, aber jedes mal, wenn ich ihn sehe, muss ich daran denken, dass meine Schwester tot ist, weil ich zu stolz war, um sie anzurufen. Und jedes mal sehe ich ihn und sehe diese vierzehn Jahre Qual vor mir und es zerreißt mich innerlich. Ich hätte für ihn da sein müssen, ob adoptiert oder nicht. Er ist mein Neffe. Aber ich bin schwach und er ist ...« Er wusste nicht, nach welchem Wort er suchte. Er weinte leise und krümmte sich vor

Kummer und Schuld zusammen. Der hoch angesehener Anwalt mutierte zu einem weinenden, zitternden Bündel. Lavall beneidete ihn nicht. Als Jack wieder sprechen konnte, klang seine Stimme rau und erschüttert, als würde das Grauen dadurch noch realer werden, dadurch, dass er es in Worte fasste.

»Es war alles voller Dreck. Der Gestank war bestialisch, schon lange, ehe ich das Haus überhaupt erreichte. Alles war voller Müll und Dingen, bei denen ich nicht einmal sagen könnte, was sie waren. Jane war einmal eine hübsche, schlanke Frau gewesen, aber jetzt hatte ich sie nicht einmal mehr erkannt. Sie war vollständig zugedröhnt, als ich dort ankam. Süchtig nach Tabletten, Alkohol und allem, was sie sonst in die Finger kriegen konnte. Mit den fünfundzwanzig Tausend, die Amanda ihr vermacht hatte, hatte sie eine Drogenkarriere gestartet, anstatt Liam davon profitieren zu lassen. Der einzige Raum im Haus, der halbwegs betretbar war, war sein Zimmer. Zumindest wenn man die Besenkammer so nennen kann. Er hatte nicht einmal eine Tür, die er zumachen konnte. Nur eine durchgelegene Matratze auf dem Boden und eine einzige Garnitur an Kleidungsstücken, die er selbst sauber hielt. Er ging jeden Tag die vier Kilometer zur Schule zu Fuß, jobbte in einem Supermarkt fünfmal die Woche, damit etwas zu Essen auf den Tisch kam und er sich Schulmaterialien leisten konnte, oder ab und an ein neues Hemd.« Jack schloss seufzend die Augen. »Als ich ihn das erste Mal sah, hatte sie ihn mit einem Gürtel blutig geschlagen, weil er ihr die Flasche wegnehmen wollte. Er war vollständig von neuen und alten Striemen, Blutergüssen und Schürfwunden bedeckt und er sprach in den ersten zwei Wochen so gut wie gar nicht mit mir. Die Gegend, wo Jane wohnt, ist bestenfalls eine Ansammlung an baufälligen Hütten außerhalb der Stadt. Jugendämter oder die Polizei kommen da meist gar nicht erst hin, weil es sowieso kaum Sinn macht. Bis auf zwei Nachbarn gab es auch niemanden, der sie hätte rufen können. Der eine Nachbar ist schon vierundneunzig Jahre alt, taub und blind, und der andere hat meine Nummer gewählt, weil der Junge ihm leidtat. Er sagte mir ...« Jack sammelte sich einen Moment, ehe er die Worte aussprach, »dass Jane ihn von Anfang an geschlagen hatte. Nur nicht so viel und nicht so schlimm. Sie konnte einfach nicht mit ihm umgehen. Er sagte, er hätte noch nie gesehen, dass ein Kind stummgeprügelt wurde, aber sie tat es. Manchmal wurde er auch in der Schule geschlagen, aber das fiel niemandem so recht auf, da er ständig Blessuren davontrug. Einmal, als Jane richtig wütend war, weil sie keinen Stoff und keinen Alk hatte, verbrannte sie seine Fußsohlen mit ihren Zigarettenkippen.«

Dante saß da wie erstarrt vor Schock. »Hat er nie versucht, wegzulaufen?«

Jack hatte ihn nur traurig angesehen, die Stimme belegt, als er sagte: »Das habe ich ihn auch gefragt. Aber er sagte, sie sei seine einzige Familie und er habe nicht gewusst, wohin sonst. Er hatte ja niemanden und niemand hätte ihn gewollt. Jane hatte ihm immer eingeredet, sie sei der einzige Mensch auf der Welt, der sich für ihn interessierte und sich um ihn kümmern würde, weil alle anderen ihn nie gewollt hatten.« Jack starrte auf seine Tasse unberührten Kaffees. »Sie sagte mir, als sie aufwachte und ich ihn gerade eben zur Tür rausbringen wollte, dass sie froh sein, ihn endlich loszuwerden. Sie lachte hysterisch und rief ihm zu, er solle daran denken, ihr das Geld zu überweisen, das er ihr schulden würde, dafür, dass sie ihn so viele Jahre beherbergt hatte. Ich schleifte ihn regelrecht hinter mir her, zumindest hatte ich zuerst versucht, das zu tun, aber er entging mir jedes Mal, wenn ich nach ihm greifen wollte. Ich verstand erst gar nicht, dass er panische Angst davor hatte, angefasst zu werden. Ich verstand es erst später, als er in meiner Wohnung war und mich aus diesen grünen, misstrauischen Augen anstarrte, als ich ihm neue Klamotten hinhielt, oder ihm etwas zu essen brachte. Anfangs zuckte er jedes mal zusammen, wenn ich zu heftig gestikulierte oder laut wurde. Er rechnete offensichtlich in jeder Sekunde damit, dass ich zuschlagen könnte. Er war es ja gewohnt. Einmal half er mir beim Abwaschen und ein Glas fiel runter. Ich werde nie vergessen, wie er mich ansah. Als ich sein Bett machte, fand ich seinen Rucksack vollständig gepackt darunter und ich wusste, dass er jederzeit bereit war, abzuhauen, wenn ich irgendetwas tun würde, was ihm Angst machte. Dabei war wirklich nicht viel in dem Ding drin. Er besaß ja kaum so viel, dass es in einen Rucksack passte.«

Dante und Jack hatten sich lange wortlos angestarrt, unfähig, etwas dazu zu sagen oder zu fragen. Dante hatte irgendwann registriert, dass Jack aufgestanden und neben ihn getreten war. Er sah grau im Gesicht aus und um Jahre gealtert. »Ich wusste nicht, wohin ich ihn sonst bringen sollte, Dante. Wir kennen uns schon so viele Jahre und ich kannte auch deinen Vater. Er war ein guter Mann und du bist es auch. Ich wollte, dass er bei dir sicher ist und vielleicht zum ersten mal in seinem Leben einen Ort hat, an dem ihm nicht wehgetan wird. Du bist ein guter

Kerl und du und dein Bruder, ihr kennt selbst schlimme Geschichten. Ich dachte, vielleicht versteht ihr euch besser mit ihm als ich. Ich fühle mich grauenhaft, für das, was ich und meine Schwester ihm angetan haben. Er verdient ein bisschen Glück.«

Dante hatte ihm schweigend zugehört und nickte nach einer unendlich scheinenden Weile der Stille, in der ihm der unbeschwerte Gesang der Vögel in seinem Garten wie Hohn vorkam. Jack ging und Dante blieb allein zurück.

Er atmete tief die kühle Nachtluft ein, während Gänsehaut seinen Körper überzog. Ihm war, als dringe die Kälte bis in sein Innerstes vor.

Plötzlich bereute er, so neugierig gewesen zu sein.

»Du erkältest dich noch!« Melly trat aus der Balkontür heraus und zu ihm hin, blickte mitfühlend auf ihn runter. Ihre faltige, kräftige Hand drückte sanft seine Schulter, so wie sie es schon so oft in ihrem Leben getan hatte wenn er sich verletzt hatte oder krank war. Es war ihre Art zu sagen, dass sie für einen da war und alles gut werden würde. »Ist alles in Ordnung?«

Dante legte eine Hand auf ihre und seufzte tief. Er wusste nicht, was er darauf antworten sollte.

10

Die Nacht war eine magische Zeit. Eine Zeit für Geheimnisse, verbotene Verlockungen und in diesen Stunden, in denen die Dunkelheit herrschte und die Schatten lang und finster waren, konnte man alles vergessen, was einen belastete. Die Schatten fraßen es gierig und behielten es, gaben die düsteren Erinnerungen erst wieder im fahlen Licht eines neues morgens frei.

Dante half in diesen Zeiten vor allem die dröhnende Musik, die in seiner Brust vibrierte und durch seine Adern pumpte. Sie machte ihn taub und füllte ihn an bis zum Rand, berstend voll mit einem Rhythmus, dem man nicht entgehen konnte.

Der Club war gut besucht, wie immer eigentlich. Von der VIP-Lounge aus konnte er die wogenden Massen der Tanzenden beobachten, wie sie sich hingaben und alles vergaßen, was sie draußen, in der realen Welt quälen mochte. Es war eine glitzernde Scheinwelt aus bunten Lichteffekten und Rauch, perfekt oder weniger perfekt geschminkten Gesichtern, auffälligen Outfits und Augen voller Hunger und Versprechungen, die sich nicht immer erfüllten.

Ein Ort des Suchens und des Findens.

Er hatte keine Ahnung, warum er hierher gekommen war, beinahe schon einen Zwang verspürte, ins Auto zu steigen und zum Club zu fahren. Er trug noch immer seine dunkle Hose, das weiße Hemd, die obersten Knöpfe geöffnet.

Doch, er wusste es. Er belog sich selbst. Er hatte fliehen wollen.

Vor dem, was Jack ihm über den Kleinen erzählt hatte und vor der Erinnerung an Liams warmen Körper, der sich im Schlaf an seinen schmiegte.

Dante sah nur aus wie irgendeiner seiner reichen Gäste und sogar sein Sicherheitspersonal hatte ihn nicht auf den ersten Blick erkannt, als er ohne Anzug vortrat. Es war beinahe lächerlich, wie sehr er an seine edlen Kleidungsstücke gewohnt war und wie sehr ihn der gesamte Rest der Leute damit identifizierte.

Er trank einen Schluck von seinem Getränk, ohne zu wissen, was er sich bestellt hatte. Es schmeckte nach Rum und noch etwas anderem, aber es war zu unwichtig, um sich wirklich darauf zu konzentrieren. Das wievielte Glas war es? Das dritte? Er sollte auf jeden Fall nicht mehr selbst fahren.

Die Frau, die neben ihm auf dem Sessel saß, berührte seinen Oberschenkel mit schlanken, feingliedrigen Fingern an denen glitzernde, silberne Ringe funkelten. Er kannte ihren Namen nicht, aber sie folgte ihm schon seit er die Tanzfläche das erste mal betreten hatte. Eine schöne, kraftvolle Jägerin auf der Suche nach Beute. Ihre Haut hatte die Farbe von Milchkaffee und war so weich wie Seide. Sie flüsterte ihm die Dinge zu, die sie tun wollte, aber die Worte waren ihm egal. Er schob ihre

Finger fort. Er wollte ihr nicht geben, nach was ihre hungrigen Augen so verlangten, wollte nicht wissen, was die Bewegungen ihres Körpers ihm lockend versprachen. Ihre Augen waren sanft und braun und ihre roten Lippen baten ihn leise erneut, aber er schickte sie fort. Der Duft ihres Parfüms war zu schwer, zu aufdringlich und obwohl sie schön war und er noch nie ein Verächter schöner Frauen und allgemein von Schönheit gewesen war, begehrte er sie nicht.

Das, was er begehrte, konnte er nicht bekommen und dieses Gefühl war neu.

Oder besser gesagt: Er könnte, wenn er nur den Mut hätte, es sich zu nehmen, aber er hatte Angst.

Er trank seinen Rum aus und in seinem leeren Magen brannte der scharfe Alkohol, floss zusammen mit der Musik durch seinen Körper. Er wollte nicht an Liam denken, aber er konnte nicht anders.

Er entkam ihm nicht. Weder hier noch anderswo. Was sollte er mit jemandem tun, mit dem er nicht zusammensein konnte, den er aber auch nicht gehen lassen wollte? Er begehrte ihn. Aber er könnte ihn nicht glücklich machen. Er war schließlich Dante Lavall und langfristige Beziehungen gingen niemals gut aus, weder für die eine Seite noch für die andere. Liam aber brauchte jemanden, der ihm Glück, Liebe und Beständigkeit schenkte, damit seine Seele heilen konnte und da brachte Jack, dieser heuchlerische Arsch, ihn ausgerechnet zu ihm, Dante Lavall.

Er hätte lachen mögen, aber stattdessen sank er kraftlos in den Sessel in seiner VIP-Lounge. Er fühlte sich ausgehöhlt und krank.

Er musste wieder an Liams Worte denken. Sie

verfolgten ihn wie Gespenster, wisperten zu den ungünstigsten Zeitpunkten in sein Ohr, träufelten ihm die Versuchung in kleinen Dosen hinein, schwächten seinen Widerstand und malten ihm verlockende Szenarien aus.

Du wärst der Einzige, der mich berühren dürfte. Liams scheues, zaghaftes Lächeln und die Art wie er zu ihm hochschaute, betrunken und verlegen ...

Er tat das einzig Richtige.

»Noch einen Rum.«

...

Nick Lavall war mit Sicherheit vieles: Aufreißer, Kiffer, Künstler, Besitzer eines kleinen Bootes, miserabler und zu schneller Autofahrer, Halbbruder und selbst recht wohlhabender Geschäftsmann eines solchen, tätowierter Rüpel, wie Melly immer zu sagen pflegte, und neuerdings wohl auch noch Babysitter für seinen älteren Bruder, was allerdings tatsächlich mal eine Abwechslung war.

Er war allerdings vor allem eins nicht: Geduldig mit besoffenen Vollidioten.

»Okay. Also was zum Teufel ist los mit dir, dass du mich anrufst, statt irgendeinen deiner Angestellten?«

Dante saß neben ihm auf dem Beifahrersitz und schmollte. Er vertrug eben überhaupt keinen Alkohol, aber ganz offensichtlich hatte er sich heute so richtig die Kante gegeben. Sein Haar hing ihm wirr ins Gesicht, sein

Hemd stand offen und er hatte reichlich Lippenstift auf dem Kragen, der Wange und dem Ohr. Trotzdem sah er nicht einmal ansatzweise so zufrieden aus, wie er aussehen sollte, zumindest wenn man die Lippenstiftspuren begutachtete. Ein ekelhaft süßes Parfüm klebte an ihm. Vermutlich von der großzügigen Lippenstiftabdruckverteilerin.

»Sind nich` so zuverlässig wie du«, nuschelte er nur halb verständlich und Nick zog beide Brauen hoch. »Äh? Zuverlässig im Zusammenhang mit mir? Das ist eine Premiere.«

»Geht's ihm gut?« Dante warf ihm einen missbilligenden Blick aus zusammengekniffenen Augen zu. Er stank wie eine ganze Schnapsdestille und Nick kurbelte brummend das Fenster seines Wagens runter.

»Wem? Liam? Ausgezeichnet. Schläft sicher schon brav in deinem Bett.«

»Wieso in meinem?« Dante blinzelte und Nick bemerkte, dass seine Wangen sich noch etwas mehr röteten. Ach du Scheiße. Er seufzte schwer. »Weil der Kleine bis über beide Ohren in dich verknallt ist, eventuell? Sag mir nicht, dass du Hornochse das nicht bemerkt hast?«

Dante schwieg verbissen und ein paar betrunkene Clubbesucher torkelten lachend und lautstark vorbei. Sie standen noch immer auf dem Parkplatz unweit des Clubs. Dante schnaubte leise. »Ich bin nich` gut für ihn.« Es klang dumpf und düster. Nick bedachte ihn mit einem langen Blick. »Hast du dich deswegen total abgeschossen? Weil du denkst, du bist nicht gut genug?« Er fingerte eine Kippe aus seiner Zigarettenschachtel, entzündete sie und reichte sie an seinen Bruder weiter, der sie mit trägen

Bewegungen nahm, ehe er sich selbst eine ansteckte.

»Du weißt, Melly hasst es, wenn wir rauchen.«

»Ich weiß. Hat mich noch nie abgehalten.«

Dante brummte zustimmend und nahm einen tiefen Zug. »Hab ich lange nich` mehr gemacht«, murmelte er, während er dem Rauch nachsah, der aus dem offenen Fenster strömte.

Nick musste grinsen. »Ich weiß. Wir beide haben damals ja auch Gras geraucht wie die Schlote und als uns Dad erwischt hat, gab`s richtig Ärger. Heilige Scheiße. Das waren noch Zeiten.«

Dante lachte leise. »Weißt du noch, wie wir den einen Nachmittag in seiner Garage gekifft haben und er kam früher nach Hause und macht das Tor auf?«

Nick kicherte amüsiert. »Ich werde nie vergessen, wie er geguckt hat, als er uns beide da sitzen sehen hat, und wir haben noch versucht, die Blunts zu verstecken aber waren zu stoned, um es gebacken zu kriegen. Der ganze Qualm, der da rausgekommen sein muss ...«

»Mir tut immer noch der Arsch weh«, seufzte Dante wehmütig. »Er war ein toller Dad.«

»War er.« Nick seufzte und zog an seiner Kippe, stieß den Rauch seitlich aus. »Du machst dir zu viele Sorgen. Liam ist nicht aus Zucker, weißt du? Und er ist wirklich verknallt in dich. Man muss ihn nur ansehen, wenn er über dich redet. Und er ist ja nicht gerade ein Feuerwerk an Emotionen, wenn wir ehrlich sind.«

Dante schwieg und eine Weile beobachteten sie die spärlichen Passanten. Die Uhr im Armaturenbrett zeigte bereits halb vier Uhr morgens.

»Und wenn ich es versaue und ihn total unglücklich mache?« Dante sah zweifelnd zu Nick, der sich seine rote

Mähne zurückstrich. »Ist noch keiner an einem gebrochenen Herzen verreckt, oder? Ich kenne dich. Du bist kein Arschloch. Nicht zu ihm.« Er grinste ihn schief an. »Hat mich von Anfang an misstrauisch gemacht.«

Dante zog an der Kippe und starrte nach draußen, auf die leeren Straßen. »Melly hat für ihn gebacken.«

Er spürte Nicks skeptischen Blick. »Echt? Dann muss sie ihn ja ziemlich mögen. Mir hat sie nie was gebacken. Nur mal eins mit der Bratpfanne übergebraten.«

»Das hattest du auch verdient. Was steckst du auch diesen künstlichen Finger in den Mixer und kippst Ketchup dazu?«

Nick brummte eingeschnappt. »Das war Halloween, okay? Und meine Schreie klangen verdammt echt. Hab mir Mühe gegeben!«

»Na, danach hattest du jedenfalls einen echten Grund, um zu schreien.« Dante grinste ihm zu und Nick startete seufzend den Wagen. »Die alte Hexe«, murmelte er. »Ich sollte mal wieder zu Besuch kommen.«

Dante schnippte träge die Kippe aus dem Fenster. »Und wegen solcher bekloppten Gespräche rufe ich eben dich an und nicht irgendeinen Angestellten. Bruder ist eben Bruder.«

»Du hast ja auch den besten!«

»Du meinst den bekloppsten.«

»Das auch.«

Dante grinste ihm zu. »Ich hoffe, deine Fotostrecke ist endlich fertig«, mahnte er undeutlich. Ihm war kalt in der Klapperkiste, die keine Heizung und keinen Komfort besaß. Und unbequem war sie noch dazu. Nick grinste verschmitzt und zwinkerte, während Dante eindöste.

»Du wirst sie lieben.«

Ihm war gar nicht klar gewesen, wie viele Treppen es in seinem Haus gab. Die Entscheidung, keinen Fahrstuhl einzubauen, weil ihn das so »fitter« halten würde, bereute er allerdings ziemlich.

Allerdings war er ja normalerweise auch nicht betrunken und er schlich sich auch nicht zu einer derart frühen Stunde in sein eigenes Schlafzimmer.

Nur, um es dann leer vorzufinden.

Nick hatte behauptet, Liam würde schon friedlich in seinem Bett schlummern, aber sein betrunkenes Hirn mokierte sich über diese empörende Lüge. Er schürzte die Lippen und schwankte. Sein Gleichgewichtssinn war beeinträchtigt, aber er hatte es immerhin bis nach oben geschafft. Da er den Lichtschalter nicht fand, tastete er sich an der Wand entlang, bis zu Liams Zimmer. Er musste ihn einfach sehen.

Sehen, dass es ihm gut ging und er wirklich friedlich schlief.

Laut Nick stank er wie ein Iltis nach billigem Parfüm und Schnaps, aber so schlimm konnte es gar nicht sein. Oder? Vermutlich war es das doch, aber das konnte er jetzt sowieso nicht ändern.

Er drückte die Türklinke so leise wie möglich und öffnete. Trübes Morgengrau lag im Raum und er sah sich Liams weit aufgerissenen, erschrocken Augen gegenüber. Er hatte nicht damit gerechnet, dass er wach war. Oder war er so laut gewesen?

»Entschuldige. Ich wollte nur nach dir sehen.« In seinen eigenen Ohren klang das wie die Ausrede eines bekloppten Stalkers, aber das war er ja vermutlich auch irgendwie.

Liams bleiches Gesicht sah erschöpft aus und als hätte

er noch gar nicht geschlafen, sondern wach gelegen und gewartet. Auf ihn? Unschlüssig wartete Dante ab und kam sich dumm vor.

»Du bist betrunken. Ich kann es sogar von hier riechen.« Es klang vorsichtig und auf der Hut, als wäre Dantes Zustand unberechenbar. Er schämte sich plötzlich aus tiefstem Herzen. Was musste er nur denken? Seine Tante Jane war ja ebenfalls immer voll gewesen. Und dann hatte sie ihn verprügelt.

»Entschuldige. Ich gehe jetzt, okay? Ich wollte nur sehen, ob es dir gut geht.«

Liam starrte ihn abwartend an. »Es geht mir gut.« Seine Stirn legte sich in sachte Falten, während er den Schwankenden musterte. »Geht es dir auch gut?« Er vergaß sogar die förmliche Anrede, was Dantes besoffenes Hirn eine Sekunde lang vor Freude ausrasten ließ. Er unterdrückte das Grinsen, das sich auf seine Lippen schleichen wollte.

Dante überlegte, was gar nicht so einfach war. Erleichterung und Scham schlugen wie Wellen über ihm zusammen und er hätte sich am liebsten auf den Boden gesetzt und geweint.

»Keine Ahnung. Ich gehe jetzt auch wieder. Gute Nacht.« Er trat einen taumelnden Schritt aus der Tür und schloss sie dann vorsichtig. Sein Magen fühlte sich komisch an. War der Teppich schon immer so beige gewesen? Schweren Schrittes bewegte er sich, immer schön an der Wand entlangtastend, zu seinem eigenen Schlafzimmer. Er hatte ziemlich Mühe, sich aus seinen Sachen zu schälen, aber er schaffte es irgendwie und krabbelte nackt und zitternd unter die Decke. Ihm war kalt und hundeelend.

Melly würde ihm morgen garantiert Vorhaltungen machen. Zu recht.

Alles schien sich zu drehen und er bereute, so viel getrunken zu haben. Aber jetzt war es zu spät. Nick war der Trinkfeste von beiden, der schon immer saufen konnte wie ein Loch, ohne es am nächsten Tag übermäßig zu bereuen.

Er hörte, wie sich die Tür öffnete, aber er lag so bequem auf der Seite, dass er sich nicht umdrehen wollte. Die Matratze sank ein kleines Stück ein und warme, zögernde Hände schmiegten sich an seinen Rücken, ehe Liams schlanker Körper folgte. Dante wurde plötzlich bewusst, dass er vergessen hatte, sich etwas anzuziehen. Mist.

»Ich habe mir Sorgen gemacht.« Liams Stimme klang leise und schüchtern und er konnte seinen Atem an der Haut spüren, ehe der Kleine seine Stirn sanft gegen seinen Rücken drückte. »Melly sagte, dir ginge es nicht gut. War es, weil ich mit Nick unterwegs war?«

Dantes Herz zog sich zusammen. »Nein. Ich war nur ein bisschen niedergeschlagen. Aber jetzt geht es mir wieder gut.« Er log, aber wenn er ihm die Wahrheit sagte, sprang der Kleine noch aus dem Fenster. Vielleicht irrte sich Nick und Liam war nicht in ihn verliebt. Und was dann? Scheiße, was tat er überhaupt? Er lag nackt mit einem Minderjährigen im Bett und war noch dazu stockbesoffen.

»Dante?«

Er schloss gequält die Augen. Warum nur klang seine Stimme so sanft und bittend, dass er alles für ihn tun würde?

»Ja?«

Liam schwieg einen Moment, als zögerte er. Dante biss

sich auf die Lippen, als er seinen warmen Mund an der Schulter spürte. »Kann ich heute Nacht hier schlafen?«

»Obwohl ich vermutlich ziemlich stinke und betrunken bin? Von der Nacht ist auch nicht mehr viel übrig ...« Er musste unwillkürlich lächeln.

»Ist mir egal. Hauptsache du bist da.«

Dante fühlte in diesem Moment, wie sein Herz Liam regelrecht zuflog. Er hatte nicht die Kraft, ihn wegzuschicken, obwohl das besser für sie beide gewesen wäre. Es wäre richtig gewesen, aber er konnte es nicht. Er wollte es auch gar nicht, wie er sich eingestehen musste. Es war die Wahrheit. Er war derjenige, der bis über beide Ohren verliebt war und die Erkenntnis traf ihn plötzlich und unerwartet.

Mit weit geöffneten Augen lag er da, wagte nicht, sich zu rühren, und fragte sich, wann um alles in der Welt das bloß passiert war? Es war ihm bislang nicht klar gewesen, aber es machte Sinn. Oder? Und was sollte er jetzt tun?

Liams warme Hand tastete sich sacht vor, glitt streichelnd zu seiner Brust. Ein leises Seufzen erklang, als er sie flach an seine Haut legte und knapp über Dantes Herzen ruhen ließ. Dante konnte spüren, wie Liams Wange sich an seine Schulter schmiegte. Sein helles Haar kitzelte ihn so zart, kaum der Hauch einer Berührung.

Sein Herz pochte heftig und schwer in seiner Brust, während der Kleine an seinem Rücken langsam in friedlichen Schlummer glitt.

Er musste daran denken, was Jack ihm zu seinen Schlafgewohnheiten gesagt hatte:

»Er schläft nie wirklich fest, hat quasi immer ein Auge offen und wenn er kann, schließt er immer die Tür ab. Ich habe ihn noch nie wirklich ruhig schlafen sehen. Er musste bislang immer damit rechnen, aus heiterem Himmel einen Wutausbruch seiner Tante abzubekommen. Sie scherte sich nicht darum, ob es mitten in der Nacht war und der Junge am morgen zur Schule musste. Wenn sie ihn schlagen wollte, tat sie es.«

Dante schloss die Augen und legte sacht eine Hand auf die an seinem Herzen. Er verwob seine Finger mit Liams, während er der Morgendämmerung zusah und der warme Atem des Träumenden regelmäßig seinen Rücken streifte.

Liam schenkte ihm sein ganzes Vertrauen, alles, was er aufbringen konnte. Er konnte nur hoffen, dass er ihn nicht enttäuschen würde.

Als er gegen Mittag aufwachte, verkatert und wie gerädert, war der Kleine weg und die Seite des Bettes, auf der er fest an ihn geschmiegt geschlafen hatte, längst kalt.

Eine dunkelblaue Anemone lag statt ihm auf dem weißen Laken.

11

»Nimm noch einen Pfannkuchen!« Melly strahlte Liam regelrecht an, der jedoch zunächst wortlos vollauf damit beschäftigt war, den kleinen Berg von bereits auf seinem Teller liegenden Köstlichkeiten mit Ahornsirup und frischen Erdbeeren zu verschlingen. Eigentlich war er längst satt, aber Mika vom Hauspersonal, der für die Elektrik und die technischen Aspekte des Anwesens zuständig war, hatte ihm verraten, dass man besser ausnutzen sollte, wenn Melly in Backlaune war. Das kam nämlich nur alle paar Jahre vor, oder wenn jemand Geburtstag hatte. »Also hau rein!« Mika stammte eigentlich aus Polen und war so dünn und schlaksig wie man nur sein konnte, aber Liam mochte seinen Humor und seine frechen Sprüche, wenn er sich mit den beiden Hausmädchen kabbelte. Elena und Vanessa reinigten das komplette Anwesen, wobei sie sich etappenweise vorarbeiteten und dabei nie müde oder gereizt aussahen. Liam hatte erfolglos versucht sie davon abzuhalten, auch sein Zimmer auf Hochglanz zu bringen. Vanessa, die jüngere der Beiden, hatte nur gelacht. »Das ist unser Job. Also lass mich meine Arbeit machen.«

Mittlerweile war Liam seit gut zwei Wochen bei Dante angestellt und kannte die Mitarbeiter, die sich um das Haus oder mit um die Geschäfte kümmerten. Er hatte sich schon mit den Gärtnern über verschiedene Pflanzenarten ausgetauscht und erfahren, dass Dante ein paar seltene Zierkirschen besaß, ebenso wie eine seltene und besonders schöne Seerosenart. Er hatte von den beiden Männern auch gelernt, dass jede Blume eine besondere Bedeutung hatte und man nicht zu jedem Anlass jede Blume schenken konnte.

Mittlerweile hatte er sich auch an sein Handy gewöhnt und daran, manchmal sechs Tage zu arbeiten, wenn es erforderlich war. Es störte ihn nicht wirklich. Die Stammkunden, die er bislang getroffen hatte, kannten ihn inzwischen beim Namen und er organisierte Termine, Veranstaltungen oder gab Informationen an Lavall weiter. Außerdem hatte er das Privileg, neue Kunstgegenstände, die in Lavalls Besitz übergegangen waren, als einer der ersten zu sehen. Er genoss es, über die Aussage eines Bildes mit Dante zu sprechen, und fand es erstaunlich, dass er seine Meinung schätzte.

Wenn der Arbeitstag für sie begann, war Dante für ihn nur Mister Lavall, sein Arbeitgeber. Der gut gekleidete, meist freundliche Mann, der viel unterwegs war und jede Menge Leute traf. Inzwischen absolvierte Liam sogar die morgendliche Trainingsrunde an seiner Seite. Eine Pause gab es nur, wenn sie am Schrein haltmachten, um Räucherstäbchen zu entzünden.

Nachts ging zwar jeder in sein eigenes Zimmer, aber ab und an schlich sich Liam dennoch zu ihm rüber. Manchmal, weil er nicht schlafen konnte, und manchmal, weil er ihn einfach sehen wollte. Es kam vor, dass Dante ihn gar nicht bemerkte und er ihn in Ruhe ansehen konnte. Manchmal wachte er auf und zog ihn an sich wie selbstverständlich. In solchen Momenten spürte Liam das Pochen seines eigenen Herzens und fühlte sich, als wäre es wie Nick gesagt hatte und als gehörte er Lavall. Bei Tageslicht konnte er es nicht zugeben, aber in der Dunkelheit der Nacht, wenn er sich an ihn schmiegte und Dante seine Arme um ihn legte, wünschte er, es wäre so und er gehörte nur ihm.

Er hatte die Blumendekoration im Haus inzwischen fest im Griff und legte nach jeder Nacht, die er an Dante gekuschelt schlief, eine andere Blume auf das Laken.

Er fand sie meist am nächsten Tag, sorgfältig in einer schmalen, gläsernen Vase auf seinem Nachtschrank stehend. Sie standen für all die Worte, die er ihm nicht sagen konnte. Sie waren fest in seiner Brust verschlossen, zusammen mit all den Wünschen und Träumen, an die zu glauben er noch nicht bereit war, es vielleicht nie sein würde.

Melly lächelte, während sie Liam beim Essen zusah. Das Radio lief und spielte ein paar moderne Pop-Songs, die sich für Liam alle gleich anhörten und deren Tiefgang nicht sonderlich ausgeprägt war, was den Text betraf. »Dante und Nick haben früher auch immer wie die Wölfe geschlungen, als sie noch klein waren.«

Liam sah zu ihr hoch und kaute mit vollen Backen, die sich leicht röteten. »If flinge doff gar nift«, versuchte er, sich zu verteidigen, obwohl er wusste, dass er genau das tat. Aber er liebte ihre Pfannkuchen. Sie waren weich, fluffig und unwiderstehlich. Die frischen Erdbeeren, die sie extra für ihn klein schnitt und der aromatische, dunkle Ahornsirup machten daraus eine kalorienreiche

Dekadenz und ohnehin war Melly ja der Meinung, er brauche »mehr Fleisch auf den Rippen«, wozu auch immer.

Melly lachte nur. Sie kochte inzwischen fast jeden Tag für ihn, zwang ihnen zumindest ein reichhaltiges Frühstück auf und pfiff auf Dantes Termine.

»Es wird gegessen oder es war das letzte Mal, dass ich koche!«, drohte sie, wenn Dante grummelnd eigentlich nur einen Kaffee hatte trinken wollen. Er widersprach nicht und Liam beobachtete amüsiert, wie sich die beiden giftige Blicke zuwarfen, während Dante ihr Essen in Rekordzeit verschlang.

»Wegen dir werde ich noch fett!«, maulte er dann, wenn sie ihm Rührei und Speck vorsetzte. »Du willst, dass ich an einem Herzinfarkt sterbe, was?«

»Das ist nur gutes Fett«, konterte sie dann grinsend. »Und du bist noch nicht einmal dreißig, das verbrennst du doch mit links!«

Liam leckte sich die Lippen, während er seine Pfannkuchen runterschluckte und eine klein geschnittene Erdbeere auf der Gabel aufspießte. »Wie waren die beiden denn als Kinder?« Er hatte sich bislang nie wirklich zu fragen getraut und kannte nur wenig aus Dantes und Nicks Leben. Er wusste inzwischen, dass sie sich selbst als Brüder betrachteten, aber eigentlich Halbbrüder waren, die den gleichen Vater hatten. Man würde das nicht vermuten, so ähnlich sahen sie sich. Sie waren adoptiert worden, als Dante acht und Nick sechs Jahre alt war.

Melly zog beide Brauen hoch und stützte die Hände in die breiten Hüften. Sie trug ein schulterfreies Oberteil und einen voluminösen Rock, der um ihre Beine schwang, wenn sie sich bewegte. Sie stand seit Jahrzehnten im

Dienste der Lavalls und hatte bereits unter Dantes und Nicks Adoptivvater gearbeitet. Die Mitarbeiter galten schon für Richard als Familie und diese Einstellung gab er auch seinen Söhnen weiter. Melly war für alle eher eine Mutter, die sich um alles kümmerte und jeden in Schach hielt, als die Haushälterin, die das Personal einteilte, für das leibliche Wohl sorgte und sich um Lebensmittelbestellungen und alles weitere kümmerte.

»Die waren richtige Satansbraten, alle beide! Nur Flausen im Kopf und wild wie die Tiere. Die musste man erstmal zähmen, als Richard die hier angeschleppt hat.«

Liam schob sich das Stück Erdbeere in den Mund und sah aus dem Augenwinkel Dante, der eine legere Stoffhose und ein schlichtes, weißes Hemd trug, dessen Ärmel er hochgekrempelt hatte. Er zwinkerte Liam zu, während er sich lässig in den Türrahmen lehnte. Melly sah ihn nicht, da er hinter ihr stand und eine Grimasse schnitt, als sie weiterredete.

»Diese kleinen Teufel. In der ersten Woche haben sie sich den Spaß erlaubt und sämtliche Schuhe im Haus miteinander verknotet, so dass man eine ganze Bagage an Schuhen hatte, die niemand anziehen konnte! Die Knoten waren so fest gezurrt, dass wir sie mit einer Schere lösen mussten.« Melly schnaubte, als sei sie immer noch erbost darüber. »Was für ein Theater! Niemand konnte zu dem wichtigen Ball gehen, den Lavall höchst selbst gab, weil keiner funktionierendes Schuhwerk hatte! Nicht einmal mich haben sie verschont. Aber meine hatten keine Schnürsenkel, also haben sie meine wunderschönen, nagelneuen Pumps einfach mit Sekundenkleber an die Küchendecke geklebt.«

Liam erstickte fast an seiner Erdbeere, als er lachen

musste. Er hustete breit grinsend und sah Dante hinter Melly, der ihm einen langen Blick zuwarf. Das Grau seiner Augen wirkte unergründlich, aber der Ausdruck auf seinen Zügen war sanft.

Liam spürte, wie sein Magen flatterte, wenn er ihn so ansah. Dieses Kribbeln, das durch seinen ganzen Körper zu fließen schien und ihn nervös machte. Er machte ein unschuldiges Gesicht, als Melly ihn tadelnd ansah.

»Das waren meine ersten Louis Vuittons, Bürschchen! Die waren schweineteuer und wunderschön, aber danach waren sie völlig ruiniert!«

Liam nickte mit großen, unschuldig wirkenden Augen, während er sich ein Stück Pfannkuchen abschnitt. »Das war sicher furchtbar«, säuselte er verständnisvoll, während er registrierte, dass sich Dante vor Lachen krümmte. Er presste die Faust vor seinen Mund, während Melly nichts ahnend noch immer Liam beäugte und nichts von dem Amüsement ihres Chefs mitbekam. Liam schlug die Augen nieder und versuchte sich auf sein Essen zu konzentrieren, um nicht erneut lachen zu müssen.

»Na, jedenfalls durfte ich dann den Tag noch mehrere Dutzend Schnürsenkel einkaufen gehen und musste mir dämliche Fragen von Verkäufern gefallen lassen, wofür um alles in der Welt ich denn so viele Schnürsenkel bräuchte, wenn ich doch keine Schuhe kaufen wolle?«

Dante hielt es nicht mehr aus. Er platzte regelrecht vor lachen und hatte Mühe, sich auf den Beinen zu halten. Melly fuhr empört zu ihm herum und schlug nach seiner Schulter, als sie begriff, dass er gelauscht hatte. »Du unmöglicher Mann! Wie lange stehst du da schon und lachst mich aus?!« Sie deutete mit einem Finger auf Liam, der eilig seine Pfannkuchen in sich hineinstopfte. »Und du, du hast nichts gesagt, obwohl du es wusstest! Du bist genau so ein frecher Kerl wie er! Oh, na wartet!« Melly lachte ausgelassen, während Dante keuchend vor ihr und ihren mehr als laschen Schlägen flüchtete. »Ihr kriegt keine Pfannkuchen mehr, die ganze Woche nicht! Ihr seid beide furchtbar!«

Liam flüchtete mit einem hektischen und mehr als undeutlich genuschelten »Danke für das Frühstück« aus der Küche, ein breites Grinsen auf dem Gesicht, während Dantes und Mellys ausgelassenes Lärmen durch die Gänge hallte. Situationen wie diese kamen nicht oft vor, aber wenn, dann flüchtete Liam nach einiger Zeit. Es war ein bisschen, als ob sein Herz so viel Freude und Glück nicht ertragen konnte. Er wollte nicht, dass sie ihn weinen sahen, so wie jetzt. Sie würden es falsch verstehen und er würde damit den Moment ruinieren.

Er weinte nicht, weil er traurig war, sondern weil die Dankbarkeit, die er empfand, ihn überwältigte. Die Tür in seinem Rücken fühlte sich kühl und tröstlich fest an, während er sich auf den Boden sinken ließ, das Gesicht in den Händen vergraben.

Er war dankbar für die Zeit, die er hier verbringen durfte. Für diese Momente voller Freundlichkeit und Herzlichkeit, die man mit ihm teilte. Noch nicht eine einzige Person hatte ihn jemals gefragt, wer er war oder woher er kam, seit er hier arbeitete und wohnte.

Sie akzeptierten ihn einfach. Auch, dass er selten lachte und noch seltener lächelte, nahmen sie hin, ohne auch nur mit der Wimper zu zucken oder ihn mit Fragen zu löchern. Er fühlte sich nicht ausgeschlossen, sondern als Teil von etwas, von einer richtigen Gemeinschaft. Dieser

Gedanke machte ihm Angst, denn zugleich nährte er in ihm die Hoffnung, dass es vielleicht doch so etwas wie ein Happy End für ihn geben konnte.

Es klopfte leise an seine Tür und er wischte hastig die Tränen fort, während er sich aufrichtete. »Ja?«

»Liam? Ist alles in Ordnung?« Dantes Stimme klang dumpf und besorgt.

Liam seufzte leise und schmiegte seine Wange an die Tür. Inzwischen wusste er, dass Dante nahezu alle Dinge im Haus, die aus Holz bestanden, selbst angefertigt hatte und er fühlte sich auf seltsame Weise von diesem Gedanken beschützt. Als wäre Dante immer da, weil diese Türen, Möbelstücke und Bettpfosten immer da waren, auch, wenn er gerade für ein Meeting außer Haus war und Liam nicht mitgenommen hatte, was jedoch ohnehin selten vorkam. Er nahm ihn sogar zu den banalsten Anlässen mit. Sogar zum Zahnarzttermin, obwohl Liam den Verdacht hatte, dass sich Dante einfach nur vor dem buckligen, grauhaarigen Mann mit dem mürrischen Wesen und dem Gesicht einer Bulldogge fürchtete.

»Mir geht es gut, ja.« Er schloss die Augen und konnte fühlen, dass sich Dante auf der anderen Seite ebenfalls gegen die Tür lehnte. Er hörte das Lächeln in seiner Stimme.

»Hat dir Melly schon von den gruseligen Sachen erzählt, die angeblich im Haus vorgehen? Du musst sie unbedingt mal danach fragen. Danach kannst du vermutlich nie wieder schlafen, so wie ich.«

Liam lächelte, was so einfach war, wenn es niemand sehen konnte. »Dafür, dass du nie schläfst, schnarchst du aber ziemlich laut«, entgegnete er schnippisch.

Er hörte Dantes leises Lachen und ihm war, als zerspringe sein Herz vor Zuneigung.

»Im Gegensatz zu dir boxe ich niemanden in die Rippen.«

»Dann hattest du es wahrscheinlich verdient.«

»Unerhört!« Dante lehnte seine Stirn gegen die Tür und lächelte erleichtert. Er hatte den Kleinen noch nie lachen hören, nur von Melly und einem der Gärtner, Kyle, gehört, dass Liam sich derart emotional gezeigt hatte. Es selbst zu hören und zu sehen war unbeschreiblich. Er wünschte, er könnte ihn ebenfalls zum Lachen bringen, aber jetzt gerade wünschte er sich vor allem, ihn zu küssen. Er quälte sich schon die ganze Zeit mit diesem Wunsch, seit er die erste blaue Anemone auf seinem Laken gefunden hatte.

Die Blume war eine seiner Lieblingsblumen und stand für die Bereitschaft, auf den, den man liebte, zu warten. Er fragte sich, ob Liam sie extra danach ausgesucht hatte.

Generell fand Dante jedes mal eine weiße Rose auf dem Laken vor, wenn Liam am Tag zuvor der Meinung war, er hätte etwas falsch gemacht. Egal, wie sehr er ihm das auszureden versuchte. Es war eine süße, unschuldig wirkende Geste, hinter der er jedoch mehr vermutete.

Mit ihm in einem Bett zu schlafen war einerseits seltsam, andererseits war er regelrecht enttäuscht, wenn er eine oder mehrere Nächte nicht zu ihm kam. Er wartete mittlerweile schon richtig auf ihn und egal wie früh er auch aufwachte, Liam war dann bereits fort. Verschwunden wie der zarte Morgennebel bei den ersten Sonnenstrahlen.

»Übrigens hat Salazar eine förmliche Einladung geschickt. Seine Tochter, Catrina, läd dich zum

Geburtstag ein.« Liam hatte den burgunderfarbenen Kuvert schon gestern aus der Post gezogen, aber als er den Absender las und den Inhalt des Briefes, wurde sein Herz schwer. Es war nicht immer schön, wenn er für Lavall die Post sortieren musste.

Dante schwieg lange. »Und? Willst du hin?« Seine Stimme klang, als verdrehte er die Augen dabei und Liam presste kurz die Lippen zusammen.

»Sie haben dich eingeladen. Allein.«

»Stand da »allein« explizit?« Dante musste lächeln, als er Liams Widerwillen heraushörte.

»Nein.«

»Na also. Wenn du nach Asturien willst, fahren wir.« Er hatte keine Lust auf Catrina und ihren Vater. Er wusste ja, was die beiden vorhatten. Aber wenn Liam nach Asturien wollte, dann würde er mit ihm dorthin reisen. Kontakte zu Kunden zu pflegen war ja nicht das Schlimmste und außerdem konnte er sich immer noch mit geschickten Worten und Ausflüchten herauswinden, falls Catrina oder ihr Vater allzu konkrete Wünsche äußerten.

Die Tür öffnete sich einen Spalt und ein grünes Augenpaar blinzelte ihn an. »Versprichst du, dass du dich nicht von ihnen als Hochzeitsgeisel nehmen lässt?«

Dante bedachte Liams Gesicht, das zu ihm hochblickte, mit einem langen, ungläubigen Lächeln. »Ist *Hochzeitsgeisel* überhaupt ein richtiges Wort?« Seine Züge waren so klar definiert und so markant, ohne hart zu wirken. Die glatte, helle Haut war makellos und wirkte wie Porzellan statt Fleisch. Eine helle Braue zog sich spöttisch hoch.

»Du weißt, was ich meine.«

Er liebte den Klang seiner Stimme und wie ernst er ihn

ansah, wenn er ihm ein Versprechen abzuringen suchte, was er nicht oft tat. Er hätte ihm alles versprochen, was er von ihm wollte.

»Ich will sie nicht heiraten.« Er verkniff sich jeden weiteren Zusatz und erwiderte Liams Blick, wollte am liebsten in dem Grün seiner Augen ertrinken, deren goldene Sprenkel leuchteten wie Münzen in einem von Moos bedeckten Wunschbrunnen.

»Ich will auch nicht, dass du sie heiratest.« Liam atmete zitternd aus. Die Art, wie Lavall ihn ansah, brachte seinen Puls zum Rasen. Dante lächelte ihm zu und Liam konnte sehen, wie er mit sich rang und eigentlich noch mehr sagen wollte. Zumindest schien es so, wie er an den unruhigen Bewegungen seiner Hände ablesen konnte, mit denen er sich durch das Haar fuhr, ehe er sie in die Hosentaschen schob. Das tat er immer, wenn er nervös war, so wie jetzt.

»Dann fahren wir.«

»Okay.«

Der Gestank war schon aus einiger Entfernung wahrnehmbar gewesen. Die halb verfallene Hütte von Jane war den Ordnungshütern der Stadt ja nicht unbekannt gewesen, aber man hatte mehr zu tun, als sich um eine drogensüchtige Teilzeithure zu kümmern, die zusammen mit dem Albino da draußen wohnte, wo man nicht einmal tot über den Zaun zu hängen gedachte, wie es unter den Polizisten scherzhaft hieß.

Aber als sie routinemäßig bei der alten Säuferin vorbeischauten, war ihnen gleich klar, dass die Gute wohl nicht mehr sehr gesprächig sein würde.

Der Prozess der Verwesung, mit all seinen chemischen Reaktionen, die das Fleisch auflösten, es verfallen und vergehen ließen, barg eine morbide Faszination. Der Tod hatte unendlich viele Gesichter und Facetten, viele Stufen, die alle ihren eigenen Charakter hatten, bis ganz zum Schluss nur noch die Gebeine selbst blieben, wenn alles andere fort war. Es war erstaunlich und im selben Maße war es grauenerregend. Es war egal, wie oft man in seinem Berufsleben als Polizist schon Leichen gesehen hatte, der Anblick wurde nie wirklich alltäglich. Und jeder einzelne Tote erinnerte einen immer wieder daran, dass man selbst irgendwann so endete.

Der Schauplatz des Doppelmordes war an diesem heißen Tag und den vergangenen Tagen von vielen Lebenden besucht worden.

Mehreren Polizisten, darunter einem Jungspund, der sich würgend übergab, einem Gerichtsmediziner, den Jungs vom Bestattungsinstitut, die die Leichen abholten und die schweigsam und ernst waren, und natürlich dem ganzen Rest. Spurensicherung, Tatortreiniger, was man eben so brauchte, um wieder halbwegs Ordnung in all das Chaos zu bringen und das Rätsel zu lösen.

Jane war schon einige Zeit tot gewesen. Sie hing ausgeweidet wie ein Schwein in dem, was einmal ihr Wohnzimmer gewesen war, mit den Armen über dem Kopf, gefesselt an große Haken, die jemand extra für diesen Zweck in der Decke befestigt hatte.

Es gab nur zwei Nachbarn, die ihre Schreie und das Kreischen hätten hören können. Aber der eine, der alte Mann war taub und blind, offensichtlich keine Kugel wert, und der andere Nachbar lag erschossen auf seinem abgewetzten Sofa, noch in seinem Pyjama, einen Hausschuh noch am Fuß, die eine Hand in der Ritze des Möbelstücks, da, wo er seine Handfeuerwaffe versteckt hatte, die er aber nicht mehr erreicht hatte, als jemand sein Leben beendet hatte. Mit drei Schüssen in die Brust.

Es gab keine Zeugen. Niemand hatte etwas gesehen, niemand etwas gehört. Jane hatte keine Familie oder Freunde gehabt, von denen jemand etwas wusste oder deren Namen man kannte.

Der Albino war allerdings weg. Es fand sich kein Hinweis darauf, dass er es gewesen sein könnte und von dem Wenigen, was die Polizei wusste, war er kaum in der Lage dazu. Weder körperlich noch mental.

Man nahm an, dass er abgehauen war und niemand konnte es ihm verübeln. Jane galt nicht gerade als Sonnenschein und ihre Erziehungsmethoden hatten alles andere als viele Befürworter gefunden. Aber die meisten Menschen waren zu gleichgültig und zu feige, um sich einzumischen und in einer kleinen Stadt wie dieser fielen jede Menge Leute durch das soziale Netz, wurden familiäre Probleme wie Kindesmisshandlung und häusliche Gewalt hingenommen, als wäre das ganz normal.

Die Menschen waren zu gefangen in ihren eigenen kleinen Dramen, um großartig nach links oder rechts zu schauen. Wenn man sich einmischte, bekam man oft selbst noch zusätzlichen Ärger und wer wollte das schon?

Mit einer hohen Arbeitslosenquote, kaum Perspektiven und geringem Einkommen, wenn überhaupt, sowie einer brodelnden Drogenquelle, deren Ursprung die Polizei gar nicht so sehr erpicht darauf war, ihn zu finden, erstaunte es niemand, wenn ein Halbwüchsiger verschwand, um sein Glück andernorts zu suchen. Er war nicht der erste Teenager, der von Zuhause abhaute und ganz sicher war er nicht das erste Adoptivkind, das ausriss.

In all dem Dreck und dem Elend, das einmal Janes Zuhause gewesen war, fiel niemandem auf, dass sich eine helle, rechteckige Stelle auf dem Kühlschrank befand.

Jemand hatte den Zettel mitgenommen, der dort jahrelang unberührt gehangen hatte.

Jemand war ganz und gar nicht uninteressiert an Janes familiären Umständen und ihrer Verwandtschaft und hatte nicht nur einen Namen, sondern auch eine Telefonnummer.

»Hallo Jack.«

Die Stimme am anderen Ende der Leitung kam Jack alles andere als bekannt vor und seine Stirn legte sich in Falten, während er durch die Glaswände seines Büros hindurch das Geschehen in der Kanzlei betrachtete. Anwälte und ihre Gehilfen in Anzügen und schicken Kostümen eilten vorbei, trugen Unterlagen von einem Ort zum anderen oder telefonierten hektisch. Manche plauschten knapp miteinander und er sah Karen, eine der neuen Gehilfinnen, mit einem der alteingesessenen Anwälte flirten. Verdammtes Miststück. Er hatte ihr doch gerade das verboten. Beziehungen zu Kollegen waren nicht gerngesehen und führten zur Entlassung. Dabei hatte sie sich so verständnisvoll gezeigt.

»Wer ist da?« Ein ungutes Gefühl schlich sich in seine Magengegend. Er hatte schon öfter mit unzufriedenen Klienten zu tun gehabt und ganz sicher war er nicht gerade beliebt bei den Klienten der Gegenseite, denen er ordentlich die Zukunft verhagelt hatte, aber dieses Mal fühlte es sich anders an.

»Liebste Grüße von Jane. Sie lässt ausrichten, dass sie sich eine kleine Auszeit nimmt.« Die Stimme klang mitleidlos und kalt wie Gletscherwasser. Eine unheilvolle Zufriedenheit lag darin und er konnte den Mann lächeln hören. Jacks Nackenhaare richteten sich auf.

»Was ist mit Jane? Wer sind Sie?« Ihm wurde übel und seine Hände begannen zu zittern. Das hier war kein Klient, das war ihm klar. Das hier war viel schlimmer.

»Jane ist nicht mehr wichtig, Jack. Sie hat's hinter sich. Aber wir beide sollten uns mal auf einen Kaffee treffen.« Der Mann lächelte noch immer, das konnte er hören. »Die gute Jane hat nämlich Schulden bei mir. Und die hat sie dir, nun ja, vererbt, so wie ich das sehe.«

Jack saß da wie erstarrt. Er schluckte hektisch und konnte die bittere Galle aufsteigen fühlen, die seine Speiseröhre hochkroch. »Ich weiß nicht, wovon Sie reden!«

»Dann werde ich konkreter. Entweder, ich bekomme mein Geld, oder ich weide dich bei lebendigem Leib aus, so wie deine kleine Schwester. War das jetzt deutlich genug? Oh, und eine Sache hätte ich ja fast vergessen.« Der Mann lachte leise und unheimlich. »Wenn du es nicht in bar hast, kannst du mir auch den kleinen Albinobastard geben. Weißt du, Jack«, ergänzte er dann mit beinahe sanfter Stimme, »es ist mir egal, wer von euch beiden bezahlt. Aber einer von euch beiden wird bezahlen. Du kannst entscheiden, ob du dich heldenhaft opfern willst, oder ob du das Balg über die Klinge springen lässt. Ich meine, er ist ja nicht einmal von deinem Blut. Ich würde nicht lange fackeln, Jack. Du hast eine Woche.«

Der Unbekannte legte auf und Jack erbrach sein Frühstück auf den sauberen grauen Teppich, während seine Gedanken sich überschlugen und Panik sein Herz rasen ließ. Die Brust wurde ihm eng und seine Sicht unscharf.

Er hörte Karen panisch kreischen, als er vornüberkippte und dann wurde alles schwarz, löschte den unbarmherzigen Schmerz in seiner Brust aus.

12

Liam starrte aus dem kleinen Fenster des Flugzeugs, während er seine feuchten Handflächen am Stoff der Hose trockenrieb. Lavall neben ihm schmunzelte über den stetigen Wechsel von Angst und Faszination, der sich auf Liams Zügen widerspiegelte.

»Ich bin noch nie geflogen. Es ist komisch und gleichzeitig wahnsinnig cool.« Er blickte kurz zu ihm hin, schenkte ihm ein flüchtiges Lächeln, ehe seine Augen wieder neugierig die Welt unter ihnen betrachteten. Sonnenschein fiel auf sein Gesicht und brachte sein helles Haar zum Leuchten.

Lavall war schon oft geflogen, aber Liam dabei zu sehen, wie er das zum ersten Mal erlebte, rührte ihn. Er konnte seine Augen kaum von dem Jungen neben sich lassen, der unbedingt hatte am Fenster sitzen wollen.

»Dir wird nur übel, wenn du noch nie geflogen bist«, hatte Lavall mit einiger Sorge und einem halben Lächeln gesagt, aber Liam hatte ihn fest und ernst angesehen, den Koffer gepackt neben sich, während sie am Flughafen warteten. »Wird mir nicht«, hatte er widersprochen. Lavall seufzte. Er hatte es ihm nicht lange auszureden versucht und saß nun schmunzelnd neben ihm, während er mit großen staunenden Augen da saß und sogar vergaß, sein Sandwich zu essen oder seinen Tomatensaft zu trinken.

Dante freute sich nicht sonderlich auf das Wiedersehen mit Catrina oder Salazar oder generell auf die Party, aber das alles fand auch erst in drei Tagen statt. Er hatte also einen kleinen Kurzurlaub eingeschoben und Nick alles Weitere zuhause überlassen. Die Eröffnung der Galerie stand kurz bevor, aber sie wären rechtzeitig wieder da.

Sein Halbbruder wohnte derzeit in seinem Anwesen und stritt sich vermutlich unaufhörlich mit Melly, die eine ziemliche Schnute gezogen hatte, als Nick sie an das Malheur mit den Schuhen erinnerte. Und an noch allerlei andere Dinge, die sie als Kinder angestellt hatten.

»Ich hoffe, du kommst bald wieder, Dante. Andernfalls habe ich Nick bis dahin in kleine Würfel gehackt und in meinem Eintopf verarbeitet, wenn er weiter so frech ist.« Er hatte bei dieser leeren Drohung lachen müssen, während Nick die übriggebliebenen Kekse in sich reinschaufelte, vollkommen unbeeindruckt und hinter Mellys Rücken. Er hatte seinem Halbbruder zugezwinkert.

»Wir sind ja nur ein paar Tage weg. Höchstens eine Woche, nicht länger.« Dante hatte Melly zugelächelt, während Liam bereits seinen Koffer gepackt hatte und erwartungsvoll im Flur stand. »Das haltet ihr schon aus. Wenn irgendetwas passieren sollte, erreicht ihr mich über das Handy. So wie immer.«

Er konnte sich nicht daran erinnern, wann er zuletzt

Urlaub gemacht hatte. Er freute sich darauf, ein paar Tage keine Termine zu haben und vor allem konnte er in aller Ruhe rausfinden, was das zwischen ihm und Liam zu bedeuten hatte. Wenn überhaupt. Nick hatte ihn beiseitegenommen, kurz vor der Abreise. Selbstverständlich hatte er einen seiner nutzlosen Ratschläge für ihn parat: »Versau das nicht und brech ihm nicht das Herz, okay? Ihr werdet total allein sein, also ...« An dieser Stelle zwinkerte er anzüglich, während Dante genervt eine Braue hochzog. »Deine Fantasien in allen Ehren, aber ich bringe ihn ja nicht deswegen nach Asturien. Er hat mich darum gebeten.« Nun ja, das war ja nicht direkt gelogen. Aber Nick kannte ihn eben. Er lachte nur. »Na klar. War alles seine Idee und du bist das unschuldige Opfer, was? Holt euch keinen Sonnenbrand, wenn ihr nackt am Strand rummacht!«

Das war die Stelle, wo Dante ihm eine freundliche Nackenschelle gab, was Nick jedoch nur zum Lachen brachte.

»Alles ist so winzig ...« Liams Stimme riss Dante aus seinen Erinnerungen und er beugte sich zu ihm, um ebenfalls einen Blick aus dem Fenster zu erhaschen. Er wusste, dass er sich ihm dabei mehr näherte, als nötig war, aber der schwache Duft seines Parfüms war einfach zu verführerisch. Er betrachtete sein Profil und den regelmäßigen Puls an seinem Hals, der unter der bleichen Haut deutlich zu sehen war. Er trug nur ein schlichtes Hemd und eine dunkle Hose, so wie er selbst. Sie hatten sich fast gleich angezogen, was Nick zum Lachen gebracht hatte. Allerdings trug Liam seine Turnschuhe und er die, die er normalerweise zu seinem Anzug angehabt hätte. Es war merkwürdig, mal etwas legerer unterwegs zu sein. Als wäre er ohne einen wichtigen Schutzschild unterwegs.

Dante zwang seinen Blick auf die Bergketten und die grünen Hänge, zwischen denen sich glitzernde, silbrige Flüsse entlang wanden.

Liam drehte den Kopf zu ihm und hatte nicht bemerkt, dass sich Lavall rübergelehnt hatte. Plötzlich war er ihm so nah, dass sich ihre Nasen fast berührten. Das helle Sonnenlicht, das durch die Scheibe fiel, fing sich in seinen Augen und ließ sie regelrecht erstrahlen. Liam vergaß, was er sagen wollte. Er saß nur da und starrte ihn an und Dante erwiderte seinen Blick. Ihm wurde ganz heiß davon und auf einen Schlag war sein Mund trocken. Er blinzelte, als Dante den Kopf leicht neigte und seine warmen, weichen Lippen streiften seine. Flüchtig, als wäre es ein Versehen, aber er sah ihn dabei an. Es war kaum ein Hauch, so zart wie der Flügelschlag eines Schmetterlings, aber es brachte Liams Herz zum Rasen.

»Du solltest den Tomatensaft probieren«, raunte Lavall dicht an seinem Mund. Liam konnte seinen warmen Atem spüren und plötzlich wünschte er sich, sie wären nicht in einem Flugzeug und die Stewardess würde nicht so zu ihnen rüberglotzen. Er wünschte, Lavall würde ihn küssen. Das hatte er sich insgeheim schon oft gewünscht, aber er war ihm auch noch nie so nahe gekommen. Ein paar Mal hatte er sich nachts zu ihm gebeugt, wenn er geschlafen hatte, mit klopfendem Herzen, um sich einen Kuss zu stehlen, einfach nur um zu wissen, wie es sich anfühlte, aber dann hatte er doch nie den Mut aufgebracht.

»Was?« Liam blinzelte verwirrt. Seine Wangen fühlten sich heiß an und ihm war schwindelig von dem Duft, der

Dante umgab. Parfüm, frisch gewaschene Wäsche, Lavendel und einfach er: Dante. Allein seine Nähe war schon verwirrend genug und die Gedanken und Gefühle, die sie in ihm erzeugte, führte zu Dingen, an die er noch nie gedacht hatte. Tomatensaft war jedenfalls kein Teil dessen, was sein Geist ihm für Szenen ausmalte und die bloße Erwähnung irritierte ihn.

Dante lächelte und lehnte sich wieder zurück, während er sich die Lippen leckte. Seine Stimme klang dunkel und sinnlich an seinem Ohr. »Er ist in großer Höhe besonders schmackhaft.«

Liam starrte blinzelnd auf den Becher mit der roten Flüssigkeit, der auf der Ablage vor ihm stand. Das Sandwich lag ebenfalls noch vergessen daneben. Er räusperte sich.

»Ja? Vielleicht sollten Sie ihn dann trinken. Sie sehen durstig aus.«

»Ah ja?« Dante verschränkte die Arme und warf ihm einen amüsierten Seitenblick zu, der über sein nervöses Zittern hoffentlich hinwegtäuschen würde. Er hatte den Kleinen fast geküsst. Und bereute schon, dass er es nicht getan hatte. »Ich bin eher hungrig.« Er bemerkte den Blick, den Liam ihm zuwarf. Er konnte ihm unmöglich sagen, wonach es ihn verlangte, obwohl er genau diese Frage in seinen Augen schimmern sah. »Und nenn mich Dante«, fügte er schnell hinzu, ehe der Bursche etwas sagen konnte, das ihn unweigerlich vor Scham sterben lassen würde. »Bitte. Wir sind schließlich nicht auf der Arbeit.«

»Okay.« Er starrte Dante mit klopfendem Herzen an. Er hatte ihn ein paar Tage ganz für sich allein und keine Ahnung, was er tun sollte, wenn er ehrlich war. »Werden wir im Meer schwimmen?« Er betrachtete Lavalls Züge eingehend, als er ihn fragend ansah.

»Wenn du willst? Ich würde gern schwimmen gehen, ja. Asturien hat ein paar sehr schöne Strände.« Dante lächelte ihm zu, während er versuchte, nicht daran zu denken, was Nick ihm dazu gesagt hatte.

Liam nickte bedächtig. »Und wir gehen auch essen, ja? Paella? Das ist doch das spanische Nationalgericht, oder?«

Dante musste grinsen. »Wenn du willst? Allerdings hat Asturien auch ein eigenes, sehr beliebtes Gericht. In Spanien hat jede Region ihr ganz eigenes Gericht. Die Paella wurde lediglich zum Nationalgericht gemacht, weil es bei den Touristen so beliebt ist. Sie wird allerdings überall anders zubereitet. In Asturien isst man sie zwar auch, aber bevorzugt ein anderes, nicht so bekanntes.«

»Welches?« Liam kostete einen Schluck von seinem Tomatensaft, verzog allerdings das Gesicht und stellte den Becher wieder fort. Dante seufzte und griff danach, leerte in ihn kleinen, genüsslichen Schlucken, während Liam ihn unverwandt anstarrte und jede seiner Bewegungen beobachtete.

»Fabada«, antwortete er schließlich. Das ist ein Eintopf aus Weissbohnen und mit jeder Menge Speck, Schinken und Wurst.« Er stellte den Becher zurück, während sich der Kleine auf die Unterlippe biss.

»Das klingt ungesund und fettig.« Er runzelte die Stirn. »Du schimpfst immer mit Melly, wenn sie dir fetten Speck zum Frühstück macht und dazu Rühreier.«

Dante musste bei seinem vorwurfsvollen Blick lachen. »Bin ich so ein Tyrann?«

»Manchmal«, gab Liam mit einem sachten Lächeln zu.

»Nun ja, wenn wir schwimmen gehen und uns die

Landschaft anschauen, dann können wir uns auch einen fettigen Eintopf gönnen. Schließlich verbrennt das jede Menge Kalorien.« Dante stöhnte innerlich auf. Was redete er nur für einen Scheiß. Und außerdem hatte sein perverses Hirn noch allerhand andere Aktivitäten anzubieten, die ebenfalls viele Kalorien verbrennen würden ...

Der Blick, den Liam ihm zuwarf, ließ seinen Magen kribbeln und befeuerte nur seine überbordende Fantasie..

»Ich möchte trotzdem auch gern Paella probieren. Und noch viele andere Sachen, die ich noch nie gemacht habe.« Er lächelte ihm schief zu, ehe er die Augen niederschlug und wieder aus dem Fenster sah.

Unter ihnen breitete sich Asturien wie ein grünes Paradies aus unberührter Natur und Versprechen aus.

• • •

Das Klima war überraschend angenehm und mit ein Grund für die reichhaltige Natur, die Asturien zu bieten hatte. Liam hatte eigentlich eine drückende Hitze erwartet, doch in Asturien, das direkt an der Nordküste Spaniens gelegen war, herrschte ganzjährig ein feuchtgemäßigtes Klima mit milden Temperaturen und häufigem Regen. Mit ein Grund, weshalb man in den bewaldeten Gebieten nicht nur verschiedene Baumarten mit ausladenden Kronen finden konnte, sondern auch diverse Farne, Schachtelhalm und viele andere seltene Pflanzenarten, die ausgezeichnet in dem einzigartigen Klima gediehen.

Während sie in dem Mietauto durch malerische Küstenstädte fuhren, deren Häuser sich an die Hänge der Berge schmiegten und schienen, als wären sie schönen Postkartenmotiven entsprungen, zu perfekt, um wirklich real zu sein, erzählte Dante von den Naturschutzgebieten mit den Flüssen und den klaren Seen, den kargen Bergketten und den Sandstränden mit ihren versteckten kleinen Buchten. Es gab Wälder und eine reichhaltige Vegetation, einzigartig in dieser Form. Versteckte Orte und Kapellen, Höhlenmalereien aus der Steinzeit, die weltberühmt waren, und einen Pilgerpfad sowie andere, magisch anmutende Sehenswürdigkeiten.

Liam hörte ihm staunend zu, während warmer Sommerwind durch die offenen Fensterscheiben wehte und seine Haare durcheinanderbrachte. Der helle Sonnenschein und der blaue Himmel, der sich endlos von einem Horizont zum anderen zu erstrecken schien, erfüllten ihn mit einer gewissen Ruhelosigkeit.

Seine Blicke glitten immer wieder zu Dante und seinen kräftigen Händen, die das Auto mit einer Selbstverständlichkeit steuerten, als sei er die Strecke gewohnt oder fahre sie zumindest nicht das erste mal.

»Werden wir in einem Hotel übernachten?«

Dante lächelte auf die Frage hin und schüttelte den Kopf. »Nein. Wir werden in einem Ferienhaus wohnen. Ich schätze meine Privatsphäre und außerdem können wir dann unsere Tage so verbringen, wie wir wollen. Ich dachte, das wäre angenehmer.« Er sah kurz zu Liam und stellte fest, dass er ihn aufmerksam betrachtete.

»Ich nehme an, wir sind da ganz alleine?«

Dante biss sich auf die Lippen, um ein Grinsen zu unterdrücken. »Ja. Ich hoffe, das ist okay für dich?«

Liam schwieg eine Weile und Dante warf einen fragenden Blick zu ihm, der auf grüne, schimmernde Augen traf.»Ich denke schon, ja.«

»Gut.«

»Dante?« Liams Stimme verriet eine leichte Skepsis, wenn auch ein zartes Lächeln darin mitschwang.

»Ja?« Graue, zerklüftete Berghänge zogen an ihnen vorbei, wechselten sich mit saftigen, grünen Ebenen ab, als er die Straße verließ und auf eine mehr oder minder befestigte Piste voller Schlaglöcher wechselte, die das Gefährt zum Schaukeln und Wanken brachte. Das Meer, blau, glitzernd und schäumend, kam auf der einen Seite in Sicht. Die Straße vor ihnen erforderte seine volle Aufmerksamkeit, so dass er nicht zu Liam rüberschauen konnte, obwohl er zu neugierig war, was ihn so beschäftigen mochte?

»Werden wir selbst kochen oder essen gehen?«

»Vermutlich eher essen gehen, denke ich.« Dante zog fragend die Brauen zusammen. »Wieso?«

Liam spähte aus dem Fenster und hätte Dante nur hinsehen können, hätte er gesehen, wie sehr er grinste. »Weil Nick mir erzählt hat, dass du nicht gut kochen kannst und einmal sogar eine ganze Küche ruiniert hast.«

Dante schnaubte halb amüsiert halb eingeschnappt. »Nick braucht gar nicht reden. Er ist in der Hinsicht auch kein unbeschriebenes Blatt.«

Liam verbiss sich ein Lachen und bemühte sich um ein ernstes Gesicht. »Also ist der Schnellkochtopf einfach so explodiert und hat die Lasagne bis an die Decke geschleudert, wo sie dann klebenblieb?«

Die Geschichte war schon ewig her. Da waren sie zwölf gewesen und hatten an dem Abend ohnehin Hausarrest, weil Nick und er in der Woche nur Unsinn verzapft hatten. Sie waren gelangweilt und hungrig und da weder Melly noch ihr Dad gerade zuhause waren, um sie im Auge zu behalten, schlossen sie irgendwann eine Wette ab.

Dante musste widerwillig lachen, als er an das Desaster zurückdachte. »Oh man, Melly ist beinahe in Ohnmacht gefallen. Ich hatte mit Nick gewettet, dass man eine Lasagne auch im Schnellkochtopf machen könnte.« Er seufzte tief. »Vermutlich könnte man das auch, wenn man weiß, wie man das Ding richtig bedient. Aufräumen mussten wir jedenfalls trotzdem beide. Und außerdem hat er es geschafft, eine Mikrowelle abzufackeln. Mehrfach. Von all den Dingen, die darin explodiert sind und die komplette Innenseite versaut haben, gar nicht zu reden.«

»Das klingt, als sollte man lieber keinen von euch auch nur in die Nähe einer Küche lassen.« Liam musterte die Wolken, die über dem Meer aufzogen und langsam aber sicher den Sonnenschein und das intensive Blau des Himmels verdunkelten.

Dante murrte leise. »Ich kann wenigstens ein paar simple Gerichte wie ... Speck und Rührei«, warf er beleidigt ein. Erste Regentropfen fielen auf die Frontscheibe des Wagens.

Liam begann zu prusten und konnte vor lachen nicht antworten. Er wischte sich ein paar Tränen aus den Augenwinkeln und Dante musste sich eingestehen, dass er vermutlich wirklich nicht sehr talentiert war. »Na schön, ich bin vermutlich wirklich miserabel. Dafür wasche ich ab, okay? Und ich verspreche, ich werde, falls es dort einen Schnellkochtopf geben sollte, die Finger davon lassen.«

Liam nickte so ernst, wie er konnte. »Okay.«

Das Haus lag auf einem Berghang mit einem atemberaubenden Blick auf das Meer. Ein schmaler Pfad wand sich durch die grünen Hügel und führte zu einer kleinen Bucht, von grauem Fels geschützt.

Auch das Haus war aus grauem Stein gemacht, als sei es Teil all der Felsen und Bergketten, die sie schon gesehen hatten und bestünde aus dem gleichen Material.

Es regnete in Strömen, als Dante ausstieg und das Tor öffnete, ehe er das Auto auf dem Grundstück parkte. Er brauchte nur wenige Augenblicke, doch der Regen fiel dicht und in großen, schweren Tropfen, durchnässte ihn in Windeseile. Bunte Blumen und Palmen standen draußen in Pflanzkübeln und Liam erspähte einen kleinen Pool, der auf der Meerseite angelegt war. Es gab auch eine Terrasse und einen großen Grill, Bänke und einen Tisch aus Holz, an dem man draußen sitzen konnte, aber jetzt gerade war weder das eine noch das andere sonderlich verlockend.

»Übrigens schlägt das Wetter ab und an schnell um und durch das Klima regnet es hier viel und oft.« Dante grinste ihm schief zu und wischte sich einige nasse Haarsträhnen aus dem Gesicht. Regentropfen rannen ihm über die Schläfen und den Hals, tropften an seinem Kinn herunter. Es schien ihn nicht weiter zu stören.

Liam verfolgte die kleinen Rinnsale mit den Augen, die an seiner Kehle hinab liefen und ihre Spuren auf der Haut hinterließen, nass und glitzernd. Er wandte hastig den Blick ab, als sein Herz schneller zu pochen begann.

»Dann sollten wir schnell ins Trockene, bevor wir uns erkälten.« Er stieg eilig aus, schlug die Autotür zu, während ihm der Regen ins Gesicht peitschte. Er war beinahe warm und die Luft roch nach dem nassen Gestein um sie herum, nach Erde, salziger Seeluft und all dem Grün der Küste. Eine unbeschreibliche, lebendige Mischung. Er hob sein Gesicht gen Himmel, spürte wie ihm der Regen durch die Kleidung drang und den nassen Stoff gegen seine Haut presste. Das Wasser rann an ihm herab, erzeugte kleine Bäche und Rinnsale auf seiner Haut, tropfte ihm schon nach Sekunden von den Fingerspitzen und floss bis in seine Schuhe und wieder aus ihnen heraus.

Er konnte sich nicht erinnern, dass er je einen solchen Regen erlebt hatte. Stark und sanft zugleich. Er fühlte sich mild an, beinahe wie eine Umarmung. Er genoss das merkwürdige Gefühl, das er in ihm erzeugte. Als wollte er ihn willkommen heißen und reinigen.

Dante betrachtete Liam, die Arme auf dem Autodach abgestützt. Er schien völlig versunken in das Gefühl des Regens auf seiner Haut zu sein, während er nur dastehen und ihn anstarren konnte. Er vergaß alles um sich herum, während er beobachtete, wie das Wasser auf Liams schlanke Gestalt fiel und seine Haare und Kleider tränkte. Er vergaß sogar das Handy in seiner Hosentasche, und dass es derart nassem Ambiente nicht sonderlich zugetan war.

Er wünschte in diesem Moment nichts mehr, als dass Liam ihm gehören würde. Er wollte ihn mehr, als er jemals irgendetwas sonst gewollt hatte und er wusste dennoch, dass er ihn nicht haben konnte. Nicht auf all die Arten, die er sich wünschte.

Für einen Moment war Dante Lavall neidisch auf den Regen und auf die natürliche Hingabe, mit der Liam auf diese Naturgewalt reagierte. Er wünschte, er wäre selbst der Regen, der über seine Haut strömte und ihn umarmte und der so breitwillig von ihm angenommen wurde.

Du wärst der Einzige, der mich berühren dürfte.

Seine Worte kamen ihm wieder in den Sinn und mischten sich mit Verlangen und Bedauern. Es wäre nicht genug, ihn nur zu berühren.

Er wollte ihn besitzen.

Als Liam die Augen öffnete und sich mit einem verlegenen Lächeln zu ihm umdrehte, musste er den Impuls niederringen, zu ihm zu gehen und ihn zu küssen. Er war dankbar dafür, dass das Auto zwischen ihnen stand und konnte nur hoffen, dass die schlechte Sicht durch den Regen und die aufgezogene Dunkelheit die Absichten in seinen Augen verschleiern würde.

»Wir sollten wirklich reingehen, ehe wir davon geschwemmt werden.« Dante zwang sich zu einem Lächeln und öffnete den Kofferraum, um das Gepäck herauszuholen. Er mied den Blick auf Liam, dem das Hemd ebenso nass an der Haut klebte, wie ihm selbst. Er sah die Gänsehaut auf seinen Armen und wie der Regen aus seinem hellen Haar rann. Er wuchtete die beiden Gepäckstücke aus dem Kofferraum, während Liam eilig noch ein paar der übrigen Dinge an sich nahm und zu ihm hoch lächelte. Süß und unschuldig, nicht wissend, dass sich Dantes Herz bei dem Anblick vor Sehnsucht überschlagen wollte.

»Ich mag Regen«, meinte er nur leise, ehe er den Blick wieder senkte und an ihm vorbei zur Tür spähte.

Dante lächelte nur matt. »Dann wirst du die Tage hier lieben, denke ich.« Er sah, wie sich Liam auf die Lippen biss, als wollte er etwas sagen, aber sein Magen flatterte nervös und er wendete sich eilig der Tür und der Verheißung trockener Kleider und weniger sündhafter Gedanken zu, als er mit schnellen Schritten vorausging und endlich aufschloss.

...

Das Feuer im offenen Kamin knisterte und knackte. Draußen schien die Welt unterzugehen und Liam beobachtete gedankenverloren, wie der Regen auf die Terrasse prasselte, gegen die Scheibe des Wohnzimmers spritzte und seine eigene Melodie spielte. Tropfen platschten in den Pool und kräuselten die Wasseroberfläche. Alles schien grau in grau und schwermütig, was ihm seltsam vorkam.

Dante hatte ihn sofort in das kleine aber saubere Bad geschickt, damit er heiß duschen und aus den nassen Klamotten herauskommen sollte.

»Du erkältest dich noch und das wäre wirklich schade. Schließlich hast du doch so viel, was du hier machen möchtest, oder?«

Er hatte ihm nur knapp zugelächelt und ihn beinahe schon ins Bad geschoben, als wollte er ihn loswerden, kaum dass er sich ein paar trockene Sachen aus seinem Koffer gefischt hatte.

Die orangefarbenen Fliesen waren mit maritimen Mustern wie Seesternen und Fischen verziert. Es gab eine geräumige Badewanne und eine ebenso großzügige Dusche, duftende weiche Handtücher und hübsche Läufer auf dem Boden. Alles wirkte völlig neu, als hätte noch nie jemand es je benutzt.

Er hatte so heiß geduscht, wie er es gerade noch aushielt. Die Seife und das Shampoo, das bereitstand, duftete angenehm würzig. Irgendwie grün und nach Meer und anderen Dingen, die er nicht benennen konnte. Er beeilte sich, damit Dante nicht zu lange warten musste, und trat schließlich aus dem dampfenden Bad.

Er hatte ihn nirgendwo entdecken können, doch im Kamin brannte schon ein wärmendes Feuer. Wohnzimmer und Küche waren miteinander verbunden und bildeten einen einzigen großen Raum. Durch die Fensterfront konnte man vom Sofa aus hinaus auf die Terrasse schauen und sie durch die vorgesehene Glastür begehen.

Die Küche selbst war vollständig eingerichtet und sogar der Kühlschrank war gefüllt. Offensichtlich hatte Dante alles sorgfältig vorbereiten lassen.

Die Badezimmertür schloss sich klickend und kurz darauf hörte Liam das Wasserrauschen der Dusche, obwohl er keine Schritte vernommen hatte.

Er zog leicht die Brauen zusammen, während er auf nackten Fußsohlen über den hellen Teppich lief, der im Wohnzimmer ausgelegt war. Eine rustikal wirkende Holztreppe wand sich nach oben in den darüberliegenden Stock. Die Koffer standen noch immer im Flur und er ließ sie zunächst dort stehen, während er die Treppe hinaufging. Das Holz war dunkel und hatte eine hübsche Maserung.

Es gab zwei Räume, wie Liam nach kurzem Umsehen festgestellt hatte. Die Türen der beiden Zimmer standen offen und gaben den Blick auf das Innere frei.

Die Zimmer verfügten über große Fenster, wovon das

eine in Richtung Meer ausgelegt war und das andere den Blick auf die Landseite bot. Grüne, nebelverhangene Hügel, die vom Regen kaum zu erkennen waren, steile, felsige Hänge und ein ferner Strandabschnitt. Vage sah Liam ein paar Lichter und vermutete eine der hübschen Küstenstädte in der Nähe, die sie auf der Hinfahrt erblickt hatten.

Abgelegen und doch nicht vollständig einsam. Ein angenehmer Kompromiss.

Es gab keinen Computer und keinen Fernseher, lediglich ein kleines Radio in der Küche, wie er feststellte.

Es störte ihn nicht sonderlich.

Die Betten waren, wie auch in Dantes Anwesen, für mehr als eine Person gedacht, wie es schien. Die Bettwäsche war weich und hatte einen schönen, kräftigen Burgunderton. Beide Zimmer waren vollkommen gleich eingerichtet und verfügten über weichen Teppich, Vorhänge, die man nach Belieben zuziehen konnte, sowie jeweils einen bescheidenen Schreibtisch und einen ebenso schlichten Stuhl. Nicht gedacht, um viel daran zu arbeiten, wie es schien, aber zweckmäßig genug, um ein paar Schreiben anzufertigen, wenn man es musste. Stifte, saubere Bögen von Papier und andere Utensilien standen dafür bereit.

Bücherregale voller Literatur über Asturien, die heimische Küche und Sehenswürdigkeiten standen in den Regalen. Ebenso fanden sich Klassiker der Weltliteratur und ein paar dekorative Duftkerzen, glasierte Muschelschalen in verschiedenen Farben und Größen und getrocknete Seesterne.

Außer diesen Dingen gab es einen obligatorischen kleinen Nachtschrank mit einer schlichten Lampe sowie einen leeren Kleiderschrank, in dem sich nichts außer einem kleinen Duftsäckchen befand, das leicht nach Minze und Lavendel roch.

Die Tatsache, dass es getrennte Zimmer gab, störte ihn dennoch ein wenig. Allein hier zu schlafen, egal wie schön die Aussicht auch sein mochte, war alles andere als angenehm. Vor allem als er feststellte, dass es keinen einzigen auffindbaren Schlüssel gab, der ihm die Illusion von Sicherheit verschafft hätte.

Wenn er schon allein schlafen musste, dann wenigstens mit einer Tür, die sich auch verriegeln ließ.

Es war eine alte Angewohnheit und ein Luxus, der sich nicht so einfach abschütteln ließ. Bei Tante Jane hatte er so etwas nicht gehabt, obwohl er es sich mehr als nur einmal gewünscht hatte. Die Furcht, jemand könnte jederzeit in sein Zimmer eindringen und ihm Schmerzen zufügen, war jetzt vielleicht nicht mehr existenzberechtigt, aber sie hatte sich in seiner Seele festgebissen und war so verankert mit seinem Innersten wie Seepocken mit dem Rumpf eines alten Schiffes.

Er seufzte leise. Dadurch, dass er ab und an bei Lavall im Bett geschlafen hatte, war er dieser Angst entronnen. Zumindest für die wenigen Stunden, die er sich selbst bei ihm zu sein erlaubt hatte. Nervosität stieg in ihm auf und er zupfte an den Ärmeln seines langen Shirts, das ihm viel zu groß und völlig aus der Form war. Der Rundhalsausschnitt war durch zu oft und zu heftig nervöses Ziehen daran ausgeleiert und fiel ihm nun ab und an über eine nackte Schulter, wenn er nicht aufpasste. Eigentlich war das eines der Stücke, die er zum Schlafen trug. Durch Dantes Hektik hatte er blindlings nach irgendetwas gegriffen und ausgerechnet dieses erwischt, zusammen mit einer Shorts, die ihm nur bis zum Knie ging, statt der wärmenden Jogginghose, die er eigentlich bevorzugt hätte. Er fröstelte, denn die Wärme des Feuers war noch nicht bis hier oben gekommen und obwohl das Klima hier so mild war, fühlten sich die Räumlichkeiten dennoch kühl an. Liam gönnte sich noch einen Blick aus dem großen Fenster, betrachtete das graue, wogende Meer und die Wassertropfen, die an der Scheibe herabliefen, ehe er sich wieder umwandte, um nach unten zu gehen. Das knisternde Feuer erschien ihm verlockender und außerdem hatte er Hunger.

Er hörte schon auf halbem Wege die Treppe herunter metallisches Geklapper aus der Küche und musste automatisch an den explodierenden Schnellkochtopf denken, von dem Nick ihm erzählt und mit dem er Dante geneckt hatte. In die Schränke hatte er noch gar nicht geschaut. Er hatte doch wohl nicht etwa einen gefunden?

»Ah, da bist du ja. Ich würde dir gern beweisen, dass ich auch ein bisschen was in der Küche kann, außer sie zu ruinieren.« Dante zwinkerte ihm mit einem schiefen Lächeln zu und hantierte eifrig mit etwas, das Liam von der Treppe aus nicht sehen konnte. Er war stehengeblieben und verharrte, beide Hände am Geländer und mit pochendem Herzen.

Dante stand wie selbstverständlich da, das schwarze Haar nass und glänzend zurückgestrichen, nur ein Handtuch um den Nacken geschlungen. Er hatte kein T-Shirt an und im Licht der Küchenlampe wirkte das Tattoo auf der linken Körperhälfte beinahe lebendig. Die Farben leuchteten unter der feuchten Haut, gaben den Blick auf die verschlungenen Muster frei, die sich über Brust, Schulter, Arm und die Seite zogen und im Bund der dunklen Hose verschwanden. Japanische Kirschblüten, stilisiertes Wasser und das Profil eines Drachen und eines Tigers wanden sich über Brust und Schulter, schienen einen Kampf auszutragen, während sie sich anfauchten. Die Hautbilder erzählten eine Geschichte, hatte er einmal zu ihm gesagt. Es musste wohl eine wenig harmonische Geschichte sein, denn die Tattoos wirkten kämpferisch, kraftvoll und gleichzeitig klar und erhaben. Perfekt für jemanden wie Lavall, wie er zugeben musste.

Liam hatte seine Kraft schon öfter zu spüren bekommen, wenn er sich nachts aus dem Bett schlich und sich Dantes Arme um ihn fester zogen, als wollte er ihn nicht gehenlassen. Jetzt allerdings konnte er die arbeitende Muskulatur sogar sehen und verfolgte fasziniert das An-und Abspannen mit seinen Blicken. Er wusste, dass er ihn anstarrte, aber er konnte nicht anders und noch schien Lavall es nicht bemerkt zu haben. Dante drehte sich um, um etwas aus dem Kühlschrank zu holen, der beinahe zwei Meter maß. Seine Rückenmuskulatur streckte sich, zog sich wieder zusammen, als er etwas aus dem oberen Fach nahm. Die feuchte Haut schimmerte seidig und Liams Mund wurde trocken bei dem Gedanken daran, wie sie sich anfühlte.

»Ich hoffe, du magst Muscheln? Es ist nicht ganz so exquisit wie das Sushi, das wir hatten, aber es sind ebenfalls Meeresfrüchte. Ich mache sie in einer schönen Weißweinsoße und dazu einfach Brot, okay?«

Liam zwang sich, endlich von der Treppe runter zukommen und war sich seines ausgeleierten Shirts nur allzu bewusst. Es rutschte ihm über eine Schulter, aber er tat, als bemerke er es nicht, während er beinahe zögernd in die Küche trat. Er blieb an der Seite der Rücheninsel stehen, und musterte die Muscheln, die Dante soeben zu sortieren schien. Ihre Schalen waren hell und glänzend und er trat neugierig neben Dante.

»Ich habe noch nie Muscheln gegessen. Wie macht man die?« Er schaute ihn nicht an aber er wusste, dass er ihn ansah. Er fürchtete sich davor, dass er etwas Dummes täte, wenn er in diese sturmgrauen Augen blicken würde, die ihn so durcheinanderbrachten. So etwas wie ihn küssen, zum Beispiel.

Dantes Stimme klang sanft und dunkel, als er antwortete: »Man sortiert zuerst die Guten heraus. Die, die kaputt oder geöffnet sind, sind nicht mehr gut und müssen entsorgt werden. Der Rest wird unter kaltem Wasser abgespült und kommt direkt in den Kochtopf, wenn man die Soße zum Kochen gebracht hat. Ich mache sie nur mit Butter und Weißwein, etwas Salz und Pfeffer und gut angedünstetem Knoblauch. Zum Schluss, wenn die Muscheln ein paar Minuten gegart haben, kommt Petersilie dazu und das war`s.«

Liam sah endlich zu ihm hoch. Hitze stieg ihm in die Wangen, als er sich den grauen Augen gegenübersah, die ihn die ganze Zeit beobachtet hatten. »Das klingt simpel. Ich dachte schon, ich muss sie auslutschen.«

Dante blinzelte irritiert. »Auslutschen?«

Die Hitze in Liams Wangen breitete sich auch auf seine Ohren aus und er starrte angestrengt auf das bereitliegende Schneidbrett, auf dem Knoblauchzehen, schon gepellt, auf ihre Verarbeitung warteten. »Äh, ja. Es gibt doch diese Muscheln, die man auslutschen muss oder so, oder?« Was für ein schrecklich verfängliches Wort. Aber wie sagte man denn sonst dazu? Er hätte einfach die

Klappe halten sollen.

»Ach ...« Dante lachte leise, aber es klang etwas hohl, als müsste er es erzwingen. »Du meinst Austern. Die werden allerdings geschlürft und nicht ... ausgelutscht.«

Als Liam einen Seitenblick zu ihm wagte, sah er ihn breit grinsen und seine Augen funkelten amüsiert. Es ärgerte ihn, dass er sich lustig zu machen schien.

»Ja, richtig.« Er wusste, dass seine Stimme eine Spur eingeschnappt klang, aber er konnte nichts dagegen machen.

»Ich mag Austern nicht sonderlich. Wegen dieser Auslutscherei und so«, raunte Dante ihm zu. Liam konnte den Atem spüren, der über sein Ohr strich. Es war beinahe wie damals in der Küche, als Dante sich von hinten zu ihm gebeugt hatte. Gänsehaut breitete sich auf seiner nackten Schulter und seinem Rücken aus und er begann den Knoblauch zu schneiden, konzentriert wie ein Chirurg, um etwas zu tun zu haben. Er wusste nicht, was er dazu sagen sollte, also biss er sich auf die Lippe, ehe er noch mehr Unsinn redete. Das hielt er allerdings nur eine halbe Knoblauchzehe lang aus.

»Dieses Haus ... Gehört es dir?«

Dante schmunzelte auf die Frage hin und gab ein Stück Butter in einen Topf, nachdem er die Venusmuscheln sorgfältig abgespült hatte. Das Fett schmolz unter leisem brutzeln und Liam zerkleinerte eilig den restlichen Knoblauch.

»Es gehört der Familie Lavall, um genau zu sein. Mein Ziehvater hat es damals bauen lassen. Er hatte schon immer den Wunsch gehegt, einmal ein Haus am Meer zu besitzen, und hat dieses kleine Stück Land erworben. Es ist schon älter als ich. Damals lebte seine Frau noch, als er es bauen ließ. Wir haben sie nicht mehr kennengelernt und er bedauerte immer, dass sie die Fertigstellung nicht mehr erleben konnte.« Er rührte mit einem Schneebesen im Topf herum, ehe Liam das Brett mit dem Knoblauch zu ihm trug. »Einfach reinschütten«, wies Dante ihn an. Der Knoblauch verbreitete köstlichen Duft, als er in kleinen Stückchen in die Butter fiel und Liams Magen knurrte erwartungsfroh, obwohl das Gesprächsthema gerade nicht allzu passend war.

»Ist sie also gestorben? Das tut mir leid.« Er lehnte sich neben dem Herd an die Anrichte und beobachtete Lavall dabei, wie er den Knoblauch etwas anbräunen ließ, ehe er Salz und Pfeffer in den Topf und einen gehörigen Schluck Weißwein dazu gab.

»Das muss es nicht. Sie hatte einen Autounfall und starb noch auf dem Weg ins Krankenhaus.«

Liam betrachtete Dantes Gesicht, das friedlich und gelassen schien und auch seine Stimme schien ruhig und gefasst. Er schüttete die Muscheln in den Topf, als die Butter-Wein-Mischung köchelte und legte den Deckel des Topfes auf. »Ein paar Minuten warten und das Essen ist fertig«, verkündete er lächelnd, als er sich zu Liam umdrehte. Er schrägte leicht den Kopf. »Du siehst betrübt aus.«

Liam zuckte die Schultern und nickte dann knapp. »Es ist nicht schön, zu hören, wenn jemand jemanden verliert, der ihm so wichtig ist.« Er schwieg, weil er nicht genau wusste, wie er sich ausdrücken sollte, und bemerkte, dass Dante ihn abwartend ansah. Manchmal hasste er ihn für seine Geduld. Er brauchte ihm nur seine Aufmerksamkeit schenken und Liam begann von Dingen zu reden, über die er eigentlich nicht reden wollte, aber es war, als lockte

Dantes sanftes Schweigen sie einfach aus ihm heraus, so wie jetzt. »Meine Mutter habe ich nie kennengelernt. Sie wollte mich wohl nicht. Amanda, die Frau, die mich adoptiert hatte, starb, als ich noch sehr klein war.«

Mitgefühl und Verständnis spiegelten sich auf Dantes Gesicht und er hörte ihn leise seufzen. »Wie kommst du darauf, dass sie dich nicht wollte?«

Liam blinzelte und zog die Brauen zusammen, als er zu ihm hochschaute. »Ich war erst zwei Tage alt, als sie mich weggab. Vielleicht nervte ich sie oder sie fand mich hässlich, wer weiß.« Es tat weh, darüber zu reden. Dabei kannte er die Frau, die ihn geboren hatte, nicht einmal und auch seinen Vater nicht. Er hatte keinen Platz auf der Welt, zu dem er gehörte. Keine Wurzeln, wie mal jemand zu ihm in seiner alten Schule abfällig gesagt hatte.

Er starrte auf seine nackten Füße. So bleich wie alles an ihm. Manchmal hasste er es, wie er aussah. Er spürte die warmen Finger an seinem Kinn, die es sanft anhoben. Sie dufteten nach Meer und Seife. Er hasste Dantes Sanftheit und sein Talent dafür, ihn regelmäßig berühren zu können, ohne dass er ihn dafür hassen konnte. Und er hasste sich selbst, weil er sich mit jedem Mal mehr wünschte.

Er spürte das sachte Streicheln des Daumens auf seiner Haut und sein Herz schien sich überschlagen zu wollen, als er Dantes Blick erwiderte. Er stand so nah vor ihm, dass er ihn berühren könnte, doch alle Kraft schien aus Liams Körper gewichen zu sein, zusammen mit der Bitterkeit, die mit seinen Erinnerungen aufgestiegen war. Er fühlte sich hohl und zerbrechlich und voller Traurigkeit und ohne Hoffnung. Wurzellos wie ein Stück Treibholz auf dem Meer.

»Ich bin froh, dass du hier bist.« Dante hielt seinen Blick noch einen Moment länger mit seinem fest, ehe er sanft sein Kinn losließ. Er lächelte und ehe Liam reagieren konnte, fuhren seine Finger zärtlich durch den hellen Schopf, noch leicht feucht von der Dusche zuvor, brachten seine Haare durcheinander.

»Ich ziehe mir mal was über. Ist ganz schön kühl. Schneide und doch bitte ein paar Scheiben Brot ab, ja?«

Und dann war er um die Ecke verschwunden, um in seinem Koffer zu wühlen, der noch immer im Flur stand.

Liam wandte sich hastig ab und blinzelte die Tränen fort. Er hasste es, wie dieser unmögliche Mann mit nur einem einzigen Satz alles wieder gutmachen konnte. Er hasste es, wie leicht er Hoffnung in sein Herz pflanzen konnte, als würde am Ende doch noch alles gut werden, nicht ahnend, welche Qualen er ihm damit zufügte.

Dante lehnte an der Wand des Flurs und starrte an die Wand, während er dem leisen, unterdrückten Schluchzen lauschte, das an sein Ohr drang und das Liam soeben tapfer zu bekämpfen suchte. Es brach ihm das Herz. Er wollte zu ihm gehen, aber keine Umarmung der Welt konnte lindern, was an Verletzungen im Inneren des Jungen brannte. Es war zu viel Schmerz, zu viel Enttäuschung und Bitterkeit, die er erfahren hatte, als das er es hätte mit hohlen Phrasen lindern können.

Dante lehnte den Kopf gegen die Wand und schloss kurz die Augen, versuchte, den hämmernden Herzschlag in seiner Brust zu beruhigen.

War er wirklich das Beste, was Liam passieren konnte? Oder würde er nur eine weitere Kerbe der Enttäuschung sein, die er überwinden und verkraften musste?

Zweifel überkamen ihn und fraßen an seinem

Selbstvertrauen. Er war nicht gerade ein Aushängeschild für konstante oder harmonische Beziehungen. Wenn er es versaute, würde er ihn damit nur noch mehr verletzen. Seine Hände wühlten blind in dem Koffer, zogen ein graues Shirt heraus und er streifte es sich über, ohne wirklich hinzusehen. Andererseits gab es im Leben für nichts eine Garantie, oder?

Entweder es ging total schief oder es klappte.

Sicher war nur eines: Der Kleine hatte ihn am Haken. Er hatte inzwischen sogar die Befürchtung, dass er ihn viel mehr brauchte, als andersrum. Wenn er plötzlich nicht mehr da wäre ...

»Ich will meine Freiheit nicht aufgeben«, hatte er damals betrunken zu Nick im Auto gesagt.

»Freiheit ist einen Scheiß wert, wenn du keinen hast, der sie mit dir genießt, Vollidiot.«

Nick war jünger als er und nicht der beste Ratgeber, aber vielleicht hatte er recht.

Als er in das Wohnzimmer zurückkam, stand der Topf mit den Muscheln schon auf dem Tisch, zusammen mit einem Korb voller Brot und sauberen Schalen.

Liam hatte sich im Schneidersitz auf dem Sessel niedergelassen und lächelte ihm schief zu. »Ich glaube, die Muscheln sind fertig. Hoffe ich jedenfalls. Du warst lange weg. Dabei sind unsere Koffer gleich groß.«

»Stimmt. Ich konnte mich nicht entscheiden, welches graue Shirt ich anziehen soll ...« Er musste grinsen und setzte sich gegenüber auf das Sofa, ehe er den Deckel vom Topf nahm. Liam hatte sogar die Petersilie gehackt und dazugegeben, wie er sehen konnte. Der aufsteigende Duft ließ seinen Magen knurren und er schöpfte eine Kelle voll Muscheln in buttriger Soße in eine der Schalen, die er

Liam reichte.

»Danke für die Hilfe beim Kochen. Und es ist gar nichts explodiert, wie man sieht«, meinte er augenzwinkernd.

»Noch«, konterte Liam trocken, ehe er mit einem leisen »Danke« die Schale entgegen nahm und den Inhalt neugierig betrachtete.

Dante seufzte tief. »Das werde ich wohl nie wieder los.«

• • •

»Als Nick und ich noch klein waren, fuhr unser Dad in den zwei Wochen Sommerurlaub immer mit uns her. Keine Handys, kein Computer und kein Fernseher. Wir haben alles so gelassen, wie er es einmal eingerichtet hat. Nur das Radio haben wir uns hart erkämpft.« Dante lächelte bei der Erinnerung daran.

Draußen war es inzwischen vollkommen dunkel und das frisch nachgelegte Holz im Kamin knisterte und knackte. Die Wärme und der Klang von Dantes Stimme hüllten Liam besser ein als jede Decke. Der Sessel war unglaublich bequem und er lauschte mit angezogenen Knien, halb zusammengerollt wie eine Katze. Sie hatten das Geschirr noch nicht abgeräumt, aber dazu bestand ja auch kein Grund es sofort zu tun. Sie hatten keine Termine und Liam seufzte leise und wohlig auf, als er spürte, wie er sich zu entspannen begann. »Wieso gerade das Radio?« Er beobachtete Dante, der seitlich auf dem Sofa ihm zugewandt lag. Die Muscheln waren köstlich gewesen und Liam hatte zugeben müssen, dass Dante ab und zu wohl doch in die Küche durfte, solange er die

Finger von Dingen ließ, die explodieren konnten.

Es regnete noch immer, aber inzwischen war der Klang leiser, den die Tropfen auf dem Dach und an den Glasscheiben der Fenster erzeugten.

»Wir hatten in einem Jahr eine ganze Woche nur Regen, noch schlimmer als der heute. Nick und ich konnten nicht rausgehen und langweilten uns deswegen furchtbar. Normalerweise hätten wir unsere Energie beim Muschelsammeln am Strand abgebaut oder beim Rumklettern in den ganzen Felsen. Oder beim Schwimmen im Meer. Stattdessen hingen wir deprimiert im Haus rum und nervten unseren Dad mit endlosen Beschwerden darüber, dass es nicht einmal Musik gab. Und zwar so lange, bis er dieses Radio kaufte. Am nächsten Tag schien wieder die Sonne, aber das machte nichts. Wenn der nächste Regen kam, hatten wir immerhin etwas, um uns abzulenken.« Ein versonnenes Lächeln lag auf Dantes Zügen, während er zu Liam sah. »Mein Vater konnte übrigens auch nicht kochen. Wir haben stattdessen fast jeden Tag gegrillt.«

Liam zog eine Braue hoch, ein sachtes Grinsen auf dem Gesicht. »Wenigstens etwas. Sonst wärt ihr bestimmt alle verhungert, oder?«

Dante schürzte die Lippen und überlegte. »Vielleicht, ja. Aber das nächste Restaurant ist nicht so weit weg. Zur Not hätten wir einfach da etwas essen können.« Er schwieg kurz und strich sich das dunkle Haar aus der Stirn. »Hast du eigentlich ein Lieblingsessen? Ich glaube, das habe ich nie gefragt, oder?«

Liam dachte eine Weile nach, während Dante das Gefühl hatte, in ein Wespennest gestochen zu haben, denn die Züge des Kleinen verdunkelten sich augenblicklich. Dabei waren die Veränderungen seiner Mimik nur minimal, aber er bemerkte sie dennoch.

»Ich weiß nicht. Ich esse eigentlich alles, denke ich.« Liam zog leicht die Brauen zusammen. »Aber ich mochte das Sushi. Und deine Muscheln.« Er erwiderte den überraschten Blick, den Dante ihm zuwarf, ernst und still.

»Wirklich? Du mochtest sie?« Lavall betrachtete den geleerten Topf, als wäre er der schlagende Beweis.

Liam nickte. »Ja, sie waren gut. Ich meine, ich mochte sie. Sehr.« Er rückte im Sessel herum und setzte sich gerade hin, zog die Knie an und schlang die Arme darum, wobei ihm das Shirt über die Schulter rutschte. Die Wärme des Feuers hatte seine Wangen leicht gerötet. Oder war er verlegen? Dante betrachtete seine Züge forschend, während Liam ihm einen unsicheren Blick schenkte, den Kopf halb gesenkt. Er leckte sich die Lippen, als sammele er sich innerlich. »Wenn du mich so ansiehst, fühle ich mich komisch.«

Dante blinzelte und sah reflexartig weg als ihm klar wurde, dass er ihn angestarrt hatte. »Entschuldige.« Er rieb sich verlegen den Nacken.

»Als Jack mich zu dir gebracht hat«, begann Liam zögernd, als Dante ihn nicht mehr ansah, »hatte ich das Gefühl, ich wäre wie ein überzähliger Hund, den er einfach an einen neuen Besitzer verkaufte, weil er ihm lästig war.« Er starrte in die Flammen, die orange und gelb und rot flackerten und gierig am Holz leckten. Er mochte die Wärme, die das Feuer ausstrahlte und konnte sich gleichzeitig von der Tatsache ablenken, dass Lavall seine Aufmerksamkeit wieder auf ihn gerichtet hatte.

»Er ... Er ist eigentlich mein Onkel, weißt du. Na ja, nicht vom Blut her, aber irgendwie so etwas ähnliches. Ich sollte es dir eigentlich nicht sagen, aber ich finde es nicht richtig, das zu verheimlichen.« Er hielt ganz still, als erwarte er einen Schlag oder angeschrien zu werden. Das tat er immer. Er konnte nichts dafür. Alles in ihm spannte sich an und sein Atem wurde flacher, aber Lavall blieb, wo er war. Er hörte nur das leise Rascheln seiner Kleidung, als er sich bewegte.

»Ich weiß. Er hat es mir erzählt.« Dante hatte sich aufrecht hingesetzt und betrachtete mitfühlend Liams Profil. Es tat weh zu hören, dass er sich selbst so sah. Das hatte er nicht gewusst.

Seine grünen Augen blickten flüchtig zur Seite, maßen Lavall mit einem forschenden Blick, ehe er wieder in die Flammen starrte. »Verstehe. Er ... hat sicher noch andere Dinge erzählt, nehme ich an?«

»Nicht viel, nur die ... Umstände, unter denen er dich gefunden hat.«

»Gefunden ...«, echote Liam leise. Er stützte das Kinn auf die angezogenen Knie. »Ich weiß, dass ich nicht normal bin. Und er ist nicht mein richtiger Onkel, so wie Tante Jane nicht meine richtige Tante war.«

»Liam ...« Dante hob beschwichtigend eine Hand und unterdrückte den Impuls, sich zu erheben und zu ihm zu gehen. »Ich kenne einen ziemlichen Haufen Leute. Und von denen ist niemand normal. Ich selbst bin es nicht und du kennst Nick. Der hat ebenfalls einen ziemlichen Knall. Von Melly oder Edgar, dem Gärtner, muss ich nicht anfangen, oder?«

Liam wandte den Kopf, um ihn zweifelnd anzusehen. »Edgar schreit ab und an ohne Grund. Das hat mich schon öfter erschreckt. Aber er weiß eine Menge über Blumen.« Er biss sich auf die Lippen. »Er wusste, welche du am liebsten magst.«

»Ah ... Dann weißt du es also von ihm? Das mit den Anemonen, meine ich.« Dante lächelte ihm warm zu. »Sie sind schon immer meine Lieblingsblumen gewesen. Aber so ein schönes, dunkles Blau habe ich bei ihnen noch nie gesehen. Wie kamst du auf die Farbe?«

Liam lächelte ihm zaghaft zu. »Hat Melly mir verraten.« Er hatte also seine Angestellten ausgehorcht über die Dinge, die er mochte? Dante starrte ihn wortlos an. Das hatte, soweit er sich erinnern konnte, noch nie jemand für ihn getan. »Warum?«

Liam erwiderte seinen fragenden Blick aus großen, überraschten Augen. Mit der Frage hatte er wohl nicht gerechnet. »Ich arbeite doch für Sie, Mister Lavall«, erwiderte er nach einem Moment des Zögerns professionell und mit ausdruckslosem Gesicht. »Ich fand, dann sollte ich auch wissen, was für Blumen Sie mögen und was Ihre Lieblingsfarben sind.« Es verging ein Herzschlag, ehe er leiser anfügte: »Ich wollte nützlich sein und es gut machen.«

»Das hast du.« Dante betrachtete ihn, wie er zusammengekauert da saß, und wünschte, er wüsste was er sagen oder tun könnte, damit er nicht so elend und verloren aussah.

»Ich hatte am Anfang Angst vor dir. Ich habe mir sogar Fluchtpläne überlegt, falls es nötig sein sollte und ich abhauen müsste.«

Dante lauschte ihm schweigend, zu erschrocken, um Worte dafür zu finden. Was zur Hölle hatte er bloß für einen Eindruck in dem Jungen erweckt?

»Aber jetzt ...« Das Grün seiner Augen schimmerte im Licht des Kaminfeuers, als er den Kopf zu ihm drehte und ihn ansah. Er sprach nicht weiter, aber es war auch nicht notwendig.

Alles, was Dante wissen musste, las er in seinen Augen.

»Komm zu mir«, bat er ihn leise, während er die Hände nach ihm ausstreckte. Liam zögerte nur einen winzigen Augenblick, ehe er sich erhob und vor ihn trat, barfuß und mit glühenden Wangen. Er streckte Dante seine Hände scheu entgegen und atmete hörbar auf, als er sie sanft in seine nahm. Sie fühlten sich rau und schwielig an, aber sie waren sanft und warm. Dantes graue Augen suchten seine und Liams Knie wurden weich, als er den Blick erwiderte. Er senkte sich in sein Herz und schien darin zu lesen wie in einem offenen Buch, aber er konnte nicht wegsehen. Er wünschte sich sogar, dass er alles von ihm wissen würde, dass er ihn verstand und ihn dennoch weiterhin akzeptierte.

Das Kaminfeuer knisterte und knackte leise, als Dante Liam sacht zu sich zog und seine Hände an seine Brust legte, an die Stelle über seinem Herzen. Liam konnte fühlen, wie kräftig und schnell es in Dantes Brust schlug. Er fühlte die Wärme seines Körpers und war sich plötzlich voll bewusst, dass er allein mit ihm war, in einem alten Haus am Meer, weit weg von dem, was er jetzt ein Zuhause nannte.

»Jedes Mal wenn ich dich sehe, spielt mein Herz verrückt. Wenn du lächelst, ist das jedes Mal wie ein kostbares Geschenk.« Dante zog ihn noch etwas näher und beugte sich dabei zurück, so dass Liam keine Wahl hatte, als sich zitternd und nervös rittlings auf seinem Schoß niederzulassen. Er war ihm noch nie so nahe gewesen und fühlte sich hilflos und voller Sehnsucht nach etwas, das er nicht in Worte fassen konnte. Dantes

Stimme brachte sein Innerstes zum Zittern und er fürchtete, er würde einfach zerspringen vor Anspannung.

»Ich hoffe, du denkst jetzt nicht mehr daran, abzuhauen und wegzulaufen ...« Dante atmete zitternd durch und schloss kurz die Augen. Er hielt Liams Hände sanft an seiner Brust, in der sein Herz schwer und heftig pochte. Er spürte, wie sehr Liam zitterte und sich zu ihm beugte, den Kopf leicht geneigt. Ihre Lippen streiften sich sacht, nur das Flüstern einer Berührung, der Hauch eines Versprechens voll Zärtlichkeit. »... Denn ich könnte dich niemals wieder gehen lassen.«

Liam schloss die Augen mit einem leisen Seufzen, als Dantes Lippen seine streiften. Gänsehaut hatte sich auf seinem ganzen Körper ausgebreitet und er sank bebend an seine Brust, jeglicher Mauern beraubt, die er so sorgfältig aufgebaut hatte. Sein Herz lag brach und offenbarte alles, was er fühlte, als er sich an ihn schmiegte, bereit, ihm zu vertrauen und alle Zweifel über Bord zu werfen.

Das schrille Klingeln eines Handys zerriss die Stille und das Geräusch schreckte sie auf, ließ Liam zusammenzucken. Lavall und er sahen sich einen Moment mit einer Mischung aus Frustration und Verlegenheit an, ehe sich Liam von seinem Schoß gleiten ließ. »Ich glaube, das ist meins.« Er warf Lavall einen zerknirschten Blick zu, ein entschuldigendes Lächeln auf den Lippen, während er in den Flur zu seinem Koffer huschte.

Dante stöhnte resigniert auf. Fast hätten sie sich geküsst, nur noch eine Sekunde länger, gottverdammt noch mal! Er starrte missmutig sein Spiegelbild in der Fensterfront an, während er Liams Stimme gedämpft aus dem Flur vernahm. Ein ungutes Gefühl beschlich ihn, als er zurückkehrte und ihm das Handy reichte. Sein Gesicht wirkte ernst und blasser als zuvor.

Er nahm das Gerät an sich und beobachtete Liams Gesicht genau, der nervös die Arme um sich schlang und ihn musterte. »Ja?«

Melly am anderen Ende klang, als hätte sie geweint. »Dante?!« Sie hörte sich verschnupft an und unendlich erleichtert. »Ich versuche schon seit Stunden, dich zu erreichen! Ich habe Liams Nummer nicht eingespeichert, obwohl ich das hätte tun sollen, ich weiß, ich-...«

»Melly! Beruhige dich! Was ist passiert?« Unruhe breitete sich in ihm aus und er umklammerte das Telefon fester. Sie versuchte schon, ihn seit Stunden zu erreichen? Dann musste es ernst sein. Sie rief ihn niemals an. Zuletzt, als sein Vater ...

»Es ist Jack. Er liegt im Krankenhaus. Er hatte einen Herzinfarkt.«

13

Die Sonne schien gleißend hell und strahlend, als ob alles in bester Ordnung wäre, während Jack im Krankenhaus um sein Leben kämpfte.

Laut Nick standen seine Überlebenschancen nach Rücksprache mit den Ärzten nur bei fünfzig Prozent. Trotzdem hatte Nick ihm abgeraten, sofort wieder zurückzufliegen. Er würde sich melden, sofern sich die Lage verschlechterte. Jack war nur kurz ansprechbar gewesen, ehe man ihm Beruhigungsmittel gab, damit er schlafen konnte, und während dieser Zeit war er desorientiert und verängstigt gewesen, hatte irgendetwas von alten Schulden geredet, die ihn nun holen kommen würden. Nick wollte nicht, dass Dante oder Liam ihn in diesem Zustand sahen, weil er überzeugt war, dass es nicht in Jacks Sinne wäre. »Du kennst doch Jack, man. Der ist zäh wie altes Schuhleder. Den haut so schnell nichts um, nicht einmal ein Herzinfarkt. Und er würde dir das Gleiche sagen wie ich: Bleib, wo du bist, und mach dir keine Sorgen.« Das hatte sein Halbbruder ihm am Telefon gesagt, während Liam schweigend daneben stand. Dante hatte ihn fragen wollen, wie er das sah, aber er räumte nur wortlos das Geschirr auf und verkroch sich in einem der oberen Zimmer und reagierte nicht auf seine besorgten Versuche, mit ihm zu reden. Er hatte ihn nicht allein lassen wollen und ebenso wenig wollte er ihn bei der Entscheidung übergehen, aber er wollte ihm auch nichts aufzwingen. Jack kam dem, was Liam an Familie hatte, am nächsten und sicherlich machte sich der Kleine ebenfalls Sorgen um ihn.

Dante kniff die Augen zusammen und starrte auf das blaue, wogende Meer hinaus, einen Becher mit Kaffee in der Hand, der seine kalten Finger wärmte. Es war erst Vormittag, aber es zeichnete sich bereits jetzt ab, dass es ein heißer Tag werden würde.

Er hätte ihn vermutlich genossen, wäre da nicht dieser Knoten in seinem Magen, der aus Sorgen und Selbstvorwürfen bestand, und ihn unruhig machte.

Catrinas Party fand bereits morgen Abend statt. Sie sollten ihr einfach einen Höflichkeitsbesuch abstatten, ihr alles Gute wünschen und wieder nach Hause fliegen.

»Wird er sterben?«

Dante schrak zusammen und verschüttete beinahe seinen Kaffee. Liam stand in der Terrassentür, bleich und mit dunklen Schatten unter den Augen. Es war mehr als offensichtlich, dass er überhaupt nicht geschlafen hatte. Zudem trug er die gleichen Sachen wie gestern, nur zerknitterter als zuvor. Er selbst hatte auch kein Auge zugetan, aber das war nichts Neues. Wenn der Kleine nicht bei ihm war, schlief er neuerdings gar nicht mehr.

Dante fuhr sich mit einer Hand durch die Haare und seufzte, ehe er die Schultern zuckte »Ich weiß nicht. Die Ärzte geben ihm eine Chance von fünfzig Prozent, dass er es schafft. Aber Nick denkt, dass er zäher ist, als er aussieht.« Er betrachtete Liams ausdrucksloses Gesicht und murmelte zerknirscht: »Ich wollte dich nicht bei der Entscheidung übergehen. Möchtest du zurückfliegen? Er ist schließlich dein Onkel.«

»Ich weiß nicht. Ich meine, ich könnte sowieso nichts tun, was ihm helfen würde.« Er lehnte sich mit der Schulter gegen die Wand und sah dabei so müde und erschöpft aus, wie Dante sich fühlte.

»Wie wäre es, wenn wir noch heute und morgen hierbleiben, Catrina einen kurzen Besuch abstatten und danach nach Hause fliegen?«, schlug Dante dann vor. Das Rauschen des Meeres beruhigte ihn normalerweise, aber jetzt gerade wühlte es ihn nur noch mehr auf. Jack war nicht irgendjemand. Er hatte schon seinem Vater als Anwalt beigestanden und war selbst ein Teil der Familie geworden, so wie eigentlich alle Angestellten, die für Lavall arbeiteten. Sie waren nicht nur Personal oder Mitarbeiter, sondern Menschen, die ihm wichtig waren. Er konnte sich gar nicht vorstellen, dass Jack sterben könnte. Andererseits hatte er das auch bei seinem Vater nicht für möglich gehalten ... Man konnte nur allzu leicht vergessen, dass der Tod keine Witze machte und eine sehr reale Sache war und keine unangenehme Gruselgeschichte, die man seinen Kindern erzählte. Irgendwann holte er jeden. Aber man glaubte nicht daran, bis es nicht wirklich passierte. So wie die Leute nicht glaubten, dass sie Krebs oder AIDS bekommen konnten. Oder dass man vom ersten Mal schwanger wurde.

»Okay.«

»Wirklich okay oder sagst du das nur so?«, hakte er dann ernst nach. »Du musst mir nicht zustimmen, weißt du?«

Liam lächelte ihm matt zu. »Ich weiß.«

Manchmal hatte Dante das Bedürfnis, den Kleinen zu packen und zu schütteln, und manchmal wollte er ihn einfach nur an sich ziehen, so wie jetzt, und ihn beschützen. Oder redete er sich das nur ein, um eine Ausrede zu haben, ihm nahe zu sein? Er hatte die ganze Nacht wach gelegen und an diesen Beinahe-Kuss gedacht und sich gefragt, was passiert wäre, wenn das Handy nicht geklingelt und Jack keinen Herzinfarkt gehabt hätte.

Er war normalerweise mit einer exzellenten Selbstbeherrschung gesegnet, die sein Vater ihm in jahrelangen Predigten eingebläut hatte.

Sei geduldig. Überstürze niemals etwas, nicht im Geschäft, nicht in der Liebe. Bleib wachsam und aufmerksam. Lass dich nie hinreißen. Emotionalität gehört nicht ins Geschäft. Bleib objektiv. Und pass gut auf, in wen du dich verliebst.

Nun ja. Der letzte Ratschlag war vermutlich schwierig zu befolgen, aber er hatte es immerhin versucht. Gescheitert war er dennoch.

Lass dir niemals deine Freiheit nehmen, egal von wem. Man kann nicht fliegen, wenn man an den Boden gekettet ist, Dante.

Liam legte den Kopf schief und trat barfüßig auf die Terrasse. Die Steine unter seinen Fußsohlen fühlten sich warm vom Sonnenschein an und eine milde Brise wehte vom Meer her, strich durch seine Haare. Die Helligkeit blendete ihn und er musste die Augen zusammenkneifen. Dante stand im Sonnenlicht, das Haar wirr und glänzend, als gehörte er dorthin, braun gebrannt und schön, während er sich wie ein Eisbär vorkam, der sich einfach nur verirrt hatte. Er mied zu starkes Sonnenlicht, als wäre er ein Vampir, was jedoch daran lag, dass er schnell einen Sonnenbrand bekam. Braun wurde er ja sowieso nicht.

Niemals. Das Meer schimmerte blau und glitzernd unter einem wolkenlosen Himmel und das Wasser im Pool reflektierte helle, tanzende Flecken an die Außenwand des Hauses.

»Ich glaube, wenn es noch wärmer wird, schmelze ich wie eine Schneeflocke in der Sonne. Oder ich sehe dann aus, wie gekochter Hummer.« Liam zog eine Braue hoch und lächelte Dante schief zu. »Ich war noch nie am Strand. Und wir müssen noch eine Paella machen. Es ist okay, wenn wir morgen Abend zurückfahren.«

Dante wollte ihm so viele Dinge sagen, die in ihm vorgingen und die sein Herz überquellen ließen, aber er brachte nichts davon heraus. Stattdessen rang er sich ein Lächeln ab.

»Okay.«

• • •

Erinnerungen sind Momentaufnahmen, verknüpft mit Gerüchen und Gefühlen. Manchmal verblassen sie und werden unscharf, als wären sie Spiegelungen auf einer unruhigen Wasseroberfläche und man vergisst Details oder Gesichter, kann einen bestimmten Duft nicht mehr genau erfassen, weiß nur noch, wie man sich dabei gefühlt hat.

Liam beobachtete Dante dabei, wie er mit kräftigen Zügen durch das Meer schwamm. Er versuchte festzuhalten, wie das Wasser in seinem Haar und auf seiner Haut glitzerte und wie hell der Sonnenschein auf ihn fiel. Er versuchte den Geruch des trockenen, weichen

Sandes unter sich in seinem Herzen einzufangen und das seidige Gefühl, wenn seine Finger durch die feinen Körner strichen und dabei an Muschelschalen entlang streiften oder ausgetrocknete Meeresalgen berührten, die irgendwann einmal angeschwemmt worden waren.

Der Geruch der starken Sonnencreme auf seiner hellen Haut überlagerte den des Meeres dabei fast, wenn nicht gerade eine sanfte Brise vom Meer zu ihm wehte.

Er blinzelte und versuchte, die aufkommende Traurigkeit abzuschütteln, die sich in seiner Brust angesammelt hatte wie zäher Schleim, den er nicht los wurde, als Dante nass und glänzend, mit einem Lächeln, das nur ihm zu gelten schien, aus den Meeresfluten aufstieg und dabei so gut und erhaben aussah, dass Liam allein der Anblick fast zum Weinen brachte. Er ertrug seine Nähe kaum, doch noch schlimmer war es, ihn zu meiden. Und er zwang sich absichtlich dazu, weil alles andere ihn nur zerbrechen lassen würde, noch mehr als er ohnehin bereits zerbrochen war.

Das Gefühl seiner Hände auf Dantes Brust, am vergangenen Abend, der warme Atem, der über seine Haut strich und die zarte Berührung ihrer Lippen, als sie sich streiften, hatte sich in sein Hirn gebrannt und ebenso hatte es sich wie ein Brandmal in sein Herz gefressen.

Er fühlte sich krank und bereits jetzt innerlich hohl, wie sollte er da noch mehr ertragen können?

War das Liebe, oder war es nur eine besondere Art der Qual, die ihm noch nicht vertraut war? Falls es Liebe war, verstand er nicht, was die Menschheit nur daran fand. Es schmerzte wie die Hölle und brachte ihn um den Verstand. Warum sollte man sich nach so etwas Sehnen und es auch noch schön finden? Er wusste es nicht.

Nichts, was seine Tante Jane oder die anderen ihm je angetan hatten, glich dem, was er nun erlebte. Er hätte sofort ihre Schläge mit dem breiten Lederriemen und der metallenen Gürtelschnalle dagegen getauscht, wenn er nur gekonnt hätte.

»Du solltest dir das Wasser nicht entgehen lassen. Es ist zwar kalt aber erfrischend.« Dante lächelte auf ihn herunter, während er sich mit einem der bereitliegenden Handtücher abtrocknete.

Liam betrachtete ihn schweigend, ehe er den Blick auf den feinen Sand vor sich richtete. »Nein, danke.« Er zögerte kurz und zuckte dann die Schultern, als sei es sowieso egal. »Ich kann nicht schwimmen.«

Dante hielt mitten in der Bewegung inne. »Du kannst nicht schwimmen?«, wiederholte er erstaunt. Er lächelte aufmunternd, als Liam einen betretenen Blick zu ihm hob, milden Trotz im Blick. Er wirkte nicht gerade, als amüsierte er sich sonderlich. Tatsächlich hatte Dante das dumme Gefühl, dass es ihm ziemlich schlecht ging. Vermutlich machte er sich doch mehr Sorgen um Jack, als er dachte. Aber er hatte selbst entschieden zu bleiben und musste jetzt damit leben. Sie waren morgen Abend sowieso wieder Zuhause und würden Jack im Krankenhaus besuchen.

»Soll ich es dir beibringen? Das Wasser ist bis weit draußen recht flach, also keine Angst.«

Skepsis und etwas, das Dante nicht definieren konnte, glitt über Liams Gesicht. Er haderte mit sich, ehe er schließlich zögernd nickte. »Okay.«

Er mied seine Berührungen, als wären sie plötzlich unangenehm geworden.

Die Erkenntnis schmerzte, als Liam Dantes helfende

Hände so geschickt umging, dass es beinahe unabsichtlich wirkte, aber er sah, dass es Absicht war. Trotzdem riss er sich zusammen und versuchte zu ignorieren, dass es ihn verletzte. War der gestrige Abend zu viel Nähe für ihn gewesen? Hatte er sich doch geirrt und Liam fühlte am Ende gar nichts für ihn? Dante war verwirrt und kam sich dumm vor. Er hätte ihn vielleicht lieber nicht beinahe küssen sollen.

Liam schaute sich seine Bewegungsabläufe genau ab, ehe er sie kopierte, und schon nach kurzer Zeit selbstständig durch die Wellen glitt. Die Nachmittagssonne reflektierte stark auf seiner hellen Haut und Dante zwang sich, den Blick von ihm zu wenden. Irgendetwas stand zwischen ihnen und er konnte regelrecht spüren, wie sich Liam vor ihm zurückzog wie eine Muschel, die ihre Schale langsam aber sicher wieder schloss.

Schon den ganzen Tag war er schweigsam gewesen. Sie hatten in einem der kleinen Straßencafés gefrühstückt und später die Zutaten für die Paella samt einer dazu erforderlichen Pfanne auf einem der bunten Märkte eingekauft, ehe sie sich Richtung Strand aufgemacht hatten. Liam hatte neugierig überall herumgestöbert und vor allem Gefallen an den Handwerkswaren gezeigt, die es zu kaufen gab. Kleine, geschnitzte Figuren und Instrumente aus Holz oder aus Töpferwaren, glasierte Okarinas und andere Dinge. Haben wollen hatte er jedoch nichts.

Sie hatten ein Museum besucht und sich eine der kleinen Hafenstädte angesehen, mit all den schmalen Gassen und den Häusern, die nicht zueinander zu passen schienen, und die sich dennoch in die Hügel schmiegten, unterschiedlich in Farbe und Bauart.

Auf einer schmalen, steinernen Treppe war er gestrauchelt und beinahe gefallen, doch er wich Dantes Hand, die nach ihm greifen wollte aus, als bestünde sie aus glühenden Kohlen. Er hatte den Schreck und das Bedauern in seinen Augen gesehen aber sein eigenes Herz pochte seltsam schwer und traurig in seiner Brust und er fragte ihn nicht danach, aus Furcht, was er ihm sagen würde. Sie taten, als wäre alles ganz normal, während sie sich völlig abnormal verhielten und sich nur forschende, verletzte Blicke zuwarfen, wenn sie glaubten, der andere sehe nicht hin.

Das Meer und der Himmel waren intensiv blau, der Sand weich und der Sonnenschein strahlend und dennoch fühlte sich Dante, als bestünde sein Innerstes aus einem Eisblock, dessen scharfe Kanten an seiner Seele entlang schabten, wenn er sich bewegte.

Als die Sonne bereits tief stand, packten sie zusammen und erklommen den Pfad nach oben zum Haus, schweigend, als wäre dies ein Trauerzug und sie nicht völlig sicher, was der Anlass für die Schwermut war.

Liam murmelte eine leise Entschuldigung und verschwand sofort ins Badezimmer, aus dem Dante jedoch kein Geräusch vernahm.

Sein Blick glitt durch die Küche, über die neue Paella-Pfanne die er extra gekauft hatte, und über den Kühlschrank, der alles enthielt, was sie brauchen würden.

Das hieß, falls Liam überhaupt in absehbarer Zeit wieder aus dem Bad kommen würde.

Es schien, als bliebe die Zubereitung des Gerichts an ihm hängen und allein der Gedanke daran, ließ ihn mürrisch die Mundwinkel nach unten ziehen.

Ein paar Muscheln in geschmolzene Butter und Weißwein zu werfen war etwas völlig anderes, als dieses komplizierte Mahl zuzubereiten, bei dem sich die gesamte spanische Bevölkerung über Zubereitung und Zutaten uneins war. Man kochte sie mal mit, mal ohne Fleisch, mal gab es Meeresfrüchte, mal nicht. Wohin man auch in Spanien ging, wurde die Paella überall anders gegessen.

Vielleicht zog Liam es sogar vor, gar nicht erst zu probieren. Dante schnappte sich leise grollend die Pfanne und trug sie nach draußen.

Er würde es versuchen. Hatte er dem Kleinen ja schließlich versprochen. Und wenn er sie versaute, schleifte er ihn persönlich ins nächste Restaurant.

Und wenn er die verdammte Badezimmertür dafür eintreten müsste.

•••

Er dachte zuerst, es sei Dante, aber dann fielen ihm die roten Haare auf und der unmögliche Kleidungsstil, der irgendetwas zwischen Rocker und Gothic sein könnte. Alles, nur nicht seriös oder gar erwachsen, so wie sein Halbbruder.

Die Anhänger an Nicks Lederarmbändern klingelten leise, als er sich zu ihm rüber beugte und ihn mit besorgter Miene betrachtete. Ein Ausdruck, den man selten auf dem unverschämt hübschen Gesicht von Dantes Halbbruder sah.

Jack roch den typischen Geruch von Krankenhaus nach Desinfektionsmittel, Medikamenten, überarbeiteten

Ärzten und Schwestern, Hoffnungslosigkeit und abgestandenem Kaffee. Trübes Licht fiel durch das Fenster und wies auf einen grauen Tag hin. Oder war es früher Morgen?

»Wie geht es dir?« Nick musterte ihn aus forschenden Augen, unter denen dunkle Schatten lagen. Er hatte sich seit einiger Zeit nicht mehr rasiert, wie es schien. Das war nur ein weiterer beunruhigender Hinweis, der in Jacks vernebeltes Hirn sickerte wie Feuchtigkeit durch eine undichte Wand. Sein ganzer Körper schien zu schmerzen, aber am schlimmsten war die Brust. Als hätte ihm jemand das Herz mit der bloßen Faust rausgerissen und es dann wieder zurückgestopft. Es fühlte sich nicht richtig an, als wäre es beschädigt. Er wusste noch, dass er einen Anruf bekommen hatte, und das hatte ihn aufgeregt ... Was war das nur für ein Anruf gewesen?

»Weiß ... nicht«, brachte er gequält hervor. Seine Stimme klang rau und schwach, trocken, wie altes Pergament, das einem zwischen den Fingern zerbröselte.

»Ruh dich aus, okay? Wir haben alle einen ganz schönen Schrecken bekommen, alter Mann.« Nick tätschelte unbeholfen seine Hand und lächelte schief. »Du ackerst zuviel. Wenn du wieder auf dem Damm bist, nehme ich dich mit in den neuen Strandclub am Hafen. Lauter heiße Mädels, sage ich dir. Ich verkuppel dich mit einer heißblütigen Portugiesin, die da kellnert. Wilde, schwarze Locken und ein Wahnsinnskussmund! Von den Kurven gar nicht zu reden. Du wirst begeistert sein! Sie steht auf Anwälte, also ist sie einfach perfekt für dich.«

Jack lauschte Nicks überschwänglichen und bemüht fröhlichen Worten mit einem sachten Lächeln. »Sehe ich so tot aus?«, flüsterte er angestrengt. Seine Brust tat so weh und Nicks Gerede ließ ihn fürchten, dass er ihn anlog, was seinen Zustand betraf. Wenn er wirklich nur etwas Ruhe gebraucht hätte, wäre dieser kaltherzige, selbstverliebte Narzisst nicht tagelang an seinem Bett gesessen. Er kannte Nick schließlich. Er liebte den Bengel, aber er war ein verkorkster kleiner Satansbraten. Er hätte ihm nur auf die Schulter geklopft und wäre wieder abgezogen, während er sowas wie »Kommt eben von deinem stressigen Job, wir sehen uns dann zur Party von Dante«, von sich gegeben hätte.

Nick verzog das Gesicht bei seinen Worten und musterte die ungesunde, beinahe graue Gesichtsfarbe, die eingefallenen Wangen und den wirren Schopf grauer Haare. Jack sah aus, als ob er dem Tod gerade so noch mal ein Schnippchen hatte schlagen können, aber bezahlt hatte er dafür, wie es schien, mit einem hohen Preis..

»Alter, hier stirbt keiner, du erst recht nicht! Melly kommt später vorbei und bringt dir was zu essen, okay? Sie hat gesehen, was die hier so unter »Essen« verstehen und sich beinahe mit einer der Schwestern geprügelt. Das hättest du sehen sollen. Hätte dir gefallen.«

Jack schloss erschöpft die Augen. »Liam ... wo?«

Nick strich sich besorgt das lange Haar aus dem Gesicht zurück. »Der Kleine ist bei Dante in Asturien. Ich schätze mal, der fängt sich einen hübschen Sonnenbrand beim Baden ein oder so.« Er verkniff sich, was er glaubte, was die beiden wirklich den ganzen Tag trieben. Jack hätte das vermutlich den Rest gegeben und er konnte nur hoffen, dass Dante endlich den Mut aufbrachte, sein Herz auf den Tisch zu legen. Sonst würde er sich eben um den kleinen Schönling kümmern.

Jacks angespannte Züge wirkten plötzlich entspannter

und er atmete erleichtert aus. Nick runzelte die Stirn. »Wieso fragst du? Ist irgendetwas mit Liam?«

Aber Jack war bereits wieder eingeschlafen und gab ihm keine Antwort mehr auf seine Frage. Ein ungutes Gefühl nagte an Nick, das ihm keine Ruhe ließ. Er kannte Jack schon ewig. Er rauchte nicht, er trank nicht, er ging selten aus und hatte auch keine Frau, die ihn zu einem Herzinfarkt verhelfen würde. Er arbeitete viel, ja. Aber dass er so plötzlich zusammenbrach?

Was war der Grund dafür gewesen? Nick erhob sich leise und zog die Decke fester um den alten Knacker, ehe er so geräuschlos wie möglich hinausschlich.

Irgendetwas stimmte nicht. Er wusste nur noch nicht, was.

Er würde sich darum kümmern müssen, doch zuerst galt es, die abschließenden Vorbereitungen für die Eröffnung von Dantes Galerie in Angriff zu nehmen. Sein Bruder würde ihn umbringen, wenn er die ihm aufgetragene Aufgabe nicht umsetzte, wie sie es besprochen hatten. Sobald er damit fertig war, würde er sich bei Jacks Kollegen umhören. Irgendjemand musste wissen, was vorgefallen war.

»Sieht nicht aus, als ob der Alte in naher Zukunft wieder fit werden würde. Er liegt im Krankenhaus. Herzinfarkt. Wenn er ins Gras beißt, können wir die Kohle knicken.«

Don lauschte den Worten aufmerksam, während er das Handy an sein Ohr gedrückt hielt. Ein unangenehmes Lächeln hatte sich auf sein Gesicht gelegt.

»Oh, ob er nun stirbt oder nicht, ist nicht unser

Problem.« Der Tag war grau und trüb. Feiner Nieselregen hüllte die Luft in Feuchtigkeit und ein leichter Wind wehte vom Meer her, brachte die großen Plakate zum Flattern, die an der bald öffnenden Galerie an der Außenmauer befestigt waren. Don lehnte sich entspannt im Sitz seines Wagens zurück, während er das schwarz-weiß Bild in Großformat betrachtete. Nur die grünen Augen und die rote Krawatte waren farblich hervorgehoben worden, während der schwarze Anzug und die helle Haut einen unwiderstehlichen, faszinierenden Kontrast bildeten.

»Ich habe den Albino gefunden. Ich wette, wenn wir ihn die paar Monate bis zu seiner Volljährigkeit gut ausbilden, können wir ihn danach an irgendeinen reichen Kerl als Lustknaben verscherbeln. Ich hörte, die Nachfrage nach hübschen Jungs mit exotischem Aussehen ist derzeit so hoch wie nie. Und der Kleine ist überaus ansehnlich.«

Am anderen Ende der Leitung erklang ein amüsiertes, dunkles Lachen. »Umso besser. Ich wette, für einen Albino zahlen die Perversen einen hübschen Haufen Schotter.«

Don brummte zustimmend und legte auf.

Zeit, die Jagd zu eröffnen.

• • •

Die Sonne versank orange und golden glühend hinter dem Meer, als Dante einen zweifelnden Blick in die Paella-Pfanne warf. Sah fast so aus, wie er das auch aus den Restaurants kannte – nur wesentlich amateurhafter und er befürchtete, der beißende Geruch kam daher, dass ihm das Ganze angebrannt war. Offenbar hatte er doch zu wenig Brühe benutzt.

Er ließ betrübt den Kopf hängen. Er war eben kein geborener Koch. Aber immerhin hatte er es versucht, oder?

»Ich glaube, der Topflappen brennt.«

Er schrak zusammen, als er Liams sanften Hinweis hörte und ihn direkt neben sich stehen sah. Sein Blick zuckte zum Grill, auf dem die Paella-Pfanne stand und deren Inhalt vor sich hin köchelte. Tatsächlich leckten kleine, gierige Flammen am Topflappen, der vergessen daneben lag. Verflixt aber auch ...

»Scheiße!« Dante angelte den qualmenden Lappen mit einem Fleischspieß vom Rost und warf ihn auf den Boden, wo er beherzt das kleine Inferno austrat. »Ich glaube, darum hat es auch so komisch gerochen ...«, gab er dann betreten zu, als die Gefahr gebannt und der Lappen ziemlich mitleiderregend aussah. Ein neues, großes Loch in der Seite und ziemlich schwarz.

»Deswegen wollte ich nachsehen. Ich dachte mir schon, dass du Quatsch machst.« Liam bemühte sich um ein ernstes Gesicht, aber Dante sah das verräterische Zucken seiner Mundwinkel.

Er brummte und stocherte angefressen mit einem Löffel im Reis herum, um herauszufinden, ob das Gericht inzwischen essbar war oder nicht.

»Ich hab mein Versprechen immerhin gehalten«, knurrte er düster. Die Reiskörner fühlten sich gar an, als er sie kostete. Er stellte die Pfanne auf den Tisch, wo bereits für zwei gedeckt war. Wie lange war Liam unbemerkt um ihn herumgeschlichen?

»Das hast du. Danke.« Der Kleine warf ihm einen scheuen Seitenblick zu, ehe er sich zögernd setzte. »Es sieht gut aus.«

Dante versuchte seine miese Laune mit einem erzwungenen Lächeln zu überspielen, obwohl er wusste, dass es sinnlos war. »Keine Ursache. Ich hoffe, wir kriegen keine Lebensmittelvergiftung.« Es klang kühler als beabsichtigt, aber er konnte es nicht ändern. Zuerst füllte er Liams Teller, ohne ihn anzusehen, ehe er sich selbst etwas auftat. Der Hunger war ihm zwar vergangen, aber da er sich schon die Mühe gemacht hatte ...

Er hörte nichts, außer das Rauschen der Wellen, die gegen die Felsen brandeten und das ferne Kreischen einer Möwe. Irritiert hob er den Blick und traf unbeabsichtigt auf den von Liam, der nur schweigend da saß und ihn ansah. Sein Magen kribbelte und sein Herz zog sich schmerzhaft zusammen, als er erkannte, wie verletzt er wirkte.

»Ich wollte mich bedanken. Für den Urlaub und das Essen und alles.« Liam schlug die Augen nieder. »Es tut mir leid, dass ich dich wütend mache.«

Dante fühlte sich wie das größte Arschloch aller Zeiten. »Nein, mir tut es leid.« Ihm war übel vor Schuldgefühlen. »Ich bin nicht wütend auf dich. Du hast nichts falsch gemacht, okay?« Seine Stimme klang sanft und wohlwollend, zumindest so sehr, wie er sie selbst dazu bringen konnte, obwohl er am liebsten gebrüllt hätte.

Was war nur los mit ihm? Er verstand sich selbst nicht mehr. Warum dachte Liam, dass er sauer auf ihn sein könnte? Dante zog die Brauen zusammen und starrte auf das Meer hinaus, doch die kühlen Wellen gaben keine Antwort auf seine Fragen.

Liam schwieg und beobachtete Dante wehmütig. Er verstand nicht mehr, was er fühlte oder was er tat. So verwirrt war er noch nie gewesen. Er konnte nur daran denken, was Nick gesagt hatte; Er gehörte Dante Lavall, denn er arbeitete für ihn. Befristet auf sechs Monate. Und danach würde er ihn entlassen, nicht wahr? Er hatte niemanden mehr, wenn Jack starb. Keine Familie, keine Mutter oder Vater, niemand, der ihn vermisste oder der sich um ihn kümmern wollte. Er konnte nicht zu Jane zurück, und wollte es auch nicht. Sie würde ihn totschlagen, wenn sie ihn erwischte. Bei Jack konnte er genauso wenig bleiben. Es funktionierte einfach nicht.

Es machte ihn verrückt und krank, wie abhängig er von Dante war. Es ging ihm schlecht, wenn er nicht bei ihm sein konnte, aber je näher er ihm kam, desto mehr Angst machte ihm, wie viel er für ihn empfand. Für Dante würde er nie mehr sein, als ein sechsmonatiger Vertrag, egal was er für ihn tat. Er wusste, dass er ihm zu jung war und er war natürlich auch keine Frau. Es war unnormal, sich in einen Mann zu verlieben, oder? Aber das war ja nichts Neues. Nichts an ihm war normal.

Und dennoch ...

Das Gefühl, sich eng an ihn zu schmiegen, die Berührung seiner warmen Lippen, die seine streiften, der Klang seiner Stimme und das Streicheln seiner Hände auf seiner Haut ... Das war real gewesen. Und es war schön und gleichzeitig furchtbar. Er liebte es und er hasste es, weil es ihn schwach und zerbrechlich machte und gleichzeitig wollte er es immer wieder spüren. Das war verrückt und dumm und gefährlich. Aber vor allem dumm. Sein Magen hatte sich in einen unauflösbaren Knoten aus Gefühlen verwandelt, mit denen er nicht umgehen konnte. Allein der Gedanke, dass Dante ihn von sich stoßen und jemand anderen so berühren könnte wie ihn, schnürte ihm die Kehle zu.

Und das würde er irgendwann, dessen war er sich sicher. Seine eigene Mutter hatte ihn von sich gestoßen, als er kaum geboren war. Amanda hatte ihn weggegeben, als sie krank wurde. Und Jane ... Für sie war er weniger Wert als ein Hund. Und wäre Jack nicht gekommen, um ihn zu holen, hätte sie ihn ebenfalls weggegeben, so wie Jack ihn letztlich auch wieder weitergeschoben hatte.

Wieso also sollte es bei Dante anders sein?

»Die Paella ist sehr gut geworden.« Er hatte gegessen, ohne es wirklich zu merken, und blinzelte überrascht, als es die Wahrheit war. Er wollte am liebsten weinen, aber das musste warten. Er wollte es nicht vor Dante tun.

Lavall hatte seinen eigenen, düsteren Gedanken nachgehangen und das Essen völlig vergessen. Er starrte auf seinen Teller und den bunten Mix aus Reis, Fleisch und Meeresfrüchten, ehe er sich ein zögerndes Lächeln abrang und selbst probierte. Der Kleine hatte tatsächlich recht. »Das ist sie tatsächlich ...«, murmelte er überrascht.

»Das nächste Mal möchte ich gern helfen. Das war sicher viel Arbeit«, erklang es eilig von Liam, der seinen Teller beinahe geleert hatte.

Dante nickte nach einem Moment, in dem sie sich stumm ansahen. »Gern. Es ist tatsächlich ziemlich viel Arbeit. Es würde mich freuen, wenn du mir hilfst.« Er verdrehte innerlich die Augen, weil er derart steif und förmlich klang, als wäre die Queen zu Gast und nicht sein Assistent, den er beinahe geküsst hätte.

Hätte er bloß ... Aber nun schien diese Chance vertan zu sein.

Liam jedoch schien nicht gewillt, wieder in Schweigen zu verfallen. Es schien, als hätte die Paella seine Zunge gelöst oder als fühlte er sich dazu verpflichtet mit ihm zu reden. Egal was es war, Dante war erleichtert, dass er es tat.

»Ich wasche dafür ab und räume auf, okay?« Liam nahm sich noch eine Portion, während es allmählich dunkel wurde. Die Steine der Terrasse und des Hauses hatten die Hitze des Tages absorbiert und gaben sie nun angenehmerweise an die Umgebung ab. Dante holte eine der kleinen Glaslaternen, die sein Vater immer als Windlicht auf den Tisch gestellt hatte, damit sie noch sahen, was sie aßen. Das Holz des Rahmens war rau und an manchen Stellen ein wenig abgesplittert, das Glas fleckig vom Regen, aber sie spendete angenehmes Licht, nachdem die Kerze entzündet war.

»Die ist aber hübsch«, lautete Liams Urteil.

Dante schmunzelte und strich mit den Fingern sacht über das alte Holz. »Ja? Danke. Ist schon lange her, seit ich die angefertigt habe. Sie hätte eine Politur vertragen.«

Liam musterte die Laterne eingehend und schüttelte leicht den Kopf. »Mir gefällt, dass sie so alt aussieht. Es ist authentischer, denke ich. Und du hast sie gemacht und damals gefunden, dass sie keine Politur braucht, oder?«

Dante hörte ihm nachdenklich zu und nickte schließlich sinnend. »Hm. Du meinst also, ich habe mich damals für etwas entschieden und sollte es nicht heute bereuen?«

Liam dachte kurz darüber nach, ehe er nickte. »Ja. Ich finde ... Man muss mit den Entscheidungen, die man trifft leben. Man trifft sie ja, weil man sie für das Bestmögliche hält, nicht?«

Dante lächelte stumm, während er Liam beim

Verschlingen der zweiten Portion beobachtete. »Ich bereue auf alle Fälle nicht, dass wir beide uns getroffen haben«, entgegnete er dann betont locker und nahm aus dem Augenwinkel wahr, wie Liam in der Bewegung innehielt. »Und auch den Rest nicht«, fügte er noch an, ehe er zum Himmel sah, an dem sich im nächtlichen Blau unzählige Sterne betrachten ließen, die wie winzige Diamanten funkelten.

»Ich auch nicht«, erklärte Liam nach einer Weile sehr leise, so dass Dante es fast überhörte. Er aß schweigend auf und ging in die Küche. Dante lauschte dem Klappern von Geschirr, als Liam drinnen abzuwaschen begann.

Seine Worte nagten an ihm und er fasste einen Entschluss, nachdem er eine Weile nachgedacht hatte. Liam hatte recht. Man traf Entscheidungen und man sollte sie darum stets so treffen, dass man nichts zu bereuen hatte, wenn man später zurückblickte.

Liam gefiel das brütende Schweigen nicht, in das Dante verfallen war. Auch die Art und Weise, wie er auf das dunkle Meer hinaus starrte, beunruhigte ihn. Vielleicht hätt gerade er nicht von Entscheidungen reden sollen.

Du wärst der Einzige, der mich berühren dürfte.

Die Worte, die er damals betrunken an Dante gerichtet hatte, saßen wie Stacheln in seinem Herzen. Wenn er gewusst hätte, wie sehr es schmerzte, *nicht von ihm* berührt zu werden und ihm auszuweichen ... hätte er es ihm dann jemals erlaubt? Er fragte sich, ob er nicht besser dran gewesen wäre, wenn er nie gewusst hätte, dass Berührungen auch sanft und behütend sein konnten. Nun, da er es wusste, quälte es ihn umso mehr.

»Liam.«

Dante stand am Rand der Küche. Der Tonfall seiner

Stimme klang fordernd und Liams Magen begann zu flattern, ohne dass er es verhindern konnte. Er wischte mit fahrigen Bewegungen seine nassen Hände am Geschirrtuch ab. Sein Blick flog zu Dantes Augen hoch und das Sturmgrau schien dunkler. Plötzlich bekam er Gänsehaut und sein Herz begann wie verrückt zu schlagen. »Ja?« Er hasste es, dass seine Stimme zitterte und seine Knie auf einen Schlag weich wurden. Dantes Züge wirkten gefasst und konzentriert, aber da war noch mehr ... Etwas anderes. Er konnte es nicht in Worte fassen, aber sein Mund wurde trocken.

Dantes Stimme klang dunkel und er sprach die Worte mit Bedacht. »Du hast damals gesagt, ich wäre der Einzige, der dich je berühren dürfte.«

Liam hatte das Gefühl, als würde das Herz in seiner Brust stolpern und sich überschlagen, ehe es das Blut schneller und heißer durch seine Adern strömen ließ. Der schwere, pochende Klang dröhnte in seinen Ohren und seine Wangen wurden warm. Er blinzelte hektisch, während sich Dante leicht zu ihm vorbeugte, ein sinnliches Lächeln auf den Lippen. Seine Augen hielten die seinen in ihrem Blick gefangen und er konnte nicht wegsehen, obwohl er es hätte müssen, stattdessen konnte er nur starren, sprachlos vor Schreck und Nervosität.

»Ich warte oben auf dich. Du kannst dich jetzt dafür oder dagegen entscheiden.« Er ließ die Worte einen Moment wirken, während Liams Augen immer größer zu werden schienen. »Aber wenn du heute Nacht zu mir kommst, gehörst du mir. Für immer.«

Liam stand wie zu Stein erstarrt in der Küche, während Dantes Schritte auf der Treppe verklangen.

14

Für immer. Gehörst du mir für immer.
Für immer ist eine wirklich sehr, sehr lange Zeit. Um nicht zu sagen: Für immer ist endgültig, eine abgeschlossene, unumkehrbare Sache.

Nicht viele Dinge im Leben sind wirklich für immer. Nicht einmal ein Tattoo, das man sich ins Gesicht stechen lassen hat und es quasi sofort bereut. Auch ein Sonnenbrand oder der Schmerz eines amputierten Arms ist nicht für immer, ebenso wenig schlechtes Wetter oder undankbare Kinder, eine fiese Schwiegermutter oder Liebeskummer.

War dieses *für immer* also wirklich so gemeint, dass es wirklich für alle Zeiten gemeint war? Bis zum Lebensende? Oder war sein »für immer« nur so lange befristet, wie er interessant für ihn blieb?

»Ich warte oben auf dich. Du kannst dich jetzt dafür oder dagegen entscheiden. Aber wenn du heute Nacht zu mir kommst, gehörst du mir. Für immer.«

Meinte er das wirklich so, wie er es sagte? Oder war es nur eine Falle, in die er ihn locken wollte? Was, wenn das nur ein boshafter Scherz war?

Aber was, wenn er es wirklich ernst meinte?

Liam tigerte unruhig im Wohnzimmer auf und ab. Ihm war kalt, denn das Kaminfeuer war erloschen. Er hatte keine Ahnung, wie spät es war oder wie lange er schon mit sich haderte. Mit seinem blöden Gerede über Entscheidungen hatte er sich selbst eine Grube geschaufelt, wie es schien. Er rang nervös die Hände, während sein Herz einfach nicht aufhören wollte, so aufgeregt zu klopfen.

Als was würde er ihm für immer gehören? Nur als persönlicher Assistent? Oder meinte er ... ?

Liam starrte die dunkle Treppe hinauf, als würde auf magische Weise die Antwort in glühenden Lettern im Holz erscheinen, was sie natürlich nicht tat.

Er hatte nur zwei Möglichkeiten: Zu Dante gehen und es drauf ankommen lassen, oder hier unten bleiben.

Es war ein wenig so, wie dem Teufel seine Seele zu verkaufen, wie Tante Jane immer so treffend gesagt hatte. War sie einmal an ihn verloren, gab es keinen Weg zurück. Und im Prinzip war das immer ein schlechtes Geschäft, weil der Teufel viel geschickter im Handeln war, als es ein Sterblicher je sein könnte. Er ließ sich nicht so einfach austricksen.

Für immer. Ich würde ihm für immer gehören. Ich wäre dann wirklich sein Besitz. Liam versuchte, ruhig zu atmen, aber es ging nicht. Allein der Gedanke ließ ihn zittern. *Ich wäre sein.* Er lächelte matt.

Im Prinzip hatte er die Entscheidung schon vor langer Zeit getroffen. Er hatte vorhin selbst davon gesprochen, ohne zu ahnen, wie viel Wahrheit es enthielt.

Er mochte damals vielleicht betrunken gewesen sein, aber er hatte es ehrlich gemeint. Dante war der Einzige für ihn. Er würde immer der Einzige für ihn sein. Ohne es zu wollen hatte er sich hoffnungslos in ihn verliebt. Die Erkenntnis ließ ihn wie betäubt dastehen, noch immer die Treppe im Blick. Es musste so sein. Es gab keine andere Möglichkeit. Dabei hatte er nie wirklich daran geglaubt. Die Liebe kam ihm immer vor wie ein dummes Märchen, das man kleinen Kindern erzählte. In Wahrheit gab es so etwas nicht. Es gab niemanden für ihn, niemanden, der ihn wollte. Daran hatte er immer geglaubt, denn es war nur logisch, dass es so war. Die Liebe war für ihn nie mehr als eine hübsch verpackte Lüge gewesen. Auch Amanda hatte behauptet, ihn zu lieben, und dann hatte sie ihn weggegeben. Zu Jane. Und Jane hatte ihre sehr spezielle Art zu lieben.

Aber jetzt hatte sich etwas geändert. Etwas war anders. Es war anders mit ihm. Er verlangte nichts von ihm. Er stellte keine Bedingungen und er zwang ihm nichts auf. Er war immer fair zu ihm gewesen, sogar dann, als er geglaubt hatte, es nicht zu verdienen. Es war sogar so gewesen, dass Liam freiwillig zu ihm gekommen war. Es hatte ihn Überwindung gekostet, aber das Verlangen, bei ihm zu sein, war stärker gewesen als die Angst vor Zurückweisung. Und jetzt ...

Er müsste nur hinaufgehen und er würde Dante gehören. Für immer, wie er es gesagt hatte. Er hatte ihn noch nie angelogen, oder? Warum sollte er jetzt damit anfangen? Wenn es ihm nur um ein paar Stunden Spaß gehen würde, hätte er sich sicherlich nicht gerade ihn ausgesucht. Er konnte schließlich haben, wen immer er wollte. Wenn es darum ging, war so ziemlich jede andere Wahl eine bessere als er selbst.

Oder?

Liam nagte zweifelnd an seiner Unterlippe. Und wenn er sich doch irrte? Das Holz des Treppengeländers fühlte sich kühl und glatt unter seiner Hand an. Dante hatte nicht gesagt, was passieren würde, wenn er nicht zu ihm kam. Würde er ihn feuern? Oder wäre es dann immer so zwischen ihnen, wie es heute war? Unbeholfen und schmerzhaft, voller Befangenheit? Es war schlimm gewesen und im Grunde seines Herzens wusste Liam, dass er das nicht aushalten konnte. Nicht einen Tag, nicht einmal eine Stunde lang.

Er lehnte seine Stirn gegen das kühle, glatte Holz und schloss erschöpft die Augen.

Alle, die bislang in seinem Leben aufgetaucht waren, hatten es auch schnell wieder verlassen oder ihn weitergeschoben. Oder sie hatten ihn misshandelt und verletzt, emotional wie körperlich. Er trug die Spuren davon auf der Haut und auf seiner Seele. Würde Dante ihn noch wollen, wenn er alles über ihn wusste? Wäre er dann trotzdem noch so sanft zu ihm und würde ihn auf diese Art ansehen, die seinen Magen kribbeln ließ? Oder würde er ihn angewidert von sich stoßen?

Bilder von Tante Jane tauchten vor seinen geschlossenen Lidern auf. Er erinnerte sich genau an ihr Gesicht, den Ausdruck darauf, wenn sie Lust darauf hatte, ihn zu schlagen oder zu schneiden. Er sah es in ihren Augen. Und manchmal hatte er sein eigenes, entsetztes Gesicht in ihnen sehen können. Die Augen von Leuten, die anderen gern Schmerzen zufügten oder gemein zu ihnen waren, hatten diesen besonderen Ausdruck, den er niemals vergessen konnte. Als ob nichts als Dunkelheit hinter ihnen lauern würde. Schwarz und gierig, ohne Mitgefühl.

Sein Hals schnürte sich zu und er riss die Augen auf, bemühte sich, ruhig zu atmen. Die Erinnerungen waren real und versetzten ihn in Panik, obwohl Tante Jane natürlich nicht hier war. Dennoch verfolgte sie ihn. Sie hatte dafür gesorgt, dass er sie immer fürchten würde, egal wie weit er weg von ihr war.

Es gab einen Grund, wieso er sich regelmäßig aus Dantes Bett gestohlen hatte.

Seine Hände ballten sich zu Fäusten. Wenn Dante ihn nicht mehr wollte, wenn er alles über ihn wusste, was blieb dann noch?

Es gab keine Alternative. Er besaß nichts außer sich selbst. Sich und sein wundes, zerbrechliches Herz, voller Angst und den winzigen Funken Hoffnung, entfacht durch sturmgraue Augen und sanfte Hände.

Er würde es Dante schenken und das Einzige, was er tun konnte, war zu hoffen, dass es genug sein würde.

• • •

Irgendetwas stimmte nicht.

Es war dieses Gefühl, nicht allein im Raum zu sein. Das Gefühl von Augen, die einen aus der Finsternis heraus genaustens beobachteten, und die nichts Gutes für einen im Sinn hatten. Er war davon aus einem wirren Traum heraus aufgewacht, kalten Schweiß auf der Haut und eine unangenehme Enge in der Brust. Sein Herz raste, als ob er vom Fallen geträumt hätte. Jack blinzelte verschlafen und desorientiert in die Dunkelheit des Krankenhauszimmers hinein, das Rauschen des Blutes in seinen Ohren.

Er roch die Blumen, die Melly ihm mitgebracht hatte. Ein hübsches Bouquet aus Nelken, Rosen und Lilien in knalligen Farben, umwunden von einer violetten Schleife. »Damit es hier nicht so fürchterlich trist aussieht und du schnell wieder gesund wirst«, hatte Melly gesagt. Er liebte die alte Schachtel für ihr großes Herz. Manchmal hatte er das Gefühl, dass Melly allein für diesen Zweck auf die Welt gekommen war: Um andere glücklich zu machen. Eine Ironie war nur, dass sie selbst keine Familie hatte. Sie hatte dafür jedoch einen adäquaten Ersatz gefunden, als sie die Haushälterin für Richard Lavall wurde und er die beiden Jungs adoptierte. Seine Frau hatte keine eigenen Kinder bekommen können und nach ihrem Tod wurde Melly so etwas wie ein Mutterersatz. Als ob das Schicksal es genau so eingefädelt hatte. Jack wusste noch genau, wie er das erste Mal nach dem Tod von Richards Frau in das Anwesen kam. Fröhliches Kinderlachen und die energische Stimme der Haushälterin hatten durch die Flure geschallt, während die beiden Wirbelwinde von Melly durch das Haus gejagt wurden, weil sie irgendetwas gemopst hatten, was ihr gehörte.

Was hatten sie ihr noch gleich weggenommen? Er erinnerte sich nicht mehr. Nur noch an Mellys atemloses Lachen, als sie die beiden endlich erwischte und an sich presste, um jedem der kleinen Diebe einen saftigen Kuss auf die Wange zu drücken, obwohl sie heftig zappelten und kreischten. Sogar ihre Art, sich zu rächen, war voller Zuneigung.

Etwas raschelte und er schreckte aus seinen wirren Gedanken auf. Obwohl er sich anstrengte, konnte er kaum mehr als Schemen erkennen. Seine Finger tasteten nach dem Schalter für den Notruf, den die Schwester ihm in greifbare Nähe gelegt hatte, doch er fand ihn nicht.

Er war einfach weg. Seine Hand strich nervös und zittrig über das weiße Laken, ohne zu finden, was sie so blind zu ertasten suchte.

Wieder das Rascheln von Stoff. Es war eindeutig jemand bei ihm, dabei war er in einem Einzelzimmer untergebracht.

Das Herz schlug ihm schmerzhaft und quälend schwer in der Brust und sein eigener Atem erklang keuchend und zittrig. Was war an dem Tag passiert, als er zusammengebrochen war? Irgendetwas war geschehen ... Jemand hatte etwas Grauenhaftes gesagt und dann ...

»Guten Abend, Jack.«

Die Stimme klang nicht vertraut. Sie war eindeutig einem Mann zuzuordnen und sie klang erstaunlich sanft und ein wenig amüsiert, doch etwas in ihr bewirkte, dass Jack kalter Schweiß ausbrach. Er wollte sprechen, doch seine Stimme versagte, als sich ein Schatten vor ihm im dunklen Zimmer erhob. Er erschien formlos, ohne Konturen zu sein, doch in einem Winkel seines Verstandes wusste er, dass das nur ein Trugbild war, den ihm die Dunkelheit spielte. Jedoch machte auch dieses Wissen die Situation nicht weniger grauenhaft.

»Don findet ja, dass wir dich einfach ignorieren und uns den Jungen holen sollten, aber ...«, ein Kichern folgte, boshaft und düster. »Ich gehe lieber auf Nummer sicher.«

Jacks Versuch zu schreien wurde mit einem weichen Tuch erstickt, das der Unbekannte ihm grob auf das Gesicht drückte. Er lehnte sich gegen den im Bett Liegenden, presste ihn gewaltsam auf die Matratze, während er ein leises Schlaflied summte.

»Na, na, Jack! Wer wird sich denn gleich so aufregen?«,

tadelte der Unbekannte lächelnd. »Nicht, dass du noch einen Herzinfarkt bekommst, mh?«

Jack wand sich zappelnd hin und her, bäumte sich verzweifelt auf, lautlos schreiend und wimmernd, während er nach Atem zu ringen versuchte, doch das weiche Tuch auf seinem Gesicht verhinderte das. Tränen rannen ihm aus den Augen, während der summende Mann das Leben aus ihm herauspresste. Sein Herz krampfte sich unter der Panik und dem Sauerstoffmangel zusammen, schien in seiner Brust explodieren zu wollen, die nur noch aus brennender Qual zu bestehen schien. Es war, als hätte jemand glühende Kohlen in ihn hineingeschüttet. Seine Arme wurden schwer und alles, was er noch hörte, war das leise Summen des Mannes. Er dachte an Liam und daran, wie leid ihm alles tat. So schrecklich leid.

Und dann sah er nur noch Finsternis vor sich, die ihn zu verschlingen schien.

•••

»Sind Sie zufällig Dante Lavall?«
Nick drehte sich zu der Stimme um, überrascht und misstrauisch zugleich. Der Mann vor ihm war glatzköpfig und stämmig. Um seinen Hals lag eine schwere Goldkette und das dichte Brusthaar wuchs ihm aus dem Kragen des schlecht sitzenden Hemdes. Der Fremde streckte ihm eine behaarte Pranke entgegen. Nick unterdrückte seinen Widerwillen und zwang sich zu einem Lächeln. Aus dem

Augenwinkel sah er zwei suspekt aussehende Gestalten, die sich auf dem Gehweg vor der Galerie herum drückten. Beide dunkel gekleidet, beide groß und hager und mit kalten Gesichtern, die ihn abschätzig musterten. Er hatte gerade die letzten Vorbereitungen für übermorgen getroffen, wenn sie eröffnet werden sollte. Dann wäre auch Dante endlich wieder hier. Er freute sich schon darauf, seinem Bruder endlich wieder den ganzen Verwaltungskram zu überlassen.

»Eben dieser«, log er aus einer Eingebung heraus. Sein falsches Lächeln schreckte den Mann nicht, dessen Hand unangenehm feucht schien, während er den Händedruck erwiderte. In seinen Zügen las er kein Erkennen der Lüge und auch sonst nichts. Nur eine gewisse ... Gier?

Seine Alarmglocken schrillten, als er daran zurückdachte, was die Mitarbeiter in Jacks Kanzlei beobachtet haben wollten. Von Jacks Assistenten wusste er, dass dieser nach seinem Zusammenbruch etwas von einer schlimmen Tragödie geflüstert hatte, und dass er Liam beschützen musste. Das war alles, was sie ihm sagen konnten. Jack selbst schien sich, nachdem er im Krankenhaus endlich zu sich gekommen war, an nichts mehr erinnern zu können.

Das Licht der Straßenlaternen beleuchtete die Männer nur spärlich. Jeder, der reine und ehrliche Absichten hatte, suchte niemanden zu später Stunde auf, um Geschäfte zu machen. Das jedenfalls hatte Nicks Dad immer gesagt und wo er sich den Glatzköpfigen mit den harten Augen so besah, musste er ihm zustimmen. »Kann ich helfen?«, fragte Nick dann bemüht freundlich, während er seine Hand zurückzog und unauffällig am Stoff seiner Hose abwischte.

»Allerdings, ja. Ich bin Agent einer Modelagentur. Dieses junge Model auf den Fotos und Plakaten, die in der ganzen Stadt aushängen, interessiert uns. Wir würden Liam gern kennenlernen!«

Nicks Augen wurden schmal. Nur ein Hauch, aber sein Verdacht bestätigte sich. Nirgendwo auf den Fotos stand Liams Name, das hatte er nicht gewollt. Sie hatten entweder Nummern oder schlichte Bezeichnungen wie »Sunset« oder »Jackett«. Er lächelte freundlich. »Ja, er ist etwas Besonderes, nicht wahr? Ich fürchte nur, ich bin nicht in der Lage, ihn zu vermitteln. Er ist außer Landes und wird bereits von anderen Agenturen begutachtet. Albino-Models, gerade Männer, sind ja derzeit unheimlich im Trend.«

Die Lügen glitten weich und seidig über seine Lippen, während sich sein Verstand regelrecht überschlug. Liam steckte in irgendetwas drin, so viel war sicher. Nur in was? Was immer es war, diese drei Kerle hier hatten alles andere als Gutes im Sinn und wenn diese Halunken von einer Model-Agentur waren, fraß er einen Staubsauger samt Putzfrau.

Das schleimige Lächeln des Mannes erstarb, ehe er es erneut aufsetzte, so wie kalten Kaffee, den man zurück auf die Heizplatte schob. »Wirklich? Das ist ja ein Jammer. Wenn er wieder auftauchen sollte, würden Sie ihm dann meine Karte geben?« Die Glatze zog eine Visitenkarte aus der Hemdstasche und reichte sie dem vermeintlichen Dante, der sie annahm und vorgab, diese zu lesen. Darauf war die Adresse einer bekannten Model-Agentur – aber die Telefonnummer war falsch. Das sah er direkt, da die Inhaberin eine Kundin von Dante war. Eine kratzbürstige, strenge ältere Dame, die einen exquisiten Geschmack besaß. Die Vorwahl der Telefonnummer stimmte nicht überein.

»Oh, so eine berühmte Agentur! Nun, falls ich ihn sehe, gebe ich sie ihm sofort. Ich glaube, das Angebot von Ihnen wird besser sein als das dieser spanischen Modehäuser!« Nick schenkte der Glatze, die zufrieden wirkte, ein falsches Lächeln. »Vielen Dank für Ihren Besuch. Übrigens ist übermorgen die Eröffnung, es gibt gratis Drinks und ein paar hübsche Bedienungen!«, plapperte er locker drauf los. Der Glatzköpfige lächelte kalt. »Ich fürchte, dann sind wir bereits anderweitig verpflichtet. Dennoch vielen Dank.«

Sie stiegen in den Wagen, der vor der Galerie parkte und Nick ging sicher, dass sie wirklich weg waren, ehe er noch einmal in die Galerie trat und von innen abschloss, ehe er das Handy aus seiner Jackentasche zog und eine Nummer wählte.

Was immer die Kerle mit Liam vorhatten: Das konnten sie sich abschminken. Der Kleine gehörte zur Familie Lavall, ob ihm das klar war oder nicht.

•••

Dante saß mehr im Bett, als das er lag, gestützt von den Kissen in seinem Rücken. Er hatte die Arme hinter dem Kopf verschränkt und starrte gedankenverloren an die Decke. Seit über zwei Stunden wartete er darauf, dass Liam zu ihm kommen würde, aber es schien, als könnte er diese vage Hoffnung begraben.

Er war einfach zu weit gegangen und hatte sich überschätzt, was seinen Einsatz bei diesem Spiel anging. Verlieren war nicht gerade seine Stärke, aber er hatte selbst die Regeln aufgestellt und musste nun mit den Konsequenzen leben. Zwar hatte er nicht explizit gesagt, was er tun würde, wenn Liam nicht zu ihm käme, aber dass er aufhören würde, ihm nachzustellen und ihn zu berühren, stand ja wohl außer Frage. Er wäre nur noch sein Boss und sonst gar nichts mehr.

Sanftes Wellenrauschen drang vom nahen Meer an seine Ohren. Wenn er den Kopf noch etwas weiter in den Nacken legte, konnte er aus dem Fenster und den funkelnden Sternenhimmel sehen, was er auch tat. Der Himmel war vollkommen klar und unendlich dunkelblau, besetzt mit all den funkelnden, glimmenden Lichtern, die sich zu einem endlosen Teppich aus Schönheit verwoben und ihr Leuchten auf die Erde sandten. Sein Vater hatte Himmel und Meer immer bewundert und für etwas Heiliges gehalten. Sie ergänzten sich perfekt, weil beides unendlich und gleichsam geheimnisvoll schien.

Sein Herz fühlte sich wund an, als wären all die Emotionen wie Schmirgelpapier gewesen und die Oberfläche nun rau und verletzlich. Er war in seinem Leben schon ein paar mal verliebt gewesen, aber nie auf die Art, mit der es ihn bei diesem Jungen erwischt hatte. Zurückgewiesen zu werden war ihm fremd und er war nicht vertraut damit, wie man damit umgehen sollte. Oder ob er es überhaupt konnte? Konnte er ihn wirklich nur noch als seinen Mitarbeiter betrachten und vergessen, dass er auf seinem Schoß gesessen und sie sich fast geküsst hatten? Oder die Art, wie er sich im Schlaf an ihn schmiegte und ihn umklammerte wie einen Rettungsring auf hoher See?

Er bezweifelte es.

Die Sterne funkelten kühl und teilnahmslos auf ihn herunter und das sanfte Wellenrauschen des endlosen Meeres brachte sein Herz ebenfalls nicht zur Ruhe. Er seufzte schwer und beschloss, noch etwas zu schlafen. Als er sich gerade halb aufgerichtet hatte, um das Kissen aufzuschütteln und seinen Plan in die Tat umzusetzen, erblickte er Liams bleiche Gestalt im Türrahmen. Sein wundes Herz machte einen Satz und überschlug sich fast, als es heftig zu schlagen begann. Er verharrte so wie er war, halb aufgerichtet, mit der Decke, die ihm bis auf den Bauch herabgerutscht war. Er hatte heute Abend auf ein T-Shirt verzichtet, ohne sagen zu können, wieso. Eigentlich war es zu kühl, aber er schlief einfach besser, wenn er nichts trug. Zumindest nichts außer der schlichten Boxershorts, die er anhatte. Und das auch nur, weil er nicht allein hier war.

»Ich habe ziemlich lange gebraucht«, begann Liam leise zu sprechen. »Bevor ich ...«, fuhr er zögernd fort, »... dir gehöre, will ich wissen, was genau du mit »für immer« meinst.« Seine Stimme klang zittrig und auch ein wenig trotzig beinahe. Ein hilfloser Versuch, seine wirren Gefühle unter Kontrolle zu halten, damit er nicht an Ort und Stelle zusammenbrach wie ein Kartenhaus. Seine bleichen Hände stützten sich links und rechts an dem Holz ab, das Dante selbst mit seinem Vater geschliffen und verarbeitet hatte, so wie alles andere in diesem Haus und in seinem. Er sah ein wenig so aus, als wollte er verhindern, dass Dante plötzlich abhaute, so wie er die Tür blockierte. Es schnürte ihm die Kehle zu und er räusperte sich, ehe er auf Liams Worte eingehen konnte.

»Für immer bedeutet genau das. Für immer.« Er erlaubte sich ein zögerndes Lächeln. In seinen eigenen Ohren klang es jetzt reichlich absurd, aber in seinem Herzen war nichts als Wahrheit. »Ich mache keine halben Sachen und ich bin wahrhaftig kein Freund von Lügen oder Kompromissen.« Er versuchte zu ignorieren, wie heftig das Blut in seinen Adern rauschte und das ewige Meer übertönte. »Ich will dich an meiner Seite haben. In meinem Leben und in meinem Bett. Für immer. Ich will, dass du mir gehörst und sonst keinem.« Er wagte nicht, sich zu bewegen, obwohl er nichts lieber getan hätte, als zu ihm zu gehen. Liam war wie ein Magnet, der ihn unwiderstehlich anzog. Er konnte nichts dagegen tun.

Liam schluckte und sein Magen kribbelte heftig, während seine Handflächen feucht wurden und sich alles in ihm zusammen zu ziehen schien. Leichter Schwindel überkam ihn und er versuchte, mit aller Macht das Zittern zu unterdrücken, das ihn erfasst hatte.

»Das kann ich nicht tun.« Er flüsterte die Worte, während Tränen in seine Augen stiegen. Dieser Moment in der Dunkelheit entschied darüber, wie seine ganze Zukunft aussehen würde. Alles, was er sagte oder tat, würde über sein Schicksal entscheiden. Dantes Miene war zu weit weg und zu undeutlich im Dunkeln, aber er brauchte auch kein Licht, um zu wissen, dass er ihn damit vor den Kopf gestoßen hatte. Ihn verletzt hatte. Und das auch noch mit Absicht.

Dante schwieg wie betäubt und konnte keinen klaren Gedanken fassen. Er war zu geschockt, um etwas zu sagen.

Liam ließ zu, dass eine einzelne Träne über seine

Wange rann, ehe er flüsterte: »Ich kann diesen Handel nicht eingehen, wenn er nicht auf Gegenseitigkeit beruht. Der Gedanke, dass ich dir gehöre, aber du mir nicht ... Das kann ich nicht ertragen. Ich brauche dich. Ich will dich. Für mich allein, Dante. Ganz oder gar nicht. Das ist mein Angebot.«

Sein Angebot, echote es in Dantes überfordertem Hirn, ehe er leise schnaubte. Erleichterung und ein gewisses Amüsement schlugen wie hohe Wellen über ihm zusammen und plötzlich fühlte er sich leicht und zittrig, um nicht zu sagen erlöst. Der Kleine hatte wirklich gedacht, dass es nicht auf Gegenseitigkeit beruhen würde?

»Komm her.« Dantes Stimme klang fordernd und dennoch war sie weich und zärtlich. Es war unmöglich, ihr zu widerstehen. Liam konnte regelrecht fühlen, wie all die Mauern, die er um sein Herz gelegt hatte, zerbröckelten und einstürzten. Marode durch seine Sanftheit. Insgeheim musste er sich eingestehen, dass er sogar zu ihm gegangen wäre, wenn er seine Bedingungen nicht akzeptiert hätte, auch wenn es ihn umgebracht hätte. Der Weg zum Bett schien endlos und jeder Schritt ließ sein Herz wilder rasen. Als er in Reichweite war, streckte Dante eine Hand nach ihm aus und Liam sank regelrecht an seine Brust. Er fand sich auf seinem Schoß sitzend wieder und die Erinnerung an das letzte Mal stand ihm deutlich vor Augen. Sein Mund wurde trocken, als er Dante betrachtete. Sternenlicht schimmerte in seinem schwarzen Haar und sogar in der Dunkelheit waren die Tattoos zu erahnen, die seine linke Seite bedeckten. Seine warmen Hände glitten von Liams schmalen Hüften zu seinem Gesicht, hielten es zärtlich gefangen, so dass er ihn ansehen musste. Seine Stirn legte sich in Falten, als er die feuchte Tränenspur mit dem Daumen fort rieb.

»Ich könnte keinem anderen je gehören, als nur dir«, raunte Dante leise. »Niemandem. Nur dir«, versicherte er noch einmal, während er Liams Gesicht streichelte und ihn staunend betrachtete. Es war die Wahrheit und die Zuneigung, die sein Herz überquellen zu lassen schien, erfüllte ihn mit Dankbarkeit.

Liams Lippen verzogen sich zu einem scheuen Lächeln, das noch immer die Unsicherheit erkennen ließ, aber er sah auch die zarte Hoffnung darin. Liams Hände legten sich sacht an seine Brust, direkt auf die nackte Haut. Er bekam Gänsehaut von der Zartheit seiner Berührung.

Dantes warme Finger streichelten seine Wangen, fuhren sanft über seine Brauen und über die Konturen seines Kiefers, ehe sie durch sein Haar glitten. Sie erkundeten langsam und zärtlich seinen Nacken, streichelten und liebkosten die empfindliche Haut. Liam schmiegte sich an seine Brust und versuchte, sein wild pochendes Herz zu beruhigen, ohne damit Erfolg zu haben. Dantes Arme schlangen sich fest um ihn und zum ersten Mal dachte er nicht darüber nach, sich mitten in der Nacht wieder fortzustehlen. Er spürte seinen warmen Atem an seinem Haar, ehe er fühlte, wie sich Dantes Lippen auf seinen Schopf drückten. Seine Hände glitten in langsamen, ruhigen Bewegungen über seinen Rücken und seine Hüften, doch das heftige Klopfen seines Herzens direkt unter Liams Händen, strafte seiner Bedächtigkeit Lügen. Es schlug mindestens ebenso schnell und kraftvoll wie sein eigenes.

»Ich habe Narben«, raunte Liam leise gegen Dantes

Kehle, zu furchtsam, um ihn anzusehen. Er roch den Duft seines Aftershaves und des leichten Parfüms, das an seiner Haut haftete. Er wartete darauf, dass die streichelnden Hände innehalten würden, während er fest die Augen schloss. Doch nichts dergleichen geschah. Stattdessen glitten Dantes tastende Finger sacht unter das Shirt und Liam zuckte leicht zusammen, als die warmen Fingerkuppen seine nackte Haut streichelten.

»Ich werde jede Narbe küssen, die ich finde, so oft und so lange, bis du vergisst, dass sie jemals wehgetan haben«, raunte Dante sacht an seiner Schläfe. Seine Hände glitten sanft über die nackte Haut seines Rückens, spürten hier und da eine leichte Erhabenheit auf der Oberfläche seines Körpers, die ansonsten samtweich und glatt schien. Bis zu den Schulterblättern tasteten sich seine Hände liebkosend hinauf, zogen dabei den Stoff des Oberteils mit sich, bis er es Liam schließlich über den Kopf ziehen konnte, der sogar in der Dunkelheit dunkelrot zu glühen schien. Er ließ das Kleidungsstück achtlos zur Seite fallen und strich mit zarten Fingern über die Gänsehaut auf Liams nackten Armen, während dieser ihn aus großen, grünen Augen anstarrte, die Lippen leicht geöffnet.

»Ich werde niemals etwas gegen deinen Willen tun. Wenn dir etwas nicht gefällt, sagst du es mir, und ich werde es lassen.« Dante war der Erfahrene von beiden, der, der wusste, wie alles ging, doch mit Liam fühlte er sich, als wäre er wieder vierzehn und jungfräulich. Die Angst, etwas falsch zu machen mischte sich mit der unerträglichen Nervosität und der Begierde, die seine Hände zum Zittern brachte.

»Dafür ist es zu spät, glaube ich«, erklang es mit einem schwachen Lächeln von dem Kleinen, der sich eng an seine Brust schmiegte und dabei zittrig seufzte. Dantes streichelnde Hände hielten verwirrt inne.

»Was meinst du?« Dante schob irritiert zwei Finger unter Liams Kinn, so dass er ihn ansehen musste. Ihre Gesichter waren sich so nah, dass er die Befangenheit in seinen Augen lesen konnte.

»Du hast die ganze Zeit Sachen gegen meinen Willen getan. Du warst nett zu mir, und freundlich, obwohl ich mir manchmal gewünscht hätte, du würdest mich anschreien.« Liam versank in den dunklen Augen und dem Anblick seiner Lippen, seines Gesichts. Es fühlte sich beängstigend vertraut an, so auf ihm zu liegen. Er fand es erstaunlich bequem und erschreckend gleichermaßen, weil er noch immer jede Sekunde fürchtete, das alles wäre doch nur eine Illusion. »Du hast dir so viel Mühe gegeben, dass ich mich bei dir wohlfühle, obwohl ich mich gewehrt habe und so schwierig war. Ich wollte dir wirklich widerstehen, weißt du?« Er wollte den Blick senken, beschämt von seinen Gefühlen, doch Dantes warme, liebevolle Finger an seinem Kinn ließen ihn nicht. Er leckte sich nervös die Lippen. »Du hast mich dazu gebracht, dir zu vertrauen, obwohl ich Angst davor hatte.«

Dantes Herz zog sich zusammen, während er ihm ein sanftes Lächeln schenkte. »Du hättest jederzeit sagen können, dass ich dich anders behandeln soll. Oder dass ich dich in Ruhe lassen soll.«

Liam erwiderte das Lächeln und nickte zustimmend. »Ich weiß. Aber ...« Er biss sich auf die Lippen und schlug die Augen nieder.

»Aber?«, bohrte Dante nach, nicht bereit, ihn damit davonkommen zu lassen. Sein Daumen streichelte zart über Liams Unterlippe und er hob den Blick zu ihm.

»Ich wollte nicht, dass du aufhörst. Ich wollte dir gehören. Ich dachte nur nicht, dass es jemals wirklich passiert.« Er schwieg kurz, ehe er leise anfügte: »Ich hatte nicht erwartet, dass du mich damals in dein Bett lässt.«

Dante lächelte schief. »Ich wollte dich eigentlich erst wegschicken, aber dann konnte ich es nicht. Ich bin froh, dass ich es nicht getan habe«, gestand er leise. »Es war vielleicht sogar die beste Entscheidung, die ich je getroffen habe«, meinte er nach einem kurzen Moment, in dem sie sich stumm ansahen.

Liam rückte ein kleines Stück höher zu ihm und Dante zog die Decke unter seinem Körper hervor, um sie um ihn und sich selbst zu schlingen. Ohne die Barriere aus Stoff zwischen ihnen, spürte Dante, wie Liams Unsicherheit wieder zunahm. Allerdings hatte er nicht vor, zuzulassen, dass er sich zurückzog. Seine Arme schlangen sich sanft um ihn, die Hände streichelten durch sein Haar und über seinen Rücken. Liam seufzte leise und schmiegte sich dankbar an ihn, während seine Finger zögernd über Dantes nackte Brust glitten. »Darf ich jetzt immer bei dir schlafen?«

»Du musst.« Dante unterdrückte das Verlangen, das durch seine Adern rann. Er wollte ihn endlich küssen, aber gleichzeitig musste er geduldig mit ihm sein. Geduld war nicht gerade seine Stärke, wenn es um Dinge ging, die er wollte. Er drückte einen Kuss auf Liams Haar.

»Ich muss?«, erklang es leise glucksend. Er spürte das Lächeln an seiner Haut, als Liam amüsiert die Lippen verzog.

»Allerdings. Das musst du. Ohne dich kann ich nicht schlafen. Und ich möchte außerdem, dass du nicht mehr mitten in der Nacht abhaust.«

»Okay.« Liam hauchte einen zarten, flüchtigen Kuss auf seinen Hals, der Dante beinahe seine Beherrschung kostete. »Wusstest du eigentlich«, murmelte Liam leise, nichts von seinen Qualen ahnend, »dass deine Lieblingsblume schon Gegenstand von Märchen und Sagen war?«

Dante blinzelte in die Dunkelheit und lauschte ihm überrascht. Er verneinte. Liam schlang seine Arme um ihn und hauchte einen neuerlichen Kuss auf seine Haut, auf sein Schlüsselbein diesmal. Dante biss sich auf die Lippen.

»Anemone war eine Nymphe, die allen Männern sehr zugetan war. Sie war wunderschön und nicht einmal Zephyr, der Gott des Windes, konnte ihr widerstehen und verliebte sich unsterblich in sie.« Liam lächelte leise in sich hinein, während er seine Wange an Dante rieb. Er konnte seinen Atem hören und das Klopfen seines Herzens. Schnell und laut. »Aber Zephyr war eifersüchtig, weil Anemone nicht treu sein konnte. Angeblich verwandelte die Göttin Hera sie daraufhin in eine wunderschöne Blume, damit Zephyr sie nicht mehr teilen musste. Man sagt«, beendete er dann seine Geschichte, »wenn ein Windhauch über eine blühende Anemone streichelt, ist sie wieder mit ihrem Geliebten zusammen, der sie berührt und dass sie dann vollkommen einander gehören.« Liam schaute zu ihm hoch. »Vielleicht nennt man sie darum auch Windröschen.«

Dante lächelte, als die Geschichte zu ende war und Liam ihn anschaute, die Wangen regelrecht glühend in seinem sonst so blassen Gesicht.

»Also bist du meine persönliche, wunderschöne Anemone und ich der eifersüchtige Gott des Windes?«, fragte er sanft, ein leises Schmunzeln auf den Lippen. Er wartete nicht auf die Antwort, drückte stattdessen einen zärtlichen Kuss auf seine Stirn. »Ich bin mit der Rolle durchaus zufrieden, denke ich. Auch wenn ich dich nicht verwandeln oder wegsperren kann, so wie es die Götter zu tun pflegten. Es ist doch viel schöner, wenn das, was man liebt, freiwillig zu einem kommt, oder?«

Er spürte Liams Blick auf sich und sein eigener Kopf schien plötzlich zu glühen. »Wir sollten ein bisschen schlafen. Morgen wird ein langer Tag«, meinte er dann so bemüht unbeschwert, wie er nur konnte, obwohl Schlaf das letzte war, an was er dachte. Liam brummte nur leise eine Zustimmung, ehe er sich wieder an ihn kuschelte.

Dante zog ihm die Decke weit bis über die Schultern und drückte ihn an sich wie einen Schatz, während er wach lag und kein Auge zubekam. Erst das Morgengrauen, das fahl durch das Fenster strömte, wog ihn in den wohlverdienten Schlaf.

15

Die Nacht war erneut sternenklar und warm. Grillen zirpten und ab und an strich eine kühlende Brise über das Land, trug den Duft des Meeres mit sich. Das Anwesen der Salazars entpuppte sich als weitläufige Villa, die sich perfekt in einen Berghang schmiegte. Mehrstöckig und festlich beleuchtet, wirkte sie eher wie der Sitz eines Königs.

Liam musterte staunend die hohen Mauern, die Salazars Besitz umgaben, mitsamt den Sicherheitskräften, die ständig am Eingang patrouillierten. Unauffällig aber wachsam. Überall vor dem Anwesen standen die teuren Wagen der Gäste, die im Lichtschein der Fackeln, die den Weg aus weißen Marmorplatten säumten, beinahe ebenso glitzerten, wie der Sternenhimmel selbst. Dante parkte und warf ihm ein aufmunterndes Lächeln zu. Er trug seinen dunkelgrauen Anzug und Liam trug den aus dunkelblauem Stoff, den ihm die Schneiderin gemacht hatte. Dazu die Krawatte, die Dante ihm gebunden hatte, und natürlich die Schuhe und das makellose Hemd. Die »Party« war weniger eine wirklich ausgelassene Feier als ein Anstandsbesuch, den Dante Salazar und seiner

Tochter schuldete, wie er Liam versichert hatte, und dementsprechend gut angezogen war er auch. Liam bekam feuchte Hände bei der Vorstellung, gleich einer ganzen Horde steinreicher Leute gegenüber zu stehen, die ihm hoffentlich keine Beachtung schenken würden. Dante hatte ihm versichert, dass eine elegante Verbeugung statt einem Handschlag ebenso reichen würde und notfalls lenkte er die Herren und Damen eben ab. Hierfür war es notwendig, dass Liam an seiner Seite blieb. Aber er hatte sowieso nicht vor, streunen zu gehen.

»Keine Angst. Wir sagen nur kurz Hallo, nehmen einen Höflichkeitstrunk aus Salazars selbst gemachter Apfelschorle und gehen wieder.« Dante lehnte sich zu ihm, ein sachtes Lächeln auf den Lippen. Sogar in einiger Entfernung zum Haus konnte Liam die laute, dröhnende Musik hören. Er spürte ihre Vibrationen und hätte am liebsten angeboten, einfach hierzubleiben. Er versuchte sich an einem Lächeln, das reichlich schmal ausfiel. »Okay.«

Sie stiegen aus und die Lautstärke der Musik und des Stimmengewirrs, die eben noch gedämpft gewesen waren, prasselten nun umso lauter auf ihn ein. Es klang, als ob mindestens hundert Gäste das Anwesen unsicher machten. Liam atmete angestrengt, während Dante neben ihn trat.

»Ich passe auf dich auf.« Er fuhr ihm sacht durch das helle Haar und Liam schaute zu ihm hoch, die Augen groß und mit einem undefinierbaren Ausdruck darin.

»Ich weiß«, meinte er nur leise. »Dann sollten wir mal los, oder?«

Dante nickte zustimmend und strich sich das schwarze Haar zurück, ehe er die Villa mit einem Seufzen in

Augenschein nahm und seinen Anzug glattstrich. »Dann los. In die Höhle des Löwen«, murmelte er. Er erwartete eigentlich keine Schwierigkeiten und zückte die Einladungskarte, die ihm geschickt worden war. Ein schmaler Herr in einem weißen Anzug stand am Tor und kontrollierte die Karte, während Liam schweigend und mit klopfendem Herzen neben Dante stand. Er wirkte so ruhig und gefasst, dass er selbst sich dabei lächerlich vorkam. Seine Nervosität stieg, als das Tor für sie geöffnet wurde und man sie einließ. Eine Gruppe junger Damen, nur bekleidet in knappen Bikinis und vollkommen durchnässt, rannte lachend an ihnen vorbei, in den Händen Gläser mit Schirmchen und Fruchtscheiben, aus denen die Cocktails beinahe heraus schwappten.

Ein riesiger Pool, gefüllt mit warmem Wasser, das in der Nachtluft dampfte, befand sich nur wenige Meter vor ihnen. Die Beleuchtung warf flackernde Lichteffekte auf die umliegenden Steine und einige Gäste tummelten sich im Nass, plauderten zwanglos miteinander, während sie ihre Drinks genossen. Es war so voll wie in Dantes Club. Überall tanzende, sich unterhaltende Leute. Manche im Anzug, manche im Abendkleid, andere nur im Bikini oder in Badehose. Eine wilde Mischung.

Treppen führten zum Haus selbst hinauf und ein prachtvoller Garten war zu erahnen. Es duftete nach Orangenbäumen und den Rosen, die überall gepflanzt waren. Das gesamte Grundstück war mit in den Boden gesteckten Fackeln beleuchtet und die Musik schien von überall zu kommen.

Dante blickte sich um, nahm den Anblick in sich auf. Catrina hatte sich mal wieder selbst übertroffen. Kellner liefen herum, brachten Drinks oder nahmen Bestellungen auf. Einige trugen große Platten mit Häppchen und in der einen Ecke des Grundstücks war eine Bar aufgebaut. Aus den Gästen löste sich die Gestalt von Salazar selbst, breit lächelnd, in einem makellosen schwarzen Anzug. Eine weiße Rose steckte in seiner Brusttasche und an seinen Fingern funkelten schwere Goldringe.

Liam musterte ihn verstohlen, während Dante und Salazar sich die Hände schüttelten und sich begrüßten. Direkt hinter ihm tauchte eine schlanke, in ein auffallend rotes Kleid gehüllte Frau auf. Es war bodenlang, an der Seite geschlitzt, und erinnerte Liam an die Kleider, die Flamenco-Tänzerinnen trugen, jedoch weitaus eleganter. Schulterfrei, mit einem tiefen Ausschnitt, war allein das Kleid einen Blick wert, aber die Dame, die es trug, machte das Ganze erst zu einem Highlight. Ihr langes, blondes Haar fiel offen um die nackten Schultern. Das ausdrucksstarke Gesicht mit den wohlgeformten Brauen und dem sinnlichen Mund war dezent geschminkt, denn sie brauchte nicht viel Make-up. Sie war sehr schön, wie er zugeben musste. Wenn man sich eine Prinzessin vorstellte, dann musste sie wohl so aussehen. Schlank, elegant, jeder Schritt und jede Geste perfekt und zielgerichtet. Nichts wurde dem Zufall überlassen. Ihre Blicke galten vor allem Dante, den sie mit einem strahlenden Lächeln begrüßte.

»Ich dachte schon, du schaffst es nicht her, mein Lieber«, erklang ihre Stimme dann, während sie Dante eine unberingte Hand reichte, an der nur ein schmales Armband aus Gold glitzerte. Dante deutete einen Handkuss an, ohne sie zu berühren, doch Liams Magen zog sich dennoch zusammen. Er mochte sie nicht. Einfach nur, weil sie Dante auf diese Art ansah, als wollte sie ihn verschlingen. Plötzlich kamen ihm Zweifel. Würde Dante wirklich ihn einer solchen Schönheit vorziehen? Er verbarg seine düsteren Gedanken hinter einer nichtssagenden Miene.

»Meine liebe Catrina. Alles Gute zum Geburtstag. Ich hoffe, dein Geschenk hat dir gefallen?« Dante betrachtete sie freundlich, ließ jedoch nach der Begrüßung ihre Hand los. Sanft aber bestimmt.

Catrina lächelte ihm zu und zog eine schmale Braue hoch. »Ich liebe es. Vielen Dank dafür.« Ihr Augenmerk wanderte zu Liam, der ihren prüfenden, beinahe herablassenden Blick schweigend und mit neutraler Miene erwiderte, ehe er sich ein: »Auch von mir alles Gute« abrang. Ein Lächeln brachte er jedoch nicht fertig.

»Wer ist der kleine Albino? Ich glaube nicht, dass ich ihn schon einmal gesehen habe.« Ihre Stimme klang süffisant und mit einem provokanten Unterton, als sie Liams Gesicht musterte, als wollte sie in seinen Kopf sehen. Ihre Augen wurden eine Spur schmaler.

»Das ist Liam Devereux, Dantes neuer persönlicher Assistent. Ein hübscher Bursche, nicht wahr? Und sogar schon nicht mehr ganz so schüchtern, wie zuletzt. Er macht sich!« Salazar lachte, während er seiner Tochter einen sanften Kuss auf die Wange hauchte.

Sie lächelte nichtssagend und warf Liam nur einen abschätzigen Blick zu. »So, so. Und wie behandelt Dante dich? Wenn er nicht nett zu dir ist, kannst du für mich arbeiten. Ich habe ein paar Freundinnen, die sicher total auf dich stehen würden.«

Ehe Liam etwas sagen konnte, was vermutlich unangemessen gewesen wäre, sprang Dante für ihn in die Bresche. »Tut mir leid, Cat, aber er gehört mir.« Dante erwiderte den überraschten Blick, den sie ihm zuwarf, mit Nachdruck und er betonte die letzten Worte so unmissverständlich, dass Liams Herz wild zu hämmern begann.

»Ist das so? Nun, Dante, nichts gehört einem für immer. Das solltest du doch am besten wissen, nicht?« Sie machte eine wegwerfende Geste mit der Hand und lachte leise. »Aber genug davon. Kommt herein. Trinkt, tanzt, amüsiert euch beide. Die Nacht ist jung und es gibt reichlich Snacks, Alkohol und Spaß. Sophie wird sicher ganz begeistert von deinem kleinen Assistenten sein. Du weißt ja, wie sie ist.« Sie zog Dante mit sich und Liam folgte ihnen widerstrebend, während Salazar mit Dante über die neuesten Kunstprojekte, Galerien und neue Talente fachsimpelte. Liam hörte ihm nicht zu, aber er sah, wie besitzergreifend Catrina Dante fixierte. Sie erklommen die Treppen zum Haus, während Liam mit jedem Schritt immer widerstrebender wurde. Ab und an warf Dante ihm einen entschuldigenden Blick zu, den er ausdruckslos erwiderte. Am liebsten wäre er abgehauen, aber nun saß er hier fest und musste mit ansehen, wie sich Dante aus Catrinas Klammergriff zu winden versuchte. Sie lachte über das, was er sagte, und ständig berührte sie ihn an der Schulter, an der Hand oder sogar an der Brust.

Ihre Tatscherei trieb Liam zur Weißglut. Ein Kellner lief vorbei und reichte ihm freundlich lächelnd ein Glas mit sprudelndem Apfelwein, ohne, dass er es verhindern konnte, während Salazar die kleine Gruppe auf den Balkon führte. Hier war es ruhiger, die Musik leiser als draußen vor dem Haus. Bequeme Sitzmöbel aus Korb standen bereit, ebenso ein niedriger Tisch. Windlichter und Laternen spendeten angenehmes Licht. Gerade, als

Liam sich setzen wollte, weil Salazar ihn geradezu dazu nötigte, packte ihn jemand am Arm. Vor Schreck verschüttete er beinahe seinen Apfelwein, von dem er schon die Hälfte getrunken hatte.

»Ah, Sophie. Liam, dies ist meine unausstehliche und gleichsam unwiderstehliche jüngste Tochter. Ihre Manieren sind ... verbesserungswürdig.« Salazar seufzte und Dante warf Liam einen besorgten Blick zu, ehe dieser sich zu dem Mädchen umwandte. Sie schien etwa in seinem Alter zu sein, mit langem, schwarzen Haar, das jedoch gefärbt zu sein schien. Sie grinste ihn an, ein hübsches, ausdrucksstarkes Gesicht. Offensichtlich die Schwester von Catrina, ohne Zweifel. Die gleichen Augen, der gleiche Mund, aber dennoch wirkte sie erheblich rebellischer und wesentlich weniger gelassen. Wie jemand, der hungrig auf Neues und Abenteuer war. Ihr kurzes Cocktailkleid war schwarz-weiß und eine niedliche Schleife befand sich am Oberteil, als wäre sie ein liebevoll verpacktes Geschenk.

»Hi! Du bist ja blass! Aber endlich mal jemand, der nicht zu all diesen steifen Leuten gehört. Du bist süß«, plapperte sie drauf los, ehe Liam etwas sagen konnte. Ihre Stimme klang erstaunlich weich und angenehm, doch ließ sie seinen Arm nicht los, was im krassen Gegensatz dazu stand. Sie hielt ihn gepackt wie ein Wolf seine Beute, als hätte sie nur darauf gewartet, zuzuschnappen.

»Freut mich«, würgte er hervor, weil ihr schweres, süßes Parfüm ihn wie eine Wolke einhüllte und geradezu zu erdrücken schien. Sie zog an seinem Ärmel. »Komm, ich zeig dir was! Lassen wir die Alten reden, ja?«

Liam wollte etwas einwenden und warf einen überrumpelten Blick zu Dante, der eben Anstalten machte, sich zu erheben.

»Moment, ich-«, erklang Dantes Protest, aber da hatte Sophie Liam schon mit sich und um die Ecke gezogen.

Ihm blieb nichts, als ihm hilflos hinterherzustarren, während Catrina seine Hand ergriff und ihn festhielt. Sie lächelte süßlich zu ihm hoch. »Oh, sieh nur. Dein kleiner Albino hat genau ihren Geschmack getroffen. Keine Sorge, sie frisst ihn schon nicht. Du bekommst ihn sicher bald wieder.« So wie sie das sagte, schien sie nicht unbedingt darauf zu hoffen.

Salazar lachte. »Vielleicht. Wie ich sie kenne, will sie ihn behalten. Nun, Dante: Sprechen wir über deine Galerie!«

Er knirschte leise mit den Zähnen, ehe er sich wieder auf seinen Platz setzte. Es war genau das passiert, was er hatte verhindern wollen.

Scheiße.

• • •

Liam wurde eine Treppe hinaufgeschleppt und um die Ecke in ein riesiges, von unzähligen Duftkerzen bevölkertes Zimmer, die einen unerträglich schweren Duft nach Patchouli verströmten. Ihr flackernder Lichtschein warf unheimliche Schatten an die schwarz gestrichenen Wände. Sogar die Vorhänge, schwer, wie aus mittelalterlichen Zeiten, waren pechschwarz. Der Teppich hingegen war weiß. Oder zumindest war er das, soweit Liam das im diffusen Licht sagen konnte. Kleidungsstücke, Parfümflakons und vertrocknete Blüten lagen auf ihm herum. Ab und an fand sich ein zerknüllter Fetzen Papier.

»Es ist nicht aufgeräumt aber das macht nichts. Das Genie beherrscht das Chaos«, meinte Sophie locker, als sie Liams zweifelnde Blicke sah. Endlich ließ sie seinen Ärmel los und er trank hastig den Apfelwein aus, froh über diese Chance. Er stellte das leere Glas auf ein Regal, von dem aus ihn ein Totenschädel mit Vampirzähnen angrinste. Eine Duftkerze steckte in der Oberseite der Hirnschale. Überall auf den Regalen, wo keine Vasen mit schwarzen Rosen standen, lagen und stapelten sich Bücher über Hexen, das Mittelalter, Werwölfe und Vampire. Er zog leicht die Brauen hoch, angesichts der nicht eben kleinen Sammlung.

Sophie trat lächelnd neben ihn. »Cool, oder? Ich steh auf so ein Zeug. Du siehst aus, als wärst du ein echter Vampir. Gar keine Farbe im Gesicht. Gehst du nie raus?« Sie kam neugierig sehr nah. Zu nah, für Liams Geschmack. Er wich einen Schritt zurück.

»Ich sehe immer so aus. Ich habe eine Pigmentstörung.«

»Also bist du ein Albino, richtig?« Sie setzte ihm nach, bis er mit dem Rücken an eines der Regale stieß. Ihm brach der Schweiß aus jeder Pore, denn im Zimmer war es unglaublich heiß, dank der ganzen Kerzen. »So nennt man das wohl, wenn jemand keine Pigmente ausbilden kann, ja.«

»Aber deine Augen sind grün. Das ist wirklich schön. Ich dachte immer, alle Albinos hätten rote Augen.« Sie trat noch näher heran und stellte sich auf die Zehenspitzen, um ihm direkt in die Augen zu starren. »Sie sind hübsch.«

Liam wusste nicht, was er dazu sagen sollte. Er runzelte die Stirn.

»Du bist nicht gerade sehr locker, was?« Sophie lachte

leise und entfernte sich einen Schritt. »Willst du was rauchen? Das entspannt. Ich hab jede Menge Gras da!«

Liam klappte den Mund auf. Er blinzelte und wusste gar nicht, was er zu so viel Dreistigkeit sagen sollte.

»Komm, das ist auch ganz leichtes Zeug«, lockte Sophie mit einem Lächeln, das für ihr so junges Alter viel zu sinnlich schien. »Es beruhigt. Du siehst aus, als bräuchtest du es. Bist du noch Jungfrau?«

»Ich gehe lieber«, nuschelte Liam und war auf halbem Weg zur Tür. Sophie sprang regelrecht auf ihn zu und erwischte die Klinke vor ihm, so dass er wieder zurückweichen musste.

»Hey, ich mein es nicht böse, okay? Jeder hat mal sein erstes Mal. Du bist echt schüchtern, was? Komm, ich dreh dir einen und wir rauchen zusammen. Ich fass dich auch nicht an, wenn du nicht willst.« Sie legte den Kopf schief und blickte mit einem süßen Lächeln zu ihm hoch. »Die Alten reden sowieso noch ein paar Stunden. Cat wird Dante nicht weglassen, das hat sie mir gesagt.«

Liam ballte die Hände zu Fäusten und schwieg eisern. Er überlegte, wog die Möglichkeiten ab. »Ich rauche nicht«, wandte er dann lahm ein.

»Das sagen alle. Und wir rauchen ja nicht, wir kiffen.« Sophie lachte und machte eine Geste zum Bett hin. »Setz dich. Und dann reden wir ein bisschen. Du hast doch keine Angst vor einem Mädchen, oder?«

Er las die Herausforderung in ihrem Gesicht und gleichzeitig sah er auch den verzweifelten Wunsch nach Gesellschaft. Ihr Zimmer war überfüllt mit okkultem Zeug, teuren Designerkleidern, Regalen voller Schuhe und dutzenden Blumenvasen, aber es schien, als stecke hinter all dem nichts. Es waren nur hohle Dinge ohne

Bedeutung, Geschenke, um ein Kind voller Tatendrang ruhig zu stellen, das in einer großen und schönen Villa wie ein Vogel im Käfig lebte. Er bezweifelte, dass sie viele Freunde hatte. Und weil er all das in ihr lesen konnte, konnte er nicht Nein sagen.

»Okay.«

Sophie strahlte ihn an und noch ehe er sich auf das riesige, weiche Bett gesetzt hatte, auf dem eine Tagesdecke im Schachbrettmuster lag und das ein Gestell aus schwarzem Gusseisen in Rosenrankenform hatte, wuselte Sophie bereits zu einem der Totenköpfe im Regal, offensichtliche Replikate aus Kunstharz. Die Schädeldecke wurde an einem kleinen Griff abgenommen und heraus zog das Mädchen eine Klarsichttüte, in der erstklassiges Dope luftdicht verpackt war. Liam wurde ganz flau im Magen. Er sah Drogen nicht zum ersten Mal, nur waren es meist weit härtere gewesen, wenn sich Tante Jane mal wieder einen Schuss setzte. Sie kiffte eigentlich nie, dafür taten das die Schüler an seiner damaligen Schule umso mehr.

»Und es passiert wirklich nichts, außer, dass es entspannt?«, hakte er nervös nach. Wenn Dante rausfand, was er hier trieb, wäre er vermutlich ziemlich sauer. Sein Herz zog sich zusammen, als er daran dachte, dass Catrina ihre manikürten Klauen nach ihm ausstreckte. Anscheinend wollte sie ihn verführen. Der Gedanke schnürte ihm die Kehle zu. Was, wenn sie Erfolg hatte?

»Indianerehrenwort«, versicherte Sophie, während sie, offensichtlich geübt, unter dem Bett ein paar benötigte Utensilien hervorzog. Sie zwinkerte ihm zu. »Du wirst es lieben.«

Liam rang sich ein schmallippiges Lächeln ab. Er

bezweifelte das, aber das sagte er nicht, während er dabei zusah, wie Sophie einen beachtlichen Blunt baute.

»Keine Sorge. Bis Cat mit Dante fertig ist, bist du wahrscheinlich schon wieder nüchtern!« Sophie lachte und zückte ein Feuerzeug, während sich in Liams Magen ein schmerzhafter Knoten aus Bitterkeit ballte. »Ich glaube nicht, dass sie erreicht, was sie will«, antwortete er kühl, während Sophie paffte, um das Ganze in Gang zu bringen. Süßlicher, aromatischer Rauch kräuselte zur Decke hinauf. Sie grinste und zog dann einmal richtig, füllte ihre Lungen mit dem Qualm, ehe sie ihn langsam wieder ausstieß.

»Sie ist schon so lange scharf auf den Kerl, irgendwann muss er ja mal nachgeben. Ich würde es auch bei ihm versuchen. Er ist echt heiß. Aber ich bin ihm zu jung. Er steht nicht auf so junge Mädels wie mich. Ich bin schließlich erst sechzehn.« Sie zog erneut und seufzte zufrieden, ehe sie Liam, der stocksteif da saß, den Blunt reichte. Er nahm ihn wie betäubt. Dass es am Alter scheitern könnte, war ihm nie wirklich in den Sinn gekommen. Wo er jetzt Sophie so reden hörte, kam er sich einmal mehr wie der letzte Vollidiot vor. Er wurde erst in einigen Monaten achtzehn.

War er doch auf ihn reingefallen? Hatte er seine Seele und sein Herz an den Teufel verkauft?

»Einfach einatmen«, riet Sophie ihm lächelnd, während sie sich dicht neben ihn setzte.

Der Blunt in seiner Hand war leicht, obwohl er fast halb so lang war und erstaunlich dick. Sophie hatte ihn nicht gestreckt. Nur reines, vermutlich schweineteures Gras war darin verbaut. Dante hatte nicht mit ihm geschlafen. Er hatte ihn nicht geküsst. Genau genommen hatte er ihn nicht einmal wirklich angefasst, nur ein bisschen gestreichelt. Hatte er dem doch zu viel Bedeutung beigemessen? War er vielleicht einfach nur nett zu ihm, ohne mehr zu wollen? Es war so verwirrend, dass er alles anzuzweifeln begann, was passiert war. Alles, was er gesagt und getan hatte.

Plötzlich tat ihm alles weh und er wollte nur, dass es aufhörte. Dante begehrte ihn wahrscheinlich gar nicht. Nicht so, wie Liam ihn begehrte. Er stand ganz sicher nicht auf einen Kerl, noch dazu einen ohne Erfahrung, der so jung war. Wie blind war er bloß, dass er das nicht sah? Natürlich würde Catrina von ihm bekommen, was sie wollte. Sie war schön, sie war in seinem Alter und sie war sicherlich erfahrener als er, die Jungfrau, die noch nie geküsst worden war. Sie würde alles bekommen. Dinge, von denen Liam nur träumen konnte. Alles, nach was er sich so sehr sehnte. Dante hatte wohl einfach nur ein wenig mit ihm gespielt. Er gehörte schließlich ihm, aber er hatte diese ganze Sache wohl wirklich völlig missverstanden. Hatte er ihn also doch angelogen? Sicher lachten er, die schöne Catrina und Salazar gerade über ihn und seine Naivität.

Liam fühlte sich unendlich dumm. Und dann zog er, ließ den warmen, süßen Rauch in seine Lungen strömen. Dieses ganze Gerede von Liebe und dass man seine Träume niemals aufgeben sollte, war alles nur eine große Lüge für dumme Kinder, die darauf reinfielen.

Er stieß eine Wolke aus dichtem Qualm aus. Neben sich hörte er Sophie leise kichern, ehe sie sich zu ihm beugte. Er roch ihr Parfüm und fühlte ihren Atem an seinem Ohr, als sie ihm lockend etwas zuflüsterte.

Er schluckte schwer und zog noch einmal.

...

Dante hatte fast zwei Stunden damit verbracht, auf seinem Arsch zu sitzen und höflich zu lächeln, ab und an zu nicken und Salazars endlosen Ausführungen über verschiedene Kunstrichtungen zu lauschen, während Catrina immer wieder versuchte, ihre Hand auf sein Knie zu legen oder ihn sonst wie betont beiläufig und wie zufällig zu berühren. Er wusste, was sie wollte. Schon seit Jahren erwehrte er sich ihrer hartnäckigen Versuche, ihn ins Bett zu kriegen. Seine Laune war auf dem Nullpunkt angelangt, weil er seit über einer halben Stunde durch diese Villa rannte, betrunkenen nackten Mädels auswich, die ihm Kusshände zuwarfen oder ihre Bikinioberteile vor ihm lüfteten, und er Liam einfach nicht fand.

Inzwischen hatte er schon so ziemlich überall nachgesehen. In Sophies Zimmer waren die Duftkerzen so gut wie runter gebrannt und anscheinend hatte sie vor kurzem noch reichlich gekifft. Von ihr oder Liam war allerdings nichts zu sehen. Die dröhnende Musik, die jetzt, wo Mitternacht erreicht war, immer lauter wurde, machte es ihm unmöglich nach ihm zu rufen und inzwischen war, außer dem Personal, niemand mehr nüchtern.

Er knirschte mit den Zähnen. Wenn Salazar und seine Familie nicht bereits seit Jahren so gute Geschäftspartner gewesen wären, die schon mit seinem Vater gut befreundet waren, hätte er den beiden schon nach einer halben Stunde gesagt, was sie ihn konnten. Sophie hatte

Liam verschleppt und wer weiß was mit ihm angestellt. Vielleicht hatte er sich auch einfach verlaufen. Draußen beim Auto war er auch nicht gewesen und langsam bekam Dante Panik. Bei so vielen betrunkenen Gästen und der ein oder anderen sonstigen Substanz, die sich hier finden ließ, konnte er froh sein, wenn er nicht traumatisiert war.

Es blieb nur noch die Dachterrasse, die Gästen nicht zugänglich war. Er hörte schon auf der Treppe eine energische Stimme, die ihm bekannt vor kam. Es war Liam und er klang nicht sonderlich erfreut. Dante spürte, wie ihm Adrenalin in die Adern schoss, als er einen leisen, gequälten Schrei hörte. Er rannte die letzten Stufen hoch und stieß die Tür auf.

Eine kleine Mauer mit eingelassenen Glasscheiben umgab die Dachterrasse und überall standen große Pflanzkübel, in denen mehr oder minder exotische Pflanzen blühten. Es gab einige Palmen und ein paar Bonsais, ein Steckenpferd von Salazar. In der Mitte befand sich das Herzstück des Ganzen; ein großer Pool, mit allerhand technischen Spielereien, beheizt, mit mehreren Bereichen und einem Extrawhirlpool. Die Sonnenliegen waren bis auf eine unbesetzt. Er sah sich einer geradezu absurden Szene gegenüber, die ihn erstarren ließ.

Sophie versuchte offensichtlich gerade, Liam aus seinen Klamotten zu kriegen, während dieser sich mit aller Kraft dagegen wehrte. Das teure Jackett lag bereits am Boden und soeben versuchte die Kleine, an seine Hose zu kommen. Sie hatte Dante noch nicht bemerkt, da sie vor Liam kniete, der in einer unbequemen Zwangshaltung auf der Liege saß. So wie Dante den kleinen Wildfang kannte, hatte Sophie ihn hier hoch gelockt und versuchte grade, ihn zu verführen. Wäre Liam nicht Liam, sondern einfach nur irgendwer, hätte er auf dem Hacken kehrtgemacht und ihn sich selbst überlassen.

Aber er sah an Liams gequältem Gesicht und hörte an seinem verstörten Wimmern, dass er alles andere als freudig überrascht von Sophies Attacke war. Seine Wangen waren stark gerötet und irgendein Instinkt sagte Dante, dass er lieber eingreifen sollte.

»Jetzt komm schon, mein Gott, was ist los, magst du keine Mädchen oder was? Ich habe noch nie jemanden gesehen, der sich gegen ein bisschen Spaß wehrt«, erklang Sophies motzige Stimme, als sie Liam frustriert losließ. Er wandte beschämt den Blick ab und kämpfte sich auf die Füße hoch, während er eine seltsame Haltung dabei hatte, die Dante misstrauisch machte. So wie er sich krümmte ...

Sophie wollte erneut nach ihm greifen, zuckte jedoch zusammen, als Dante zwei Schritte vortrat. Sogar in seinen eigenen Ohren klang seine Stimme zu laut und zu wütend. Wie Donnergrollen. »Lass ihn in Ruhe!« Er knurrte es mehr, als dass er es wirklich sprach und an Sophies erschrockenem Gesicht konnte er ablesen, dass er auch dementsprechend aussah. Sie trug nur einen knappen Bikini und strich sich verunsichert das Haar aus dem Gesicht. »Ah, bist du schon mit Catrina fertig?«, erklang es dann pampig von ihr, als sie sich wieder gefangen hatte. Liam sah ihn nicht an. Wie ein geprügelter Hund schlich er zu seinem Sakko, um es sich umständlich anzuziehen. Seine Bewegungen wirkten steif und ungelenk und Dante wettete darauf, dass die kleine Schlange ihm irgendetwas gegeben hatte.

»Bin ich allerdings«, murrte er, ohne auf ihre Wortwahl zu achten, obwohl irgendein Alarm in ihm schrillte. Doch seine Sorge galt Liam, der sich eben an ihm vorbeidrücken wollte.

»Hey, was wird das? Ist alles okay?« Er griff nach ihm, doch Liam wich ihm aus, knallte mit dem Rücken gegen den Türrahmen. Sein Gesicht wirkte gehetzt und die Augen groß und dunkel. »Fass mich nicht an ...«, schnappte er wütend, während er sich zitternd zusammenkrümmte. Dante furchte die Stirn, erschrocken über die Heftigkeit seiner Reaktion. Sein Magen zog sich zusammen und sein Blick flog zu Sophie, die bleich wie der Tod war.

»Was hast du ihm gegeben?«

»Gar nichts«, log sie hastig. Sie wollte an ihm vorbeigehen, doch er hielt sie an der Schulter fest und war kurz davor, dieses starrsinnige Gör durchzuschütteln. Er stellte sich so in die Tür, dass weder Liam noch sie entwischen konnten. Aus dem Augenwinkel sah er, wie sich Liam erschöpft mit dem Rücken gegen die Wand lehnte. Er schwitzte stark und schien mit irgendetwas zugedröhnt zu sein. Sein Blick war glasig und seine Körperhaltung fragwürdig, was vermutlich an der Ausbeulung lag, die er in seinem Schritt sehen konnte.

»Du sagst es mir sofort, oder ich schleife dich an den Haaren zu deinem Vater.«

Sophie mahlte wütend mit den Kiefern, ehe sie ihm entgegenschleuderte: »Nur ein bisschen Gras. Dieses eine, was ... Na ja ...« Sie wurde rot und schwieg verstockt, aber unter Dantes Blick begann ihr Trotz zu schwinden. »Ein bisschen von Cats Dope, was sie benutzt, um ihre Lover scharfzumachen.«

Dante ließ sie los, zu angewidert und zu entsetzt, um noch etwas dazu zu sagen. Sie huschte auf nackten Sohlen davon, während Liam versuchte, es ihr gleich zu tun. Dante knallte wütend die Tür zu. »Du gehst nirgendwo hin.« Er kochte regelrecht. Und seine Geduld war eindeutig am Ende angekommen.

Liam warf ihm einen kurzen, trotzigen Blick zu, als er sein Kinn packte, und ihn zwang, ihn anzusehen.

»Wieso hast du das getan?«, wollte er wissen. Er spürte sein Zittern und konnte an seinen Augen ablesen, dass er aufgewühlt war, aber das konnte nicht nur an Sophie liegen.

»War es gut mit ihr?«, zischte Liam statt einer Antwort. Seine Augen waren schmal aber Dante sah den Schmerz hinter der Schärfe. Liam wollte den Blick abwenden, aber Dante ließ ihn nicht. »Gut mit ihr?«, echote er verwirrt, ehe ihm ein Licht aufging. Ein Knoten bildete sich in seiner Brust, da, wo eigentlich sein Herz saß.

»Catrina«, wiederholte Liam erneut. »War es gut mit ihr? Sophie hat mir alles erzählt ...«

Es tat so weh. Sein ganzer Körper tat weh und schien zu brennen. In seinem Kopf herrschte eine chaotische Abfolge der immer gleichen Bilder, während seine Lenden pochten. Schmerzhaft und heiß, was ihn nur einmal mehr bereuen ließ, auf diese kleine Schlange gehört zu haben. Er hätte nicht kiffen sollen. Er konnte kaum stehen, geschweige denn wie ein normaler Mensch gehen. Am liebsten wäre er vom Dach gesprungen, so groß war die Scham und so schlimm die Enttäuschung in Dantes Augen. Aber noch schlimmer waren die detaillierten Berichte, die Sophie ihm gegeben hatte. Was Catrina mit den Männern tat, mit denen sie zusammen war. Und was sie mit Dante tun würde. Sie hatte nicht aufgehört davon zu reden, und plötzlich hatte sie sich auf der Dachterrasse auf ihn gestürzt. Er fühlte sich schmutzig von ihren aufgezwungenen, groben Berührungen und schwach vor Kummer, wusste nicht mehr, was richtig oder falsch war.

»Ich habe dir schon einmal gesagt, dass ich nichts von Catrina will.« Dante umfasste sein Kinn fest und zwang seinen Blick zu seinem Gesicht hoch. »Denkst du«, begann er dunkel knurrend, »dass ich dich in mein Bett lasse, dich in meinen Armen halte, und am nächsten Tag steige ich zu einer Frau ins Bett, um es ihr zu besorgen? Hältst du mich für so ein Schwein?« Seine Stimme klang scharf und drohend und er bedauerte es in einem Winkel seines Hirns, aber das Blut in seinen Adern rauschte zu heiß und zu schnell und er war inzwischen zu wütend, um sich zu beherrschen.

Liam krümmte sich zusammen, als hätte er ihm in den Magen geboxt. Dante presste ihn gegen das Stück Mauer, direkt neben dem Efeu, der sich schmalblättrig daran emporrankte. Liams Körper fühlte sich heiß an und er spürte die unerwünschte Erregung durch den dünnen Stoff der Hose nur allzu deutlich, die das Rauschmittel verursacht hatte, als er sich an ihn schmiegte. Verfluchte Sophie. Verfluchte Catrina.

Liam zitterte heftiger, als Dante ihn mit dem Rücken gegen die Mauer presste. Er wollte etwas sagen, ihn wegschieben, doch sein harter Körper schmiegte sich an ihn und Dantes Lippen verschlossen seine mit einem fordernden Kuss.

Es traf ihn wie ein Blitzschlag.

Dantes Mund war warm und weich, doch das, was er mit ihm tat, verwandelte Liams Knie in Wackelpudding und das Innerste seines Körpers in eine zitternde, bebende

Masse, die nur noch aus Verlangen zu bestehen schien. Begierde rauschte durch seine Adern, echte diesmal, die nicht durch das Dope verursacht wurde, sondern von einer viel stärkeren Droge: Dante.

Ihm wurde beinahe schwarz vor Augen und alles, was er tun konnte, war seine Lippen für ihn zu öffnen und sich an ihn zu klammern, um nicht zusammen zu brechen. Er zitterte vor Sehnsucht nach ihm am ganzen Körper, während er hilflos da stand.

Dantes Zunge glitt warm und seidig über Liams Unterlippe, tastend und neckend, ehe er sie in seinen Mund drängte und ihn in Besitz nahm. Er rieb seine Zunge an Liams, massierte und umspielte sie in sinnlicher Trägheit, bis er sein erregtes Keuchen hörte. Seine Lippen saugten zärtlich an Liams Unterlippe, ehe er leicht daran knabberte. Sein leises Wimmern und die Hitze seiner Haut, die Art, wie er sich ihm anbot und entgegendrängte, brachte ihn halb um den Verstand. Er küsste ihn, bis sie beide außer Atem waren und Liams Mund feucht und geschwollen von seinen Zärtlichkeiten war. Dantes kräftigen Hände umfassten seine Hüften, glitten fordernd unter sein Hemd und schließlich unter seine Hose, umfassten verlangend seine Pobacken. Die Zeit für Spielchen war vorbei. Er konnte nicht mehr warten und er hatte es satt, zu widerstehen und geduldig zu sein.

»Du gehörst mir«, knurrte er leise dicht an Liams Ohr, der den Kopf leicht drehte und geradezu darum bettelte, dass er seinen Hals küsste. Sein Atem ging stoßweise und flach, während er sich hilflos an seinem Körper wand und leise wimmerte. Dante kam seinem stummen Wunsch nur zu gern nach, küsste und leckte das Salz von seiner Haut, knabberte zärtlich an ihr, während er sich eng an ihn schmiegte. Er spürte Liams tastende Hände, die unter sein Sakko glitten, zaghaft, während er sich auf die Lippen biss.

»Dante ...«

Es klang wie ein Flehen und er hob den Blick zu seinem bleichen, schönen Gesicht, während er sein Hemd aufknöpfte. Langsam, bedächtig, den Blick auf Liams Augen gerichtet, die größer und ungläubiger wurden, die Wangen feuerrot und die Lippen noch feucht von seinem Kuss. Er öffnete bedächtig jeden einzelnen Knopf, langsam genug, um ihm Zeit zu geben, sich vorzubereiten. Scham und Begierde vermischten sich in seinem Gesicht zu einer unwiderstehlichen Mixtur, befeuerten das schnelle Pochen des Pulses unter der zarten Haut seines Halses, wo die Spuren von Dantes Zärtlichkeiten zu sehen waren.

Dante lächelte träge, raubtierhaft. »Du nimmst mich offensichtlich nicht ernst. Lass mich dir beweisen, wie ernst ich es mit dir meine.« Seine tastenden Finger streichelten zärtlich über Liams nackte Brust. Gänsehaut entstand über all da, wo er ihn berührte. Er sah, wie Liam scharf die Luft einsog und sich auf die Lippe biss, als sein Daumen zart über einen der weichen Nippel streichelte, der sich unter seiner Zärtlichkeit zusammenzog.

»Dante ...« Er keuchte seinen Namen leise, wusste nicht, worum er bat, aber es war kaum zu ertragen. Sein ganzer Körper schien nach ihm zu schreien und zu betteln und diesmal gab es niemanden, der störte, keine Unterbrechung und kein Zurück mehr.

Ihre Lippen fanden sich erneut, gierig, verlangend, während sie ungeduldig an den überflüssigen

Kleidungsstücken des anderen zerrten. Die Sakkos segelten achtlos zu Boden, ebenso Dantes Hemd. Liams Hände gruben sich in sein schwarzes Haar, als er seine Brust mit Küssen bedeckte, während seine Finger ungeduldig an Liams Hose nestelten, ehe er sich um seine eigene kümmerte.

Dantes Haut fühlte sich heiß und samtweich an, obwohl er die harten Muskeln darunter spüren konnte. Er küsste seinen Hals, sein Schlüsselbein, verkrallte sich mit einem leisen Aufstöhnen in seine Schultern und seinen Rücken als er ihn hochhob und gegen die Mauer presste, und dann ...

Liams Aufkeuchen wurde von Dantes Mund erstickt, der ihn in Besitz nahm, ehe sein ganzer Körper vollständig ihm gehörte. Er spürte, wie er sich in ihn drängte, feucht und glitschig von seinem Speichel, um es angenehmer zu machen. Er senkte sich in ihn, füllte ihn vollständig aus, groß und hart und so heiß ... Zuerst schmerzte es, doch dann war diese Barriere plötzlich überwunden, als er sich für ihn öffnete und ihn aufnahm. Er gab sich ihm hin, hilflos und gleichermaßen gierig keuchend. Er konnte nichts tun, als sich schluchzend an ihn zu klammern und den Sturm zu genießen, der ihn mit sich riss, als Dante ihn endgültig zu nehmen begann: Langsam und tief. Dantes heißer Atem streichelte seine nackte Haut, raunte dicht an seinem Ohr Dinge, die er kaum verstand, aber die das Feuer in ihm nur noch mehr schürten. Der Klang seiner heiseren Stimme, die voller Begehren nach ihm war, machte ihn schwindelig. Es war zu viel. Sein Herz quoll über vor Gefühlen, die er nicht in Worte fassen konnte und sein Körper schien mit Dante zu verschmelzen, bis es nichts mehr gab, als ein einziges, gemeinsam schlagendes Herz, das sie miteinander verband, ehe sich alles in ihm zusammenzog, und die Ekstase seinen Körper unkontrolliert zucken ließ.

Dante brach beinahe zusammen, überwältigt von Liam und seinem eigenen Höhepunkt, als er fühlte, wie er sich pulsierend um ihn schloss. Liams heiserer Schrei drang laut in sein Ohr, als er sich versteifte und zu zucken begann, auf dem Gipfel seines Höhepunktes angekommen. Dante hielt es nicht mehr aus. Er ergab sich ihm, presste sich fest in ihn, ehe er kam, so heftig wie nie zuvor. Heiße, pulsierende Schübe. Zitternd und schwitzend brachte er das Kunststück fertig, Liam noch auf seinen Armen, zu einer der Sonnenliegen zu taumeln, wo er sich erschöpft und schwer atmend auf den Rücken fallenließ, den Kleinen auf seinem Schoß, der sich matt an ihn schmiegte. Eine Weile war nichts zu hören, außer der zu lauten und inzwischen zu basslastigen Tanzmusik von unten, und ihrem Keuchen, während sie beide um Atem rangen.

»Ich glaube«, schnaufte Liam nach einer kleinen Weile, während Dantes zärtliche Finger seinen Rücken streichelten, »ich habe nicht aufgepasst, als du mir das mit dem Ernstmeinen zeigen wolltest. Ich glaube«, fügte er an, als sich bereits ein Grinsen auf Dantes Lippen bildete, »du musst das noch einmal machen.« Er hob den Blick zu ihm, während er seine Brust streichelte, die Augen voller Liebe. Dante nahm sein Gesicht zwischen die Hände und küsste ihn lange und zärtlich. »Du wirst von mir so viel Aufmerksamkeit bekommen, dass du eine Woche nicht laufen kannst.«

Liam schenkte ihm ein warmes Lächeln. »Nur eine Woche?«

Dante musste lachen, ehe er ihn eine Weile ernst ansah. Über ihnen funkelten die Sterne und die warme Sommernacht duftete nach Orangen und den Oleanderbäumen, die auf der Dachterrasse standen. Die Beleuchtung des Pools warf türkise und blaue Lichteffekte auf beide und tauchte die Umgebung in eine beinahe magische Atmosphäre. Dante nahm all seinen Mut zusammen, während ihm das Herz bis zum Hals schlug. Er hatte so etwas noch nie zu jemandem gesagt und es war ihm noch nie so bedeutungsvoll vorgekommen, dass Liam es wusste.

»Ich liebe dich. Ich weiß nicht, ob dir das klar ist.«

Liam betrachtete ihn einen Moment stumm und Dante fürchtete kurz, es wäre zu viel oder zu früh gewesen. Einen winzigen Augenblick lang hatte er die Befürchtung, dass er sich lächerlich machte, aber er fühlte, wie er eben fühlte.

Liam ließ sich eine halbe Ewigkeit Zeit, in der er ihn forschend und unsicher betrachtete, ehe er sich die Lippen leckte. »Dir war auf alle Fälle nicht klar, dass ich *dich* liebe«, entgegnete er dann leise. »Sehr«, fügte er eine Sekunde später an, während seine Fingerspitzen unsichtbare Muster auf Dantes Brust zeichneten. Unsicherheit und Hoffnung flackerten in seinem Blick und Dantes Herz schmolz geradezu. »Dann können wir ja damit aufhören, daran zu zweifeln, dass wir uns lieben, und aufhören, uns wie Vollidioten zu benehmen, ja?« Dante lächelte erleichtert, als Liam leise zu glucksen begann. Ein amüsierter, warmer Ton, bei dem Dante nicht anders konnte, als ihn staunend zu betrachten. Dante streichelte seine Wange und beobachtete, wie Liam sich ihm entgegen schmiegte, ehe dieser einen sachten Kuss auf seine Handfläche drückte und ihn mit funkelnden grünen Augen betrachtete.

»Okay.«

Dante zog ihn fest an sich. Er könnte mit Worten nie beschreiben, was in ihm vorging, aber ihm kam die Geschichte wieder in den Sinn, die Liam ihm erzählt hatte.

Ich verstehe, wieso Zephyr seine Anemone nicht teilen konnte. Jemand, der so kostbar und so selten ist, begegnet einem nur einmal im Leben, wenn man so viel Glück überhaupt hat. Ich würde auch alles tun, um Liam bei mir zu behalten und sein Lächeln zu bewahren. Der Gedanke, ihn zu verlieren, diese Augen nie wieder sehen zu können, ihn nie wieder berühren zu dürfen oder mit ansehen zu müssen, wie jemand anders ihn glücklich macht, ihn liebt ...

Ich wusste nicht, was Liebe bedeutete, ehe ich ihn traf. Ehe ich ihn nicht das erste Mal lächeln sehen hatte, mit diesem süßen, schüchternen Ausdruck im Gesicht, war ich völlig ahnungslos. Zum ersten Mal in meinem Leben verstehe ich, was Liebe ist. Zum ersten Mal ist mir jemand anders wichtiger als meine Freiheit und zum ersten Mal habe ich keine Angst davor, mein Herz zu verschenken.

Weil es schon immer ihm gehört hat. Ich wusste es nur nicht.

16

»Dieser verfluchte Mistkerl!« Nick tigerte in Dantes Arbeitszimmer auf und ab, während Melly ihm dabei mit besorgter Miene zusah. »Sicher sitzt er schon im Flieger.« Das sagte sie dem Rotschopf schon zum etwa achtzigsten Male, während dieser seine perfekt sitzende Krawatte erneut lockerte, was Melly ein mahnendes Schnalzen entlockte. »Ich binde sie dir jetzt wirklich nicht noch mal!«

»Das Drecksteil ist einfach zu eng!«, raunzte Nick ungehalten. Die Eröffnung der Galerie war in nicht einmal fünf Stunden und bislang hatte er noch nichts von seinem Halbbruder gehört. Auch Liams Handy war ausgestellt. Er hatte offenbar vergessen, den Akku zu laden. Dabei war das doch die einfachste Sache der Welt! Wenn Dante zu spät kam, was gar nicht zu ihm passte, musste er das wohl oder übel allein tun.

Oh Gott, er würde ihn umbringen, aber sowas von! Dante wusste doch genau, wie er solche öffentlichen Auftritte hasste. Er war Künstler. Und der Anzug, obwohl einer von Dantes, da sie fast die gleichen Maße hatten, war ihm zu eng, zu steif, zu ... Anzug eben. Und diese Krawatte erst ...

»Reiß dich zusammen!« Melly zog murrend eine Braue hoch, die Arme vor der Brust verschränkt. Sie war ebenfalls schon schick angezogen, weil nahezu das ganze Personal zur Eröffnung eingeladen war. Das war auch ein weiterer Grund, wieso Nick der Angstschweiß auf der Stirn stand. Zu viele Leute, zu viel Druck und er hatte nichts vorbereitet, was eine Eröffnungsrede anging oder so.

Zwar waren diese skurrilen Typen nicht noch einmal aufgetaucht, aber er hatte ein wirklich mieses Gefühl bei der ganzen Sache.

»Und Jack ist wirklich sicher, ja?« Melly knetete nervös die alten, abgearbeiteten Hände, die ihm so oft den Hintern versohlt hatten, als er noch klein gewesen war. Nick bedachte Melly mit einem schiefen Lächeln, ehe er rüberging und die alte Schachtel einmal liebevoll in den Arm nahm. »Ist er. Vor seinem Zimmer steht rund um die Uhr ein Wachmann und es ist zusätzlich dazu ein Polizist eingeteilt. Der Wachwechsel findet reibungslos statt und es kommt keiner rein oder raus, der nicht angemeldet ist.«

Allein die Erinnerung daran jagte ihm einen Schauer über den Rücken. Wenn er in der besagten Nacht nicht noch diesen Anruf aus der Galerie getätigt hätte, nachdem diese unheilvollen Gestalten aufgetaucht waren, wäre Jack vermutlich tot. Die Nachtschwester hatte auf seine eindringliche Bitte hin in Jacks Zimmer nachgesehen und war mit einem zweiten Pfleger hochgegangen. Der Mann, den sie in Jacks Zimmer überrascht hatten, war zwar geflohen, aber es gab eine zumindest vage Beschreibung.

Mit Mühe und Not hatte man Jacks ohnehin mitgenommenes Herz retten können und damit sein Leben. Seitdem lag er auf der Intensivstation und bekam eine Betreuung rund um die Uhr.

Nick war bereits auf der Polizeiwache gewesen, um seine Aussage über diese mysteriösen Leute zu machen, obwohl er sich nicht erklären konnte, was für ein Zusammenhang bestehen mochte. Jack war ein alter Knacker, keine Frau, keine Kinder, nicht einmal einen Goldfisch oder einen Kaktus. Er lebte zumindest halbwegs gesund und hielt sich von Ärger fern. Zumindest hatte er das immer durchblicken lassen. Wieso jemand seinen Tod wollen könnte, war Nick und dem ganzen Haushalt unbegreiflich. Die Nachricht des Angriffs hatte alle geschockt, sogar den Gärtner, der prompt einen Tourette- Anfall bekommen hatte.

Dass er Liam und Dante nicht erreichte, machte ihn gleich doppelt wahnsinnig. So, wie diese Typen drauf waren, wenn sie etwas mit Jacks Angriff zu tun hatten, schreckten die ganz sicher vor nichts zurück.

Und wenn er sich das richtig zusammenreimte, dann war Liam ihr eigentliches Ziel.

Er wusste nur noch nicht, wieso.

»Verflucht noch mal, Dante ... wo steckst du? Du kommst noch zu spät!«

•••

»Hast du Hunger? Tut mir leid, dass wir das Frühstück ausfallen lassen mussten, aber sonst hätten wir es nicht geschafft.« Dante warf einen entschuldigenden Blick zu Liam, der den Kopf ihm zugewandt hatte und mehr im

Autositz lag, als er saß. Er sah ziemlich müde aus, was jedoch nach dieser Nacht kein Wunder war. Dante lächelte ihm zu und Liams Mund verzog sich zu einem warmen, sanften Ebenbild davon. Sie waren auf der Dachterrasse geblieben, bis die Sterne verschwanden und der Himmel grau den neuen Morgen ankündigte. Liam hatte sich enger an ihn geschmiegt, mit dem Rücken an seine Brust, während sie gemeinsam den Sonnenaufgang beobachteten. Rot und golden tasteten sich die Strahlen der Sonne über die Baumwipfel und die unendlich grünen Hänge Asturiens, bis sie ihr Licht auf die beiden warfen, die eng aneinandergeschmiegt auf der Sonnenliege lagen und dem Zwitschern der frühen Vögel lauschten, nachdem die Musik des Abends verklungen war. Es war, als gäbe es nur sie beide und sonst niemanden auf der ganzen Welt.

Dante wäre am liebsten nie wieder von diesem kleinen, geschützten Bereich fortgegangen, hätte Liam am liebsten nie wieder aus seinen Armen gelassen, aber sie mussten.

»Ich bin ziemlich hungrig, ja«, gestand Liam leise. Er rieb sich die Augen und gähnte verhalten. Er trug eine schlichte Jeans und Dantes Shirt, in dem er normalerweise schlief, obwohl es ihm viel zu groß war. Er behauptete, darin fühlte er sich wohler als in allen anderen Sachen.

Ihn darin zu sehen, erzeugte in Dante eine Zuneigung, die so stark war, dass er ihn am liebsten nach Hause gebracht und sich mit ihm in sein Schlafzimmer eingeschlossen hätte, um die nächsten zwei Wochen nichts anderes zu sehen, zu hören oder zu berühren als ihn.

Er seufzte leise und spürte Liams fragenden Blick auf sich, der ihn bereits die gesamte Fahrt fixierte, seit sie von den Salazars zum Haus zurückgekehrt waren, ihre Sachen gepackt und den nächsten Flieger gerade noch so erwischt hatten. Jetzt war es bis zum Anwesen und ihrem Zuhause nur noch ein Katzensprung und bis zur Eröffnung der Galerie nur noch wenige Stunden. Sie mussten noch duschen, sich fertigmachen, umziehen, dorthin fahren ...

»Ich halte schnell irgendwo an und wir holen uns eine Kleinigkeit zu Essen, wär das okay? Auf der Eröffnung gibt es auch nur ein paar Häppchen und bis dahin sind wir sonst beide verhungert.« Er zwinkerte Liam zu, der ihn angrinste.

»Okay.«

Er hielt an einer kleinen Bäckerei in der Nähe und ging hinein, um ein paar Snacks zu besorgen. Liam hatte gemeint, er würde schnell noch einen Abstecher zu dem benachbarten Floristen machen. Er hatte ein Glänzen in den Augen gehabt und Dante ahnte, was er kaufen wollte.

Er hatte kaum Augen für die ganzen Backwaren, suchte halb abwesend ein paar Dinge heraus, von denen er dachte, dass Liam sie mögen würde, und zahlte. Er vergaß beinahe noch die Tüten mitzunehmen und nur der aufmerksamen Bäckerin hinter dem Tresen war es geschuldet, dass er sich nicht blamierte. In Gedanken war er immer noch auf der Dachterrasse und dem wohligen Gefühl, endlich angekommen zu sein. Es war erschreckend, wie viel der Kleine ihm bedeutete und wie gut es sich mit ihm anfühlte. Sie hatten sogar festgestellt, dass ihre ineinander verwobenen Hände perfekt ineinander passten und darüber gelacht.

Ein Danke murmelnd schritt er, die Tüten in den Händen, wieder hinaus.

Liam war noch nicht zurück. Vielleicht konnte er sich

nicht entscheiden, in welcher Kombination er die Anemonen haben wollte. Vielleicht mit Lilien oder Rosen? Er schmunzelte und blieb am Wagen stehen. In Asturien hatte es beim Abflug geregnet, aber hier war der Himmel strahlend blau. Er warf einen Blick auf die Uhr, nachdem er eine Weile die vorbeilaufenden Passanten beobachtet hatte. Es war warm und die Straßencafés waren gut besucht. Auch der kleine Floristikladen hatte erstaunlich viele Kunden. Dante zog leicht die Brauen zusammen. Er hätte längst wieder herauskommen müssen.

Unruhe erfasste ihn und ein schlechtes Gefühl beschlich ihn, das seinen Magen nervös flattern ließ. Einer Intuition folgend, ging er um den Wagen herum und betrat den Bürgersteig, dann das Geschäft. Ein winziger Raum, vollgepackt mit einem Blumenmeer sondergleichen. Eine Kundin in einem gelben Kleid plauderte angeregt mit der älteren Dame, die gerade ein paar Gerbera kürzte und sie schnatterten fröhlich über eine bevorstehende Hochzeit und die Schwangerschaft einer gemeinsamen Freundin.

Liam war nicht dort.

Dante suchte hektisch zwischen den Auslagen und blickte sich überall um, aber in dem Verkaufsraum war er nicht. Die Floristin hatte keinen Jungen gesehen, auf den seine Beschreibung passte. Es waren ein paar Leute gekommen, ja, aber die hatten nichts gekauft und es waren hauptsächlich Männer in Anzügen und alte Damen gewesen.

Dante hörte ihr zu, aber die Worte drangen nicht richtig zu ihm durch.

Er rannte, ohne sich zu verabschieden, zum Wagen zurück, rempelte dabei einen Spaziergänger an, doch es war ihm egal. Er riss die Klappe des Kofferraums auf, doch Liams Sachen waren noch da. Sie lagen genau so, wie er sie zurückgelassen hatte. Er war also nicht abgehauen. Warum auch? Dazu hatte er doch gar keinen Grund?

Dante brach kalter Schweiß aus und sein Zittern verstärkte sich. War er einfach so ohne alles weggelaufen? Die Panik schnürte ihm die Brust zu und er lehnte sich schwer atmend gegen das Auto. Das passte nicht zu ihm. Er würde ihn niemals verlassen. Das ergab keinen Sinn.

War er noch woanders hingegangen?

Er rannte los, suchte die ganze Straße und die ganze gegenüberliegende Seite ab, schaute in jedem Geschäft zweimal nach, fragte jeden Verkäufer, doch niemand hatte ihn gesehen. Er führte ein kurzes und besorgniserregendes Telefonat mit Melly, die völlig aufgelöst war, als sie von Liams Verschwinden hörte. Nick war bereits auf dem Weg zur Galerie und als er hörte, dass er ihn unzählige Male erfolglos zu erreichen versucht hatte, fühlte er sich schuldig. »Er hat die ganze Zeit versucht, dich anzurufen, aber eure Handys waren aus. Er kommt bestimmt sicher und putzmunter wieder zurück, vielleicht hat er sich nur verlaufen!« Melly klang zittrig und versuchte sich optimistisch zu geben, aber er hörte die Sorge in ihrer Stimme. Allerdings wusste sie auch nichts Genaues. Sie schnitt kurz den Angriff auf Jack an, bei dem sich Dantes Herz zusammenkrampfte. Was zum Teufel war nur passiert, während er weg war?

Es war seine Schuld. Er hätte sein Handy gar nicht ausschalten dürfen. Bezahlte er jetzt den Preis dafür, dass er ein paar Tage Ruhe hatte haben wollen? Er versuchte erfolglos, immer wieder Nick anzurufen, aber er bekam ihn nicht zu fassen. Auf seinem Display konnte er sehen, dass sein Bruder ihn über hundert Mal zu erreichen versucht hatte. Er hatte ihm auch SMS geschickt, jedoch immer nur mit dem Hinweis, es sei dringend. Was genau war dringend?

Schließlich gab Dante auf und wartete noch über eine Stunde im Auto, saß da wie betäubt, während Leute vorbeigingen und den schönen Tag genossen, doch Liam kam nicht zurück. Er rief in seiner aufsteigenden Panik die Polizei an, schilderte dem Beamten mit klopfendem Herzen, was geschehen war. Der Beamte am anderen Ende der Leitung hörte ihm höflich zu, schien jedoch skeptisch. »Ist er ein Verwandter von Ihnen?« Was zum Teufel spielte das für eine Rolle?!

»Nein, aber ...-«

»Dann warten Sie bitte erst einmal ab. Wie lange sagen Sie, ist er verschwunden?«

»Erst seit kurzem, aber-«

»Hören Sie, Mister Lavall, wir können erst nach vierundzwanzig Stunden wirklich eingreifen. Vielleicht hatten Sie einen Streit und er ist einfach ausgebüxt oder etwas in der Art? Haben Sie schon seine Eltern kontaktiert, Freunde, Verwandte?«

Er legte wütend auf, weil der Kerl einfach nicht verstehen wollte, dass sie *jetzt* mit einer Suche beginnen mussten! Freunde und Verwandte gab es, abgesehen von Jack, nicht. Der Kleine war ganz allein und hatte niemanden, außer Dante und seine Angestellten und die gingen, in Ermangelung von Blutsverwandtschaft, vor dem Gesetz nicht als Familie durch, egal, wie sehr es sich so anfühlte. Verflucht noch mal, Liam hatte keinen Grund, abzuhauen. Das passte nicht zu ihm. Seine Hände zitterten und er fühlte sich krank und machtlos. Was sollte er bloß tun? Er wollte nicht einfach wegfahren. War er doch bloß irgendwo falsch abgebogen oder so? Was, wenn er zurückkam? Sein Handy lag nutzlos in seinem Koffer, also konnte er ihn nicht einmal anrufen.

Der Gedanke, dass er entführt wurde, keimte in seinem Verstand auf, doch er schob ihn weg. Was sollte jemand von ihm wollen? Es sei denn ...

Ihm wurde übel. Vielleicht wusste jemand, dass Liam für ihn arbeitete und wollte ihn erpressen? Oder übersah er etwas? Und was war mit dem Angriff auf Jack, von dem Melly ihm erzählt hatte? Scheiße. Egal wie er es drehte, irgendein Teil fehlte, die Sache ergab einfach keinen Sinn.

Jede Sekunde hoffte er, er würde gleich um die Ecke biegen, doch er tat es nicht. Von einem Moment auf den anderen brach Dantes Welt in sich zusammen, zersplitterte und stach mit glühenden Nadeln in sein Herz.

Liam war weg.

•••

Sein ganzer Körper schmerzte und das Licht, das durch das Fenster fiel, stach glühend in seine Augen. Jack drehte den Kopf weg und blinzelte gequält. Er spürte die klammen Finger der Krankenschwester an seinem Handgelenk, als sie ihn berührte und fragte, ob er etwas brauchte.

»Telefon ...«, würgte er schwach hervor. Er sah ihr nach, während sie hinaus eilte und hoffte, es wäre noch nicht zu spät. Er war dem Tod zum zweiten Mal von der Schippe gesprungen, ein drittes würde er ihn nicht davonkommen lassen. Und ehe er sich dem Unvermeidlichen hingab, hatte er noch etwas zu erledigen. Der Polizist, der die ganze Zeit über bei ihm Wache gehalten hatte, trat in den Raum, zusammen mit der Krankenschwester. Jack glaubte, sie hieße Janine, aber sicher war er sich nicht. Ihr dunkelrotes Haar leuchtete wie Blut im kalten Licht der Deckenbeleuchtung, als sie ihm das Telefon reichte. Er bedeutete dem Beamten, näher zu kommen, während er das Gerät umklammerte.

Seine Stimme klang schwach und brüchig wie trockenes Herbstlaub. Es war anstrengend, zu sprechen, und doch musste er. Der Beamte beugte sich lauschend zu ihm und notierte, was er sagte. Seine Miene verriet kaum eine Regung, glich einer glatten Felswand. Jedoch nickte er verstehend und ernst, während Jack ihm alles erzählte, was er wusste.

Als er endlich fertig war, schob die Krankenschwester den Polizisten aus dem Zimmer und wollte ihm das unbenutzte Telefon wieder abnehmen, doch er schüttelte starrsinnig den Kopf und klammerte sich daran, obwohl ihm kalter Schweiß auf der Stirn stand und er sich fühlte wie ausgekotzt. Schwach und nutzlos. Er musste noch jemanden anrufen. Sie warf ihm einen funkelnden Blick zu, mehr mitfühlend als wirklich verärgert. Sie war nicht mehr ganz jung, aber deutlich jünger als er. In diesem Moment fiel ihm auf, dass ihr Parfüm nach Rosen und Lilien duftete.

»Aber nur fünf Minuten, dann müssen Sie sich wieder ausruhen, okay?«

Er lächelte matt. Tränen stiegen in ihm auf und rannen

über seine eingefallenen Wangen. Er nickte, ehe er mit steifen Fingern die Nummer wählte, die er seit Jahren auswendig kannte.

...

Angst ist kein einfacher Geisteszustand, kein bloßer Impuls, der einem das Überleben sichert. Sie ist nicht nur eine Reaktion im Gehirn, nicht nur ein reflexartiges Zurückweichen oder ein Bauchgefühl, das einen warnt.

Angst ist ein Ort ohne Licht, ein dunkler, luftdichter Keller, in dem nichts existiert, außer einer namenlosen Bestie, hungrig und gierig. Man kann ihre Ketten rasseln hören, wenn sie sich kriechend über den Boden bewegt, ihr Schnüffeln, wenn sie den Kopf hebt und Witterung aufnimmt.

Man kann das Zuschnappen ihrer mächtigen Kiefer fühlen und den fauligen Atem auf der Haut, wenn sie den Schlund öffnet, um zu verschlingen und zu fressen.

Sie hungert immer und sie ist niemals satt.

Liam krümmte sich noch mehr zusammen, obwohl er bereits das Maximum dessen erreicht hatte, was sein Körper zu leisten imstande war. Die Fesseln an Händen und Füßen saßen fest und das Klebeband über seinem Mund verhinderte, dass er richtig atmen konnte. Es war dunkel um ihn herum und die Luft war abgestanden. So ähnlich wie damals, in Tante Janes Keller, in den sie ihn manchmal gesperrt hatte, wenn sie sich in Ruhe einen Schuss setzen wollte. Es kam vor, dass sie ihn dort vergaß und erst nach Tagen wieder hinaufließ. Im Keller gab es kein Licht, kein Fenster, nichts.

Nur die Angst, die an ihm fraß und an ihm zerrte. Er erinnerte sich, wie sehr er sie von Mal zu Mal panischer anbettelte, ihn nicht in den Keller zu sperren. Wie sehr er sich wehrte und wie sehr er schrie, doch Jane blieb unerbittlich, lachte nur und fletschte die gelben und braunen Zähne, ehe sie ihn die Treppe runter stieß. Nur wenige Stufen, doch für Liam bedeuteten diese Stufen den Unterschied zwischen der ersten und der achten Ebene der Hölle. Jane lachte gackernd, wenn er sie anflehte, versuchte, ihr einen Handel vorzuschlagen. Er bot ihr an, dass sie ihn schlagen dürfte, so fest sie wollte, wenn sie ihn nur nicht in den Keller sperren würde. Sie schlug ihn dann mit dem ledernen Gürtel, der, mit der großen Metallschnalle, doch in den Keller stieß sie ihn trotzdem.

Er wimmerte in der Dunkelheit und konnte nichts gegen die Tränen tun, die ihm aus den Augen rannen, quer über das Gesicht, da er auf der Seite lag. Sein Hals tat weh vom sinnlosen Schreien, das durch das Klebeband ungehört verhallte. In seinem Kopf drehte sich alles und er fühlte sich schwer. Das Schaukeln des Wagens und die gedämpften Stimmen, die darin saßen, halfen nicht eben, ihn zu beruhigen.

Er hatte keine Ahnung, was passiert war. Eben schaute er sich noch ein paar besonders schöne Blumen in dem Floristikladen an, und plötzlich wachte er hier auf. Irgendjemand hatte ihn entführt. Er wusste nur nicht, wieso. Auch, was sie von ihm wollten, konnte er sich nicht erklären.

Dante ...

Gewiss machte er sich große Sorgen. Wollten sie ihn

erpressen? Das machte Sinn, oder? Er war schließlich reich. Gequält presste er die Lider zusammen. Ihm Scherereien zu machen war das Letzte, was er wollte. Sein Herz zog sich schmerzhaft zusammen, als der Wagen anhielt und er gedämpftes Lachen hörte. Sein Puls begann zu rasen und als jemand den Kofferraum öffnete, blendete ihn das Licht. Seine Augen gewöhnten sich nur langsam an die Helligkeit, während er verstört blinzelte und heftig atmete, weil ihn eine grauenhafte Ahnung überkam.

Es war kein befreiender Anblick.

»Hallo, Liam. Erinnerst du dich noch an mich?«

Der Glatzköpfige lächelte. In dem billigen Anzug, dem Hemd und der Goldkette sah er aus, wie einem Mafia-Klischee entrissen. Er brauchte ihn nicht zu sehen, um zu wissen, wer er war. Er roch sein Parfüm. Zu viel, zu stark, zu aufdringlich. Er hatte es schon oft gerochen. Zu oft. Jedes Mal, wenn Jane ihn um eine Fristverlängerung ihrer Drogenschulden anbettelte. Er hatte bis dahin immer großmütig getan, während er Liam aus kleinen, schweineähnlichen Äuglein musterte und ihm auf diese Art zulächelte, bei der er sich schmutzig vorkam.

So, als wollte er sagen: *Bald.*

Liam nickte schwach. Gänsehaut breitete sich auf seinem Körper aus und er begann zu zittern. Dantes Shirt war zu groß und zu dünn und sein Duft war der einzige Trost, während er fühlte, dass diese Sache schlecht ausgehen würde.

»Sehr gut. Du bist ein braver Junge.« Don lächelte ihm zu und tätschelte seinen Kopf, als wäre er ein Hund. »Deine neuen Besitzer werden viel Spaß mit dir haben, Kleiner. Wir kriegen einen guten Preis für dich. Du musst verstehen«, sagte er, während er seinen beiden Leuten ein Zeichen gab, die ihn unsanft aus dem Kofferraum zerrten, »dass das Geschäft immer Vorrang hat. Deine Tante Jane hat eine Menge Schulden bei mir, Liam.«

Sie stellten ihn auf die Füße, vor ihren Boss. Er schwankte und sie hielten ihn an den schmalen Schultern fest. Ihre Berührungen waren grob und unangenehm. Er wollte sich entwinden, aber sie packten nur umso unerbittlicher zu.

»Du wirst, da deine Tante leider nicht mehr unter uns weilt«, sprach Don weiter ohne auf Liams geschockte, weit aufgerissene Augen zu reagieren, »ihre Schulden bezahlen. Ich weiß zwar, dass du an deinem achtzehnten Geburtstag Zugriff auf ein Konto hast, auf dem eine Menge Schotter liegt, aber ...«, er lächelte schmierig, beinahe entschuldigend, »ich bin ungeduldig. Und du bist ein hübscher Bursche. Albinos bringen eine Menge Geld ein. Mehr, als deine Tante mir schuldet, und mehr, als auf deinem Konto liegen wird.«

Don schnippte mit den Fingern und einer der beiden Schergen warf Liam über seine Schulter wie einen Sack Mehl, eine Hand an seinem Hintern. Seine Last bäumte sich protestierend auf, doch er lachte nur und grapschte fest in das Fleisch seines Hinterteils.

»Widerspenstig. Umso besser. Es gibt einen Haufen Leute, die Lust darauf haben, ihn zuzureiten wie ein Wildpferd.« Der Mann lachte erneut und trug ihn fort, während Don ihn angrinste. Liam brüllte vor Angst, ungehört durch das Klebeband über seinem Mund und wand sich, doch das Tageslicht erstarb, als sie ihn in das Gebäude trugen.

Hinein in die Dunkelheit. Er hörte das Rasseln der

Ketten, als das Monster namens Angst sich die Lefzen leckte und nach ihm schnappte.

•••

Nick fluchte und zerrte wütend an der Krawatte. Er verstand nicht, wie Dante sich dieses völlig unnötige, modische Accessoire jeden Tag antun konnte. Für ihn war es wie ein Strick aus feinsten Stoffen, sonst gar nichts. Er zog nervös an der Kippe in seinem Mundwinkel und spähte um die Ecke des Tabakgeschäfts, das auch Andenken verkaufte. Die Strandpromenade in der Nähe der Galerie war bereits erstaunlich gut besucht und bereits jetzt standen einige Schaulustige vor der Galerie. Er konnte sie sogar von hier sehen.

Dante hatte er nicht erreichen können, doch als sein Handy in der Hosentasche surrte, bekam er beinahe einen Herzinfarkt vor Erleichterung. Er stieß eilig den dichten Qualm aus seinen Lungen und ignorierte das tadelnde Gesicht von Melly, das vor seinem inneren Auge auftauchte. Sie würde ihn wieder anmaulen, weil er nach Zigaretten roch. Die Nummer auf dem Display war ihm unbekannt.

»Hallo?«

»Nick, hier ist Jack. Du musst mir zuhören, es geht um Liam!«

Ihm fiel die Kippe aus den plötzlich kraftlosen Fingern und er presste das Telefon an sein Ohr, als könnte er damit Jacks schwache Stimme besser hören. Er klang schwach und keuchend, aber sehr ernst.

»Ich bin ganz Ohr.«

Die Sonne strahlte vom Himmel und wärmte seinen

Rücken, doch die Worte, die Jack an ihn richtete, ließen sein Innerstes zu Eis erstarren.

• • •

»Halt ihn fest!« Dons herrisches Bellen hallte von den nackten Betonwänden, während sich raue, schwielige Hände auf Liams Rücken pressten, ihn mit dem Oberkörper gegen den Boden drückten. Die Decke, die darauf ausgelegt war, war zwar neu, aber sie konnte nicht darüber hinwegtäuschen, dass die Umgebung mehr als baufällig war. Ein greller Scheinwerfer war auf ihn gerichtet, der ihn so stark blendete, dass er kaum etwas sah. Nur der Schmerz war real, unmöglich zu ignorieren. Er weinte stumm, während die Tränen ungehindert über seine Wangen rannen. Das Mittel, das sie ihm gegeben hatten, rann wie flüssiges Feuer durch seine Adern und seine Haut brannte überall dort, wo sie ihn anfassten. Er hasste sie, hasste, wie sie lachten und die Gier, die aus ihren Stimmen troff. Er wusste, dass sie ihn filmten, während Schweiß seine Haut bedeckte und sie zum Glänzen brachte. Es tat so weh ...

»Pass auf, dass du nicht zu grob wirst. Die Käufer zahlen nicht für beschädigte Ware.« Don runzelte die Stirn, während sein Mitarbeiter mit dem Jungen zugange war. Die Droge wirkte, aber der Kleine wehrte sich trotzdem nach Kräften. Er musterte kritisch die Aufnahmen der Kamera, die live übertrugen. Die ersten Gebote waren schon eingegangen, wie ihm mitgeteilt wurde.

»Dreh ihn mal, damit die Kundschaft ihn von vorne sieht.«

Liam wurde grob an den gefesselten Händen gepackt und herumgedreht. Der Mann, der ihn drangsalierte, strich mit gierigen, klammen Händen über seine Haut. Ihm wurde übel, doch er versuchte, seinen rebellierenden Magen zu ignorieren. Gleißende Helligkeit strahlte ihm ins Gesicht und er kniff die Augen zusammen. Seine Klamotten lagen irgendwo am Rand. Sie hatten sie ihm vom Körper geschnitten und dabei gelacht, als er geschrien hatte. Sein ganzer Körper tat weh von der Substanz, die sie ihm gespritzt hatten. »Nur etwas zum Lockerwerden«, hatte Don gesagt und dabei gegrinst. Es war eine Art Sexdroge, die seinen Körper willig machen sollte. So ähnlich wie das Gras, das er von Sophie bekommen hatte, nur zehnmal schlimmer. Er fühlte sich krank und fiebrig und seine Haut war überempfindlich. Es lag nicht nur daran, dass er so grob angefasst wurde, nicht nur an der unsensiblen Stimulation, die der Fremde an ihm vornahm und die ihn vor Qual zum Schreien brachte, es war auch die Scham, die sich in seine Seele fraß. Wo sie ihn berührten, blieb nur Schmerz.

»Entspann dich, Bursche. Wir sind noch sehr nett zu dir. Warte, bis du deinen neuen Meister kennenlernst. Vielleicht irgendein reicher Perverser, der dich an der Kette hält, wie einen Köter, oder einen, der auf so hübsche Kerlchen wie dich steht und gar nicht genug von dir kriegen kann, mh?« Die Stimme des Mannes klang grob und widerlich hämisch an seinem Ohr, während er seine Hände zwischen seine Beine schob. Liam wollte sie zusammenpressen, doch er war schneller und stärker. Ein gequältes Stöhnen, gefolgt von einem langgezogenen Wimmern drang dumpf durch das Klebeband.

»Oh, sieh mal! Das gefällt ihm, mh?« Don lachte

dreckig. »Pass auf, dass er nicht kommt. Das Vorrecht hat der Kunde.«

Liam presste die Augen fest zusammen und die Kiefer aufeinander. Er wand sich verzweifelt, wohl wissend, dass er nicht entkommen konnte. Er brüllte vor Verzweiflung und Pein stumm auf, bis er wieder gegen den Boden gepresst wurde. Jemand machte einen groben Witz über Schwule und dann wurde seinem Peiniger eine Tube Gleitgel gereicht. Liam erstarrte vor Angst und spürte, wie sein Mageninhalt sauer in seiner Kehle aufstieg. Er musste würgen, als ihm aufging, was sie vorhatten.

Dante ...

•••

Er fuhr viel zu schnell, aber er konnte nicht anders. Nicks Stimme am Telefon hatte derart hysterisch geklungen, dass er gar nicht anders konnte. Er überfuhr so ziemlich jede rote Ampel und missachtete auch sonst sämtliche Straßenregeln, aber die Panik, die ihm die Kehle zuschnürte, ließ ihn nur noch mehr auf das Gaspedal drücken.

Nick hatte ihm von Jack alles weitergegeben, was er wusste. Und die Informationen, die er ihm gegeben hatte, hatten ihm das Blut in den Adern gefrieren lassen.

Dante beschleunigte den Wagen noch mehr. Nick hatte behauptet, dass er ungefähr wusste, wo diese Bastarde sich aufhielten. Wenn man einen abgelegenen Ort brauchte, dann kam man zu dem verlassenen Hafen und den stillgelegten Lagerhallen. Dort verirrte sich so gut wie nie jemand hin und es gab reichlich Schlupfwinkel.

Sein Bruder war bereits auf dem Weg dorthin. Wenn Jack recht hatte, mit dem, was er gesagt hatte, konnten sie nur hoffen, dass sie nicht zu spät kamen.

•••

Don grunzte zufrieden. Er klang wie ein Engel. Ein brennender Engel, um genau zu sein. Die Gebote schossen in die Höhe, während er die Aufnahmen der Kamera mit dem verglich, was er live vor sich hatte.

Er brüllte und schrie. Das Weiß seiner Haut hatte sich unter dem Einfluss des Mittels und dem Scheinwerfer leicht rötlich gefärbt. Schweiß troff von seiner Alabasterhaut auf die inzwischen getränkte Decke und er zitterte wie Espenlaub.

»Nicht so grob, Idiot!«, fuhr er den Mann an, der hinter Liam kniete und ihn festhielt. Es machte ihm eindeutig etwas zu viel Spaß, den Kleinen zu quälen. Ron verzog das Gesicht bei dem Tadel und knurrte, bewegte das Spielzeug jedoch etwas weniger brutal in seinem Opfer. Wenn es nach ihm ging, hätte er das gar nicht gebraucht. Er hätte es auch selbst getan, und zwar mit Vergnügen. Er grinste dreckig. »Sieht aus, als wäre er schon an Männer gewöhnt, Boss. Noch ein paar Minuten, und ich wette, er bettelt um mehr.«

Don rümpfte die Nase. Das bezweifelte er, aber er bezahlte den Idioten ja auch nicht für seine Klugheit. »Sieh zu, dass er nicht wund wird. Blut auf so einer makellosen Haut wäre wirklich eine Schande.« Er zog irritiert die Brauen zusammen, als sein Handy klingelte.

Die Nummer auf dem Display kam ihm nicht bekannt vor. »Ja?«

»Ah, Don, nicht wahr? Wie gut, dass ich Sie erwische. Ich glaube, Sie haben etwas, das mir gehört. Ich möchte über den Preis verhandeln.«

Dons Mundwinkel zuckten. Jetzt wurde es interessant. »So? Ich bin ganz Ohr, Mister Lavall.« Er trat gemächlich einen Schritt näher zu der Szenerie und hielt das Telefon einen Moment in Richtung des Albinos, um die Geräuschkulisse für dieses hochnäsige Arschloch einzufangen.

»Hören Sie das, Mister Lavall? Der Kleine amüsiert sich prächtig mit einem meiner Mitarbeiter. Sind sie sicher, dass sie ihn noch wollen? Uns wächst er gerade ziemlich ans Herz, wissen Sie?« Er lächelte zufrieden, als er das wütende Atmen am anderen Ende hörte. Die Stimme des Mannes klang gepresst und mühevoll unterdrückt, als er antwortete: »Ich zahle jeden Preis. Aber nur, wenn er unverletzt ist.«

Oh, da sieh mal einer an. Don machte eine knappe Geste und die qualvollen Schreie brachen ab, wichen einem gepeinigten Wimmern und leisem Schluchzen, als die Tortur unterbrochen wurde. Er grinste boshaft, als er die Enttäuschung in Rons Gesicht las, ehe er sich widerwillig zwei Schritte vom Jungen entfernte.

»Das klingt, als ob wir ins Geschäft kommen könnten, Mister Lavall.« Don warf einen langen, prüfenden Blick zu Liam, der sich auf der Decke zusammenkrümmte und zitterte wie ein neugeborenes Kätzchen. »Keine Tricks, oder der Kleine bekommt eine Kugel zwischen die Augen. Ich habe bereits seine Tante ausgeweidet wie ein

Schwein, und auch, wenn es mich finanziell schmerzen würde, hätte ich kein Problem damit, ihn aufzuschneiden und zu schauen, wie er von innen aussieht. Nur, damit keine Unklarheiten herrschen. Wenn Sie versuchen, ihn heldenhaft zu retten oder die Polizei anrückt, stirbt er, klar?«

»Klar«, ertönte es nur wenige Schritte hinter Don. Es klang dunkel und auf eine unangenehme Weise beinahe amüsiert. Er drehte sich langsam um und lächelte fahl.

»Sie sind schnell, das muss man Ihnen lassen.«

»Ich begutachte Ware, die ich zu kaufen gedenke, eben am liebsten vor Ort.«

•••

Liam hob den Blick, als er die vertraute Stimme vernahm. Sein Kopf dröhnte und das Licht blendete ihn, so dass er kaum etwas sah. Stimmen wurden laut und er hörte das scharfe Klicken von Waffen, die entsichert wurden. Die Leute, die ihn entführt hatten, klangen wütend und nervös, während die ihm vertraute Stimme bemüht ruhig und gelassen antwortete.

Er verstand sie kaum. Es war, als befände sich sein Kopf unter Wasser, und alles klang gedämpft und stumpf. Die Fesseln um seine Handgelenke und seine Knöchel hatten die Haut aufgerieben, doch das Brennen war nichts im Vergleich zum Rest seines Körpers. Er atmete flach und schmeckte das Blut in seinem Mund, wo er sich abwechselnd auf Lippen und Zunge gebissen hatte. Ein paar Momente schien alles still zu sein, doch plötzlich schien das Gespräch der Entführer zu eskalieren. Jemand schrie vor Schmerz auf und dann durchschnitt das Geräusch eines Schusses die Stille, gefolgt von derben Flüchen und einer neuen Stimme, die dazukam.

Und plötzlich brach die Hölle los.

Don musterte den Rotschopf, in dessen Augen er nichts Geringeres als Mordlust funkeln sah. Er bedeutete seinen Leuten, die Waffen zu senken. »Wie Sie verstehen werden, Mister Lavall, ist diese Ware von erlesener Qualität. Der Preis dafür ist hoch.« Er gab Ron ein Zeichen, zu dem Albino zu treten, was er mit Freuden trat. Der Lauf der Pistole zielte auf seinen Kopf. Die Waffe des anderen Mannes nahm den vermeintlichen Dante ins Visier.

»Ich habe bereits jede Menge Käufer, die sehr interessiert sind. Wieso also sollten Sie ihn so unbedingt wollen?« Er erlaubte sich ein überhebliches Grinsen, doch ein unangenehmes Gefühl beschlich ihn.

»Er gehört zur Familie.« Nick, der nicht Dante war, lächelte kalt. »Aber selbst, wenn ich ihn nicht leiden könnte, würde ich ihn wieder mit nach Hause nehmen. Die Gründe dafür können Sie wahrscheinlich nicht nachvollziehen, Don.« Er gönnte sich einen Moment, in dem er zusah, wie dem Glatzköpfigen unwohl zu werden begann.

»Wussten Sie eigentlich schon, Donilein, dass die Anwaltskanzlei von Jack, den Sie so freundlich per Telefon kontaktiert haben, einen Abhörservice bietet? Die einzelnen Telefonate werden automatisch mitgeschnitten und abgespeichert. Es kam in der Vergangenheit oft vor, dass der gute Jack von Mandanten bedroht wurde. Das ist eine reine Sicherheitsmaßnahme.« Er lächelte kühl und schob die Hände in die Taschen seines Sakkos. »Wussten Sie im Übrigen auch, dass diese Aufnahmen als Beweis vor Gericht durchaus zulässig sind?«

Don knurrte leise. Er spürte, wie sich seine Nackenhaare aufstellten und hörte Ron, der bei dem Bengel stand, lautstark fluchen.

»Ach, ehe ich es vergesse: Darf ich vorstellen?« Nick lächelte charmant. Schritte waren hinter ihm zu vernehmen. Es dauerte nur einen Moment, ehe sich jemand neben ihn schob, der unverkennbare Ähnlichkeit mit ihm hatte. Jedoch war sein Haar schwarz wie der Tod und seine Augen so grau wie ein brodelnder Sturm. Don erbleichte bei dem Gesichtsausdruck, den der Fremde zur Schau stellte. Wo es in den Augen des Kerls vor ihm nach Mordlust aussah, wäre der Ausdruck in den Augen des Schwarzhaarigen im Vergleich noch zu gelinde ausgedrückt. Seine Kiefer mahlten. Er fixierte Don, dem unter seinem Blick der Schweiß ausbrach.

»Ihr zwei seid wirklich lustige kleine Kerlchen, was?« Don grinste überheblich. »Ihr kommt unbewaffnet zur Verhandlung. Mir ist völlig egal, wie reich Ihr seid, ihr blöden Wichser. Ich knall euch ab und verkauf die kleine Hure dahinten an den Höchstbietenden.«

Dante lächelte kalt. Seine Augen wurden schmal. »Ein Mitglied der Lavall-Familie zu bedrohen ist ziemlich unklug, Don. Natürlich kannst du uns erschießen«, fuhr er gemächlich fort, während die beiden Handlager der Glatze langsam unruhig wurden, »aber ich habe bereits eine Nachricht zu Umasaki geschickt. Sagt dir der Name irgendetwas?« Er musterte ihn prüfend und bemerkte zufrieden die dicken Schweißtropfen, die an den Schläfen hinab rannen.

Don klappte den Mund auf und zu, ehe er wütend mit den Zähnen knirschte. »Ihr blufft doch nur. Umasaki ... Was sollen die japanischen Yakuza mit euch zu tun haben? Ihr verarscht mich doch!«

Nick seufzte und betrachtete Dante kopfschüttelnd. »Der schnallt`s nicht. Ob wir ihm sagen sollten, dass Richard Lavall und Toshihiro Umasaki so etwas wie Blutsbrüder waren und er unser Ziehonkel ist? Oder dass wir unsere Tattoos von ihm haben?« Er schob den Ärmel seines Hemds hoch, nachdem er sein Sakko achtlos ausgezogen und auf den Boden fallenlassen hatte. Dante beachtete ihn nicht. Er fixierte Don, dessen Augen aus den Höhlen zu quellen schienen.

»Ich gebe dir fünf Sekunden Zeit, um deine Wachhunde einzusammeln und abzuhauen und ich vergesse, dass es dich überhaupt gibt. Wenn nicht, endet das hier unangenehm, Don.« Dante starrte ihm fest in die Augen, doch wie er schon erwartet hatte, ließ der sich darauf nicht ein.

Aus dem Augenwinkel sah er, wie Ron, der bislang auf Liam gezielt hatte, seine Waffe auf Nick richtete. Er grinste böse. »Lass uns endlich aufhören zu labern und diese beiden Arschlöcher beseitigen!«

Der Schuss klang scharf und laut, zerriss die Stille der alten Lagerhalle. Durch den hellen Scheinwerfer, der in Richtung Liam und Ron ausgerichtet war und ihn blendete, verfehlte er jedoch knapp. Der Komplize, der bislang unentschlossen auf beide gezielt hatte, drückte ab und die Kugel zischte nur Millimeter an Dantes Ohr vorbei. Er grinste boshaft, ehe er dem überraschten Kerl seine Faust ins Gesicht drosch und ihm die Knarre entriss. Noch in einer Drehung verpasste er Don einen heftigen Tritt in den feisten Bauch, ehe sein Blick zu Nick flog. Der glatzköpfige Mann quiekte wie ein Schwein, als er zu Boden ging. Noch im Fallen riss er eine Pistole aus seinem Hosenbund. Er grinste boshaft, als dieser eingebildete Schnösel seine Aufmerksamkeit dem Rotschopf widmete, der gerade mit Ron zu ringen schien, dem Schnaufen und Keuchen zu urteilen. Er zielte.

Ein weiterer Schuss fiel und Dantes Herz setzte einen Schlag aus. Der Scheinwerfer kippte zur Seite und fiel krachend um, während er Nick taumeln sah. Er brüllte etwas und machte einen Satz nach vorn, um zu ihm zu kommen.

Hinter ihm vernahm er aufgeregte Stimmen und das Geräusch dutzender, herbeieilender Polizisten, ehe weitere Schüsse fielen und aufgeregte Stimmen herumbrüllten.

Er fing Liams entsetzten Blick auf, der den schlaffen Körper seines Peinigers von seinen nackten Beinen abzuschütteln versuchte, der quer über ihm lag und sich nicht regte, und dann klappte Nick endgültig zusammen. Er hielt sich die Schulter. Dantes Knie gaben nach und ein scharfer Schmerz fuhr durch seinen Körper, riss ihn herum, ehe er taumelnd zu Boden ging.

17

»Muss ich wirklich?«

Melly warf ihm einen scharfen Blick zu. »Ja, du musst. Ich sage das jetzt nicht noch einmal.«

Nick rollte mit den Augen und brummte unzufrieden. »Das ist das letzte Mal, dass ich so ein Mistding anziehe«, moserte er angefressen. Melly zog die Krawatte etwas straffer als nötig und tätschelte ihm die Wange, ehe sie ihm in das Sakko half. Durch seine bandagierte Schulter war es schwierig, sich selbst anzuziehen und gerade heute musste er gut aussehen.

Sein Blick glitt zum Fenster. »Meinst du, es war Schicksal?«, fragte er leise. Die alte Haushälterin strich ihm liebevoll durch das Haar. Es war noch immer rot und ihrer Meinung nach viel zu lang. Aber der Bengel wollte es partout nicht kurz schneiden. »Wer weiß? Ich denke, er hätte es gut gefunden. Du weißt ja, wie er war.«

Nick seufzte schwer und nickte dann. Er rieb sich das Gesicht. »Ja. Ich denke, es hätte ihm gefallen. Er wollte immer, dass alle glücklich sind.« Eins schiefes Lächeln stahl sich auf seine Lippen.

»Ist das auch wirklich okay für dich?« Melly betrachtete

ihn mit einem liebevollen Blick. »Was sollte ich denn dagegen haben? Schließlich gehört er doch zur Familie. Und es ist außerdem Tradition.« Nick fummelte nervös und schwermütig an der Krawatte. Die alte Haushälterin steckte ihm eine Blume an und sein Herz zog sich zusammen. Er berührte die dunkelblaue Anemone sanft mit den Fingerspitzen.

»Seine Lieblingsblume.«

Melly lächelte ihm zu. »Liam hat davon Unmengen bestellt.« Sie tupfte sich mit einem Taschentuch die Augenwinkel, um das Make-up nicht zu verschmieren, das sie extra heute aufgelegt hatte.

Nick lächelte schief. »Dann sollten wir los, was?« Er bot Melly, die ihm mehr eine Mutter als eine Mitarbeiterin seines Bruders war, den gesunden Arm.

Der Himmel war strahlend blau und die Sonne schien ihren Segen über das Anwesen auszuschütten. Zumindest konnte es einem so vorkommen. Die versammelten Gäste waren allesamt in hübsche Kleider oder elegante Smokings gekleidet, trugen Schleifen und bunte Bänder an den Handgelenken oder kleine Blumengestecke. Der See glitzerte und funkelte, als sich das helle Licht auf der Oberfläche fing. Rund um den Schrein waren Stühle aufgestellt worden und er selbst war mit Girlanden aus bunten Sommerblumen geschmückt. Darunter leuchtend gelbe Sonnenblumen. Nicks Herz zog sich zusammen. Die Lieblingsblumen seines Vaters.

»Ich hasse diese Anlässe«, murmelte er leise zu Melly, die ihn zur Antwort in die Rippen stieß. »Sei nicht so ein Miesepeter.«

Alle Angestellten waren gekommen und sogar der Gärtner mit Tourette wischte sich ein paar Tränen aus den Augenwinkeln, ehe er so derb fluchte, dass Melly die Schamesröte ins Gesicht stieg. Sie zischte ihm etwas zu, aber er streckte ihr lediglich die Zunge heraus.

Nick wurde das Herz schwer. Diese kleine Insel, die mitten im See lag und durch zwei Brücken verbunden wurde, bedeutete für seine Familie viel. Zu besonderen Anlässen versammelten sich Angehörige und das Personal. Zuletzt zur Beerdigungsfeier ihres Vaters, davor zu der ihrer Mutter, noch ehe Dante oder er sie hatten kennenlernen dürfen. Auch, wenn sie beide adoptiert waren, so waren Traditionen für beide sehr wichtig. Er lächelte seinem Halbbruder zu. Für ihn war er nie nur etwas Halbes gewesen. Er war ein Teil von ihm und er verlor ihn heute auf gewisse Weise, obwohl er im Herzen wusste, dass es nicht ganz stimmte.

Schließlich gewann er ja auch etwas.

»Menschenskind, nun reiß dich mal zusammen. Du bist so ein Waschlappen!« Melly heulte, während sie ihn schief angrinste, und reichte ihm ein frisches Taschentuch. Er hatte gar nicht bemerkt, dass ihm Tränen über die Wangen liefen. Von hier aus konnte er das Bildnis ihres Vaters sehen. Er musste lächeln, als er sah, dass jemand eine weiße Anemone an den Rahmen gesteckt hatte. Es konnte nur Liam gewesen sein.

»Er sieht nervös aus.« Nick bedachte seinen Bruder mit einem eingehenden Blick, ehe dieser den Kopf zu ihm drehte. Der weiße Anzug saß natürlich makellos und die dunkelblaue Anemone in seinem Jackett strahlte regelrecht mit dem Himmel um die Wette.

Die Gäste verrenkten sich gespannt die Köpfe, als die

Musik erklang und Nick heulte stumm, als er sah, wie Liam, ebenfalls in Weiß, mit einem schüchternen Lächeln auf den Lippen über den ausgelegten Teppich schritt.

Er musste daran denken, wie knapp die ganze Sache vor ein paar Wochen ausgegangen war. Die Schusswunde in seiner Schulter heilte zwar, aber der Schock saß noch immer tief. Jedes Mal, wenn er Liam ansah, musste er daran denken, was der Kleine durchgemacht hatte. Es war nur Dantes Hartnäckigkeit und Jacks Polizeikontakten zu verdanken, dass sie alle wohlbehalten und am Leben waren. Er selbst hatte an diesem Tag mehr Glück als Verstand gehabt. Er war vor Dante am Ort des Geschehens eingetroffen und hatte ihm noch per SMS durchgegeben, wo Liam festgehalten wurde. Der wiederum hatte die Polizei informiert, die dank Jacks Anruf bereits in Alarmbereitschaft versetzt worden war. Don und seine Schergen waren gefasst worden und mit ihnen flog ein ganzer Drogen-und Menschenhandelsring auf. Ron, der Mann, der Jack angegriffen hatte, hatte es an diesem Tag nicht lebend rausgeschafft. Im Handgemenge hatte sich ein Schuss gelöst und ihn mitten ins Herz getroffen. Nick war einerseits erleichtert, dass diese Bestie niemandem mehr schaden konnte, aber andererseits hatte er noch immer daran zu knabbern. Er hatte ihn nicht töten wollen, aber das war nun Vergangenheit. Er war nur froh, dass dieser Alptraum endlich vorbei und alle in Sicherheit waren.

Nick würde nie den Ausdruck in Dantes Gesicht vergessen, als er Liam dort auf der Decke liegen sah. Erleichtert, dass er lebte, geschockt über das, was ihm angetan worden war. Sein Herz brach, als Dante den Kleinen in sein Sakko hüllte wie in eine Decke und ihn auf die Arme nahm. Der Blick, den sie sich zuwarfen, so voller Liebe und Zuneigung, war beinahe unerträglich. Obwohl auch Dante eine Kugel abbekommen hatte, war er nicht davon abzubringen, Liam festzuhalten. Es war, als fürchtete er, ihn noch einmal zu verlieren, wenn er ihn losließ.

Er heulte noch etwas mehr, als er jetzt zusah, wie Liam zu Dante trat und sie ihre Hände ergriffen. Unter dem mit Blumen und bunten Bändern geschmückten Bogen wartete bereits der Pfarrer, der ihnen zulächelte.

»Dad wäre so stolz auf die beiden. Es ist schön, dass Dante ihn dabei haben will.« Er betrachtete liebevoll das Foto des Verstorbenen, das im Schrein stand, und wohlwollend lächelnd auf die Anwesenden zu blicken schien.

Melly neben ihm war längst in Tränen ausgebrochen und als Nick sich umsah, erblickte er viele der Angestellten, die sich verstohlen schnäuzten oder plötzlich etwas im Auge hatten. Liam war ihnen allen ans Herz gewachsen und seine Liebe zu Dante war unübersehbar.

»Es ist schön, obwohl er den Tag seines Todes gewählt hat, ja. Ich heule, weil Richard nicht da sein kann, und gleichzeitig freue ich mich so für deinen Bruder!« Melly knüllte das feuchte Taschentuch in einer Hand, während sie Nicks mit der anderen drückte.

»Sogar Catrina und Sophie sind gekommen. Und Salazar hat mir schon gesagt, was er den beiden schenkt.« Nick grinste den Genannten zu, die wenig gerührt, dafür eher skeptisch aussahen. Catrina wirkte, als würde sie jeden Moment vor Wut platzen. Nicht einmal ihr hautenges, fliederfarbenes Kleid konnte von dem zornigen Gesicht ablenken. Nick freute sich insgeheim diebisch. Er hatte die Kuh noch nie leiden können. Sophie hingegen trug schwarz und weiß in einer blumigen Kombination. Ihr Kleid fiel bis auf die Knöchel. Salazar selbst wirkte ein wenig betreten, lächelte jedoch höflich.

»Ach? Und was?« Melly blinzelte skeptisch zu dem Herrn herüber. »Eine Ladung seines Apfelweins?«

Nick grinste und schüttelte den Kopf, ehe er leise wisperte, da der Pfarrer bereits sprach: »Nein. Er hat ihnen *das Leuchten der Hoffnung* geschenkt.«

Melly zog eine Braue hoch. »Ist das nicht das Bild, was Dante Cat zum Geburtstag geschenkt hat?«

Nick brummte zustimmend. »Sie hörte, dass Liam es sehr gut gefallen hätte und da es eine gemeinsame Geschichte mit Dante und Liam dazu gibt, hat sie es ihm wiedergegeben.«

Melly warf einen anerkennenden Blick zu Cat, die ihr säuerlich zulächelte. »*Das Leuchten der Hoffnung*?« Sie schmunzelte. »Das ist ein passender Titel. Ich glaube, sogar auf dem Bild sind Anemonen.«

»In dem Blumenstrauß meinst du?«

»Ja.«

Nick schmunzelte. Dann musste es wirklich Schicksal sein. Es war nicht nur Dantes erklärte Lieblingsblume, sondern auch die Lieblingsblume ihrer verstorbenen Mutter. Er erinnerte sich noch an den Tag, an dem er Liam das erste Mal gesehen hatte. Schon damals hatte er das Gefühl gehabt, dass dieser hübsche, bleiche Kerl irgendwie zu ihnen gehörte, aber sicher war er sich erst, als er merkte, dass Dante sich in ihn verliebt hatte. Man brauchte kein Genie sein, um das zu bemerken. Er kannte diesen Kerl schließlich schon sein ganzes Leben. Aber bis dahin hatte er nie geglaubt, dass er eines Tages heiraten würde. Es störte ihn nicht, dass es Liam war. Hauptsache, Dante und er wurden glücklich, und so dumm, wie die beiden sich angrinsten, musste er sich darum wohl keine Sorgen machen. Er seufzte etwas wehmütig, während er lächelte. Ihr Vater war immer der Meinung gewesen, dass die Liebe eine sehr starke, unerschütterliche Macht war und dass sich jeder glücklich schätzen konnte, der sie fand. Bislang hatte er das nur für Gerede gehalten, das man in Liebesromanen und schnulzigen Filmen fand und das Frauen zu Tränen rührte, aber heute musste er zugeben, dass sein Alter recht hatte.

Insgeheim war er fast ein wenig neidisch auf Dante. Ob er jemals jemanden finden würde, der ihn so lieben würde, wie man es bei den beiden so deutlich sehen konnte? Ob er jemals so lieben könnte?

»Entschuldigt, dass ich zu spät komme. Der Verkehr war die Hölle und ich stand fast eine halbe Stunde im Stau!« Jack ließ sich keuchend neben Melly nieder und lehnte die Krücken neben sich an einen freien Platz. Er lächelte Nick und ihr breit zu. Sein Gesicht war noch immer ausgemergelt und er sah erschöpft aus, aber er lebte.

»Du kommst doch immer zu spät«, wiegelte Melly ab. Sie knuffte den Anwalt in die Seite und drückte seine kühle Hand, nahm sie fest in ihre. »Ich bin froh, dass du da bist.«

»Ich auch«, pflichtete Nick ihr bei. »Obwohl ich wusste, dass du nicht ins Gras beißen würdest. Du bist schließlich zäh wie Schuhleder!«

Jack lachte und weinte gleichzeitig, während er gerührt seine Blicke über die Anwesenden schweifen ließ, ehe sie bei Liam und Dante ankamen. Er drückte Mellys Hand fester.

»Bist du nervös?« Dante warf Liam einen zärtlichen Blick zu, während er seine vor Aufregung feuchten Hände streichelte. Sein Herz quoll vor Liebe zu ihm über, als er ihm ein ehrliches, breites Lächeln schenkte.

»Ich sterbe vor Angst«, gestand Liam leise. »Aber den Rest meines Lebens mit dir zu verbringen ... Dir zu gehören ...« Seine grünen Augen suchten seinen Blick und das zarte Rot auf seinen Wangen verstärkte sich noch ein wenig mehr. »Ich kann es gar nicht erwarten.«

Dante drückte erleichtert seine Hände und hörte kaum, was der Pfarrer sagte, ehe sich dieser lautstark und amüsiert grinsend räusperte. »Mister Lavall, wären Sie so freundlich und würden mir ein wenig Aufmerksamkeit schenken? Ich bin nur für die Trauung hier, aber Liam sehen Sie den Rest Ihres Lebens, so Gott will!«

Die Hochzeitsgäste lachten leise und Dante biss sich leicht auf die Lippen, um ein Grinsen zu unterdrücken. Er spürte Liams zärtliche Berührung, als er mit dem Daumen seine Haut streichelte. »Okay.«

Der Pfarrer lachte gutmütig. Er war ein freundlicher, älterer Herr und hatte sich bereits zu verschiedenen Anlässen um die Familie Lavall gekümmert. Dante mochte ihn sehr und war froh, dass er der Trauung zugestimmt hatte. Zuletzt hatte er ihn auf der Beerdigung seines Vaters gesehen. »Also, Mister Lavall. Dann frage ich Sie jetzt: Wollen Sie den hier anwesenden Liam Devereux zu Ihrem rechtmäßig angetrauten Ehepartner nehmen, ihn lieben und ehren, bis dass der Tod Sie scheidet, dann antworten Sie mit: Ja, ich will!«

Die Antwort war leicht, und dennoch hatte er nie eine so große Ernsthaftigkeit dabei empfunden, als er Ja sagte.

Er blickte zu Liam, als er an der Reihe war. Dante musste grinsen und flüsterte ihm etwas zu. »Du musst mit Ja antworten, vergiss das nicht, ja?«

Liam grinste von einem Ohr zum anderen. »Okay.«
Er atmete tief ein und aus, als der Pfarrer ihn fragte und erwartungsvoll ansah. Es war immer ein spannender Moment, in dem noch alles offen schien. Dantes Magen begann nervös zu flattern, als sich Liam einen Augenblick zu lange Zeit nahm, für seinen Geschmack. Er sah zu ihm und in den grünen Augen stand so viel Liebe, dass es ihm die Tränen in seine trieb.

»Ja, ich will.«

Er konnte nicht warten, dass der Pfarrer sagte, dass er ihn nun endlich küssen durfte und dementsprechend mokiert reagierte der Geistliche, als Dante Liam in seine Arme zog und seine Lippen seine fanden. Er schmiegte sich ihm entgegen und Dante konnte das Lächeln an seinen Lippen spüren.

Ein zärtlicher Windhauch streichelte über die jubelnden und lachenden Hochzeitsgäste und die weiße Anemone im Bilderrahmen.

Ende

Danksagung

Dieser Roman bedeutet mir sehr viel und ich bin froh, dass mir so viele Menschen bei der Entstehung und dem Fortführen der Geschichte geholfen haben. Mein Dank gilt daher zuallererst jedoch meinen Lesern, die es mir ermöglichen, überhaupt Bücher zu schreiben. Die Nachrichten von Menschen zu lesen, denen meine Werke gefallen, ist ein unbeschreibliches Gefühl. Es motiviert mich, damit weiterzumachen.

Ein herzlicher Dank gilt natürlich auch meiner wunderbaren Familie, die mich sehr unterstützt hat und auf deren Rat und Meinung ich viel Wert lege und es immer tun werde.

Bei einer besonderen Person möchte ich mich außerdem bedanken: Marita. Du bist eine wunderbare Freundin, eine sehr kluge, schlagfertige und starke Frau und obwohl du so skeptisch am Anfang der Geschichte warst, hat mir deine zunehmende Begeisterung gezeigt, dass ich mich ruhig trauen sollte, dieses Buch fertigzuschreiben. Wie du siehst, hab ich es getan! Aber ohne deine aufmunternden Worte und deine ehrliche Meinung wäre es dazu vielleicht nie gekommen. Danke!

Zuletzt geht ein großes Dankeschön an die zauberhafte und zaubernde Bianca, die diesen Roman für mich eingekleidet und ihm ein Gesicht gegeben hat. Ich freue mich auf weitere Projekte mit dir!

Romantische Komödien mit Herz und Humor von Elisa M. Baker

Wer sagt, das Finden der Liebe wäre einfach?
Ella macht sich auf eine spannende und teilweise kuriose Suche nach ihrem Traummann. Dabei warten nicht nur seltsame Blinddates auf sie, sondern auch einige Überraschungen …

Ella ist zweiundzwanzig, ein Bücherwurm und das, was man als mollig bezeichnen würde. Sie rechnet sich schlechte Chancen aus, jemals einen Mann zu finden, der sie mit ihren Pfunden liebt. Doch stehen wirklich alle Männer nur auf schlanke Frauen? Und wie lernt man einen geeigneten Kandidaten kennen, wenn man so schüchtern ist wie Ella?
Und dann sind da auch noch Eva und Ellas Mutter, die ganz eigene Pläne für sie haben…
Eine romantische Komödie über Beziehungen, die erste Liebe und den chaotischen Weg zum Glück.

Taschenbuch: 296 Seiten
ISBN-13: 978-3739238784   Auch als E-Book!

Jessys Leben gerät gehörig aus den Fugen, als das Karma zuschlägt. Dabei hat sie die Liebe schon abgehakt. Aber das Schicksal kann hartnäckig sein ... Findet sie doch das Glück?

Jessy hat die Nase voll von Männern.
Nach einer schmerzhaften Trennung will sie von Liebe nichts mehr wissen – doch dann ereilt ihre Familie ein Schicksalsschlag und plötzlich findet sie sich auf der Stachelbeerplantage ihres Onkels wieder, auf der sie drei Wochen aushelfen soll.
Ganz alleine, denkt sie.
Aber da hat sie die Rechnung ohne das Karma gemacht ...

Eine Geschichte über unerwartete Wendungen, Schicksal und Stachelbeerlikör. Und natürlich die Suche nach Liebe, die bei sich selbst beginnt.

Ab Herbst 2016 als E-Book und Taschenbuch erhältlich!

Mehr Boys Love-Romane

„Die Liebe ist wie ein Dieb; sie schlägt unerwartet und schnell zu und stiehlt dir nicht nur dein Herz, sondern auch noch den Verstand."

Genau so ergeht es dem siebzehnjährigen Leon, als ein neuer Schüler im letzten Schuljahr in seine Klasse versetzt wird. Der gleichaltrige Raphael ist das vollkommene Gegenteil vom schüchternen und zurückhaltenden Leon, doch beide können bald nicht mehr verleugnen, dass mehr als nur Sympathie zwischen ihnen ist.
In dem aufkommenden Gefühlschaos stellt sich bald heraus, dass längst nicht alle diese aufkeimende Liebe befürworten und plötzlich spitzt sich die Lage bedrohlich zu ...

Taschenbuch, 304 Seiten. ISBN: 9783743161764 auch als E-Book erhältlich!

Dante Lavall ist ein erfolgreicher Geschäftsmann, Besitzer eines angesagten Clubs und ein berüchtigter Schürzenjäger. Geld spielt für ihn keine Rolle, denn er hat mehr als genug davon.
Er kann alles haben, was er will. Und er ist gewohnt, es auch zu bekommen.
Als der junge Liam in sein Leben stolpert, ist er zunächst wenig begeistert von dem widerspenstigen Burschen mit dem silberblonden Haar und den grünen Augen, der kaum emotionale Regungen zu haben scheint.
Doch schon bald muss Dante feststellen, dass seine Faszination für den mysteriösen jungen Mann immer größer wird.
Dabei ahnt er nicht, dass Liam ein dunkles Geheimnis birgt und Dantes zunehmendes Interesse bringt beide in höchste Gefahr ...

Taschenbuch, 336 Seiten. ISBN: 9783743187924 auch als E-Book erhältlich!